BERTRAND LATOUR



# *Un milliard et des poussières*

HACHETTE LITTÉRATURES

ISBN : 978-2-253-12909-7 – 1re publication LGF

*À Sarah Belhassen.*

# Mercredi 31 mai

*– Parle… Oh, bon Dieu ! je me sens seule avec toi. Parle.*

*Paula.*

Le but de tout jeune homme sensé devrait être de rapidement se mettre à l'abri du besoin derrière un gros paquet d'argent. Jeune homme, cela avait été mon but. Mais, à trente-sept ans, un constat, amer, s'imposait : mon découvert bancaire se mordait la queue à longueur d'année et je n'avais aucun héritage à espérer si l'on excluait la maison de mon enfance qu'habitait encore maman – Dieu la bénisse ! – et qu'à sa disparition, nous devrions partager en trois avec mon frère et ma sœur. La maison n'avait qu'une cour où ne tenait qu'une table de ping-pong, la toiture fuyait, une autoroute passait pas loin et la cité HLM voisine avait mauvaise presse, ce serait le bout du monde si on tirait quatre cent mille euros du tout. Finalement, voici, dans le désordre, les seules richesses que nous auront jamais transmises nos parents : la science du barbecue (une fois la table de ping-pong repliée), une passion pour le chant, une capacité d'émerveillement un rien crétine mais pas désagréable à vivre, l'amour des bébés et des animaux, d'étranges lobes d'oreilles et un dos fragile (sauf mon frère), la propension à dépenser de ma mère, celle à épargner de mon père, une certaine façon de crier sous la pression au lieu de parler normalement, une faiblesse pour l'alcool qu'il aurait été judicieux de psychanalyser en la rapprochant de l'insatisfaction névrotique qui nous caractérisait tous les cinq, la manie de critiquer les gens et de leur coller des surnoms, une sainte horreur du socialisme sous toutes ses formes (sauf mon frère), un goût immodéré pour les belles histoires dans les livres ou au cinéma, une santé *a priori* de fer, notre famille s'enorgueillissant de deux centenaires, un du côté paternel, une du côté maternel. Si mon père était mort bien avant cent ans, c'était d'un accident du travail. Il animait un séminaire de motivation pour la société où il finissait une carrière bien remplie commencée dans l'électroménager, poursuivie dans les outils de jardinage. Un de ses vendeurs, voulant faire le malin devant les filles, envoyant des balles de golf n'importe où, lui avait explosé la tête d'un splendide swing. Les filles étaient tombées dans les pommes sur le green, une avait vomi dans le onzième trou, le mec avait été en prison et ma mère, poussée par ma sœur, s'était inscrite sur un site de rencontres et s'en était vite désinscrite, un jour en rentrant du cimetière. Depuis, mes cauchemars se passent souvent dans des golfs.

*

* *

J'étais en train de calculer mentalement combien faisaient quatre cent mille euros divisés par trois, il était un truc comme une heure quarante-cinq du matin et l'Égyptien que je ramenais à l'hôtel avança une main dans le noir. Il me fit claquer un violet – un billet de cinq cents euros, je précise pour les smicards qui n'en verront jamais la couleur – sur l'accoudoir, vous savez, cet appuie-coude rembourré et gainé de cuir qui fait aussi boîte à gants entre les sièges conducteur et passager à l'avant d'une limousine. L'Égyptien me demanda si j'avais de la monnaie sur deux cents.

– No, Sir. Sorry, Sir.

Just my luck... Et l'autre qui ne reprenait pas son billet. Je finis par me dire qu'il se résoudrait à me le céder. Fantastique ! Cinq cents euros ! La presque moitié de ma prochaine mensualité de crédit payée en un coup ! Mais il ne se passait rien. Le billet était toujours sur l'accoudoir avant. J'eus peur qu'il ne s'envolât, vu que c'étaient *Les Hauts de Hurlevent* dans la limo, vu que la vitre de l'Égyptien était toute descendue, vu qu'il fumait un joint, un cône de bonne beuh de là-bas passée en contrebande par la valise diplomatique, m'avait-il avoué entre deux tafs. À intervalles réguliers, le Cairote tendait le cône à la grosse qu'il avait louée pour la nuit, tout se loue, les villas, les bétonnières, les chauffeurs, les filles. Elle était bien en chair, mais *escort girl* plutôt que fatma, Wonderbra plutôt que burqa, Syrienne avec un passeport américain ou Libanaise avec un passeport canadien, j'en savais trop rien, tout ça n'était que déductions de ma part établies à partir de ce qu'avaient ramassé mes oreilles qui traînaient partout. Et notre billet de cinq cents ? Je n'osais plus le regarder sur l'accoudoir, encore moins m'en emparer, je ne voulais pas passer pour un grippe-sou. Et ce qui devait arriver arriva, le billet se souleva, prit le vent, disparut dans l'habitacle. La Syrienne peut-être libanaise partit d'un fou rire, un rire un tiers d'alcool, un tiers de nervosité et un de désenchantement. Garder mes deux mains sur le volant devint de l'ordre de l'exploit, je voulus tout lâcher, me jeter sur le billet qui faisait des roulés-boulés contre le plafond, il s'éclatait tout seul sur nos têtes comme la fée Clochette dans *Peter Pan*, il frôla ma main droite, ma main droite quitta le volant, rata le billet, la limo chassa à gauche, j'avais failli nous envoyer dans le décor, leur refaire le coup de Dodi et Diana pour cinq cents malheureux euros. L'Égyptien, pas affolé, regarda le billet venir à lui, comme aimanté, l'argent va à l'argent, et, bien qu'à moitié défoncé, le saisit juste avant qu'il ne disparût à jamais par la fenêtre. Sa grosse s'arrêta de rire. Silence. Bruit du moteur. Puis elle repartit à rire aussitôt, un fou rire cette fois clairement plus nerveux qu'alcoolisé ou désenchanté. Je rangeai la voiture devant l'hôtel. Mon client sortit, s'éloigna, la fille le suivant à cinq bons mètres, très ralentie par le $CH_3$-$CH_2$-OH et le tétrahydrocannabinol.

« Motherfucker ! Encore un qui va me donner walou. La peste soit des Égyptiens et des traînées vénales qui leur sucent la roue ! » me dis-je.

Mais :

– Wait ! me cria mon client en se retournant devant la porte-tambour qui l'avala ensuite avec la même avidité que mon frère les sushis.

Deux minutes après, la porte-tambour me rendit l'Égyptien. Il était allé demander de la monnaie auprès du concierge et revenait me faire tomber un jaune. Un jaune, deux cents euros.

– Thank you, Sir. Have a good night, Mr Al Sawira.

Je redescendis la Mercedes au deuxième sous-sol du parking de l'hôtel. Je dévalai la rampe en colimaçon accroché à mon volant. J'avais envie d'un verre de grenadine fraîche et d'un blues qui commencerait par « Woke up this morning ». J'ouvris la radio, c'était non du blues, mais du clavecin. Just my luck… J'éteignis la radio. Next limo job, I apply in Nevada. Je franchis des grilles automatiques qui se refermèrent derrière moi. Je garai la Mercedes entre deux autres, noires et propres comme elle. J'allumai l'écran de mon smartphone, cliquai sur l'icône figurant le symbole du dollar et remplis les cases vides sur ma facture : nom et numéro de chambre du client, nombre d'heures passées avec lui, tarification applicable, total à payer, immatriculation du véhicule, kilométrage à l'arrivée. Je cliquai sur une icône figurant une voiture, un tableur s'ouvrit et j'y entrai « 84 » dans la colonne Salaire, « 200 » dans la colonne Pourboire et « 1 » dans la colonne Repas. « Voulez-vous valider : oui/non ? » Oui, je voulais valider. Aujourd'hui, j'avais ramassé trois cent quatre-vingt-seize euros plus deux repas payés onze euros chaque. On se plaignait pas. Le Nevada pouvait attendre… Après un nettoyage sommaire du salopage que vous laissent les clients à l'arrière – bouteilles d'eau entamées, cendres de joint, écrans pas éteints, petits cacas divers –, je retirai du coffre le roman que j'étais en train de bouquiner et verrouillai la voiture qui me salua d'un bip-bip pas comme d'habitude, bip-bip tristounet. Je traversai le parking en doigtant une des caméras de surveillance. Je faisais toujours cela, jusqu'au jour où j'aurais une remarque des mecs de la sécurité, « Jules, tu trouves ça drôle ? » ou, moins cool, « Eh, petit merdeux, nous, on te fiste jusqu'au coude, OK ? ». Je pianotai sur un digicode et entrai dans la salle des chauffeurs. La salle des chauffeurs était une pièce bleu lavande mal éclairée, pas aérée, l'endroit rêvé pour lire *Le Parisien* et *L'Équipe*, dormir sur quatre chaises, manger du céleri rémoulade avec de la charcuterie sous vide, improviser des tournois de bons mots, de rots et de pets (voir la charcuterie sous vide), regarder des pornos serbo-croates et des de Funès, nous engueuler, nous réconcilier et finalement nous trahir, évoquer nos déboires amoureux à la maison, nos espoirs amoureux sur meetic.fr, nous raconter des bobards au sujet de soi-disant pourboires soi-disant astronomiques qu'on venait de soi-disant prendre avec un client, c'était à Paris, c'était au deuxième sous-sol d'un parking, c'était la salle des chauffeurs et ça ressemblait pas mal à l'enfer.

– Encore là ?! demandai-je à mon collègue Robert, qui lisait un pavé sur l'*Épistémologie kantienne* qu'il ne se fit pas prier pour poser.

À côté de Robert, Sergei dormait assis, la tête dans ses bras croisés étalés sur la table et, à côté de Sergei, Louis dessinait une maison. À cinquante-huit ans, Robert était le doyen des sept chauffeurs que nous étions, un long type maigre et solitaire, qui avait grande allure dans ses costumes italiens et que n'intéressaient que la philosophie, la cuisine et l'argent, ce qui est déjà pas mal. Mais l'argent surtout. Robert en bandait des kilomètres pour un gros pourboire. Il faut l'avoir vu faire de la lèche pour quelques euros de plus. Avant chauffeur, il avait été comptable, routard, roadie en Amérique pour les Grateful Dead – suppléant à l'indigence de sa musculature par la coke –, gourou en second dans une secte du Var, forain vendant des chemises sur les marchés parisiens. Sergei venait de Yakoutsk en Sibérie qu'il avait fuie pour l'Angola qu'il avait fui pour le Congo où il avait fait le nervi pour des compatriotes russes en cheville avec des potentats locaux qu'il avait fuis pour la Costa del Sol en Espagne où il avait monté un business avec des associés peu recommandables qu'il avait fuis pour Milan où il avait épousé une vieille dealeuse moscovite qu'il avait fuie pour une jeune Milanaise riche et maboule, puis ruinée et enceinte qu'il avait fuie pour venir s'enterrer avec nous dans cette salle des chauffeurs. Des légendes couraient à son sujet, celle qui voulait que Sergei ait zigouillé quatre tontons macoutes d'une rafale d'Uzi à Kinshasa, ou cette autre qui voulait qu'il ait deux millions de dollars qui l'attendaient bien au chaud dans une banque suisse, parfois c'étaient cinq millions dans une banque des îles Caïman, légendes toutes invérifiables. À trente et un ans, Louis était le benjamin de nous tous. Louis avait un TOC : il dessinait toujours des maisons, sans doute un architecte contrarié comme il y a des gauchers contrariés. Des homos contrariés aussi. Louis me disait faire l'amour à des filles. Je le croyais bien volontiers. Mais il était homo. Gay. Une tafiole. Ou bi, si vous préférez. Un bi qui aurait bien voulu se pacser avec moi. Ceci n'ayant rien à voir avec cela, lui et moi étions très proches.

– Les bougnoules nous ont pris jusqu'à trois heures. On est coincés ici jusqu'à trois heures, me dit Robert.

– Quoi comme bougnoules ?

– La famille royale saoudienne. Une princesse de merde et sa mère.

– C'est du bon, ça ? demandai-je.

– Non. Hier, son secrétaire nous a filé trente euros de pourboire chacun pour neuf heures de dispo.

Durant une dispo, ou disponibilité, le ou les chauffeurs étaient mis à la disposition du client aussi longtemps que ce dernier le désirait, trois heures ou quinze jours.

– Trente euros ?! Les chiens galeux, dis-je en ouvrant mon casier.

– Les bougnoules, ils sont plus bons comme avant. Avant – je te parle de ça, il y a dix ans –, ils te les lâchaient grave, tu savais plus où les mettre, t'avais pas assez de poches. Ça m'est arrivé d'oublier des billets dans la bagnole tellement y en avait.

Sur l'air du « C'était mieux avant », Robert y alla de sa ritournelle sur la dureté du métier. Je fourrai mon roman dans mon casier.

– Puis les intermédiaires libanais ont débarqué, poursuivit Robert. Ils ont…

– Puis les intermédiaires libanais ont débarqué, ils ont négocié les prix, blablabli, blablablo, dit Louis en roulant des yeux blancs et en soufflant de l'air comme par une paille.

– Dis tout de suite que je radote, se vexa Robert.

– Loin de moi cette pensée… fit Louis en enroulant sur elle-même sa lèvre inférieure étincelante de salive.

– Justement, les intermédiaires libanais ont débarqué ! reprit Robert. Ils ont mis dans la tête du bougnoule que le Blanc en voulait qu'à son argent.

– Ce qui n'est pas complètement faux, intervins-je en prenant un carré de chocolat dans mon casier. Moi, à part leur argent, j'ai pas grand-chose à leur dire, aux princesses arabes. Elle est belle, ta princesse ?

Mais Robert ne m'écoutait pas, naturellement :

– Les Libanais ont dit au bougnoule : « Marre de te faire enfler par le Blanc ? Laisse, Yvonne, je m'en occupe. » Ils ont négocié les prix, les ont tirés au plus serré, comme ils savent faire, ces ordures. Et qui c'est qui s'est retrouvé baisé dans l'histoire ? Nous, les chauffeurs, qui travaillons maintenant à prix coûtant. Après la vermine libanaise, on s'est pris dans la gueule le 11 Septembre. Les Arabes se sont vraiment mis à croire qu'on les aimait pas. Eh, oh, moi, j'ai jamais rien eu contre les ratons, OK ? J'étais pour que Ben Laden latte le train aux Américains. Les Libanos, le 11 Septembre, comme si ça suffisait pas, arrive l'euro ! Et, nous, on perd sur tous les tableaux : d'un côté, le coût de la vie augmente, de l'autre côté, les Amerloques voient leur pouvoir d'achat ici s'effondrer de cinquante pour cent du jour au lendemain, un pouvoir d'achat qu'obligatoirement, ils préfèrent aller exercer ailleurs que chez nous. Total, nous, on doit sortir plus de fric pour croûter alors qu'on en rentre moins. Super opération pour nous, l'euro ! Après ça, la guerre en Irak. Là, tout le monde nous déteste : le Ricain parce qu'on n'y est pas allé avec eux, le bougnoule parce qu'on est blancs comme le Ricain. Pour compléter le tout, voyant leur taux de remplissage flirter avec le seuil de rentabilité, les hôteliers font dans leur froc, c'est la grande braderie, des chambres à huit cents euros, qui dit moins ?… six cents à ma gauche ?… cinq cents à ma droite ! et, nous, en bout de chaîne, on doit véhiculer du nouveau riche polonais ou du cadre moyen d'Osaka qui ont encore le culot de bomber le torse en nous donnant des pourboires de bagagiste ! À votre bon cœur, m'sieurs dames !

Je proposai de mon chocolat à Louis qui se jeta dessus.

– Ah, tiens, chauffeur, c'est plus ce que c'était ! conclut Robert. Ça, mon vieux, il a fallu le baisser le pantalon, et pas que pour chier.

La phrase préférée de Robert… Il secoua la tête pour manifester son navrement et, par la même occasion, refuser ma tablette de Crunch qu'en bon camarade Louis lui tendait. D'autres le noient dans l'alcool ou la bouffe, Robert noyait son désespoir dans le désespoir. Je fermai mon casier, le verrouillai.

– Bon, allez, je vais mettre la viande dans le torchon, dis-je. J'attaque à dix heures trente demain. Je remmène mon Égyptien à l'avion et, après, j'ai une dispo avec les Richardson à midi.

– Les Richardson de Tampa Bay ? me demanda Robert.

– Oui.

– C'est du cent euros par jour minimum.

– J'y vais. Bonne nuit, les gars.

– Cent, sûr. Deux cents, peut-être. Ben, mon cochon, tu vas te gaver. Les Richardson, ça, c'est du bon.

– OK. Il faut vraiment que je me sauve. Ciao !

– Au fait, tu viens de prendre combien avec l'Égyptien ?

– Je suis trop dégoûté. Zéro, mentis-je, comme toujours.

– Zéro, sérieux ?!

– Zéro.

– Le pédé de sa mère.

– Qui est pédé de sa mère ? dit Sergei en bâillant.

Sergei étira ses épaules de déménageur. Ses cils papillonnèrent comme si un vent de panique soufflait chez les papillons. Quand il eut fini de bâiller, je retrouvai son visage à la truelle de Sibérien mal léché.

– L'Égyptien de Jules, Al Sawira. Il lui a rien filé.

– Le pédé de sa mère, confirma Sergei.

La pièce baignait dans une lumière verte, l'adjuvant d'une tristesse que je cherchais à toute force. Dans cette pièce, il y avait trois hommes qui attendaient jusqu'à trois heures du matin qu'une princesse saoudienne décidât ou pas d'aller se coucher ou pas. Attendre : mais qu'est-ce que l'humanité a jamais fait d'autre ?

– Tu pèses combien, Sergei ? lui demandai-je.

– Quoi ?

– Toi peser combien ? lui dit Robert en remuant la poitrine de bas en haut pour mimer la pesanteur.

– Je peser cent quarante-trois kilos dernière fois que je peser moi.

– C'est bien ce que je pensais...

– T'as chocolat, Jules ?

– Louis a tout mangé, tu vois avec lui, Sergei.

– C'est vrai, Louis ?! Toi manger tout le Crunch ?!

– Allez, ce coup-ci, j'y vais, les mecs.

Je remontai sur la Place. J'allai faire signer ma facture par le concierge de nuit qui, ensuite, vint refermer derrière moi les lourdes grilles vitrées du hall du plus grand hôtel du monde, le plus mythique, le plus tout : le Palace.

*

* *

De la rue de la Paix à la rue Caulaincourt, sur mon vieux scooter, dans la nuit clémente d'un printemps dans la bonne moyenne, je fus pris de flash-back et je m'abandonnai à leur engourdissement… Je revis notre maison de Créteil. Je revis mon père, son implantation de cheveux, ses barbecues sans comparaison et ses frustrations de salarié qu'il nous épargnait en pratiquant un humour tartignolle, et mon frère et moi fûmes deux ados sans pitié avec lui, c'était pourtant un bon père d'avant l'internet et tout ce qu'on a pu y raconter de castrateur sur les pères… Je revis ma mère, le nez au vent et les pensées dans les nuages, femme au foyer qui préférait discuter avec nous ou jouer avec le chien que cuisiner ou laver, mais une boule d'amour quand même, et d'une intelligence peu commune, excepté qu'elle employait un mot pour un autre, je l'aurais baffée… Je revis mon frère, deux ans de moins que moi, mon sparring partner à travers les âges, sa chambre toujours bien rangée, ses vingt sur vingt en mathématiques qui me rendaient fier de lui et ses transperçants revers au ping-pong qui me faisaient vouloir l'étrangler… Je revis ma sœur, neuf ans de moins que moi, notre souffre-douleur, assez incroyablement belle dans son berceau, qui chialait tout le temps, qui, confite d'admiration pour ses frères, envia les passe-droits de leur aînesse… Au lycée à Créteil, j'avais deux amis, l'un était punk, l'autre un footeux et, moi, je n'étais qu'un gommeux qui portait gâpette, se coupait en se rasant et mettait son snobisme dans les livres, et même et surtout dans les couvertures des livres qu'il tenait de façon visible quand il passait devant ses camarades de classe. Les années au lycée furent insouciantes, exactement ce que ne furent pas les trois années en fac durant lesquelles j'étudiai l'anglais et les filles. En fac, les filles étaient dans la fleur de leur beauté et je les convoitais de toute mon âme, je leur écrivais des poèmes endiablés, je venais avec des pivoines aux rendez-vous, mais, certaines semaines, je me branlais tellement qu'eussé-je mis ma bite sur un tour de potier, elle n'en fût pas ressortie plus tortillée. Langues, lettres, histoire, psycho : voilà bien les quatre grandes filières des glandeurs, souvent gauchos antimondialistes, parfois babas cool aquoibonistes et moi au milieu, me demandant ce que je foutais là. Je ne me le demandai pas une quatrième année et, licence d'anglais en poche, un jour de grosse déprime, honteux de toujours crécher chez ma mère, je m'engageai dans l'armée avec plus de rage que de conviction. J'agis sur un coup de tête. Je donnai cinq ans à l'armée, à l'issue de quoi j'eus le choix entre devenir officier ou avoir une vie normale. Je choisis la deuxième solution. J'eus une vie normale, un boulot, un appartement, des amis, des vacances, des impôts et des amourettes égocentriques oubliables dès que possible. Mais, avant cela, je fis deux tentatives dans la restauration en tant que serveur (crevant, salissant, pas payant), une tentative dans le bâtiment en tant que peintre (crevant, salissant, mais payant), une encore dans les arts en tant que chanteur des rues (je vécus deux mois dans un squat communautaire, après quelques cuillères de dawa[1], je parvenais sans problème à être pacifiste, pas à honorer une femme qui s'est pas lavée depuis trois jours ; dans ces cas-là, tu redeviens immédiatement pour la guerre, man ; puis le préfet nous expulsa, ce dont je lui sus fort gré car c'était novembre et ça commençait à cailler dans le squat). Je trouvai en fin de compte une place de vendeur dans une boutique de vêtements, propriété d'un grossiste véreux, un peu mafieux sur les bords, mais qui sera d'autant plus correct avec moi qu'il me prendra en affection et, en un temps record, me bombardera gérant de son meilleur point de vente. Il allait m'admettre dans sa garde prétorienne en me confiant la gestion d'une partie de ses intérêts quand il tomba pour fraude fiscale, une sale affaire avec des tas de ramifications, on retrouva mon protecteur égorgé dans sa cellule après qu'il eut balancé un gros bonnet marseillais. Ainsi mon monde s'écroula-t-il au bout de cinq ans, six si on arrondit. J'avais trente-trois ans et aucune envie spéciale de rester dans la friperie. Quelle merde ! Grosse, grosse déprime… Le beau-frère de ma petite copine de l'instant étant chauffeur de limousine pour le Palace et ma petite copine étant bougrement amoureuse de moi, celle-ci fit des pieds et des mains pour m'avoir le même job que son beau-frère. J'entrai au service du Palace et quittai ma petite copine dans l'instant. Comment s'appelait-elle ?

1. Confiture au haschich.

Voyons, ça va me revenir… Elle avait un prénom à coucher dehors… Cornélia ! Cornélia… Cela faisait quatre ans maintenant que j'étais dans la « chauffe », j'avais donc trente-sept ans et, rue de Clichy, mon scooter fut parcouru par des borborygmes et s'arrêta. Il fallait s'y attendre. Je le lâchai contre un mur. Je savais que je n'en tirerais pas un kilomètre de plus. Je terminai le trajet à pied, mon casque à la main. J'atteignais la place de Clichy quand j'entendis au loin mon scooter se casser la gueule sur le trottoir. Je venais de perdre deux mille euros. Ça pouvait plus continuer comme ça. Sur ces sombres pensées, je revins au bercail. J'ôtai mon costume dans la cuisine pour ne pas réveiller Paula. Je la rejoignis entre les draps. Elle dormait, brûlante de sommeil. Ses cuisses avaient la peau luisante et veloutée du mirabilis et, comme lui, s'ouvraient la nuit. Je descendis boire son con eucharistique. Sa chatte était lippue et dispensait l'odeur de la nécessité, une bonne odeur nécessairement. La fièvre barrissante de la femme sous l'empire de l'orgasme m'arriva par vagues à travers les draps. Je remontai et pris Paula par-devant, ses iris pétillants de prostituée d'impasse me suppliant de venir en elle. Ses jambes se refermèrent sur mes reins, chevilles entrecroisées. Quand elle était sur le dos, ses seins prenaient leurs aises, débordaient du tronc jusqu'à former le T du requin-marteau avec des mamelons à la place des yeux. Je crois que j'aimais Paula un peu aussi pour ses gros seins. Elle jouit, et moi avec… Plus tard, après ma douche, je me brossai les dents devant Paula reposant dans un pli des draps, les yeux au plafond, la vulve fumante, mais le visage encore frais et intouché.

– ¿ Tos qué, mi amor[1] ? me demanda-t-elle tout en n'arrêtant pas de fixer le plafond.

– Onhonh, dis-je, empêché de lui répondre par mon brossage de dents.

Je retournai à la salle de bains me rincer la bouche et revins me coller à elle qui se colla à moi.

– Oh, mon homme... Je t'aime fort, tu sais ?

– Je sais.

– Dis-moi des mots.

– Pas ce soir, mon cœur. Je suis claqué.

Je la sentis se décoller. Il y avait des tiraillements entre nous. Pas la peine de se cacher derrière son petit doigt : notre couple s'en allait à vau-l'eau. La faute à qui ? À elle qui désirait cet enfant depuis un an, à moi qui le désirais tout autant mais pas maintenant. Pour résumer, je voulais gagner un gros paquet d'argent avant que la femme de ma vie ne mît bas. Cela me paraissait un raisonnement qui tenait la route. Mais allez expliquer ça à une Colombienne qui vient de fêter ses trente-deux ans et qui s'imagine que ses ovaires vont partir en buée dans la semaine. Je sais, c'est irrationnel, mais c'est comme ça, une Colombienne.

– ¡ Qué jodido ! Escúchame : estoy mamada de ti y de tu trabajo de mierda[2]. Je veux que tu lâches ce job. ¿ Tú me comprendes, verdad ?

– Donne-moi deux ans. Je t'ai demandé deux ans. Pas un jour de plus.

– ¡ A otro perro con ese hueso ! Fais-moi un enfant !

J'avais pas un rond et elle disait s'en foutre. Elle

1. Quoi de neuf, mon amour ?

2. J'en ai ma claque de toi et de ton boulot de merde.

disait que l'argent, oui, l'argent, mais qu'on peut faire sans. Je lui disais que ça n'avait pas marché comme j'avais voulu, que je ne me supportais plus en grouillot pour milliardaires, que je serais bien reparti de rien avec une Bible, une Winchester et une femme dans un pays où on pourrait vivre en tee-shirt, nombreux et heureux, parents et enfants, sur quinze hectares de tendresse. Elle disait que je délirais complètement, que la tristesse n'est pas moins triste au soleil. Je disais que, si c'était comme ça, je me casserais sans elle en Australie. Elle disait : « Mais oui, ils t'attendent, les aborigènes ! » « Ah, Jules !, tu es là, enfin ! Bwana Jules, dans mes bras ! », gueulait-elle en petit-nègre en ouvrant grand les bras, puis en se laissant un doigt sous le nez pour suggérer qu'il était traversé par un os ornemental de kangourou. Je gueulais que j'en avais assez de sucer des cailloux, toujours compter mes sous, un resto par semaine, jamais deux, que moi aussi je voulais la vie de pacha.

– Tu vas vivre, Jules, au lieu de te lamenter sans cesse ?! T'as le bonheur, là, devant toi, c'est moi, c'est l'enfant que je vais te donner, c'est des choses simples.

– Le bonheur, c'est la solution de facilité.

– Ce que tu peux être con !

Je pensais qu'elle m'aimait paroxystiquement mais qu'un matin, lasse de devoir se serrer la ceinture, elle me prendrait mes enfants pour se barrer avec un type pété de thunes. Je le pensais et cela me rendait fou.

– Qu'est-ce qu'on va faire de toi, hein, mon Jules chéri ? Allez, fais-moi un petit sourire.

Elle me sourit.

– Et ça, c'est de la merde ? dit-elle en se donnant une tape sur les fesses qu'elle me mit sous le nez.

Elle me prit dans ses bras. Elle me serra dans ses bras.

– Tu les trouves comment, mes seins ?

– Superbes.

– Ils sont plus beaux que ceux de tes ex ?

– Sont surtout plus gros.

– Ils tombent pas un peu ?

– Pas du tout, chérie.

– Pourquoi tu dis ça ? Ils sont superbes, mes seins.

– Ben, enfin, c'est ce que je viens de te dire…

– Ils tombent, non ?

– Mais, non, ils tombent pas du tout.

– Ouais, ben, moi, je les trouve beaux, mes seins !

– Mais enfin, crie pas. Qu'est-ce que t'as, d'un coup ?!

Paula était très carénée avec des hanches protubérantes et une poitrine profilée. Du beau matériel. Elle était plutôt grande, ses épaules atteignaient les miennes lorsqu'elle mettait ses plus hauts talons, des bottes parme montantes jusqu'au genou. Ah, ce cul qui sortait de ces bottes ! Un cul ? Un vertugadin. Et qui remuait comme du flan ! Ses fesses avaient un sortilège rotatoire qui me bloquait le diaphragme. Paula avait de gros seins, un gros cul qui la rendait folle de rage, de grosses cuisses, des mollets fuselés mais des chevilles tenant dans la main, ça lui faisait de jolies gambettes, j'irais jusqu'à dire des jambes de concours. Ses cheveux aile de corbeau et ses yeux bleu cyan étaient un mélange détonant, croisement entre un père alsacien et une mère colombienne. Je ne crois pas que mes paroles trahiront ma pensée ou la réalité si je prétends qu'elle était sublime. C'était la belle nana point sotte dont tout le monde rêve. Son intelligence peu commune se rapprochait en tout point de celle de ma mère. Non seulement ça, mais en plus Paula était entraînante comme une chanson populaire. « J'aime aujourd'hui » aurait pu être sa devise et des fraises à la chantilly son blason. « J'ai un caractère assez prononcé », m'avait-elle sorti à notre premier rendez-vous. La salope, elle avait pas menti. Elle était employée à l'ambassade de Colombie à Paris, secrétaire exactement, elle avait été missionnée pour accueillir[1] un ministre colombien en visite officielle, le ministre était descendu au Palace, j'étais son chauffeur et celui de Paula que j'avais immédiatement aimée à sa façon de consulter son écran de téléphone, assise à ma droite dans la limousine pendant que, derrière, el señor ministro se prenait pour un empereur. Ça faisait deux jours que je la voiturais avec son branquignol sud-amerloque, deux jours que je rongeais mon frein pour lui parler, aucune fenêtre météo ne se présentait. Au soir du deuxième jour, nous rentrions tous les trois d'un dîner, je reconduisais le ministre au Palace qui, en sortant de ma limo, me donna le plus gros pourboire de ma carrière : me prier de redéposer chez elle mademoiselle et sa chevelure tourbillonnaire qui me… qui me… ah, qui me encore ! Les blondes m'enflamment, mais j'ai toujours eu un faible final pour la brune. La brune profonde, cérébrale et mame-

1. Et espionner, me dira-t-elle plus tard sur l'oreiller, me la jouant Mata Hari pour m'émoustiller, comme si elle avait besoin de ça…

lue est une province majeure de mes fantasmes. Imaginez qu'en plus, elle avait le visage, la femellité de Paula. En bas de chez elle, je lui proposai d'aller boire un verre, elle était trop fatiguée, elle dit non, j'en mordis et tordis mon volant en rentrant au parking du Palace, et si, ce soir-là, on m'avait demandé de lui faire un enfant, j'aurais signé tout de suite et en larmes. Or, aujourd'hui, je refusais. Ma sœur ne comprenait pas :

– Je te comprends pas, frangin. Elle remplit toutes les cases, Paula. T'en retrouveras jamais une comme ça, me disait-elle.

– T'en retrouveras jamais une comme moi, me disait à présent Paula dans notre lit, où elle venait de se mettre à chialer. ¿ No soy bastante buena para ti[1] ? ¿ Porque no te quieres casar conmigo[2], hé ? ¡ No tengo plata, no tengo plata[3] ! Quel pleure-misère ! ¡ No tienes plata, pero tienes miedo[4] !

– Donne-moi deux ans. Laisse-moi jusqu'à mes quarante ans. Le jour de mes quarante ans. C'est la dernière limite que je me suis fixée pour réussir.

– Jules, tu te racontes des craques. Tu me parles toujours d'un projet qui va marcher, « cette fois, c'est sûr ! » et, à chaque fois, ça foire. T'es plus malin qu'eux tous réunis, mais tu sais comme moi que ta chance de percer est une sur un million. Et dès qu'un de tes fameux « projets » foire – une fois par mois en

1. Je suis pas assez bonne pour toi ?
2. Pourquoi tu veux pas m'épouser ?
3. J'ai pas d'argent.
4. T'as pas d'argent, mais t'as peur.

moyenne –, c'est moi qui dois recoller les morceaux, supporter tes humeurs, ça dure des jours !

– Et ça gueule…

– Si j'ai un week-end de beau temps par mois avec toi, c'est bien le maximum !

– T'es belle, tu sais ?

Paula tressaillit, électrocutée par le seul faisceau de nerfs qu'elle avait oublié de contrôler. Elle me regardait parler comme si elle lisait sur les lèvres.

– Pourquoi tu regardes ma bouche ?

– Je regarde pas ta bouche, j'admire tes mensonges.

– Comment tu peux dire ça ? Je fais l'impossible pour nous.

– Mais oui… Ah, là, là, plus ça change, plus c'est pareil… Tu veux pas des olives ?

– Des olives ? À cette heure ?

– J'arrête pas de manger des olives et de la mimolette depuis deux jours.

Paula se leva à pieds joints. Je restai un peu dans le lit, puis la rejoignis à la cuisine en me disant que dormir six heures ou cinq, quelle différence ? Elle était nue, debout dans la lumière du frigo qui contenait à peu près quatre bocaux d'olives et trois tranches de mimolette extra-vieille.

– Je croyais que t'étais au régime.

– Passe-moi les biscottes.

J'allumai le lustre et m'attablai avec elle en lui passant ses biscottes. Nous mangeâmes en silence, elle hippocampe au cou bien droit, moi vautour à la tête plus basse que les épaules.

– D'abord, combien de femmes t'as eues avant moi ? Tu m'as jamais dit… Bon, OK, d'accord, j'ai compris, je passe après la troupe… Moi, je t'ai dit : j'ai eu que six hommes avant toi.

Je n'avais aucunement l'intention d'avoir cette discussion. Je m'en tenais à la vue sur la ville qu'offrait la fenêtre.

– Ouais, je te connais comme si je t'avais tricoté. Un jour, tu trouveras une fille avec un plus gros cul que moi et tu la suivras.

– Ça existe ?

– ¡ Tú, cabrón !… Combien t'as eu de femmes avant moi ?

– Je suis Numéro sept, alors ?

– Une de ces pouffiasses que tu transportes. Hein, petit saligaud. Un jour, tu tomberas sur une de ces pouffiasses patchoulisées perchée sur des talons qui lui remontent les fesses et tu partiras avec. Saligaud.

– Paula, je peux pas me permettre de me disperser. Quand j'aurai réussi, que je serai riche, là, OK, je prendrai une maîtresse en plus de ma légitime. Pas pour l'instant.

– Tu fais ça, je ne réponds plus de rien… C'est tellement pas toi, ça, mon ange. Allez, souris-moi un peu.

Elle devait croire que j'avais un bouton sous la table pour sélectionner l'ambiance : rires, pleurs, guerre, paix.

– Arrête, Jules, t'es affreux, je t'aime plus quand tu fais cette grimace.

– On va se coucher ? Ton mec, il a le monde à conquérir demain.

– Range le fromage, les olives, je m'occupe du reste.

Ah, je t'ai pas dit : Sofia a accouché. Tom. Quatre kilos huit. Beau comme un astre.

Je me levai, bâillant à la santé de ce bon vieux Tom.

– Non, Jules. Les olives, dans un Tupperware.

– Et pourquoi ?!

– Tupperware.

La vie m'avait enseigné qu'aucun homme ne fait le poids face à une femme qui a décidé de mettre des olives dans un Tupperware et non de les laisser dans leur bocal d'origine. Je ne luttai pas. J'éteignis le lustre de la cuisine et rejoignis Paula au séjour.

– Jules, regarde s'il est pas beau, ce bébé !

Tom pleurait sur toutes les photos. Tom était une chambre à air sans nez dotée d'une grande bouche et de grands yeux. Il était aussi plus rose que tous les poupons que j'avais vus avant, peut-être parce qu'ils l'avaient trop serré dans ses vêtements. Langé comme ça, il pouvait aller dans l'espace sans fusée.

– Il est pas beau, ce bébé, hein, mon amour ? me redit-elle.

Ses pupilles cyan scintillaient de la foi du charbonnier. Un amuïssement étouffa son dernier mot, le mot « amour », dont il ne resta entre nous qu'une mèche rouge incandescente de bougie soufflée par le vent… Comment rebondir là-dessus ? Je compris que je la perdais, je comprenais que je l'avais perdue. Ah, en trois ans, on en avait vu de dures, cette fille et moi, son hospitalisation après son accident de vélo, un verre de chablis à la figure parce que je regardais la femme à la table voisine, une autre grosse crise de jalousie parce que j'avais trempé mes yeux dans ceux d'une hôtesse de l'air, trois nuits que j'avais passées à l'hôtel parce que Paula répondait aux courriels de son ex auxquels j'exigeais qu'elle ne répondît plus… Des dures mais jamais des comme ça.

– C'est non, Paula. Pas d'argent, pas d'enfant.

– Hé, me pisse pas dessus pour me dire qu'il pleut !

Elle ferma la photo de Tom en pleurs dans ses langes, reposa son smartphone sur la table, se coucha en chien de fusil dans le canapé, sa tête loin de moi.

– Ouais, moi aussi, je te connais comme si je t'avais tricotée. Un jour, tu trouveras un type plein de blé et tu le suivras.

– ¡ Qué jodido !

La jota de la langue espagnole roulait dans sa gorge tel un dragster sur la ligne de départ. Elle s'enleva du canapé et, en tenue d'Ève, se mit à la fenêtre la plus proche.

– Un mec sympa et plein de blé et tu partiras, Paula.

Elle changea de hanche d'appui en vue de se reculer et de me considérer.

– Non, c'est toi qui vas partir ! Et maintenant !

Elle prenait ses airs exagérés de télé-novelas. Alors moi aussi.

– Si tu y tiens ! OK, je me casse ! Je peux plus vous blairer, toi et ton môme que tu dirais n'importe quoi pour avoir !

Elle me gifla. Elle me balançait des gifles, elle m'en voulait de son acharnement, elle me fit mal au front. Elle s'arrêta, nue toujours. Sa suffocation se résolut en des sanglots. Elle couvrit son visage, ses mains en position de recueillir ses larmes qu'elle allait me donner à boire, le pouvait-on croire.

– Pardon, Paula.

Je me levai et la pris contre ma poitrine.

– Je peux être une telle carabine à bêtises, parfois. Pardon, amour de ma vie… Pourquoi tu me gardes, Paula ? T'aurais qu'à donner un coup de pied dans un arbre pour que quinze riches garçons aux dents blanches en tombent.

Quand elle se troublait, ce qui m'était aisé à obtenir d'un « amour de ma vie », je lui trouvais une coquetterie dans l'œil.

– Je t'aime, dit-elle en parlant du nez qu'elle s'était bouché en chialant, cette idiote.

Paula murmurait maintenant des bisous dans le cou de son homme. « Mes actions remontent… » me dis-je. De nous être étripés nous avait mis la tête à l'envers et dans un grand état d'excitation. Nous tombâmes dans le canapé, les bouches emmêlées et les griffes sorties, elle ouverte et moi déjà dur. J'allais perdre ça ! Passé, reviens ! Au début, nous nous entendions si bien qu'on aurait pu penser que nous avions été séparés à la naissance. Qu'il était loin le temps où nous échangions nos chewing-gums au cours de longs baisers avec la langue… Mais elle me repoussa légèrement à un moment où je ne m'y attendais pas.

– Tu me le fais, cet enfant ?

Qu'est-ce que vous voulez répondre à quelqu'un quand vous êtes en pleine érection ?

– Fais-m'en un. Tu verras, mon chéri, tu verras comme c'est bon, un enfant.

Elle essaya des trémolos nasillards de lolita. Elle me jouait *Liebesträume* de Liszt. Ça me fit un petit ploc au cœur.

– Tu me béniras de t'avoir supplié. Chaque matin, tu béniras ta femme.

Il y avait plus de pression sur mes épaules que sur les pieds de la tour Eiffel. Elle finit de se détacher de moi. Elle se remit à pleurer. Elle retourna à la fenêtre.

– Parle, Jules…

Je ne pouvais pas.

– Parle… Oh, bon Dieu, je me sens seule avec toi. Parle.

Je n'eus d'abord pas le courage de la laisser sur le bord de la route comme un gros sac à sanglots.

– Comment peux-tu refuser la vie à cet enfant qui ne demande qu'à naître, comment ? articula-t-elle en surmontant ses larmes.

Mais beaucoup trop d'hommes font dans des femmes sans penser aux conséquences.

– Oh, mon adoré, aie confiance en ta Paula, me dit-elle, revenue à un ton plus pédagogue. Les premiers temps, je m'occuperai de tout. Tu auras la voie libre pour te consacrer à tes projets. Je te le promets. C'est moi qui me lèverai la nuit, OK, pas de problème. Changer le bébé, le bercer, la tétée, les biberons, la bouillie, le pédiatre, pas de problème. Tu verras, je serai une bonne petite mère, je ne…

– Ceux qui aiment les oiseaux ne les mettent-ils pas en cage ?

Elle m'interrogea du regard, un peu comme un chien qui a des gaz, qui s'étonne de ce qui lui arrive en jetant un coup d'œil derrière lui pour voir d'où ça vient.

– Tu plaisantes, pas vrai ?…

Elle volta et me fit face.

– Jules, t'es dans une cage avec moi ?

La fumée lui sortait par les oreilles.

– Jules, c'est révoltant, ce que tu viens de dire. Attends, moi, la cage, je vais te l'ouvrir. Allez, du balai ! Hors d'ici, sale mec !

Mes actions ne remontaient pas du tout.

– Paula, c'est pas ce que je voulais dire.

– Oui, mais tu l'as dit ! Tu me fais un bébé, oui ou non ?

– Paula…

– Je souhaite bien du courage aux suivantes, car y aura du turn-over, j'en connais pas une capable de tenir le restant de sa vie avec un indécis pareil. Sinon, ta réponse ?

– Non, refusai-je de la manière la plus yang qui fût.

– Non ?… Bien. C'est fini entre nous.

– OK ! Tu me l'as tellement répété que c'était fini, depuis des semaines tu me le répètes, donc, OK, cette fois, c'est la bonne !

– Dès demain, on est séparés. Demain, tu cherches un appart.

– Je cherche un appart.

Il s'ensuivit un vif échange au cours duquel elle appliqua son *Manuel de la chienne* à la virgule près, se montrant polie jusqu'à l'insolence. J'eus envie de l'agonir d'injures. Mais tout ce que j'aurais pu dire de dur n'aurait plus été qu'une chiquenaude à un éléphant. Ensuite, nous nous retrouvâmes côté à côte dans le lit, j'ignore comment. Le silence nous gélifiait sous les draps, un terrifiant silence auquel plus rien ne succède. Elle nicha une de ses épaules au creux de mon aisselle et put pleurer plus à son aise. Où me trouvait-elle toutes ces larmes ? Puis je ne me souviens que de ces phrases que nous prononçâmes dans l'obscurité de la chambre :

– Pourquoi tu me prends la main, Paula ? Tu sais bien que c'est fini entre nous.

– Faudrait que ça finisse. Mais ça pourra jamais.

– Écoute, ne nous voyons plus pendant au moins quelques mois. Disons six mois.

– Qu'est-ce que c'est que ces conneries encore ?

– Prenons date et revoyons-nous dans six mois. Pas avant. Six mois, ça fait janvier. En janvier, nous déciderons.

– Janvier... Comment qu'on va faire, toi sans moi, moi sans toi ?

– Notre seule chance, c'est de nous donner de l'air à l'un et à l'autre.

– C'est débile comme argument.

– Je te rappelle que c'est autant le tien que le mien.

– Je sais, je sais, mais...

– On a parfois besoin d'avoir peur de se perdre pour se garder.

– Quel déchirement...

– Je reviendrai chercher mes affaires demain soir.

– Hommes et femmes, chiens et chats...

Plus tard dans la nuit, versant toutes les larmes de son corps, elle prononcerait cette autre phrase, inintelligible celle-là :

– Un jour, peut-être, l'amour tombera du ciel. Seraije en dessous ?

Il me fallait maintenant désapprendre Paula. Sa beauté fatale. Son humeur revigorante. Sa cuisine toujours surprenante. Ses points de susceptibilité à éviter.

Ses mains surnaturelles pendant l'amour, curatives pendant la tendresse. Son thé que je lui apportais au début du film avec un nuage de lait et une cuillère de miel. Le lit que je devais faire, la table que je devais débarrasser, la poubelle que je devais descendre, la perceuse que je devais manier, les courses dont j'étais chargé, mes cinq seules tâches ménagères, je n'en vois pas d'autre, j'avais la belle vie… Et voilà ! J'étais célibataire à nouveau. Retour à la case départ. À trente-sept ans. Ne nourrissais-je pas des ambitions plus grandes que l'homme ? Oui, mais quand t'es parti en claquant la porte, t'as qu'une seule façon de revenir. En vainqueur.

## Jeudi 1er juin

*– Des nègres, en plus.*

*Robert.*

Je me réveillai dans la même position que celle dans laquelle je m'étais endormi. Mes membres mirent longtemps à répondre. J'avais froid alors que juin commençait et qu'il faisait des nuits à vingt degrés. Paula s'en était allée au boulot, vraisemblablement la goutte au nez et portant autour des yeux un désolement à étreindre le premier passant. C'était pas une migraine que j'avais, c'était un tricorne. En sweat-shirt à capuche mais la bite à l'air, je pris une aspirine dans un verre d'eau, assis sur un bout du canapé en me disant qu'après tout, donner la vie n'était qu'assurer la reproductibilité des misères humaines. Aucun regret. Je regardai l'heure à l'horloge The Simpsons de Paula. J'étais très en retard. En dix minutes chrono, je fus rasé, douché, costumé, je sautai mon traditionnel café chicorée du matin, descendis les marches quatre à quatre. En bas, je cherchai mon scooter, je crus qu'on me l'avait taxé, puis, réalisant que c'était proprement impossible qu'on volât une pétrolette qui n'avait plus assez de souffle pour seulement vous sécher les cheveux, je me rappelai que mon fidèle destrier était mort entre mes jambes hier soir rue de Clichy. Je pris un bus. Au moment où le bus passa le cimetière de Montmartre, je repensai au roman que j'étais en train de lire, à cette phrase qui m'avait empêché d'aller plus loin dans ma lecture : « Les gestes marquent, les paroles germent, les sentiments meurent. » Il faut être entré dans une femme après en être sorti d'une autre pour comprendre certaines phrases et devenir un homme. Paula m'appelait « mon bébé tigre ». Aucun regret ?

*

*  *

Le dispatcheur attribuait chaque matin les voitures et les clients aux chauffeurs. Deux types de voitures étaient proposés à la clientèle : Mercedes Classe E, Mercedes Classe S. Pour vous punir ou parce qu'il s'emmerdait ou juste parce qu'il fallait bien un baisé et que vous étiez le dernier arrivé dans la boîte, le dispatcheur pouvait vous attribuer une Classe E. L'heure de Classe E coûtant moins cher, le client qui la louait avait en principe moins d'argent et était moins susceptible de vous lâcher un gros pourboire. En revanche, si le dispatcheur et vous étiez bonnes copines, il vous attribuait plus souvent des Classe S, partant, vous aviez plus souvent de chances de récolter de gros clients, partant, de ramasser de gros tips. Maintenant, et c'est ce qui faisait le charme indéfinissable de ce merveilleux métier qu'était la « chauffe », rien n'était écrit dans le marbre : un client Classe E pouvait vous laisser cinquante euros pour une simple dépose à l'aéroport alors qu'un client Classe S pouvait ne vous laisser que vos yeux pour pleurer bien que vous l'ayez baladé trois jours dans Paris en vous pliant au moindre de ses caprices qu'une tarlouze rougirait d'avoir, et que je veux aller ici, et que je veux aller là, et que je change d'avis, on va ailleurs, et que maintenant on rentre, et que finalement on rentre plus, et que je veux ceci, cela et la crémière avec, et que vous sauriez pas où on peut « en » trouver ?, et que vous connaîtriez pas un bon restaurant ouvert à trois heures du mat' ?, et que dix dollars pour vous si vous me décrochez une foufoune à hauts talons. Et mon cul sur ta gueule, ça l'fera, bâtard ? Au Palace, l'origine ethnique de notre dispatcheur posait problème : Mohamed était arabe. La rumeur allant bon train, pesait sur lui le soupçon de son favoritisme à l'égard de Kamel, chauffeur de souche maghrébine. On en était même récemment venus aux mains. À la première chaise qui avait volé, je m'étais tiré aussi sec de la salle des chauffeurs où avait eu lieu la baston qui s'était soldée, d'une part, par un Kamel en pleurs à la lèvre explosée et, d'autre part, par un Valentin qui avait dû allonger les frais de teinturier de Kamel, avait écopé d'une mise à pied d'une semaine et, durant un mois, ne s'était vu attribuer par notre dispatcheur que des déposes gare (payées douze euros chaque, va grailler avec ça dans le Triangle d'or[1]...) ou des dispos avec des tocards piètres tippeurs du genre de cet Anglais qui, bien que palpant son million d'euros mensuel, n'avait jamais pourliché âme qui vive

1. Avenues des Champs-Élysées, George-V et Montaigne.

ou du genre du plus grand marchand d'art du monde qui, au pied de son jet privé sur le tarmac du Bourget, me gratifia de dix euros après trois jours et trois nuits à lui dire, le petit doigt sur la couture du pantalon, « Yes, Sir », « You're welcome, Sir », « Needless to say, Sir ». Parlez d'un métier... Au fond, vous voulez savoir quoi exactement sur les chauffeurs de limousine ? Ils votent à droite, voire sont fachos. Exemple : la radio de la limo était souvent préréglée sur la station Courtoisie. Ils sont racistes dans l'ensemble, et ce qu'ils soient d'origine russe comme mon collègue Sergei, algérienne comme Kamel ou picarde comme Robert. Vous noterez au passage qu'il n'y avait pas de Noirs dans nos effectifs, la direction n'étant pas super pour, à ce qu'on m'a toujours dit. Les chauffeurs de limousine peuvent avoir un côté touchant à quatre heures du matin dans leur veste fripée, mais, si vous en croisez un, ne vous y laissez pas prendre, ils ne pensent qu'à l'argent et sont prêts à vous trahir pour cent euros. Exemple encore : un mois plus tôt, Sergei m'avait piqué un de mes meilleurs clients, un industriel turc cool, « cool » ne signifiant pas gentil mais bon « tippeur », de l'anglais *tip*, « pourboire ». Mon Turc ! Mon Turc à moi, cette merde ambulante de Sergei me l'avait piqué. Résultat, je me coltinai toute une journée un Israélien connu sur toute la place de Paris pour cracher zéro pourboire, putain de sa race ! J'avais un costard noir, des chaussures lustrées qui marchaient toutes seules et un carrosse autotracté aux vitres fumées que je ne devais pas rayer sous peine d'actionnement du siège éjectable. Journées de quinze heures, parfois vingt, clients super influents et super casse-burnes, jamais le temps de bouffer ou de pisser, ce job vous menait droit au cimetière. Je transportais des stars et leur bodyguard à la vue basse et aux tempes se touchant presque, des top models et leur suite, des têtes couronnées, des rockers, des présidents de la République, des prix Nobel, de faux industriels russes et de vrais trafiquants d'armes nigérians qui tchatchaient en milliards de dollars sur la banquette arrière. Mais vous excitez pas, n'allez pas vous imaginer des choses, les milliardaires sont comme vous et moi, malades, tristes et troudeballés comme vous et moi, et ils sont aussi très sympathiques, deux cents euros de pourboire vous rendant n'importe quel empaffé très sympathique. Bref, je m'appelais Jules Claverie, je vivais seul depuis quelques heures et je n'étais qu'un valet qui avait le droit de vote et ne l'exerçait même pas.

Début juin, donc.

De mon bus, je hâtai le pas jusqu'au hall du Palace et ses quatre célèbres arcades ouvertes sur la Place. Les voituriers ôtèrent leur gant blanc droit pour me serrer la main que je serrai également à notre boss Matt et au dispatcheur Mohamed, debout devant le bureau en marbre du hall, en train d'apporter des modifications au planning de la journée, quel chauffeur irait avec quel client dans quelle voiture. Matt possédait la société de limousines qu'un contrat d'exclusivité liait au Palace. Il y avait en fait, entre cette société et le Palace, un astucieux système de participations croisées fondé sur un je-te-tiens-tu-me-tiens-par-la-barbichette qui la préservait des aléas commerciaux ou des coups fourrés, mais taisons-nous, les fonctionnaires du fisc lisent aussi des romans le matin dans le métro en se rendant au centre des impôts. Les chauffeurs, mes collègues, n'aimaient pas Matt. Il était radin. Jamais il ne nous aurait offert un café au Corsaire, un café-brasserie rue Saint-Honoré, ses tabourets confortables, sa lumière tamisée, son personnel typically parigot, notre salle des pas perdus où nous passions le temps quand ça n'était pas dans la salle des chauffeurs. Radin, mais Matt était également franc du collier et honnête. Jamais d'enfumage avec lui et jamais il ne nous aurait carottés d'un euro sur la paye du mois. J'appréciais ça.

– Tu prends la 756 ce matin, me dit Mohamed.

Dans un des tiroirs en bois du bureau en marbre, je récupérai la clé de la Mercedes Classe S immatriculée AC 756 BL. Je ressortis du hall, traversai une petite moitié de la Place jusqu'à un édicule d'où des escaliers partaient sous terre. Je descendis les escaliers. Au deuxième sous-sol du parking de l'hôtel, je posai mon doigt sur une plaque de verre, mon doigt devint rouge et j'entendis mon premier bip-bip de la journée, celui de la serrure biométrique à reconnaissance d'empreintes digitales. J'allai directement à la 756, l'inspectai : propre dehors, propre dedans, réservoir plein, cendriers vides, que demande le peuple ? Je vérifiai aussi qu'il y ait bien des magazines, des allumettes, des lingettes, des mouchoirs, des blocs de papier, des stylos et, dans le coffre, un parapluie et le nécessaire à nettoyage, lustreuse, chiffons et bombe aérosol pour les vitres. Je pianotai sur un digicode et entrai dans la salle des chauffeurs. Kamel lisait *Le Parisien*, Valentin s'admirait dans son nouveau costume. Serrage de pognes à mes deux collègues, pas mes préférés, mais, ce matin, c'était le cadet de mes soucis. Kamel. Kamel était plus jeune et moins propre que moi mais faisait plus vieux et plus propre que moi. Fiche signalétique de Kamel Chouaref : un mètre soixante-quinze, calvitie en fer à cheval, barbe clairsemée, tête ronde, corps rond, grands pieds. Il avait une voiture à vingt mille euros payée deux mille, des montres à dix mille dollars payées cinq cents, un écran géant dans le séjour et un dans la chambre payés zéro, un portefeuille boursier qu'il surveillait comme le lait sur le feu, quatre mômes et éventuellement une femme. Bien sûr la femme avait les cornes. Voici ce que disait de lui Robert qui ne l'aimait pas : « Dans toute équipe, faut des premières gâchettes et des porteurs d'eau. » Valentin. Valentin était très propre, presque trop, et avait sept ans de plus que moi, quarante-quatre donc, mais en paraissait soixante à force de s'esquinter la santé au travail. Fiche signalétique de Valentin de Beauvoir : un mètre quatre-vingt-quatre, cheveux blonds, yeux bleus, peau cuivrée de janvier à décembre (mais autobronzant), tête ovoïde, corps musculeux, petits pieds. Lui et sa femme claquaient tout leur argent dans des vêtements de marque et des voyages de prestige. C'était assez absurde comme comportement mais chacun est libre. Leur couple entretenait d'ailleurs une relation très bizarre qui, pour se maintenir, nécessitait la fréquentation assidue de clubs échangistes tendance SM. En outre, ce couple était stérile. D'après Valentin, sa femme ovulait mal, mais, d'après Kamel, c'étaient des conneries, c'était Valentin qui « pouvait pas », enfin, je vous dis ça sous toutes réserves. Voici ce que disait de lui Robert qui ne l'aimait pas, qui n'aimait personne : « Valentin, c'est un ancien GO, c'est un refoulé du zob comme tous les anciens GO, mon beau-frère a été quinze ans GO au Club Med, maintenant il est pédé, il a un anneau pénien, ma sœur a un anneau gastrique et ils ont trois enfants adoptés. »

– Quelle époque on vit ! C'est quoi qu'ils ont adopté ? avais-je demandé à Robert.

– Des nègres, en plus.

– Dis pas ça, c'est mignon, des négrillons.

– Sur scène, ouais.

– Moi aussi, j'aimais bien les Jackson Five. Mais je suis comme Robert : je les aurais jamais invités à la maison, avait ajouté Kamel, le porteur d'eau.

Je déverrouillai mon casier, en sortis mon roman et en refermai la porte sur laquelle un petit plaisantin avait mis l'autocollant portant le slogan de campagne électorale du parti qui avait pris la déculottée du siècle aux dernières législatives : « AUJOURD'HUI DEMAIN ! » Sur la porte du casier d'à côté, celui de Robert, un deuxième petit plaisantin avait écrit « Dieu est amour » et un troisième avait rajouté entre parenthèses « C'est pas ce que sa mère m'a dit ». On s'amusait bien.

– Tu le trouves beau mon nouveau costume ? me demanda Valentin.

– Va, va, Jules, dis-lui que son costume est beau ou il va encore nous tanner pendant des heures.

– C'est un Hugo Boss. Jules, devine combien je l'ai payé pas cher.

– Je sais pas.

– Dis un prix.

– Trois cents ?

Valentin regarda Kamel d'un air entendu. Il eut un grand sourire qui lui fit monter un petit hoquet ironique où pointa sa voix de fausset.

– Écoute, Valentin, je suis pas au top de ma forme, là. Donc les jeux éducatifs, les rébus, non.

– Dis un autre prix, Jules.

– Oh, putain… Deux cents ?

– Cent cinquante euros.

Valentin avait émis son « Cent cinquante euros » dans des gloussements de poule faussement désolée d'avoir raison. Les gloussements s'étaient terminés par le vibrement de lèvres que font les bébés quand ils jouent avec de l'air. Il avait aussi haussé les épaules et il attendait à présent que j'acquiesce pour les redescendre. Il fallait les supporter, je vous le dis, moi.

– C'est génial. Génial. Y a pas d'autre mot, acquiesçai-je donc.

Je me dirigeai vers les cartons de bouteilles d'eau.

– Y a plus d'eau ?!

– Je sais. Faut le signaler à Matt, dit Kamel.

– C'est pas du boulot, merde. Comment ils veulent qu'on bosse dans ces conditions ? Et après qui c'est qui en prend plein la gueule parce que les gens louent des limos à cent euros de l'heure et qu'il y a même pas d'eau à leur disposition, qui, hein ?

– Nous, je sais, dit Kamel.

– Eh, normalement, c'est aux voituriers d'assurer notre ravitaillement en eau ! dit Valentin en dirigeant son doigt sur les Dix commandements du chauffeur affichés au mur.

Au-dessus de nos Dix commandements, il y avait une photo de la tenue réglementaire que nous étions supposés observer. La photo était de Matt, notre boss, elle montrait un chauffeur qui relevait le menton devant une limousine garée devant le Palace, et Louis avait servi de modèle. Un quatrième petit plaisantin avait dessiné à Louis deux grosses couilles lourdes de sens.

– Normalement, c'est aux voituriers de nous descendre les cartons de flotte. Regarde, Jules, c'est marqué là, dans le huitième commandement ! dit Valentin.

Mais la rivalité entre voituriers et chauffeurs empêchait que l'un de nous se permît de prier l'un d'eux de faire ce qu'ils jugeaient dégradant de faire : le coolie pour les chauffeurs. Ces cons-là ne pouvaient pas nous piffer pour tout un tas de raisons, et d'abord par corporatisme bête et méchant, ensuite parce que nous n'avions pas d'uniforme, mais la même tenue que les clients – en apparence, du moins –, enfin parce que là où ils ramassaient cinq euros de pourboire, nous en prenions dix fois plus. Ce qu'ils oubliaient, c'est qu'ouvrir une portière à un milliardaire pendant dix secondes et le balader pendant quinze heures sont deux choses bien différentes. Günter entra.

– Ah, manquait plus que toi, dis-je.

Il se dirigea vers les cartons d'eau.

– Y a plus d'eau ?!

– Bonjour quand même, dis-je en lui tendant la main qu'il saisit rêveusement.

– Ah, oui, bonjour, bonjour.

J'avais donné deux surnoms à Günter en raison de son allemande origine : le Schmidt et DPVDLT, sigle de Das Petit Vélo Dans La Tête.

– Günter, tu sais combien je l'ai payé, mon costume ?

– Il recommence avec son costume, pensa Kamel à voix haute.

Günter, dit le Schmidt, dit DPVDLT, ne répondit pas. Günter ne répondait jamais parce que c'était un simple d'esprit, un débile habillé comme un maître-chien avec ses pantalons à revers imitation flanelle en laine de lama achetés deux euros sur un marché de La Paz en Bolivie, où le Schmidt vécut dans une auberge de jeunesse sans marquer ce beau pays de son empreinte indélébile puisqu'il n'y fit aucun coup d'État ni aucune découverte médicale ou archéologique marquante, se contentant d'y importer une demi-douzaine de Harley-Davidson qu'il descendit une par une, cheveux blonds au vent et sac à dos sur la selle, depuis Los Angeles en passant par le Mexique, le Guatemala, le Salvador, le Nicaragua, le Pérou, etc.

« Mais, dis-moi, le Schmidt, tu t'es jamais fait tuer la nuit pendant que tu dormais sur le bord de la route à la belle étoile ?! » lui demandai-je un jour.

Non, il était bien vivant, là, devant moi, droit dans son falzar en lama. Aux innocents les mains pleines. Même s'il avait l'indécence d'avoir des revers à ses pantalons, même s'il ne se déplaçait que sur la tranche extérieure des pieds comme si le sol était de la lave précambrienne non encore refroidie, l'hôtel le gardait à son service uniquement parce qu'il était le seul d'entre nous sept capable, pendant dix ans, de se lever tous les jours à quatre heures du matin pour se coucher tous les jours à trois heures du matin, le seul à endurer sans rechigner des horaires à la fois de boulanger et de cabaretier. Le bon Boche. Avec des comme ça, Hitler jouait sur du velours. Franchement, à part le truc de la mèche et de la moustache, fort bien trouvé au demeurant, je pense que Hitler n'a eu aucun mérite particulier.

– Bon, ben, voilà, dit Kamel en refermant son journal rempli d'attentats suicide, d'héritières débauchées et de réchauffement climatique.

Robert, Sergei, Louis, Mohamed, Matt, Kamel, Valentin et Günter, dit le Schmidt, dit DPVDLT : maintenant que vous connaissez tout le monde, on peut y aller. En voiture, Simone.

*

* *

Sauf cas de force majeure, tout chauffeur devait monter devant l'hôtel avec sa limousine quinze minutes avant l'heure à laquelle le client avait réclamé une voiture. Quinze, pas une de moins, ou ça bardait pour votre matricule. Les cas de force majeure étaient laissés à l'imprévisible et souveraine appréciation de la cohorte de ceux que le Créateur en sa grande mansuétude avait personnellement chargés de pourrir notre passage sur Terre : en un, le dispatcheur, en deux, les voituriers, en trois, les clients. Le dispatcheur, les voituriers et les clients : le geôlier, les kapos et les tortionnaires. Inutile d'espérer se prévaloir d'une quelconque jurisprudence, la force majeure pour Kamel lundi pouvant constituer une faute majeure pour Valentin vendredi. D'où des chaises qui volent dans la salle des chauffeurs. *Quod erat demonstrandum*. Quinze minutes en avance, donc, je fis parler les quatre cents chevaux de ma Mercedes Classe S de deux tonnes cinq dont une roue décolla en haut de la rampe de sortie du parking. Puis, sans ralentir, je pris l'étroite contre-allée qui faisait le tour de la Place et qui, atteignant le Palace, se scindait en deux : vers la gauche, elle continuait son tour de place tandis que, vers la droite, elle continuait aussi son tour de place mais en se donnant le temps d'une petite déviation passant pile devant les quatre arcades du Palace. Que ce soit par la gauche, que ce soit par la droite, la contre-allée s'élargissait du double, constituant de cette manière deux aires de stationnement parallèles l'une à l'autre, séparées par un terre-plein d'à peine un mètre de large et vitales pour nous chauffeurs car juste devant l'hôtel. Il y avait de quoi mettre quatre à six voitures sur chacune d'elles deux mais, si elles étaient déjà entièrement occupées, vous étiez niqué, vous deviez aller ranger votre gros cul de limousine au centre de la Place et surveiller de loin qu'un voiturier levât le bras pour vous avertir de la sortie de votre client. Dans ce cas de figure, vous risquiez des embrouilles à plus d'un titre, notamment parce qu'un voiturier tête en l'air pouvait vous oublier, un voiturier brimé par les collègues ou surtaxé par l'État pouvait vous zapper intentionnellement ou un flic un peu zélé pouvait venir frapper à votre carreau pour vous dire de dégager. Au final, malheur au chauffeur qui faisait attendre son client plus d'une minute, crime de lèse-majesté s'il en était, compromettant d'entrée son pourboire et l'exposant à un risque bien plus grand celui-là : que le client annule sa commande de voiture avec chauffeur et sollicite le voiturier d'appeler un taxi. Là, vous aviez tout gagné : pas de pourboire, sans parler de salaire, et vous preniez une soufflante pour avoir fait perdre de l'argent au Palace. J'avais de la veine ce matin puisque je tombai sur une des rotations de Gaspard, le voiturier avec qui je m'entendais le mieux, nous échangions des livres, des films, un type charmant mais il ne fallait pas l'emmerder. J'adore les types qu'il faut pas emmerder. Mettre des voituriers dans votre poche vous sauvait souvent la mise. La moindre mésintelligence entre eux et vous pouvait avoir des conséquences directes sur votre salaire, comme on vient de le voir. Au surplus, ces cons-là avec leur casquette de cocher et leur redingote de glandu décidaient de l'attribution des places des deux aires de stationnement susmentionnées, qu'ils se les attribuassent à eux-mêmes afin d'y garer les voitures des clients qu'ils ne descendaient pas au parking, qu'ils les attribuassent à des chauffeurs de limousine extérieurs attendant que leur client ressortît du Palace ou enfin qu'ils les attribuassent à un de nous sept. Les voituriers, le dispatcheur, les collègues, les clients, les flics, le boss, autant de paramètres à gérer presque scientifiquement par le chauffeur, car ils conditionnaient ses performances, donc son espérance de vie dans le métier.

– Énorme, le bouquin que tu m'as prêté hier, un truc de ouf ! me dit Gaspard alors que je baissais ma vitre en roulant lentement vers lui.

– Excuse-moi ?!...

– Mais, non, je déconnais.

– Ah, je préfère.

– Eh, qu'est-ce que tu veux, ils parlent tous de ce

mec, le nouveau Bret Easton Ellis, je voulais lui donner au moins une chance.

C'était un de ces auteurs au front méchu, aux idées larges qui sortent beaucoup la nuit pour boire et baiser pour faire comme Bukowski. Ils ne sauront jamais que les femmes qu'il couchait dans son lit puis sur le papier, Bukowski, lui, allait les chercher au bout d'une autoroute dans des topless bars aux trois quarts vides où des cols blancs et des cols bleus venaient se recharger avant de décharger dans des putes tenant boutique dans un mobile home ensablé sur le terrain voisin au milieu des broussailles et d'une Toyota Corolla dépecée. Qui peut oser prendre la plume ou un pinceau en ignorant que les filles qui sentent la bière renversée inspireront toujours plus de statues et de symphonies que des poupées sans défaut de fabrication ?

– Tu fous quoi, Jules ? Avance ta limo, t'as du monde derrière, me dit Gaspard, m'obligeant à quitter un topless bar de LA, Buko et moi n'avions même pas fini nos bières…

En effet, dans mon rétro, un taxi amenait un client au Palace. Gaspard me fit signe de me garer sur celle des deux aires de stationnement la plus devant l'hôtel. Je me garai, descendis de voiture. La lumière du parking ne valant pas celle du jour, je procédai à l'examen de la carrosserie, non qu'elle ne fût pas propre, mais une bosse ou une rayure qu'un chauffeur avait faite hier sans signaler qu'il l'avait faite et c'était pour ma gueule, je devrais passer sous les fourches caudines de Matt et payer les pots cassés. Aucune bosse. Aucune rayure. Puis je traversai une des quatre célèbres arcades ouvertes sur la Place pour fouler les tapis rouges du hall. Entre les escaliers montant à la porte-tambour, entrée principale du Palace, et le bureau en marbre du dispatcheur, une porte blanche se trouvait creusée. Prises dans les mailles orthogonales de sa croisée, des petites glaces sans tain permettaient aux voituriers planqués derrière de tailler une bavette ou de manger un falafel tout en surveillant l'activité dans le hall, qui arrivait ? qui partait ? qui voulait quoi ? Cette porte blanche donnait sur un vestibule et, dans ce vestibule, un ascenseur descendait dans le ventre de l'hôtel. Près de l'ascenseur, il y avait toujours des cartons de bouteilles d'eau. Je pris quatre bouteilles, revins en mettre deux dans les vide-poches des portières arrière de ma voiture et deux dans un rangement du coffre. Mehdi, un des bagagistes, arriva, poussant un chariot doré. Il contrôla qu'on ne nous voyait ni nous entendait pour me dire :

– So what, no fucking ziti, now ?!

C'était une réplique culte des Sopranos, série américaine qui avait profondément affecté Mehdi, avait changé sa vision du monde. Il ne mesurait qu'un mètre soixante et, dans *Les Sopranos*, des Napolitains d'un mètre soixante sortaient un flingue et pouvaient se taper toutes les wasps du New Jersey qu'ils voulaient.

– Ze fucking Mehdi ! dis-je.

Il hissa les bagages de M. Al Sawira dans mon coffre en s'aidant des hanches pour les y pousser.

– Mate ça, marmonna-t-il en faisant le guet.

Mehdi avait toujours des vidéos à montrer sur son téléphone.

– Casse-toi, Mehdi, mon client va se radiner.

– Commence pas à faire chier, Jules, ton Égyptien était sous la douche, y a deux minutes. Chouffe, chouffe, la blonde dans son porte-jarretelles ! Elle demande la guerre, celle-là. La mèredeuf[1], elle a un corps, appelez la police, quoi !

D'habitude, les vidéos de Mehdi étaient particulièrement scabreuses. Pas cette fois. On voyait seulement une femme de cinquante ans en train d'essayer de la lingerie. Bon, c'est vrai qu'après, la vendeuse de lingerie arrivait dans la cabine d'essayage et ça dégénérait. Mehdi avait toujours deux loyers de retard mais renouvelait chaque premier du mois son abonnement à MILF[2] TV par prélèvement automatique.

– D'accord, Mehdi. Laisse-moi bosser maintenant, marmonnai-je en faisant le guet à mon tour.

– T'es pas cool, ce matin.

– Et c'est que le début.

– Paula t'a largué ? Elle t'a collé un timbre ? C'est ça ?

– Jawohl.

– Ça devait arriver.

– C'est tout ce que tu trouves à dire ?

– Allez, raconte.

– Une autre fois, pas aujourd'hui.

– Ça devait arriver, t'es trop sentimental.

– Je suis trop sentimental.

– Une fille, tu la baratines, tu la barattes, tu la rembarres et tu te barres, rappa-t-il en roulant des mécaniques.

---

1. Mère de famille.
2. Mothers I'd Like to Fuck.

– T'as pensé à mon champagne ?

– J'ai encore oublié. On avait dit combien de caisses ?

– Une.

– Une. Je te l'amène demain.

Mehdi avait du champagne de premier choix à dix euros la bouteille. C'était pas que son frère était vigneron ou négociant en vins, mais il ne cambriolait que des caves des beaux quartiers. La chance avait voulu que son frère ne se soit pas fait serrer depuis sa libération anticipée pour bonne conduite, il y avait deux ans. Mon Égyptien finit par arriver. Je l'attendais au cul de ma limousine, coffre ouvert afin qu'il pût contrôler que tous ses bagages y étaient.

– Good morning, Mr Al Sawira.

– Good morning.

Al Sawira était déjà assis à l'arrière, Gaspard le voiturier avait déjà refermé la portière derrière lui. Je rabattis le couvercle du coffre, me mis au volant, démarrai, attachai ma ceinture en conduisant.

– It's gonna take around forty minutes to get to the airport, Sir[1].

– OK, me dit Al Sawira sans me regarder dans le rétroviseur.

Pour lui, un chauffeur, même de limousine, même de la race des colons, n'était qu'un chaouche et, dans sa culture, un chaouche ne se regardait pas.

– Is the temperature right for you, Sir[2] ?

---

1. Il faudra environ quarante minutes pour aller à l'aéroport, monsieur.

2. La température vous convient-elle, monsieur ?

– Good, good.
– Would you like some music, Sir ? Jazz, classical, chanson française, Arabic ?
– No, thanks.
– Rock, pop, hip-hop, R&B ? News or talk radios ?
– No, no, thanks.
– May I ask you one last question, Sir ?
– Please, do.
– Would you like a baggage handler to wait for us at the airport[1] ?
– A cart will do it[2].
– Thank you, Sir.

Le choix de la route relevait d'une science très personnelle. La décision d'y aller ou pas, par ici ou par là se prenait plus au pifomètre qu'en se basant sur les informations objectives fournies par la voiture sur les rues en travaux, les accidents de la circulation, les points d'engorgement. Chacun de nous avait ses raccourcis en cas d'avion à attraper au vol, ses itinéraires de délestage en cas d'embouteillages qu'il gardait bien souvent pour lui et ne livrait que s'il avait bu, gagné au Loto ou aux courses ou besoin d'un service de votre part. Aujourd'hui, je passai par la rue Damrémont, un grand classique, quoique ce soit une route bien moins prestigieuse que d'enquiller le très haussmannien boulevard Malesherbes direct jusqu'au périphérique. Sur l'autoroute, je bloquai le régulateur de vitesse sur quatre-vingt-dix kilomètres-heure au niveau du Stade de France, puis sur cent dix

1. Souhaitez-vous qu'un porteur nous attende à l'aéroport ?
2. Un chariot suffira.

kilomètres-heure au passage du Bourget afin d'éviter d'être flashé par leurs radars fixes ou mobiles. C'était pas le moment de jouer au con, ils m'avaient sucré quatre points de mon permis de conduire trois mois plus tôt. Vers minuit, un prince saoudien super à la bourre avait passé sa main le long de mon appuie-tête, la main parfumée avait enfoncé cinq cents euros dans la pochette en haut à gauche de ma veste, ça m'avait fait une pochette comme jamais, j'avais pas pu refuser, j'avais mis les warnings, appuyé sur le champignon, cent soixante, cent quatre-vingts, deux cents, deux cent vingt, deux cent quarante kilomètres-heure, l'œil rivé sur les glissières de sécurité à la recherche d'un radar que j'avais vu un peu tard, j'avais pilé, mon passager avait été donner de la tête contre le plafond, jurant en arabe tout ce qu'il pouvait, et j'avais été flashé à cent cinquante-quatre kilomètres-heure : quatre points en moins sur mon permis de conduire et une amende de sept cent cinquante euros moins les cinq cents dollars du pourboire, soit quatre cents euros. La photo est surprenante : ma mâchoire inférieure est toute sortie, j'ouvre des yeux comme des soucoupes, mon Saoudien fait la bise au plafond et un cordon de keffieh se balade en l'air près du rétroviseur central. Un petit plaisantin [1] l'avait agrandie et scotchée dans la salle des chauffeurs. Que je termine mon histoire : son altesse royale avait remis son keffieh en place, elle avait poussé une gueulante dans son téléphone et ils avaient fait traîner la fermeture des portes de l'avion pour

1. Soit Robert, soit Louis, auxquels j'avais forwardé la photo que m'avait envoyée les services de police.

qu'elle pût y monter… Al Sawira et moi arrivâmes déjà à l'aéroport Charles-de-Gaulle. C'était devenu tout un bordel de déposer un passager à un aéroport. En cause, le progrès technique, responsable d'une inflation du trafic complètement démente, la moyennisation sociale, responsable au minimum du quadruplement de cette inflation, et la menace terroriste, responsable d'une psychose collective incontrôlée qui poussait des préfets – sérieusement refroidis par quelques procès de hauts fonctionnaires dilettantes avec qui ils avaient partagé des filles à l'ENA – à foutre partout plus de flics que nécessaire. Les autorités aéroportuaires n'étaient pas en reste puisqu'elles portaient le principe de précaution jusqu'à son degré d'absurdité le plus absurde, plantant des panneaux d'interdiction tous les dix mètres, érigeant des barrières tous les vingt mètres. Encore, que le tout-venant des passagers soit canalisé et parqué comme du bétail, rien à péter ! Et puis, qu'on le veuille ou non, il fallait bien réagir face à des contraintes et des dangers d'un nouveau genre. Et gérer les allées et venues de millions de voyageurs avec bagages ne devait pas être une promenade de santé. Et perdre ses parents dans un attentat n'est jamais marrant. Mais que nous, professionnels de la profession, fussions quasi interdits d'accès aux aéroports qui représentaient pourtant une partie significative de notre gagne-pain, cela m'ulcérait, alors que, dans le même temps, les taxis n'étaient pas soumis à autant de chicaneries. Que branlaient nos représentants ? Quels représentants ? Les syndicats ? Il y avait quelques années, ils avaient fourré leur nez dans notre secteur d'activité pour assainir le « Far West de la chauffe » avec pour credo que les patrons étaient des « salauds d'exploiteurs » (changez le disque, les gars, les Chinois arrivent...). Les syndicats avaient foutu une de ces merdes et nous pouvions maintenant leur dire un grand merci si nous n'avions plus le droit qu'avaient les taxis d'emprunter les couloirs de bus, si nous faisions des stand-by de la mort non rétribués ou si nous ne pouvions plus travailler plus de six jours d'affilée, et, donc, lorsqu'un client restait plus de six jours au Palace, vous le perdiez, votre pourboire avec. Ah, ça, on n'était pas aidés... Bien sûr, l'aéroport Charles-de-Gaulle était aujourd'hui un inénarrable binz. Un enchevêtrement de voitures, de taxis, de bus et de véhicules de service nous retint vingt bonnes minutes à quatre cents mètres du Terminal A. Al Sawira s'en foutait, il avait deux heures d'avance sur son vol. Moi, je m'en foutais moins, j'avais des clients, les Richardson, à prendre au Palace à midi. Il était onze heures vingt-cinq, j'y serais jamais. Heureusement, la situation s'éclaircit quand nous nous rapprochâmes de la dépose-minute. Là, il fallait rester concentré, ne pas perdre la balle des yeux. La dépose-minute consistait en une zone de stationnement gardée par deux barrières. La barrière d'entrée vous donnait un ticket que vous deviez prendre pour pouvoir entrer et redonner à la barrière de sortie pour pouvoir ressortir. Vous disposiez de dix minutes gratuites. Au-delà, c'était payant. Pas question de payer en ce qui me concernait. La première justification à mon refus catégorique de débourser un centime était que ces enfoirés aéroportuaires pratiquaient des tarifs prohibitifs, la seconde était que j'étais là pour gagner ma croûte, ou autant rester au lit. Je pris mon ticket à la barrière d'entrée qui s'ouvrit. Je la franchis. Je cherchai une place libre. Je me garai en faisant gaffe de ne pas toucher le minibus devant, bugner la Twingo derrière ou toucher le mur et le mobilier urbain autour, l'espace dédié à la circulation et au parking était si riquiqui que mes bipeurs volumétriques sonnèrent les uns après les autres et je sortis de la limo avec les oreilles qui sifflaient. J'allai au petit trot choper un chariot. Courant toujours, je revins en poussant le chariot. J'évaluai à une minute trente le temps écoulé depuis le passage de la barrière. J'ouvris la portière à Al Sawira, il descendit et je la refermai derrière lui. J'ouvris le coffre. Je mis les bagages sur le chariot, essayant d'avoir l'air de les y déposer en baguenaudant plutôt que d'avoir l'air de les balancer en parant au plus pressé. Pourquoi ? me demanderez-vous. Parce qu'un client apprécie qu'on prenne son temps avec lui, ça valorise son homme qu'on prenne son temps avec lui, comprenez-vous ? Ensuite, je passai devant Al Sawira qui me suivit. Le chariot avait une roue qui semblait dysfonctionner et j'avais un mal fou à louvoyer entre les centaines de bipèdes que le Créateur en sa grande mansuétude avait chargés de nous empêcher d'atteindre le Terminal A. J'évaluai à trois minutes le temps écoulé depuis le passage de la barrière. J'allais laisser Al Sawira devant l'entrée du Terminal A, lui dire au revoir et me tirer quand il me tendit un billet de dix euros :

– Could you go and buy some chewing-gums for me[1] ?

1. Pourriez-vous aller m'acheter des chewing-gums ?

– Sorry, Sir. I'm not really allowed to park where I parked[1]. I'd like so much to stay with you till your plane leaves but, unfortunately, I've got to run, now.

– Could you, please, go and buy some chewing-gums for me ?

Je l'aurais envoyé balader de bon cœur, le Cairote. Mais Samir Al Sawira était pote avec le Pacha, le propriétaire du Palace. Je voulais éviter tout incident, si minime fût-il. Bien sûr, au kiosque le plus proche, il y avait une queue de cinq personnes et, bien sûr, la vendeuse allait aussi vite qu'une tortue sous morphine. Je pris des chewing-gums de différentes couleurs pour ne pas avoir à y revenir, jaunes au citron, verts à la chlorophylle, rouges à la fraise, violets à l'arsenic, je payai la tortue, revins. J'évaluai à sept ou huit minutes le temps écoulé depuis le passage de la barrière.

– You can go now, me dit Al Sawira, qui partit avec ses chewing-gums et son chariot, sans un merci, sans un pourboire, si discrétionnaire est la bonté…

En courant vers ma voiture, je fis appel à ma part superstitieuse pour envoyer le mauvais œil à cet Égyptien. « Crève de la bite, le bougnoule ! » lui dis-je tandis que les pans de ma veste volaient dans la foule. C'était montrer bien de l'ingratitude à un type qui, la veille, m'avait pourliché de deux cents euros. Je sais, mais que voulez-vous ? la chauffe, c'est la guerre. Je sautai dans ma limo, démarrai, me dégageai en faisant sonner quinze mille bipeurs, je mis la gomme jusqu'à la barrière de sortie, y insérai le ticket que m'avait

1. Désolé, monsieur. Je n'ai pas vraiment le droit de me garer là où je me suis garé.

donné la barrière d'entrée quelques minutes plus tôt, mais la barrière de sortie me le refusa, me le recrachant comme un garnement m'aurait tiré la langue et une voix préenregistrée de femme me dit : « Votre durée de stationnement excédant dix minutes, veuillez payer aux caisses, merci… Votre durée de stationnement excédant dix minutes, veuillez payer aux caisses, merci… Votre durée de stationnement excéd… » Le mec derrière moi klaxonna. Je m'extrayais de cette Mercedes, n'en pouvant plus d'y entrer et d'en sortir éternellement, j'allai aux caisses qui, bien sûr, se trouvaient à perpète. Quand je fus de retour, un deuxième mec pompait sur son klaxon, le premier ayant compris la situation, ne l'ayant pas acceptée pour autant, vu la tronche qu'il tirait. De la main gauche, j'introduisis mon ticket dans la barrière tout en ouvrant ma portière de la main droite que je retins du genou gauche tout en entrant du pied droit dans ma voiture, approche multitâche de la chose qui me fit, bien sûr, lâcher mon ticket, la panique me fit également repousser ma portière qui tapa violemment contre le poteau de la barrière, avais-je abîmé la carrosserie ? je m'en fus courir après mon ticket chassé par le vent car, bien sûr, il soufflait un vent à décorner les bœufs, j'avais l'impression d'être le garçon de ferme un peu neuneu qui n'arrive pas à attraper la volaille du dîner, je finis par l'avoir, ce ticket nargueur, revins le réintroduire des deux mains dans la fente de la barrière qui s'ouvrit en dessinant dans le ciel de l'aéroport Charles-de-Gaulle une sorte de gibet peint d'un damier rétroréfléchissant rouge et blanc en haut duquel je me serais bien pendu au bout de ma cravate. Mais pas de temps à perdre à contempler le ciel ou la mort. Je sautai dans ma limo avant qu'il ne prît à la voix préenregistrée la fantaisie de rebaisser la barrière. Je mis la gomme, cette fois pour de bon. J'appelai le dispatcheur.

– Mohamed, il est quarante-trois, je serai jamais là à temps pour les Richardson.

– T'aurais pu prévenir avant.

– Eh, je pouvais pas prévoir. Entendu ?

– T'aurais quand même pu prévenir avant. Que je m'organise. Tu me fous dans la mélasse. J'ai personne pour te remplacer.

– Comment ça, t'as personne ?! Je croyais qu'on serait en « super sureffectif », ce matin.

– On l'était. À dix heures, on l'était. On l'est plus. J'espère pour toi que les Richardson se montreront pas à midi juste. Magne-toi.

Crac, il raccrocha. J'appuyai sur le champignon et merde aux radars ! Enfin, j'y fis attention quand même. J'appelai le boss.

– Ouèye ?

– Matt, j'ai un problème.

– Combien ça va me coûter encore ?

– Est-ce que je t'ai déjà coûté quelque chose ?

– Une aile, par exemple. Tu m'as plié l'aile avant droite de la 582 à Noël.

– D'abord, une aile et un rétroviseur en quatre ans d'exercice…

– Et un pare-chocs. Au tout début que t'étais là.

– Je disais donc : une aile, un rétroviseur et un pare-chocs en quatre ans d'exercice, j'estime qu'on peut difficilement faire moins. Ensuite, j'étais pas en tort pour l'aile à Noël, le pépé en face avait grillé un feu rouge. Enfin, je l'ai payée, ton aile, non ?

– La moitié.

– L'autre moitié, t'as magouillé avec l'expert de l'assurance.

– Tu peux pas la fermer, non ? Combien de fois faut vous dire que je suis sur écoute depuis Lady Di ?! Bon, fais vite, je suis occupé. Y a quoi ?

– Je me suis séparé de Paula hier. J'ai besoin de finir tôt ce soir pour aller déménager mes affaires de chez elle. Faudrait que je me barre vers dix-neuf, vingt heures. Et j'ai besoin de prendre trois jours pour terminer les travaux de mon studio rue de Cléry pour pouvoir y habiter. Demain vendredi, samedi et dimanche, ça serait bien.

– Je vois avec Mohamed comment on peut s'arranger. Je te rappelle.

J'appelai l'homo contrarié.

– Bon, ça y est, Louis : avec Paula, on se sépare.

– Tu pourras jamais te guérir de cette fille.

– Tous les matins, elle voulait un enfant. Tous les matins, je le lui refusais. Tous les soirs, elle m'accablait de reproches, d'injures, j'en entendais jamais la fin…

– T'as peur, Jules. T'es courageux pour certaines choses, mais, pour d'autres, t'es une mauviette.

– T'es en train de me dire quoi, là ? Que Paula me fait peur ?!

– Paula. Avoir des gosses. Perdre ton droit de cuissage sur quatre milliards de femmes. Tout ça te fait peur.

– Tu sais parfaitement qu'il ne s'agit pas de ça. Dans deux ans, si j'ai pas réussi à devenir riche, je…

– Arrête de ramer, t'es sur le sable.

– Changeons de sujet. Je peux dormir chez toi pendant quelques jours ?

– T'aurais pu prévenir avant.

– J'aurais pu prévenir avant, ouais, j'aurais pu prévenir avant ! Mohamed me l'a fait remarquer il y a cinq minutes, que j'aurais pu prévenir avant !

– OK, mais t'énerve pas, s'il te plaît. Je sors de clients extrêmement chiants.

– J'ai besoin d'un toit jusqu'à dimanche. Le temps que je finisse de retaper mon studio rue de Cléry.

– T'as des slips de rechange au moins ?

– J'irai chercher mes vêtements ce soir vers vingt heures chez nous… enfin, chez Paula. D'ailleurs, à ce propos, tu peux me prêter ta voiture ?

– C'est tout, non ?!

– J'aimerais aussi des magnolias au pied de mon lit et une masseuse thaïe pendant le film.

– Bon, moi, je repars dans dix minutes avec des Lituaniens. Resto, après Moulin-Rouge. Je suis pas couché avant une heure. Je laisse mes clés de bagnole et d'appart à Mohamed. Si t'as faim, tu te sers dans le frigo, mais pas touche au tarama.

– Pas touche au tarama.

– Le tarama, c'est sacré.

– J'ai un appel, Louis. Ciao… Et merci !… Paula ?

– Ça va ?

– Pas génial. Et toi ?

– Guère mieux.

Le ton n'était pas badin mais pas inamical non plus.

– Tu me manques, Paula.

– Toi aussi, mon bébé tigre, tu me manques.

– Bébé tigre ou pas, on fait comme on a dit.

– Cela m'empêche-t-il de t'appeler « mon bébé tigre » ?

– Ne rends pas les choses difficiles. Et si tu pouvais ne pas pleurer…

– D'accord, je… je… je pleure pas. Après le travail, je repasserai à l'appartement, je remonterai tes valises de la cave, et un sac de voyage que je n'utilise plus, tout sera dans l'entrée… Je voulais te dire que, si ça peut te dépanner, tu pouvais dormir encore quelques jours à la maison.

– Merci, mais Louis accepte de m'héberger en attendant que mon studio rue de Cléry soit habitable.

– Ah, tu vas habiter rue de Cléry ?… C'est bien si Louis te dépanne.

– Je t'en supplie, ne pleure pas.

– Je… pleure… pas, d'accord. Je serai pas là ce soir. Margot m'emmène au théâtre.

– Vous allez voir quoi ?

– Hein ?! On se sépare et tu t'inquiètes de connaître le titre de la pièce que je vais voir ?!

– Laisse tomber.

– Franchement, je m'en cogne de la pièce que je vais voir. Je sais même pas quelle pièce je vais voir !

– Laisse tomber, j'ai dit !

– Je vais au théâtre uniquement pour pas te voir me quitter.

– C'est mieux ainsi.

– Tes affaires, tu vas faire comment ? Avec une limo du boulot ? En taxi ?

– Louis me prête sa voiture.

– Ah.

– Il me prête sa voiture, je transporte tous mes trucs rue de Cléry, je rapporte sa voiture à Louis, je lui descends tout son tarama et je vais me pieuter.

– Pourquoi veux-tu lui manger son tarama ?

– Tu peux pas comprendre.

– C'est bien si… si Louis te… te prête sa voiture.

– Paula, tu te remets à pleurer, je raccroche.

– D'accord, d'accord.

– En repartant, je glisserai la clé de l'appart dans la boîte aux lettres.

– Si tu mets une autre fille enceinte dans le siècle qui suit, je t'égorge à mains nues.

– Faut que je te laisse, Paula. J'arrive devant le Palace.

– On s'aime toujours ?

– Faut que je te laisse, baby. Je t'embrasse.

– Je t'embrasse, mon bébé tigre.

Midi quatre. Mohamed m'appela.

– T'en es où ?

– Je quitte le périph. Ça roule super bien. Je suis là dans dix minutes. Les Richardson sont sortis ?

– Non. Mais magne-toi.

– Hé, je fais quoi, à ton avis ?!

Crac, il raccrocha. À la hauteur de Saint-Augustin, Matt m'appela.

– J'ai vu avec Mohamed, c'est bon, t'as ta soirée et t'as tes trois jours. Tu reprends le boulot lundi.

– Merci, patron.

– Paraît que t'es en retard pour tes prochains clients.

– Paraît.

– Hé, grouille-toi un peu !

Crac, je raccrochai. À donf de l'église Saint-Augustin à la Madeleine. À donf dans la rue Daunou et la rue de la Paix. À donf dans la contre-allée qui faisait le tour de la Place et, à midi quatorze, après que j'eus rasé comme un sauvage la rangée de poteaux qui matérialisaient la limite entre celle des deux aires de stationnement la plus devant l'hôtel et le tronçon de trottoir au pied des quatre célèbres arcades, ma Mercedes s'arrêta. Même moi, je m'étais fait une petite frayeur. Je descendis de véhicule.

– Joli coup, baron, me dit Gaspard qui passait pour aller ouvrir la portière du Hummer de Karl Lagerfeld qui arrivait après moi.

Je levai le nez : pas la moindre trace des Richardson que je connaissais de vue, des habitués du Palace. À l'arrière de la limo, je vérifiai les tapis de sol, le dos des sièges, ça allait, Al Sawira n'avait rien sali, n'avait touché à rien. Propre, bon tippeur, poli, pas désagréable, cet Égyptien. Je retirai le mauvais œil que j'avais mis sur lui et sa descendance et lui souhaitai longue vie et, déjà, d'atterrir sain et sauf au Caire. Sur les trois cents euros qu'était facturé un aéroport, vingt-trois revenaient au chauffeur. Dans mon tableur, je tapai « Al Sawira » dans la colonne Client, « 23 » dans la colonne Salaire, « 0 » dans la colonne Pourboire. Je levai à nouveau le nez. Un couple de vieux traversa le hall, passa sous les arcades, Gaspard, voiturier, les approcha sur le trottoir, se pencha respectueusement vers eux, leur parla, se redressa, j'agitai la main dans sa direction et les gants blancs de Gaspard invitèrent les Richardson à les suivre jusqu'à moi. Nous, chauffeurs, devions nous conformer à un protocole comportant une multitude de petits détails, petits mais qui faisaient toute la différence comme d'avoir le sourire ou d'avoir davantage des gestes enveloppés de barman préparant un cocktail que des gestes de livreur manipulant des sacs de ciment, si vous voyez ce que je veux dire. Concernant la montée à bord, nous devions ouvrir la portière à madame en premier. Nous devions aussi nous être démerdés pour que la rangée de poteaux le long de laquelle je venais à l'instant de me garer ne gêne pas l'ouverture de la portière arrière côté trottoir, c'est-à-dire la portière arrière droite. Je pus donc ouvrir en grand la portière arrière droite à Mrs Richardson pendant que Gaspard contourna la limousine suivi de monsieur à qui il ouvrit la portière arrière gauche. Je me mis au volant, démarrai, attachai ma ceinture en conduisant.

– Mrs and Mr Richardson, good afternoon. My name is Jules.

– Hi, Jules ! How are you ?

– Fine, Sir. Thank you very much. And you, how are you ?

– Wonderful.

– Sir, may I ask you where would you like me to drive you[1] ?

– We most certainly would like to go shopping.

– OK, Sir.

– Or perhaps we would like to see some museum we didn't see yet. By the way, museumwise, what would you suggest to us, Jules ? Let's see if you're a driver up to the task[2].

---

1. Puis-je vous demander où vous voudriez que je vous conduise ?

2. Ou peut-être aimerions-nous voir un musée que nous

Le père Richardson, ça le fit marrer, de me chambrer. Moi, j'avais pas envie de me marrer aujourd'hui. Mais j'avais envie de pourboire, aujourd'hui et tous les jours. Aussi me marrai-je avec lui, mais sans sa bourgeoise qui boudait.

**Raptus évité de peu :**

**« Pour les musées, je sais pas. Ce que je sais par contre, c'est que, ta femme, si elle a les lèvres du bas aussi serrées que celles du haut, tu dois jouir, mon salaud. »**

– For instance, Sir, there is a must-see exhibit about Sargent at the Petit Palais. Did you see it [1] ? demandai-je à mon nouveau pote Richardson.

– We didn't.

– If I were you, I would definitely go there [2].

– You're dead on, Jules, that's an excellent idea. Sweetheart, what say you [3] ? demanda-t-il à sa femme.

– Don't really care, honey.

– Tell me, sweetheart.

– Whatever…

Sweetheart n'était pas chaude-chaude pour aller voir cette expo. Ses yeux, des yeux irréfutables, révélaient un tempérament de virago, ils le prouvaient bleu sur blanc.

---

n'avons pas encore vu. À propos, question musées, que nous suggérez-vous, Jules ? Voyons si vous êtes à la hauteur en tant que chauffeur.

1. Par exemple, monsieur, il y a une exposition Sargent au Petit Palais à voir absolument. L'avez-vous vue ?

2. Si j'étais vous, j'irais vraiment la voir.

3. Vous avez raison, Jules, c'est une excellente idée. Mon petit cœur, qu'en dis-tu ?

– Tell me, sweetheart.

– I already told you, honey : never mind, répondit-elle en repoussant agressivement la main que son mari était venu placer sur la sienne.

– OK, Jules. Let's go to this Sargent exhibit.

– Yes, Sir.

Je les déposai devant le Petit Palais. Dont ils ressortirent au bout de dix minutes ! D'après ce que je compris, sweetheart avait trouvé Sargent trop académique et les visiteurs du Petit Palais très vulgaires. Elle voulait rentrer à l'hôtel pour s'en remettre. Le père Richardson et moi la redéposâmes au Palace et revînmes au Petit Palais. Quand il en ressortit, honey voulut des chouquettes. Nous allâmes lui acheter des chouquettes.

– May I eat in the car, Jules ?

– My car is your car, Sir.

– How about a cool place, now[1] ?

– Excuse me, Sir. But what do you mean by « cool » ?

C'est de cette manière que je me retrouvai à attendre mon client devant le musée de l'Érotisme à Montmartre. Quand il en ressortit, honey voulut une turlutte. Sa poitrine se soulevait à chaque respiration, ses lèvres étaient devenues rubicondes et ses yeux, hagards. Je lui dis que, pour la turlutte, ça allait pas être possible. Je préférai le ramener à l'hôtel, sweetheart étant du style à m'envoyer à la chaise électrique parce que son mari avait pété une durite en éjaculant un peu fort sous une porte cochère. Pendant le retour,

1. Et si nous allions dans un endroit sympa, maintenant ?

il n'arrêtait pas de regarder les femmes dans la rue, il n'arrêtait pas de faire des cent quatre-vingts degrés avec son cou pour mater leurs guiboles. Ses lèvres devenaient de plus en plus rubicondes et, hagards, ses yeux. J'avais pris la bonne décision. J'arrêtai ma Mercedes devant le Palace. J'en descendis et allai immédiatement ouvrir la portière au vieux Richardson, qui sortit en me collant un pourboire dans la main en me disant :

– We didn't go to the musée de l'Érotisme[1].

– You won't hear a peep out of me, Sir.

– Thank you, Jules. You're a top notch chauffeur[2].

Et il s'éloigna. Je remontais dans ma limo lorsque Mohamed, notre dispatcheur, vint me dire qu'il n'avait plus besoin de moi pour aujourd'hui, que je pouvais rentrer chez moi. Je redescendis la limo au deuxième sous-sol du parking de l'hôtel. Je franchis les grilles automatiques qui se refermèrent derrière moi. Je me garai en face de deux Ferrari, une noire, une jaune, que les voituriers avaient mises là pour la nuit. Dans mon smartphone, je remplis ma facture au nom de Richardson. Dans mon tableur, je tapai « Richardson » dans la colonne Client, « 5 » dans la colonne Heures, « 40 » dans la colonne Salaire – une disponibilité de jour étant payée huit euros de l'heure – et « 50 » dans la colonne Pourboire. J'examinai la portière avant gauche et il y avait bel et bien une rayure, la marque du poteau de la barrière contre lequel elle avait tapé à l'aéroport. Je pris dans ma poche un stylo de retouche

1. Nous ne sommes pas allés au musée de l'Érotisme.
2. Vous êtes un excellent chauffeur.

de carrosserie et masquai mon forfait. Je vidai les cendriers dans une poubelle proche où je jetai également une bouteille d'eau entamée par Richardson, je secouai les tapis de sol contre les murs, je fermai la voiture, traversai le parking, pianotai sur un digicode et entrai dans la salle des chauffeurs. Sergei et Robert y étaient, à buller en attendant les ordres et les contrordres. Sergei, son visage à la truelle, ses cent quarante-trois kilos. Robert, ses costumes italiens, ses radotages sur la dureté du métier.

– Toi aussi, il te raccroche au nez, Mohamed ? me demanda ce dernier.

– Euh… Oui, effectivement.

– À Sergei aussi, Mohamed vient de lui raccrocher au nez. Et moi, deux fois cet après-midi. Je vais lui apprendre à vivre, moi, à ce p'tit con !

– Va, tu le changeras pas.

– Les bougnoules qui commandent, mais c'est le monde à l'envers !

– À Yakoutsk, nous jeter bougnoules dans Lena quand trouver un. À Paris, c'est bougnoules qui jetteront vous dans Seine, dit Sergei.

– Il a raison, hein, Sergei.

– Certainement, dis-je en rangeant dans mon casier le roman que j'étais en train de lire.

– Il a raison, il a raison, insista Robert, sa voix grave devenant une plainte aiguë et ses épaules se soulevant jusqu'au plafond et il se mit à marcher de long en large dans la salle, poings dans les poches.

– Pourquoi t'en parles pas à notre boss bien-aimé ? demandai-je, jouant les candides parce qu'il fallait bien jouer à quelque chose.

– Matt ? Lui, ça lui va qu'on nous raccroche au nez, qu'on nous mène à la schlague. C'est tout bénef pour lui. Matt et Mohamed, c'est merde noire et noire merde. Sinon, tu connais pas la dernière ?

– Non.

– On embaucherait deux chauffeurs.

– C'est quoi, ces conneries ?

– C'est qu'un bruit qui circule. À confirmer. Si on embauche, je me tire. Y a déjà pas assez de boulot pour nous sept. Regarde : Sergei et moi, on est en stand-by ici depuis deux heures...

– À part ça, on n'est pas en sureffectif...

Pendant que Robert radota sur la dureté du métier, je leur proposai de mon chocolat, mais personne n'en voulut. Je séparai quatre carrés de la tablette, les mangeai.

– Ça, il nous faut le baisser le pantalon, et pas que pour chier ! finit par dire Robert, qui se remit à marcher de long en large dans la salle, poings dans les poches.

– Vous avez bien tourné aujourd'hui ? leur demandai-je.

– Deux aéroports et une dispo de trois heures, me dit Sergei.

– Quatre aéroports, me dit Robert. Et toi ?

– Un aéroport et une dispo de cinq heures avec les Richardson.

– T'as pris ?

– Zéro sur l'aéroport. Vingt sur la dispo, mentis-je, comme toujours.

– Que vingt ?! Moi, les Richardson me donnent

deux cents euros à chaque fois. Vous savez pas y faire, les mecs…

Robert était un vieux briscard connu de tous pour recourir à l'intox. Quand il recevait vingt euros de pourboire, il prétendait en avoir reçu cent et, s'il traversait une mauvaise passe, il allait jusqu'à retirer au distributeur des grosses coupures qu'il faisait ensuite semblant de transférer d'une poche à l'autre, histoire de provoquer chez nous des bavements d'envie qu'il s'empressait d'exploiter par un « Vous savez pas y faire, les mecs ». Cela dit, bon an, mal an, Robert devait être celui de nous sept qui, à la fin du mois, avait été le plus pourliché, et de loin. C'était sans doute le meilleur chauffeur de Paris, le plus érudit, le plus rancardé et le plus débrouillard car le plus cupide, le plus expérimenté et le plus perverti. S'il avait fallu établir un classement, Robert serait largement arrivé en premier, Kamel en deuxième et, en troisième, Valentin et moi ex aequo.

– C'est sûr, on a tous connu mieux… lui dis-je en verrouillant mon casier. Bon, j'y vais.

– Tu te sépares d'avec Paula ? me dit Robert.

– Les nouvelles vont vite, à ce que je vois. Allez, faut que je file, je dois justement déménager mes affaires de chez Paula pour les amener chez moi, rue de Cléry.

– Ah, t'as terminé tes travaux rue de Cléry ?

– En fait, je dors quelques nuits chez Louis, le temps de les terminer.

– Oh, il dort chez Louis, comme c'est mignon. Assmaster or pillow biter[1] ?

1. Tu fais l'homme ou la femme ?

– La couette est profonde et les nuits sont longues, tu nous rejoins, mon poulet ?

– Plutôt mourir. Mais je peux vous envoyer Sergei ?

– Moi, pas pédé de sa mère ! dit Sergei.

Je remontai sur la Place. J'allai faire signer ma facture à la réception du Palace. Le chef concierge avait Tiburce pour adjoint, lui-même concierge. En apercevant la fossette mentonnière de Tiburce derrière le comptoir de la réception, il me revint en mémoire que je n'avais plus que deux ans pour devenir riche.

– Tu me signes ma facture, Tiburce ?

– Monsieur Jules, il va bien ?... Ah, c'est toi qui as fait les Richardson ? Ça a été avec Mrs Richardson ?

– Une emmerdeuse-née.

– Elle est descendue péter un scandale tout à l'heure parce que la femme de chambre aurait mal nettoyé sa baignoire. J'ai dû monter constater avec la gouvernante d'étage. La baignoire était nickel chrome.

– Ça m'étonne pas. Hé, dis ?

– Oui ?

– Le mois dernier, tu m'as parlé d'un bon plan qui pourrait m'intéresser, tu te souviens ?

– Pas ici, Jules. T'as du temps, là ?

– J'ai fini ma journée.

– Parfait. Moi aussi, je pars plus tôt aujourd'hui, j'ai des heures à récupérer. On dit dans vingt minutes au Colibri ?

– À tout de suite.

Je repassai la porte-tambour, descendis les escaliers du hall, marchai jusqu'au bureau en marbre du dispatcheur à qui je rendis la clé de la 756.

– Louis t'a pas laissé les clés de son appartement et de sa voiture pour moi ?

– Si. Tiens… D'après ce qu'on dit, tu te sépares de Paula et t'emménages avec Louis ?

– Vous êtes plus cancaniers qu'un blog de filles, les mecs. Salut, Mohamed.

– À lundi. Bon courage pour tes travaux.

– Tu viens me donner un coup de main ?

– Même pas en rêve. Je déteste le bricolage et ma femme exige que je rentre à la maison après le travail.

Au Colibri, place de la Madeleine, je commandai une grenadine. Tiburce arriva sous son hâle de danseur mondain. Il était en habits de ville et de ne pas le voir en grande tenue de concierge toujours m'étonnait. Il demanda une orange pressée. J'avais un problème avec Tiburce : quand il parlait, je ne pouvais m'empêcher de fixer sa fossette mentonnière où vingt-deux moucherons auraient pu jouer au foot et je perdais le fil de la discussion.

– Jules, tout ce cirque me fatigue…

– Faut pas mollir. L'heure de la retraite n'a pas encore sonné.

– Aujourd'hui, le Palace fait du chiffre alors qu'avant, il faisait rêver. Ah, avant, c'était le bon temps… Sinon, toi, ça va ?

– Paula et moi, on se sépare.

– Usure du couple ? Cinq à sept qui laisse un cheveu sur la veste ?

– Non, femme qui veut un enfant.

– Quel âge elle a ?

– Trente-deux.

– C'est l'âge. Je me souviens plus : Paula et toi, vous habitez ensemble ?

– Depuis deux ans.

– Besoin d'un appart ? Parce que j'ai un de mes locataires qui s'en va le mois prochain.

– Non, non. Je vais habiter le studio rue de Cléry que tu m'as vendu.

– Rue de Cléry. T'as fait une super affaire.

– Grâce à toi et à ton notaire véreux.

– Ne dis pas du mal de lui. Maître Tanguy est un excellent notaire et un citoyen au-dessus de tout soupçon.

– Je ne vais pas dire du mal de quelqu'un qui m'a permis d'escroquer l'État de dix-sept mille euros. Seulement, il est comme toi : c'est pas les scrupules qui l'étouffent.

– Je prends ça comme un compliment.

– C'en est un. Mais je ne suis pas venu pour parler d'immobilier. C'est la cata, Tiburce.

– Quelle cata ?

– Je ne suis pas encore riche.

– Qu'y puis-je ?

– Tu m'avais parlé d'un bon plan qui pourrait m'intéresser.

– Moi ?

– Beaucoup d'argent à gagner, t'avais même dit.

Tiburce me servit son sourire doux-amer, celui par qui sa fossette disparaissait sous les pointillés noirs des poils de sa barbe qui, en fin de journée, commençait à repousser. Toutes les fois qu'il souriait ainsi, sa répugnante glaucité remontait à la surface et j'en étais toutes les fois effrayé.

– Qu'est-ce que t'appelles « beaucoup d'argent » ?

– Je ne sais pas, je ne fais que te citer, c'est à toi de me le dire, Tiburce.

– Vingt mille en une soirée.

– À ce prix-là, les risques doivent être comacs.

– Sept ans de prison, d'après le code pénal.

– Pour ?

– Proxénétisme.

– Ça ne m'enchante pas.

– Et venir tous les jours au Palace faire le beau tel un caniche devant son susucre, ça t'enchante ?

– De moins en moins.

– Qui veut la fin veut les moyens.

– Parlons des moyens.

– Elle s'appelle Oksana. Elle opère dans un ravissant deux pièces, avenue Bugeaud. Tu la vois, l'avenue Bugeaud, dans le seizième ?

– C'est bon, je connais Paris. Envoie la suite.

– Ton travail sera de vendre Oksana aux clients que tu trimballes. À toi d'être persuasif. Je précise : c'est moi qui choisis les clients auxquels tu proposeras les services d'Oksana. Tant que tu n'as pas mon feu vert, tu ne proposes rien à personne.

– Vingt mille euros ?! Pour ça ?!

– Dollars, pas euros. Parfois vingt mille, parfois zéro.

– Parfois zéro ?

– Tout dépend de ce qu'Oksana pourra obtenir du client. Si elle en obtient peu, ni toi ni moi ne toucherons quoi que ce soit.

– Si je touche vingt mille là-dessus, Oksana et toi touchez au moins autant, c'est donc que le client lâchera au moins soixante mille. Comment s'y prendrat-elle pour tirer soixante mille dollars d'un seul gogo en une seule soirée ? Elle travaille au pressoir ou quoi ?

– Sans violence. Sauf si mutuellement consentie. C'est tout ce que je peux te dire.

– Oksana, c'est qui ?

– Une Ukrainienne.

– Elle est ukrainienne, OK. Elle a deux bras, deux jambes, OK. Quoi d'autre ?

– Ne pose pas trop de questions, Jules.

– Elle est majeure ?

– Elle a vingt-six ans.

– Donne-moi au moins de quoi la vendre, cette petite.

– Incomparablement belle de visage. Belle à en avoir mal. Yeux verts. Vraie blonde. Cheveux longs. Un mètre soixante-quatorze. Soixante-huit kilos divinement répartis entre des mollets fantasmagoriques, des hanches sculpturales et des seins plus gros que ta tête. A eu pour universités une fabrique d'ascenseurs de Kiev puis les bars de Londres, mais pourrait animer au pied levé un symposium sur les courants marins ou la zoosémiotique du babouin[1]. Oksana parle couramment le russe, l'anglais, le français, l'allemand, elle a des notions d'espagnol et d'italien et elle arrive à dire « Bonjour » en chinois avec la chatte.

– Refaite ?

– J'en sais rien, mais je ne pense pas et j'ai l'œil généralement.

– Pute pourquoi ?

---

1. Tiburce avait été en fac de biologie avant d'atterrir dans l'hôtellerie.

– Ne pose pas trop de questions, Jules.
– Les tarifs que j'annonce ?
– Quatre mille euros.
– Prix d'ami.
– Vu la marchandise, on peut le dire.
– Le versement de mes vingt mille dollars s'effectuera…
– De tes éventuels vingt mille dollars.
– Ce versement s'effectuera où, quand, comment ?
– Via une banque offshore. Nous en reparlerons. Réfléchis d'abord et donne-moi ta réponse.
– Je réfléchis… Je réfléchis… Ça y est, j'ai réfléchi. Considérant que la belle Oksana est majeure et non violente, ma réponse est oui.
Tiburce parut surpris et pas surpris.
– Moi aussi, j'ai été jeune. Moi aussi, j'ai voulu gravir au mérite un à un les barreaux de l'échelle sociale. Et moi aussi, à quarante ans, j'ai plus supporté d'être un rien-du-tout qui recevait la richesse de ses semblables comme une agression.
– Un concierge de palace, un rien-du-tout ?!… Ah, Tiburce, tu ne voudrais pas simplement être calife à la place du calife ? Mon père me dit un jour qu'être jaloux de la verdeur du pré du voisin était un sentiment d'une grande stérilité, indigne d'un homme. « D'autant qu'un cimetière ou un champ de mines peuvent être d'un très beau vert », avait-il ajouté.
– Ton père ne travaillait pas dans un palace.
– Je n'ai pas dit qu'il avait raison. Ni toi, tort. Je dis seulement qu'on a tous des comptes à régler avec nous-mêmes. Je dis également que j'ai besoin de fric ou je meurs.

Je regardai l'heure à mon smartphone.

– Je ne te retiens pas plus, Jules.

– Excuse-moi si, suite à cette séparation d'avec Paula, mon emploi du temps est tout chamboulé...

– Oksana et moi pourrons compter sur toi le jour J ?

– Je ne suis pas planche pourrie en général, non ? T'as la mémoire courte. Aurais-tu oublié qu'en août dernier, je fus la cheville ouvrière d'un juteux petit trafic de gélules jaunes dont tu fus la tête pensante ?

– Je sais à qui je m'adresse en m'adressant à toi. En août prochain, j'aurai sans doute un nouvel arrivage de gélules. Je ne sais pas encore de quelle couleur elles sont, mais je sais qu'elles font fureur à Dubaï.

– Oh, moi, je connais quelques jet-setters qui vont m'adorer. On y va ?

Je quittai Tiburce rue Royale. Je n'avais pas du vin, pas de la bière dans les tuyaux, que de la grenadine, mais je descendais le boulevard du kif et la vie, la vie est belle, défilait sur la droite de mon œil droit, sur la gauche de mon œil gauche, comme si je marchais dans un vidéo-clip. Vingt mille dollars, quarante mille dollars, soixante, cent, riche, je suis riche ! me disais-je. Je courus après le bus qui m'amènerait directement chez Louis, rue de Lourmel dans le quinzième.

*

* *

Il y eut beaucoup de circulation jusqu'à chez Paula mais je pus trouver une place en bas de chez elle pour y garer la Smart de Louis. Paula avait remonté mes deux valises de la cave, une petite grise et une immense noire, ainsi que ce « sac de voyage que je n'utilise plus » qu'elle avait mentionné au téléphone, un grand sac très girly dont les broderies faisaient aussi flower power, l'ustensile par essence ridicule au bout du bras d'un homme. J'y mis mes vêtements, mes chaussures, mes affaires de toilette, mon ordinateur et son imprimante, ma corde à sauter, mes haltères, mon fer à repasser. Et une barrette où était encore accroché un cheveu noir de Paula à qui je voulus laisser un petit mot. Au lieu de cela, je choisis de partir sans me retourner, passant la porte droit comme un I et plein à ras bord d'un sentiment de bousillage... Trouver où se garer rue de Cléry fut un enfer. Je montai les deux valises et le sac de voyage à mon studio, trente-deux mètres carrés, quatrième étage sur rue, exposition sud. J'en avais fait un deux pièces avec cuisine séparée et coin bureau. Enfin, « j'en avais fait un deux pièces », il serait plus juste d'écrire que « j'étais en train d'en faire un deux pièces ». Laborieusement. J'étais dessus depuis un an, un après-midi par-ci, une soirée par-là, et Paula qui gueulait de voir que le temps que je passais dans ce studio était du temps pris sur les restaurants ou les spectacles où je l'emmenais moins. J'avais commencé par descendre les murs à la masse, aucun n'étant porteur, puis j'avais tout reclòisonné à ma guise, ayant toutes les peines du monde à venir à bout de cette partie des travaux. Par la suite, l'électricité et les sols, carrelage et parquet, ne furent pas un long fleuve tranquille non plus. Parvenu au stade de la plomberie, mes nerfs avaient lâché, j'avais jeté la clé à molette à toute force contre une cloison, la trouant, j'avais resurfacé la cloison et j'avais appelé mon frère au secours. Désormais, il ne me restait qu'à peindre entièrement cet ancien studio, nouveau deux pièces. Trois jours suffiraient car, en peinture, honnêtement, je me frisais. Des quatre figures imposées de la réfection d'appartement qu'étaient la maçonnerie, l'électricité, la plomberie et la peinture, c'était celle où j'excellais. Entre quinze et vingt ans, j'avais gagné mon argent de poche en rafraîchissant des dizaines de chambres, de cuisines et de séjours à Créteil. Mes parents étant des ours, leurs relations de voisinage se limitant à bonjour, bonsoir, j'avais été obligé de me faire connaître dans le quartier par un tractage devant la boulangerie en face de notre maison, le bouche à oreille avait pris le relais et mon argent de poche était vite devenu un compte en banque. On le sait maintenant : j'avais acheté cet appartement rue de Cléry à Tiburce en dessous du prix du marché, moyennant bakchich au notaire et dessous-de-table au vendeur. Toutes mes économies y étaient passées et je m'étais mis un crédit sur le dos. Durée du crédit : deux ans seulement, mais mensualités de folie. L'endettement, oui, longtemps, non. C'est un choix. Ce deux pièces était tout ce que je possédais hormis la santé. J'ouvris la petite valise grise, j'en sortis un jean, un polo à manches longues et col Mao et mes vieilles Adidas que je portais tout le temps quand bien même j'en achetais une ou deux nouvelles paires chaque année. Je me changeai. J'allumai mon ordinateur, Paula apparut en fond d'écran et j'achetai un frigo, un lave-linge, une table, deux chaises, un lit et un canapé que j'avais déjà repérés dans l'optique d'une mise en location qui, à l'origine, avait été le but de mon acquisition immobilière. La livraison de ces sept articles était prévue après-demain samedi entre quatorze et dix-huit heures. Puis j'eus la confirmation que, d'après le code pénal, on en prenait bien pour sept ans de placard si on était convaincu de proxénétisme... Oui, mais vingt mille dollars en une soirée... Oui, mais Paula dans sept ans ?... Je consultai ma messagerie, j'avais un courriel de Paula qui m'écrivait :

*Mon bébé tigre,*

*C trop dur de plus se voir. Je me sens un bateau sur une mer sans ports. Tantôt je suis par terre de chagrin et d'angoisse, tantôt je ressens comme des envies de filer des gifles ou de poser des bombes. J'aimerais tellement pouvoir ne plus t'aimer, je n'y arrive pas... Mais, OK, donnons-nous du temps même si ce n'est pas ce que nous avons de plus. Donnons-nous six mois puisque c'est ton souhait. Appuyons ensemble sur la touche « Pause » en espérant que nos doigts ne riperont pas sur la touche « Supprimer ». Ne nous perdons pas, je t'en prie. Je t'aime. Voilà, ta liberté, je te la rends si tu la veux. Fais-en bon usage, c'est tout. Je t'aime, je t'aime.*

*Ta Paula*

Pièce(s) jointe(s) : *Jules, Paula – Tôlanaro, Madagascar – 23*

Je regardai Paula et moi enlacés devant notre bungalow sur la plage de Tôlanaro et lui répondis. Je martyrisai mon courriel dans tous les sens tel un Rubik's cube, le modifiant X fois, mais, pour finir, j'en envoyai le premier jet non retouché :

*Paula,*

*Je viens de rentrer d'endroits où tu n'étais pas, tu me manques comme rien que je connaisse qui puisse manquer. Je suis allergique à ton absence. Tu es l'autre moitié de mon cœur, Paula. Tu as volé ses cils au Bambi de Walt Disney, tu as la lèvre supérieure en forme de mouette à l'horizon, tu as aussi une petite hélice de cheveux devant l'oreille qui fait s'arrêter les pouls et tu as des hanches pleines d'indulgence pour les plaisirs de la table et ceux qui leur succèdent, on peut toujours faucher dix passants d'un coup de mitraillette, rien de plus facile, il suffit d'acheter une mitraillette, mais que peut-on contre ça ? Comme tu peux le constater, tes envies de gifles, de bombes, je les ai également… Dire que tu es Paula, cette fille qui les renvoie toutes aux vestiaires, et je n'ai ni temps ni argent à t'accorder. Hier soir, tu avais des airs d'Elizabeth Taylor dans* Soudain, l'été dernier *et, ce soir, j'ai comme l'impression d'être Jean-Claude Dusse dans* Les Bronzés, *une impression d'entubage, mec… La première fois que nous avons fait des courses ensemble au Leader Price près de chez moi, nous choisissions des yaourts au rayon frais et tu n'as pas voulu qu'on s'y attarde, redoutant que je ne m'y enrhume. Je voudrais une fille qui s'inquiète de ma santé au rayon yaourts des supermarchés. Je voudrais toi. Je t'ai au creux du ventre, Paula… Je me souviens des trois mots que tu me susurras à l'oreille – mais ne me les aurais-tu pas plutôt hurlés ? – au moment où je t'ai prise cette nuit et je me ressouviens que j'ai toujours cru en l'amour, le Grand Amour avec un grand G et un grand lit. L'amour n'est pas une chance exacte, mais la bite est le meilleur détecteur de mensonges et je bande en repensant à ton petit ventre, à tes esclaffements, à tes charriages, à tes « ¡Qué jodido ! », à tes pas si belles mains, à tes jambes adorablement cagneuses. Aimer une femme, qu'est-ce sinon vénérer ses défauts ?… Tenons bon, six mois seront vite passés. Nous nous reverrons en janvier, donc. Pas avant. Quitte à ce que ça fasse bobo, au moins que ça soit utile. Ne nous promettons rien, nous verrons ensuite… Je peux toutefois te promettre que je reviendrai vers toi les poches pleines. Une nuit que tu ne savais plus ce que tu disais, tu me traitas d'« arriviste ». Je ne suis pas arriviste mais battant. Je n'ai jamais inconditionnellement porté au pinacle les gens beaux et riches qui, je suppose, ne se suicident pas moins que les autres. Chauffeur de limousine depuis quatre ans, j'ai suffisamment observé de milliardaires dans mon rétroviseur pour te dire que bon nombre se font autant chier qu'on peut se faire chier dans une limousine. Mais la majorité des humains ont une tête « ça comme » avec le métro, le boulot, les enfants qui gueulent, les impôts à payer et, surtout, le téléphone qui sonne, ils ont beau changer de sonnerie régulièrement, ce téléphone fait toujours aussi ièche quand il faut pas et, un matin, on se rend compte qu'on prend des douches de plus en plus longues, c'est le seul endroit où on n'est plus dérangé, tu vois où je veux en venir, poupée ?... Un jour, tu auras gagné, je me rendrai sans condition, c'est pas une question de si mais de quand. Un jour, nous partirons pour un tour du monde et, à la dernière étape, nous ferons un bébé qui sera un mélange de ton odeur et de la mienne. Je vois déjà un marmot agitant ses biceps courbes dans les manches ballons de sa barboteuse, il apprend à marcher sur des mollets bombés comme des petits pains au lait qui ont gonflé au four et il nous sourit... Shoot to the stars, Baby, and do remember that love is all and everything else is nothing more. Je t'embrasse là où et comment tu aimes.*

*Jules*

Pièce(s) jointe(s) : *Charles Aznavour –* Non, je n' ai rien oublié

J'éteignis mon ordinateur. Je pris une brosse à dents et l'huile de jojoba pour mon visage, je refermai mon appartement et repartis en Smart chez Louis.

*

* *

J'ouvris le frigo de Louis. Je puis vous affirmer que mon collègue aimait le tarama. Il y en avait cinq grands pots. Il y avait aussi des filets de citrons, deux filets d'un kilo, nul doute que Louis mettait du citron sur son tarama. Je pris une pizza dans le congélo, la déposai sur la grille du four et la regardai cuire tout en regardant la télé. Je mangeai ma pizza devant la télé avec une canette de bière. Ma pizza était excellente et je tâcherai de retenir le nom de la marque pour la prochaine fois que je remplirais mon frigo. Je zappai et tombai sur une émission culturelle où, justement, était invité cet auteur au front méchu et aux idées larges sus-persiflé en page 52. Il semblait avoir les boules de ce qu'une nana lui volât la vedette, l'animateur de l'émission ne posant des questions qu'à elle et pas à lui. La greluche, une plasticienne minimaliste mais subventionnée, ses mobiles en papier mâché étaient le clou de l'expo qu'il fallait avoir vue cette année. Elle était super banquable surtout depuis qu'elle formait avec son mari le couple qu'on invitait partout et que d'ailleurs l'animateur avait invité ce soir. Son mari était un pamphlétaire du sixième limite septième, marxiste pour faire rebelle et vrai-faux racisme à la boutonnière pour faire Houellebecq, il prit la parole, débita tous les poncifs de l'heure, sans en oublier aucun, à croire qu'il pointait une check-list en loucedé. J'aurais bien lancé mon excellente pizza dans la télé pour voir si les olives seraient restées collées à l'écran. En me brossant les dents, je me souhaitai de ne jamais devenir célèbre et devoir frayer avec le gratin de la hype, cette crypto-caste d'artistes aux indignations électives, d'anars chic des beaux quartiers au nihilisme de circonstance, d'éditorialistes bobos qui ont des grandes idées à Paris et des grandes maisons en Corse et qui se félicitent que leur petit confort soit garanti par des concierges fachos dont ils entretiennent l'ardeur par des étrennes à trois chiffres. Je mis de l'huile de jojoba sur mon visage, me déshabillai. Je transformai le canapé en lit. Je fis le noir dans le séjour et me couchai. Par la grande fenêtre, une belle lumière venait de la rue et les murs blancs la renvoyaient sur les étagères devant moi. Les étagères débordaient, elles portaient un agglomérat hétérogène dont des bougies parfumées, un vieux baromètre en laiton, toute une collection de maquettes de maisons, un bonsaï, des bondieuseries. Louis était croyant. Bisexuel et croyant, ça devait pas être facile pour lui. Ça l'est pour vous ? La bisexualité, encore un autre diktat que nous imposaient les auteurs méchus et les greluches banquables. Il fallait être bisexuel. Moi, sucer une queue ? Non merci, sans façon. Je m'endormis. Plus tard dans la nuit, je me réveillai. La porte de la chambre était restée ouverte et Louis y ronflait. En appui sur les bras, je me redressai sur mon lit, tirai le cou vers la grande fenêtre du séjour. Entre deux immeubles, une escadrille d'oiseaux traversa un monocle de lune. Je retombai sur le matelas dans un bruit de ressort. Des pas qui passaient dehors m'amenèrent avec eux jusqu'au coin de la rue, puis tournèrent et disparurent.

## Lundi 5 juin

*– Back to the Palace !*

*Le gros Yéménite.*

– Tu préfères quoi : marcher dans la merde juste avant un rendez-vous amoureux ou un rendez-vous professionnel ? me demanda mon collègue Günter, dit le Schmidt, dit DPVDLT.

C'était lundi. C'était le matin, très tôt, dans les six heures. Günter et moi passions un coup de lustreuse (sorte de balayette à poils longs et laineux) sur les carrosseries des voitures que le dispatcheur nous avait attribuées pour la journée. Nos voitures étaient garées côte à côte au deuxième sous-sol du parking du Palace. J'avoue que je n'avais aucune espèce d'envie de répondre à sa question, mais qu'en même temps, j'y aurais bien répondu.

– Important, le rendez-vous amoureux ? Ou juste un coup comme ça en passant pour pas perdre la main ? lui demandai-je.

– Les deux, importants. Le rendez-vous professionnel et l'amoureux.

J'arrêtai de lustrer ma bagnole. Mon regard se fixa sur un coin de carrosserie et rien, pas même une cover-girl d'Helmut Newton passant dans le parking, ne l'en aurait décollé. Soit dit entre nous, qu'est-ce qu'une jeune fille de bonne famille serait-elle venue faire dans un porte-jarretelles à six heures du matin au deuxième sous-sol d'un parking ?

– Tu préfères quoi entre les deux ? insista Günter qui n'en continuait pas moins à lustrer.

Il commençait à me courir sur le haricot, le Boche, avec sa question.

– Plutôt mourir que marcher dans la merde avant un rendez-vous amoureux, dis-je. Je préfère avant un rendez-vous professionnel. C'est pas de gaieté de cœur, mais je préfère. Si un recruteur pense que tu peux lui rapporter de l'argent ou une promotion, il ne s'arrêtera pas au fait que t'aies de la merde sous les pompes. Et toi, Günter ?

– Moi, je dis pas.

– Quoi, « je dis pas » ?!… Hé, t'es chié, toi ! Je t'ai répondu, tu me réponds, bourrique ! Tu préfères quoi ?

– Avant un rendez-vous amoureux.

– Tiens, pourquoi ?

– Parce que, de toute façon, j'en ai jamais. Par contre, des rendez-vous professionnels, je risque d'en avoir bientôt.

Pauvre Günter, qui venait d'avoir été mis à pied pour deux jours.

– La prochaine fois, c'est la porte ! lui avait dit notre boss, Matt.

À propos de portes, c'est elles qui lui avaient presque coûté sa place de chauffeur, deux portes de limousine. La première, le Schmidt l'avait refermée sur le pied d'un des plus gros clients de l'hôtel, un Australien, au moment où celui-ci s'asseyait sur la banquette arrière, riez pas, ça faillit m'arriver quand je commençai dans le métier, depuis je ne lâchais tellement plus des yeux les pieds de mes clients au moment où ils s'asseyaient dans ma limousine qu'ils finissaient par se les regarder, genre : « Quoi, mes panards, qu'est-ce qu'ils ont mes panards ?! » L'Australien de Günter avait les os solides, il n'eut rien de cassé mais, après qu'il eut poussé un cri déchirant dont la façade de l'hôtel se souviendra longtemps, il dut aller se faire examiner à l'hôpital. Ce vieil Australien était aussi un gentleman d'une classe inégalée, que j'aimais tant conduire dans Paris, pour qui je me mettais en quatre pas que pour le pourboire (qu'il avait facile et généreux, il est vrai...), et il revint de l'hôpital en exigeant de la direction que le Schmidt ne soit pas sanctionné. En ce qui concerne la seconde porte, cette fois, tout est de la faute du client autrichien qu'avait transporté le Schmidt. Le mec s'était cuité au romanée-conti – trois bouteilles à deux, les œnophiles et les RMistes apprécieront –, il chantait en zinzinulant – les ornithologues et les linguistes apprécieront – allongé à l'arrière de la limo, il se redressa soudainement, demanda non moins soudainement au Schmidt de l'arrêter devant une boutique de cigares, il ouvrit sa porte à la volée sans attendre que le Schmidt vînt la lui ouvrir et, comme cet abruti d'Autrichien s'apprêtait à sortir du côté circulation, non du côté trottoir, vous avez tout compris, un camion était passé, avait tout arraché. Altercation avec le camionneur. Rédaction du constat amiable. Ensuite, le Schmidt avait été ramasser la porte qui gisait dix mètres plus loin sur le bitume, s'était demandé quoi en faire, l'avait finalement mise dans le coffre et c'est ainsi, dans cet attelage pittoresque, une portière arrachée dépassant du coffre béant, qu'il avait raccompagné son client au Palace. Le voiturier s'était alors approché, avait avancé sa main gantée de blanc vers la poignée de la portière arrière avant de s'apercevoir qu'il n'y avait plus de poignée, plus de portière, il n'y avait qu'un client totalement bourré, un cigare éteint aux lèvres et tout décoiffé par le vent qu'il avait pris dans la tronche pendant le trajet. Le client avait très dignement défait sa ceinture de sécurité et était descendu comme si de rien n'était. Les aventures de DPVDLT, Das Petit Vélo Dans La Tête : réalisé sans trucages ! Pauvre, pauvre Günter ! Il était scoumounard, nous venons de le voir. Il était seul aussi et, quand il rentrait chez lui, ordinairement pas avant une ou deux heures du matin, il ne se nourrissait pour l'essentiel que de sauciflard et de fonds d'artichauts, seul, chez lui, dans son studio, une boîte à chaussures au dernier étage, une sous-loc porte de Clichy. Il était laid enfin.

– S'il y avait un impôt sur la beauté, tu serais exonéré. Non, t'aurais un avoir fiscal, lui avait lancé Robert.

Pour compléter le tableau, Günter était un peu brindezingue et même, lui disait mon collègue Kamel : « Complètement perché, tu me fais penser à un spoutnik, mec, tu clignotes pareil, seul dans le ciel, pareil ! » Brindezingue, mais l'hôtel le gardait à son service car il était taillable et corvéable à merci, acceptant des horaires de la mort, enchaînant des journées de boulot de seize, dix-sept, parfois vingt heures sans jamais dire non au boss Matt ou à Mohamed, le dispatcheur.

– J'y vais, me dit Günter en refermant le coffre où il avait rangé sa lustreuse.

Il monta dans sa limousine, démarra et traversa le parking, trentenaire en voie de désocialisation, spoutnik clignotant perdu dans un monde où le fric n'est pas la moindre de nos chimères et la compétition, peut-être la pire de leurs arnaques.

– Tout ce qui clignote n'est pas vivant… me dis-je, me croyant fin de me l'être dit.

Oui, ben, moi aussi, fallait que je me dépêche, mon premier client de la journée allait bientôt sortir de l'hôtel, un Yéménite de facilement plus de cent cinquante kilos, insomniaque, souvent suivi d'une de ses moukères pas du tout insomniaque, au contraire elle serait bien restée au lit jusqu'à midi, paresseuse comme une couleuvre, elle aurait payé des gens pour marcher à sa place. Robert avait bien un client, cheikh koweitien, qui payait un type pour porter son portefeuille à sa place afin de ne pas déformer ses costumes. Ce Yéménite, je le connaissais pour l'avoir déjà conduit pendant trois ou quatre jours, quelques mois auparavant. Il m'avait empalmé d'un pourboire de cent euros à la fin de chaque journée, c'était réglé comme du papier à musique, je m'étais gavé avec lui. Mais sa shopaholic de femme, je m'en méfiais, j'évitais de croiser son regard dans le rétroviseur, ça m'était arrivé une fois et j'avais eu l'impression d'être dans l'œil du sniper. Pourquoi ne la laissait-il pas avec les autres moukères devant la piscine à débordement qui, par l'effet de la perspective, donnait l'illusion de se déverser dans la mer Rouge (en tout cas, sur les photos que j'en avais vu avec mes yeux qui traînaient partout, eh, eh...) ? Le Yéménite avait commandé sa voiture pour sept heures. À moins le quart, j'étais devant l'hôtel. J'avais mis la radio. J'avais une joue dans un rayon de soleil. On était lundi mais j'étais bien. Je commençais à tourner de l'œil en ronflant doucettement quand mon gros Bédouin arriva à sept heures quarante-cinq ou un truc comme ça. Seul et sans moukère, Allah Akbar ! Un vêtement du désert, une robe d'homme faite de drap blanc, modelait son obésité. Il marchait à pas comptés, sourire aux lèvres. Gaspard le voiturier lui ouvrit la portière, mais, par correction, je sortis malgré tout de la limo. Ce ne fut qu'une fois qu'il fut entré dans la limo que j'y rerentrai.

– Jules, tout ce cirque me fatigue... m'avait dit Tiburce.

Moi aussi, tout ce cirque me fatiguait, Tiburce, si tu savais...

– Good morning, Sir. My name is Jules.

S'il avait peut-être l'air de m'avoir reconnu, mon client avait surtout l'air de s'en taper. Je démarrai en ressentant soudain l'envie d'aller me recoucher. Ah, la vie rêvée des koalas : dormir vingt heures par jour...

– Where do you want me to drive you, Sir ?

– George-V.

– Of course, Sir.

**Raptus évité de peu :**

**« Alors, on est venu sans son sac à foutre, aujourd'hui ? »**

Cinq minutes après, un voiturier lui ouvrit la portière, le Yéménite sortit de la limousine et entra au

George-V. J'allai trouver une place où me garer que je trouvai en double file à côté d'une autre Mercedes, noire et propre comme la mienne. J'appelai Tiburce.

– Hé, dis, le mec que j'ai dans ma bagnole, mon Yéménite, là…

– La chambre 252, ouais.

– Je suis certain que ça ferait un bon client pour Oksana !

– Jules. Qu'est-ce que je t'ai dit ?

– Tiburce, je suis certain que ce Yéménite…

– Tant que tu n'as pas mon feu vert, tu ne proposes rien à personne. OK ?

– OK.

– Faudra que je te voie tout à l'heure.

– À tout'.

Je reculai mon fauteuil, en baissai le dossier, et la pensée qu'au même moment, des cargos rouillés glissaient dans la nuit éclairée de ports gras d'hydrocarbures et de sel mouillé avec, à leur barre, des capitaines qui veillaient sur des containers qui m'étaient destinés, cette pensée m'aida à m'endormir comme la lumière laissée dans le couloir aide l'enfant à trouver le sommeil. J'avais pas bossé depuis trois jours et, deux heures à peine après que j'avais repris le boulot, j'étais déjà crevé. Était-ce d'avoir passé ces trois jours à peindre mon appartement qui m'avait fatigué à ce point ? Était-ce de les avoir passés à ruminer mon « Pas d'argent, pas d'enfant » à Paula et le « Sans violence. Sauf si mutuellement consentie » de Tiburce ?… Vers onze heures, je me réveillai et j'aurais bien pris un café. Impossible d'en prendre un sans abandonner le véhicule et risquer une amende ou, pire, me faire enlever ma voiture par la fourrière. Je demeurai une heure ainsi au volant à me demander si j'allais m'acheter à manger ou si j'attendais d'avoir ramené mon client pour descendre manger un vrai repas au self du Palace ou un sandwich et une pomme à la salle des chauffeurs. Sans nouvelles du Bédouin à midi, je me dis qu'il déjeunait au George-V. J'allai jusqu'au McDo avenue de Wagram, y pissai en quatrième vitesse et, tout en surveillant ma limo encore mal garée en double file, je fis la queue pour une salade, des frites et du Coca. Je retournai déjeuner aux abords du George-V en écoutant la radio, une émission sur la pollution, sur comment elle provoquait cancers et stérilité. J'allai jeter dans une poubelle les emballages graisseux de mon repas en me sentant verni d'avoir eu pour parents mes parents. Je revins au volant, pris mon roman dans le vide-poches, le lus et m'endormis. Mais qu'avais-je à roupiller aujourd'hui ?!… Mon téléphone me réveilla vers quatorze heures trente et une voix de femme me dit que le Yéménite sortait du George-V. Je me repointai devant le George-V, c'était le gros bordel, des bagnoles partout, des voituriers débordés. Mais les clients ne veulent généralement rien savoir. C'est pas leur problème si vous ne pouvez pas arriver jusqu'à eux. Vous n'avez qu'à nettoyer la route à la dynamite, transformer votre limo en voiture-bélier, démerdez-vous, ils n'ont pas à marcher plus que quelques mètres pour aller jusqu'à vous. Aussi, depuis des années, un de mes clients genevois m'humiliait-il, c'était sa femme qui avait l'argent, elle avait hérité de son père, un des plus gros actionnaires de la General Electric, ce client enrageait tellement que son milliard de dollars fût un condensé de laideur – sa femme était une guenon – qu'il me faisait avancer la voiture de trente centimètres pour qu'il condescendît à y monter, il y a plein de fois où, avec une limo de cinq mètres dans Paris, vous ne pouvez même plus avancer ou reculer d'un centimètre, mais, non, ce monsieur de Genève, il lui fallait sa portière juste devant son bouton de pantalon sinon il montait pas... En sortant du George-V, le Yéménite vit bien que j'étais coincé, il dépassa les voituriers hystériques, rabattit contre lui sa robe blanche pour ne pas la salir entre les pare-chocs entre lesquels, à mon grand étonnement, il slaloma jusqu'à moi. Je lui ouvris la portière, il monta, me laissa me dégager et rouler jusqu'à la Seine, puis me dit ma phrase préférée :

– Back to the Palace !

*

* *

Je lavai la Mercedes aux rouleaux de la station-service rue Saint-Honoré avant de la redescendre au parking de l'hôtel en m'arrêtant au premier sous-sol pour pisser. Au deuxième sous-sol, je franchis les grilles automatiques et me garai. Je remplis ma facture au nom du gros Yéménite. Ensuite, j'inscrivis « 68 » dans la colonne Salaire de mon tableur, « 100 » dans la colonne Pourboire, « 1 » dans la colonne Repas. J'allais pour passer l'aspirateur dans la voiture quand mon téléphone sonna :

– Jules, tu remontes tout de suite ! Pour Miss Valeria Nikitin, chambre 103 !

Elle aussi, je l'avais déjà conduite pendant quelques

jours, quelques mois auparavant. Une Russe, fille du roi mondial de l'aluminium. Son père faisait pas ses dix milliards de dollars vu comme ça, il avait une tronche normale, une calvitie normale, des fringues normales, même si ses chaussures sur mesure n'étaient pas raccord avec son costume pourrave de marié kazakh. Il semblait revenir d'une kermesse paroissiale, s'en être fait jeter, et des pellicules persillaient ses épaules. Mais il pesait à lui tout seul un demi-PIB subsaharien sans forcer. Ce matin donc, sa fille, cette chère Valeria, sortit de l'hôtel d'un pas décidé et buté qui aurait dû me mettre la puce à l'oreille. Elle monta dans ma limousine. Elle avait seize ou dix-huit ans mais elle valait pas un pet de lapin. C'est pas une question d'âge ingrat ou quoi, elle était mal branlée, c'est tout. Elle avait des jambes petites, un petit tronc. En somme, elle était petite. Elle ressemblait à un cube avec des membres rectangles, elle avait poussé en largeur autant qu'en longueur et le résultat aujourd'hui, c'était un pot de yaourt. Son père, le roi de l'alu, s'était certainement reproduit juste avant de devenir riche.

– First, let's go for a ride around town [1], me dit Valeria d'un air pas content d'être un pot de yaourt pour la vie.

Je pourrais rédiger un *Petit guide du chauffeur illustré* et, dans le chapitre très immodestement intitulé « L'art du pourboire : en avoir ou pas », j'écrirais : « Ce qu'il faut faire et ne pas faire : demander aux clients si la température leur convient ou s'ils souhaitent un fond musical mais, en dehors de ça, sauf exception, ne

1. Faisons d'abord une balade en ville.

leur parler que s'ils vous y invitent ; se tenir toujours droit, les deux mains sur le volant à dix heures dix pétantes et les lèvres fermées, savoir en particulier manier son chewing-gum de la langue afin de pouvoir le stocker entre la joue et la gencive en cas d'urgence ; ne jamais tomber la veste et ne desserrer la cravate sous aucun prétexte ; toujours regarder devant soi et ne jamais reluquer les filles (bien que j'aie mis au point une technique de reluquage que j'aborderai au chapitre suivant, qui consiste à faire genre je-contrôle-la-route-de-tous-côtés-pour-prévenir-la-collision) ; ne jamais se gratter avec délectation où que ce soit, ne jamais bien sûr récolter son mucus nasal avec gourmandise et, plus généralement, ne jamais donner le sentiment de s'amuser, donner au contraire celui de s'ennuyer comme eux dans leur argent et, règle d'or : les milliardaires, ne soyez jamais plus intelligent ou beau qu'eux, sinon malheur, ora pro nobis ! » Ça commença super mal entre le pot de yaourt et moi : j'oubliai de lui demander si la température lui convenait, si elle souhaitait de la musique et j'oubliai aussi de ne pas mastiquer mon chewing-gum devant elle. Ce qui avait mal commencé continua comme ça avait commencé puisque, cinq minutes après que son téléphone eut sonné, le mien sonna et on avait la même sonnerie. Elle le prit de très haut et nous nous dévisageâmes dans le rétroviseur comme deux femmes qui portent la même robe au bal de l'ambassadeur. Puis je jurai violemment, ce qui ne saurait se faire en présence de quelqu'un qui crache cent euros de l'heure pour une voiture avec chauffeur. En effet, lorsqu'une femme au volant manqua de nous rentrer dedans, un juron sortit de ma bouche avant que je ne pusse le rattraper.

– Sorry, Miss Valeria, dis-je.

J'en suais encore que, quelques carrefours plus loin, un jeune traversa alors que le feu venait de passer au vert, m'obligeant à freiner et à m'arrêter. Cette fois, je ne jurai pas, il y aurait pourtant eu de quoi. Le jeune était un Arabe de la pire espèce, celle accompagnée : il était accompagné de trois potes à lui.

– Hé, t'énerve-toi pas, toi ! me dit-il en faisant comme ça avec les doigts.

Je l'ignorai, regardai droit devant moi et attendis que j'eusse la voie libre pour redémarrer. Mon attitude lui déplut. Lui me déplaisait aussi, bâti en clou qu'il était : corps long et tête plate. Tête plate, petit cerveau : tel fut le raccourci qui me vint à l'esprit.

– Sur ta vie, t'es pas beau dans ta limo, me dit-il en faisant comme ça avec les doigts.

Il ne bougerait plus, il avait planté la tente devant ma calandre. Le célèbre emblème de proue ornant les capots Mercedes, trois branches dans un rond, se retrouva centré en plein sur sa braguette comme dans la mire graduée d'un canon. Le feu passa au orange. Au rouge. Derrière moi, ça se mit à klaxonner.

– Surtout, dis-le si j't'emmerde, me dit-il en faisant comme ça avec les doigts.

Le feu repassa au vert et, ses potes l'ayant rejoint, ils étaient quatre maintenant à me défier en me barrant la route. Ou je la jouais à la *Le train sifflera trois fois* et descendais faire parler les poings, mais je perdais ma place si je revenais à l'hôtel avec un coquard ou une veste sans manches, ou si Valeria parlait du truc à son père ou au concierge. Ou je la jouais à la *Shérif, fais-moi peur* et fonçais sur eux, mais je passais vingt années en prison pour homicide à caractère raciste. Ou je la jouais à la *Mon curé chez les nudistes* et roulais vers eux à une vitesse de papamobile dans la foule philippine à Manille en août 1995, mais ils tataneraient la carrosserie au passage et les cinq cents à mille euros de réparation seraient pour ma gueule. J'étais assez coincé en fait. Derrière, ça se mit à klaxonner sévère.

– Hé, chef, t'avances ?! me cria un livreur dans une camionnette Conforama.

Je regardais toujours devant moi et, de temps en temps, l'état du feu tricolore. Je mis ma bagnole en position parking et enfonçai l'accélérateur pour faire hurler le moteur jusqu'à sept mille tours-minute. La voiture trembla sur ses bases. Les rebeus firent un bond de côté. Ils avaient disparu du centre de l'emblème Mercedes mais se trouvaient toujours sur ma trajectoire.

– L'enculeman, il a trop voulu nous écraser ! dit un premier rebeu.

– Parle bien avec ta bouche quand tu parles à un cotisant social, fit semblant de le reprendre un autre rebeu qui était plutôt black, d'ailleurs.

– Ben Laden en force, dit un troisième d'une voix de basse.

Le quatrième cracha un filet de salive sur le capot de ma Mercedes Classe S en faisant comme ça avec les doigts. Pendant une fraction de seconde, un voile blanc masqua ma vision, mes poils se hérissèrent et je fus prêt à en prendre pour vingt ans.

– I'm so sorry, dis-je à ma cliente.

Dans mon rétro, le livreur descendit de sa camionnette Conforama. Fait étrange, il était aussi en forme de pot de yaourt. Il était en plus très typé, juif ou arabe, ou turc, il avait un tonfa au poing et ses pieds dérapaient comme les sabots du rhinocéros qu'une rage incontenable fait gratter le sol. Il s'arrêta devant ma portière en regardant les quatre rebeus, et non pas moi. Je baissai ma vitre.

– C'est quoi ? me demanda-t-il.

– C'est quatre crétins des Alpes qui ont rien d'autre à foutre que la merde.

– Lequel je couche en premier ? leur dit-il en armant son tonfa haut en arrière.

Je voyais déjà le tonfa rater sa cible et s'abattre sur mon capot, où le crachat continuait de s'écouler vers la roue avant gauche.

– Fils de pute, je te demande si ta mère est clitoridienne ? lui dit l'un des quatre rebeus.

Le livreur s'élança sur eux qui coururent tous azimuts comme quand on jette un pétard dans un arbre à moineaux. La voie redevenue libre, et sans même regarder la couleur du feu, j'accélérai pied au plancher.

– I feel so bad about this, Miss Valeria…

Je nettoyai le crachat avec un chiffon et du produit en bombe pendant que Valeria Nikitin fit des achats chez Saint Laurent et chez Hermès. Quand elle revint, une vendeuse la suivait, ayant du mal à conserver son équilibre sur de hauts talons à cause des sacs Saint Laurent dans sa main gauche et Hermès dans sa main droite. J'ouvris la portière à Valeria, la refermai derrière elle. J'ouvris mon coffre à la vendeuse que j'aidai à y entreposer les sacs.

– C'est quoi dans le sac Hermès ? lui demandai-je.

– Un blouson en crocodile.

– Combien le blouson ? Faites-moi mal.

– Quarante-huit mille quatre cents euros.

– J'ai mal.

– Il y a des gens dont le métier est de dépenser l'argent, le nôtre est de le gagner.

– Oui, mais nous, on est plus beaux qu'elle. En couple ou célibataire ?

– Je vous aime beaucoup, mais occupez-vous de vos oignons.

– Madame a ses vapeurs ?

– Monsieur, j'ai l'honneur de ne pas vous saluer. À jamais, j'espère.

– Et moi, j'te la souhaite longue et chiante.

Nous étions partis depuis deux heures cinquante-six exactement. Nous aurions pu être au Palace en cinq minutes. Mais, toute heure commencée de dix minutes étant due, je fis durer le plaisir en rajoutant un détour par le boulevard de la Madeleine, pariant – avec succès – sur un embouteillage afin de ramener la cliente au bout de trois heures dix-huit, et non trois heures zéro une si j'avais pris par la rue Saint-Honoré. Cela me permettrait de lui facturer une heure en plus et, à moi, de gagner huit euros en plus. Ah, c'est un métier… Devant le Palace, Valeria sortit de la limo par la portière que le voiturier lui tint ouverte. Elle s'éloigna vers les quatre arcades du hall pendant que j'allai ouvrir le coffre au bagagiste. Elle continua à s'éloigner. C'est cuit, me dis-je, je n'aurai pas de pourboire. Et là, ma cliente se retourna ! Revint vers moi ! Je repris espoir au point de commencer à tendre machinalement la main vers elle qui m'avait correctement pourliché quelques mois auparavant. Et elle, elle me lâcha cash-pistache, mais à l'oreille afin que personne d'autre n'entendît :

– From me to you, you should have given some kind of a hand to this poor delivery man with his baton, don't you think ? So, next time, maybe[1]...

Elle s'éloigna, me laissant avec ma main que j'avais préparée pour recevoir ma gratification de toutou aux ordres. Facho, raciste, vénal et couard : ecce homo, voilà l'homme ! Je redémarrai, allumai la radio et pris à fond la contre-allée qui faisait le tour de la Place. Au deuxième sous-sol du parking, je rangeai lentement ma voiture sur son emplacement, j'éteignis son moteur. Sur *We Have all the Time in the World* de John Barry, je fis descendre mon siège à l'horizontale comme chez le dentiste. J'imaginai alors un panoramique dans l'habitacle, un long plan panoramique jusqu'à un plan fixe final sur le chauffeur de limousine au moment où il rote dans les sièges en cuir, un rot mélancolique de la couleur verdâtre du désespoir, puis le chauffeur dit tout haut :

– Bon, ce soir, même si je rentre à trois heures du matin, je me fais une méga-omelette aux cèpes et aux croûtons aillés, une salade de tomates, et je m'ouvre une bonne boutanche. Oui, ce soir, j'irai m'enfermer chez moi au quatrième étage au bout de mon couloir,

1. De vous à moi, vous auriez pu donner un coup de main à ce pauvre livreur avec son tonfa, non ? Alors, la prochaine fois peut-être...

sur mon île, revivre ma vie loin des glitteratis et des soucis…

Mais on avait frappé contre la vitre. Je rouvris les yeux. C'était Robert et, derrière lui, Louis dansait comme une folle, son paquet de Pépito à la main, tandis qu'un troisième collègue dit le Schmidt, dit DPVDLT, tendait les bras vers Louis, tentant de le convaincre de lui donner la galette chocolatée que Louis tenait entre pouce et index et lui refusait en dansant de plus belle. Je baissai la vitre.

– Alors, t'as pris quelque chose ? me demanda Robert.

– Hun ?…

– Ta russkof, elle t'a filé du pourliche ?

– Cent, mentis-je, comme toujours. Cent pour trois heures.

– Pas mal du tout, salopard.

– Tu payes ton café au Corsaire ?

– C'est pas à ton tour de payer ton café ?

– Oh, Louis, tu viens prendre un jus avec nous ?

– Peux pas ! Je repars avec des clients dans cinq minutes !

– C'est quoi que t'écoutes ? me dit Robert.

– Elvis Presley.

– T'es con.

– Merci, je sais.

*

* *

Le Corsaire, ses tabourets confortables, sa lumière tamisée, son personnel typically parigot. J'étais très copain avec un des serveurs, André. Déjà, à la base, un axe de sympathie passait entre nos professions. Ensuite, contrairement aux autres employés, il pouvait parler d'autre chose que de cul, de météo, de cul, de foot, de cul, de politique ou de cul. Il y avait aussi une serveuse dans le lot. La serveuse du Corsaire, tous les chauffeurs voulaient la trombiner. Déjà, à la base, après quinze heures sous le harnais, on trombinerait un tapir. Ensuite, l'infériorité numérique faisant votre force en matière de compétition sexuelle, avec un rapport de deux ovaires pour une vingtaine de fois plus de testicules, Marylou régnait sur les hommes du Corsaire. Enfin et en premier, elle avait de longues jambes. Et un champ d'énergie, si vous pouvez arriver à vous représenter un champ d'énergie. En deux mots, Marylou, ça n'était pas le genre de femme subjugante, mais quelque chose se passait. Robert ne l'aimait pas. Robert n'aimait personne. D'après lui, elle ne lui aurait pas rendu une somme d'argent qu'il lui aurait prêtée, mais, d'après Kamel, c'étaient des conneries, c'était Robert qui s'était pris un râteau avec Marylou, il l'avait invitée deux fois au restaurant et elle l'avait finalement éconduit, enfin, je vous dis ça sous toutes réserves. Ce qui était certain, c'est qu'ils étaient fâchés et que le rétablissement de leurs relations n'était pas la priorité de Robert.

– Tu lui fous une bombe au cul à Marylou, tu te retrouves avec de la viande, de l'os et des dents, plus un peu de dégueulis si elle vient de manger : toujours amoureux ? me dit Robert.

– Hé, lâche-moi, j'ai jamais été amoureux de Marylou, moi. Je regarde ses jambes, ça s'arrête là.

– Tu lui déplais pas à Marylou, va. Maintenant que t'es plus avec Paula, tu pourrais si tu voulais.

– Oui, mais non.

– Allez, pourquoi ?

– Trois mômes de huit pères différents, pas besoin d'explications.

N'empêche que Robert, la pingrerie incarnée, deux restaurants pour rien, il avait dû en pleurer dans son lit, ah ! Juste à côté de notre Robert national, Sergei sur un tabouret de bar prenait soin de ses cent quarante-trois kilos en mangeant avec les doigts des frites en robe des champs qu'il trempait dans une montagne de mayonnaise où il creusait des combes et des cluses parfaites. Même durant la mastication, Sergei avait son tic de tirer sur son menton car sa cravate serrait son cou de taureau devant lequel Manolete eût fui.

– Et toi, Sergei ? Marylou, elle te plaît ? lui demanda Robert en riant.

– Déjà baisée.

– Tu vois pas qu'il te fait marcher ? dis-je à la mine subitement déconfite de Robert. Sergei, il l'a jamais baisée, Marylou. Personne l'a baisée ici. Bon, y a peut-être le Schmidt…

– Le Schmidt a sauté Marylou ?! se récria Robert.

Sergei et moi rîmes, nous foutant bien de la gueule de Robert qui, ayant chancelé, avait écrasé le pied d'une Japonaise derrière lui. Il s'excusa auprès de la nana, qui s'excusa en retour. La Japonaise était laide comme une Japonaise quand elles sont laides. Elle était habillée comme à la ferme et maquillée comme à l'asile de fous. J'étais perplexe de voir comment le peuple nippon s'était débarrassé de son carcan de traditions en digérant à sa sauce la culture occidentale, et tout ça donnait de drôles de vêtements sur de drôles de filles. Je me retournai vers l'écran au mur, des journalistes sportifs y jargonnaient à propos de basket. Sergei s'énerva avec ses frites, les avalant dorénavant trois par trois.

– Hé, mollo, tu vas tacher mon costard ! lui dit Robert. T'es au courant ? me dit-il dans la foulée.

– Au courant ?

– Y a des rumeurs nauséabondes de reversements de pourboires au dispatcheur.

– Là, là, tout doux, on se détend, Robert.

– T'auras du mal à rester détendu quand t'apprendras que Kamel reverserait une partie de ses pourboires à Mohamed en échange de bons clients que Mohamed lui attribuerait.

– Tu tiens ça de qui ?

– Valentin.

– Valentin a des preuves de ce qu'il avance ?

– Il les aura.

– Non. Pas « il les aura ». Il les a ou il les a pas.

– Il les aura en temps voulu.

– OK, c'est dégueulasse, mais que veux-tu que j'y fasse ?

– Ça te révolte pas ?

– Si mais que veux-tu que j'y fasse, Robert ?

Il appuya son regard sur mon front et chantonna :

– Tout va très bien, madame la marquise…

Certains jours, je ne pouvais plus le sentir, Robert. Sa posture rogue, ses fanfaronnades de fier-à-bras, l'infaillibilité pontificale avec laquelle il parlait :

– Vous savez pas y faire, les mecs…

Ses radotages sur la dureté du métier :

– Ça, mon vieux, il a fallu le baisser le pantalon, et pas que pour chier !

Ça n'allait jamais. Il y avait toujours un truc. Cela avait fini par lui sculpter une silhouette d'Homo erectus se revoûtant. Après l'histoire des reversements de pourboires au dispatcheur, Robert était déjà reparti sabre au clair sur la stagnation de nos salaires :

– On n'a pas été augmentés depuis trois ans ! On a la même grille tarifaire depuis trois ans ! Quand j'interpelle Matt sur le sujet, il me répond que c'est la crise. Ah, elle a bon dos, la crise économique ! Y a aussi les heures de stand-by que Matt nous paye pas. Et les rayures ou les chtars que prennent les bagnoles, qu'il nous fait payer parce qu'il magouille avec les assurances et qu'il profite éhontément d'un vide juridique concernant les accidents ! Et le favoritisme racial de Mohamed pour Kamel, hein, on en fait quoi, des confettis ?! Matt espère qu'on va se laisser enfiler sans rien dire. S'il espère ça, il ferait mieux de changer d'espérance ! Moi, je suis pour que, nous tous, nous saisissions les tribunaux. Mais tu peux déjà pas compter sur Kamel, grand bénéficiaire du système qui nous spolie, et, en plus, il est cul et chemise avec le boss. Tu peux aussi barrer de la liste Louis, il a peur de son ombre, il bougera pas. Le Schmidt est trop secoué pour ne pas nous desservir, attends, le Schmidt, c'est du genre à raconter sa vie au juge en plein prétoire, comment il a descendu des Harley en Bolivie, comment il a failli être jeté par-dessus bord par l'équipage d'un méthanier, comment il s'est retrouvé mis aux enchères publiques en slip au Laos. Restent Sergei, Valentin, toi et moi. T'en dis quoi, toi, de nous quatre intentant une action en justice contre Matt et le Palace ?

– J'en dis que, là, maintenant, je voudrais être un avion pour voler au-dessus des nuages…

Mon téléphone sonna, la même sonnerie que Miss Valeria, le pot de yaourt milliardaire au blouson en croco à quarante-huit mille quatre cents euros :

– Jules, tu fais la permanence ce soir.

– OK, Mohamed.

Faire la permanence, ça voulait dire être dans la salle des chauffeurs de dix-neuf à vingt-deux heures, y attendre que concierges ou voituriers vous appellent si un client commandait une voiture et, si à vingt-deux heures on ne vous avait pas appelé, vous rentriez chez vous enrichi de vingt euros plus onze euros de forfait repas. Même si nous y passions tous à tour de rôle indépendamment de nos mérites respectifs, faire la permanence, c'était un peu recevoir le martinet de la main du dispatcheur. Moi, je m'en foutais, d'autres moins… Marylou me frôla avec son plateau, elle me sourit, je regardai une dernière fois ses genoux.

– Juin, les filles ressortent leurs jambes et, moi, je rebande, entendis-je lui dire un type qui déposa trois euros sur son plateau.

Je quittai le Corsaire. Les petites jupes font les gros pourboires.

*

* *

Avant de m'enterrer dans la salle des chauffeurs au deuxième sous-sol du parking, je repassai par la réception de l'hôtel faire signer mes factures au nom du gros Yéménite et de Valeria Nikitin.

– Ça va ? me dit Tiburce, une fois qu'il en eut fini avec un couple de clients.

– Et toi ? Tu me signes mes factures ? lui dis-je en connectant mon smartphone aux ordinateurs de la conciergerie.

– Miss Valeria Nikitin. Chambre 103, dit Tiburce en même temps qu'il lisait son écran d'ordinateur. Ça a été avec elle ?

– Euh, ouais, si on veut, mais pas vraiment, en fait. Il y a eu un petit incident. Sans gravité, hein. On était au feu rouge et quatre rebeus sont…

– Je veux que tu passes voir Oksana ce soir après la perme, m'interrompit-il du bout des lèvres sitôt que son collègue fut occupé à autre chose. 28, avenue Bugeaud. Code 6FA72. Deuxième étage face ascenseur.

– 28. 6FA72. Deuxième face. OK.

– Voilà. Factures signées ! dit-il d'une voix normale. Bon courage, Jules.

– Salut, Tiburce.

Nous entrions dans le vif du sujet. Voyant mon reflet dans les miroirs de la réception, je me demandais si j'avais la gueule de l'emploi, celle du proxénète comme dans les polars. Je me demandais aussi si je n'aurais pas mieux fait de plus questionner Tiburce avant de franchir la ligne blanche. Sept ans de placard, c'est long quand on en a trente-sept. Jules, la peur n'évite pas le danger, t'as choisi le danger, tu l'affrontes… En ressortant par la porte-tambour, alors que je tapais « 28 6FA72 2f » sur mon écran, je tombai sur Mehdi, le bagagiste, qui poussait son chariot doré dans le hall.

– Mehdi, t'as pensé à mon champagne ?

– J'ai encore oublié. Je te l'amène demain.

Je saluai notre dispatcheur Mohamed qui, le veinard, n'allait pas tarder à rentrer chez lui.

– Jules, demain, t'as un départ aéroport à huit heures trente avec Miss Valeria Nikitin. Le Bourget. Terminal Dassault. Je te texte le numéro de vol ce soir. Facture déjà passée. Tu prendras la 582.

Je ressortis du hall en tapant « 8h30 582 » sur mon écran. Je traversai la Place jusqu'à l'édicule d'où des escaliers partaient dans les sous-sols du parking, escaliers que je descendis, je posai mon doigt sur une plaque de verre, la serrure biométrique m'ouvrit une première porte, un digicode sur lequel je pianotai m'en ouvrit une seconde, celle de la salle des chauffeurs. La tête ronde à calvitie en fer à cheval de Kamel consultait les cours de la Bourse sur un smartphone. Valentin regardait la télé, assis droit pour ne pas froisser son nouveau costume. Louis dessinait une maison, tête couchée de côté sur son biceps posé à plat sur la table. Je pris du chocolat dans mon casier, en proposai à la ronde, Kamel et Louis en prirent.

– Vous êtes prévus sur quoi ? demandai-je.

– J'ai une dispo à sept heures trente avec mes Lituaniens, dit Louis, qui présentait tous les signes de l'écœurement.

– Départ aéroport à vingt heures, dit Valentin.

– Messieurs, je vais de ce pas faire la courtoisie ! dit Kamel en se levant sans quitter son écran des yeux.

Faire la courtoisie, ça voulait dire faire le taxi pour les clients de l'hôtel entre dix-neuf et vingt-deux heures. C'était un service gratuit que les palaces offraient en soirée à leur clientèle, dont nous espérions qu'elle ait le savoir-vivre de laisser un « petit quelque chose » au chauffeur, et elle l'avait la plupart du temps. Conséquemment, en trois heures de temps, vous pouviez empocher cent à deux cents euros, en cash, non déclarables donc, donc non imposables. Autant la permanence était perçue comme une punition, autant nous battions-nous pour la courtoisie. Il va sans dire que Robert croyait avoir remarqué que Kamel se voyait attribuer la courtoisie plus souvent qu'à son tour, affirmant que nous nous trouvions face à un « cas de favoritisme racial caractérisé ». Ce en quoi, il n'avait pour une fois pas tort.

– Je dois aller laver ma bagnole, ciao ! dit Louis.

– Je t'accompagne, je dois refaire le plein d'essence, lui dit Valentin, qui sortit aussi en contrôlant l'heure à l'horloge au mur.

Au mur, l'horloge de traviole si bien que le moins cinq était à moins dix, un plan de Paris, une vue édénique des Maldives découpée dans un magazine, les Dix commandements du chauffeur exemplifiés par une photo de Louis au garde-à-vous dans la tenue réglementaire que nous étions supposés observer, mais d'où dépassaient deux couilles non réglementaires dessinées au stylo[1]. Sur une table contre un autre mur, des journaux et des bacs contenant des allumettes, des lingettes, des mouchoirs, des blocs de papier et des stylos prévus pour le confort de nos passagers. Sur une autre

1. J'ai toujours eu l'intime conviction que c'était Valentin qui avait fait le coup pour faire croire que c'était Kamel qui l'avait fait, enfin, je vous dis ça sous toutes réserves.

table, des guides touristiques, des romans policiers et historiques, des livres sur comment booster sa carrière ou sa santé, des enquêtes de cinq cents pages sur des scandales politico-financiers ou des phénomènes de société. Une armoire contenant des produits d'entretien et de réparation pour voiture, armoire fermée à clé, Matt étant radin. Nos casiers individuels. La baie vitrée sans tain donnant sur le parking, notre grand jeu étant de monter sur la table pour montrer nos fesses à Matt ou au chef de la sécurité du Palace quand ils venaient à passer par là. Une fontaine à eau vide depuis deux ans. Une poubelle toujours débordante, elle branlait quoi, la femme de ménage ?! Une cafetière cassée, jamais réparée, jamais jetée. Une télé. Deux portemanteaux avec des cintres. Par terre dans un coin, des cartons de bouteilles d'eau, trois aspirateurs, deux sièges-bébé, un pneu neuf. Et, au centre de la pièce, une longue table du type table de réunion entourée de sept chaises dépenaillées, pas une ne ressemblant ni de près ni de loin à l'autre. Sur cette longue table, des magazines déchirés vieux de plusieurs semaines, *L'Équipe* et *Le Parisien*, une canette de Schweppes coconut dégoupillée, une maison dessinée par Louis sur une feuille de papier, un échiquier et son sachet de pions, un énorme rouleau d'essuie-tout, une des bandes dessinées de Sergei, les gants de moto de Valentin, le vaporisateur de parfum dont Louis aspergeait les moquettes des limousines avant d'en prendre possession pour la journée, la télécommande de la télé aux touches noircies par les graisses alimentaires. Je me demandai si j'allais m'acheter un sandwich. Je pris une photo de moi souriant devant la vue édénique d'une plage des Maldives scotchée au mur, je voulus l'envoyer à Paula mais ne l'envoyai pas. J'en conçus une certaine tristesse. J'ouvris mon casier et y pris le roman que j'étais en train de lire. Je lus cinq pages et décrochai. Je regardai la télé. Rien de bien sauf un film iranien mais dont c'était la fin. J'éteignis la télé. J'éteignis la lumière. Je mis quatre chaises en ligne, m'allongeai dessus. J'avais mal au dos. J'avais la migraine. Une lueur d'aquarium venait du parking par la baie vitrée sans tain. Dans cette pénombre, je me mis à chanter à pleins poumons des tubes que nous chantions en famille, le dimanche, au dessert, à Créteil, *Toulouse* de Nougaro, du Delpech. Je chantai bien une demi-heure, puis je revis Paula en songe, j'eus les larmes aux yeux de ne devoir peut-être jamais la revoir et je cessai de chanter. « Cette femme, tu l'emporteras dans la tombe », m'avait dit Louis. Depuis notre rupture de jeudi, je l'emportais partout avec moi, je vivais au milieu du ressouvenir de toutes les déclinaisons de Paula, Paula en robe de soirée, Paula en bikini, Paula en pull, Paula en rage, Paula en jouissance, Paula en larmes, Paula en joie. Paula en moi. J'avais été un enfant calme et sans histoire mais, cycliquement, j'avais des colères bibliques qui effaraient mes parents, elles m'emplissaient, le monde entier s'arrêtait à elles, plus rien n'existait hors d'elles et, si on me l'avait mis dans la main, j'aurais écrasé l'univers dans mon petit poing rageur. C'est le même poing devenu grand et poilu qu'en cet instant précis, je serrai rageusement autour d'un des montants d'une des chaises sur lesquelles je me mis à pleurer en me disant que le libre arbitre est une prison dorée. Je tendis la main vers le rouleau d'essuie-tout sur la table, séchai mes yeux. Mon ensuction de ce matin me reprit, je commençai à m'endormir en pensant à l'omelette aux cèpes que j'avais prévu de me faire en rentrant chez moi. Dans mon demi-sommeil, l'omelette fut remplacée par des policiers indiens à six jambes qui me pourchassèrent dans Bombay, puis surgit Günter au guidon d'une Harley qu'il descendait en Bolivie, il mâchouillait un brin de graminée et, allez savoir pourquoi, il avait le casque à pointe de Bismarck sur la tête et une tartelette aux fraises sur chaque épaule, il rigolait, le Schmidt, quand il me dit de grimper sur la selle biplace et c'est en Harley que nous arrivâmes dans un golf, je descendis de moto et vins embrasser le perroquet près de mon père qui dormait sur le green du onzième trou.

*
* *

Je m'étais réveillé dans la lumière d'aquarium de la salle des chauffeurs. J'étais remonté au Palace déposer la clé de la limo dans un des tiroirs du bureau en marbre du dispatcheur. J'avais demandé au voiturier de m'appeler un taxi. Et maintenant je sonnais à la porte d'une call-girl aux mollets « fantasmagoriques » et aux hanches « sculpturales ». La porte s'ouvrit.

– Bonsoir, Jules. Entrez, me dit Oksana avec un accent délicieux.

## Mardi 6 juin

*– Si c'est comme ça, moi, je reprends un Pépito…*

*Louis.*

Valeria Nikitin, chambre 103, apparut sous les arcades du Palace à huit heures vingt-cinq. Conformément aux prescriptions des Dix commandements du chauffeur, je sortis de véhicule pour l'accueillir. À l'invitation des gants blancs de Gaspard, le voiturier, elle se dirigea vers ma limousine après avoir élégamment pivoté sur un pied comme un mannequin de défilé prend le virage au bout d'un podium. Le pot de yaourt milliardaire ! Métamorphosé ! Un truc entre la pétasse et la pouffe : la pétouffe ! D'abord, le maquillage, outrancier, qu'au cinéma on appellerait effets spéciaux. Ensuite, le soutif, un push-up à effet pigeonnant vous faisant croire à des seins qu'elle n'avait pas. Plus grave : la jupe, fendue à mi-cuisse, sous laquelle trottaient des jambes bottées haut de majorette, mais la bonne grosse majorette, hein, qui aurait été admise de justesse dans la fanfare municipale grâce aux relations de son père et malgré une pesée défavorable. Enfin, les bottes aux talons vertigineux sur quoi elle avait plus l'air d'un chaton coincé en haut d'un arbre dont il ne sait plus redescendre. Si encore elle avait eu un visage passable. Son visage ne remplissait que des fonctions vitales, une bouche pour la nutrition, des yeux pour la vision, un nez pour les échanges gazeux. Soyons clair : elle avait une tête à mettre dans un slip.

– Jupe fendue sur jambonneaux : faut oser... semblèrent me dire par-dessus le toit les yeux consternés de Gaspard quand il referma la portière qu'il lui avait tenue ouverte.

Valeria Nikitin. Ça aurait fait un beau titre de roman russe. Mais ça n'était que l'histoire d'une ado petite et replète qui croyait que la beauté pouvait s'acheter. Les chirurgiens esthétiques s'en léchaient les babines et pensaient déjà aux plans d'agrandissement de leur villa à Palm Beach. Eh non, Valeria, vraiment désolé, mais pot de yaourt un jour, pot de yaourt toujours.

– Good morning, Miss Valeria. How are you today ?

– Just fine, Jules. And you ?

– Fine, too. Thank you for asking. It will take around thirty minutes to get to Le Bourget airport. Is the temperature right for you, Miss ?

– Not bad. A little bit cold, though.

– I'm adjusting the temperature right now. Miss, would you like some music ?

– I'm in the mood for classical today[1]. You know, each time I'm leaving Paris, I feel so sad, only classical can cure my sorrow.

Elle me sourit à peine, mais assez lisiblement pour

1. J'ai envie de classique aujourd'hui.

que je m'en rendisse compte. Ainsi fus-je contraint de lui sourire en dépit de mon peu d'envie d'engager la conversation avec elle. Elle fit donc seule la conversation jusqu'à l'aéroport, me racontant tout de ses difficultés à trouver, bla, bla, bla, d'aussi bons décorateurs d'intérieur, bla, bla, bla, à Manhattan qu'à Paris, bla, bla, bla.

**Raptus évité de peu :**

**« T'es quoi, toi ? Une un trou, une deux trous, une trois trous ?... Allez, quoi, Valeria, je rigolais. »**

J'accélérai, passant deux fois au orange bien mûr et frôlant un cycliste qui leva le poing de rage. Au Bourget, je stoppai ma voiture, baissai ma vitre et, dans l'interphone, j'annonçai le numéro de vol au garde-barrière qui me laissa rouler jusqu'à une seconde barrière qui se leva également. Un employé de piste me fit signe d'avancer sur le tarmac vers un jet privé. Au pied de l'appareil, le copilote et une hôtesse attendaient mademoiselle avec des sourires jusque-là. Je descendis de la limo, ouvris la portière à Miss Nikitin qui me remercia et monta vite dans son avion pour fuir sans doute le bruit assourdissant des réacteurs. Hey, señorita, le pourboire, vous oubliez le pourboire !... J'ouvris le coffre à l'employé de piste qui prit les bagages de ma cliente, j'avais trop la haine pour pouvoir l'aider, je refermai le coffre, je remontai en voiture, j'avais trop la haine pour répondre au salut du copilote, je partis comme un voleur.

– Crève, sale moujik de pute de merde ! me mis-je à hurler en cognant contre le plafond. Crever, c'est encore le mieux que tu puisses faire ! Raclure de bidet ! Que ton avion mette longtemps à s'écraser ! RÂÂÂAAAAAAH !!

*

* *

Déjà que, depuis le 11 Septembre, la guerre en Irak et la claque que s'était prise le dollar avec le passage à l'euro, la fréquentation du Palace n'était plus ce qu'elle avait été, on se serait volontiers passé d'un printemps pourri. Tout mai, il avait plu la mer et les poissons et fait dix degrés. Ça avait été des journées sans course, des heures de stand-by dans la salle des chauffeurs à attendre le Messie. Chacun en était à regarder dans l'assiette du voisin et à accuser notre dispatcheur Mohamed de tous les maux, y compris de la pluie, du froid et de Britney Spears. C'est que, quand un dispatcheur vous fait venir à sept heures le matin pour préparer une limousine – aspirateur, vitres, journaux du jour, bouteilles d'eau, plein d'essence, lavage aux rouleaux, etc. – et qu'à midi, il ne vous a toujours pas attribué un client, vous tueriez père et mère pour ramener cent euros le soir à la maison. Ce printemps-là, quand on gagnait cent euros – pourboires, indemnités repas de onze euros et fixe journalier de douze euros inclus –, on était content. Aujourd'hui premier mardi de juin fut un jour à marquer d'une pierre noire : à dix heures, j'étais le seul à avoir tourné. Quand j'entrai dans la salle des chauffeurs, quatre de mes six collègues étaient là à se morfondre.

– Salut, dis-je.

– T'as pris combien avec Miss Valeria ? me demanda Robert.

– Cinquante, mentis-je, comme toujours.

Sergei brandissait un journal pour y montrer une photo à Günter, dit le Schmidt, dit DPVDLT :

– Hé, le Boche, toi qui les reconnais de loin, le mec sur photo, c'est juif, ça ?

Günter ne répondit pas. Günter ne répondait jamais. Je déverrouillai mon casier, y pris mon chocolat. Entrèrent Kamel et sa calvitie en fer à cheval, qui ne décolérait pas de devoir voiturer un des plus gros clients de l'hôtel, qui y avait sa suite à l'année, un Africain possédant des mines de diamant, une armée pour les défendre et un titre de noblesse écossais qu'il venait d'acheter. Cet Africain était surtout le plus mauvais tippeur à l'ouest du Pecos.

– Marre du macaque ! C'est toujours moi qui fais le macaque ! gueulait Kamel. Il donne rien ! Vaut pas un clou !

– Par les couilles divines, les jantes, oubliez pas de les nettoyer ! dit Valentin en entrant à son tour.

Il faut le savoir : Valentin était obsédé par les jantes. Une journée n'était pas complète s'il n'avait pas nettoyé au moins quatre jantes. Le bonheur se peignait sur sa face lorsqu'il les astiquait. On place son bonheur où l'on peut. Valentin prenait très à cœur son rôle social de nettoyeur de jantes. Dans les fourmilières, chacune à son rôle, il y a les guerrières, les nourricières, les ouvrières. Valentin, lui, était une fourmi polisseuse de jantes.

– Valentin, reste poli quand tu invoques Dieu ! Je

suis athée comme la table mais rappelle-toi que Kamel et Louis sont croyants, dit Robert.

– Et pratiquant, en ce qui me concerne, dit Kamel.

– Dieu, c'est God, right ? God, c'est celui qui est au-dessus de Jesus, right ? nous demanda Günter avec cet accent teuton de sinistre mémoire, celui-là même qu'il employait pour dire « rondelle » à la place de « rond-point », « croix » à la place de « carrefour », moi, il me faisait peur, ce mec.

– Oh, la ferme, le Schmidt ! dit Kamel.

– Hé, Schmidty, tu serais pas con, des fois ? dit Valentin.

– Ah, ça, j'ai marre que vous appelez moi le Schmidt ! Je m'appelle pas un Schmidt, d'abord ! Nein ! Nein !

– Ce que vous êtes fatigants à crier... dit tout à coup Louis.

Tout le monde, même Günter, se figea et fixa Louis.

– De toute façon, comme c'est parti, il faut qu'on en foute un à poil aujourd'hui. Ou au moins qu'on distribue quelques torgnoles. Alors, moi, Robert, je dis : pourquoi pas Louis ?

– Si c'est comme ça, moi, je reprends un Pépito... dit Louis qui se leva et quitta la pièce rapidos, ses gâteaux sous le bras et ses fesses frottant si étroitement l'une contre l'autre qu'en y plaçant du tabac et du papier entre, il en serait ressorti une cigarette toute roulée.

J'aurais dû prendre la défense de Louis, mon pote. Mais j'avais besoin de pisser. Moi aussi, je me cassai vite fait de la salle des chauffeurs, les laissant tous se regarder en chiens de faïence. Dans le parking, où qu'on allât, il y avait de la musique classique qui tombait de haut-parleurs, vingt-quatre heures sur vingt-quatre, sept jours sur sept, j'avais donc toujours l'étrange impression d'y marcher dans un film de Godard, quand ça ne me filait pas carrément la gerbe. Gaspard, le voiturier, passa dans une Porsche qu'il était en train de remonter à un client, je levai le pouce, il freina net, la Porsche dérapa en s'arrêtant.

– Tu me déposes aux chiottes ?

Il démarra, prit la rampe en colimaçon à toute berzingue, il fonçait comme sur autoroute, j'avais les chocottes dans mon siège baquet, mes deux mains serrées à blanc autour de la poignée au-dessus de la portière, je me dis que nous allions nous manger un mur. Dans un crissement de pneus qui dut retentir dans tous les recoins du parking, il s'arrêta devant les W.-C. au premier sous-sol.

– Toujours envie de pisser ? dit-il, goguenard, en regardant mon entrecuisse.

J'adorais Gaspard mais il était barjo, il avait déjà planté une Bentley, il ne garderait pas longtemps sa place. Je pissai, remontai prendre l'air sur la Place. Mohamed, le dispatcheur, s'approcha de moi.

– Ça bouge ou c'est encore le calme plat ?

– Que non, Jules ! Les affaires reprennent ! T'as une dispo à midi avec les Bixler. Chambre 310. Ils sont six. Tu prends le 236.

*

* *

J'ouvris la porte coulissante arrière du van 236. Le van 236 était une porcherie. Je donnai deux coups de lattes dans les pneus, tellement ça m'énerva. Selon les Dix commandements du chauffeur, par considération pour vos collègues qui les prendraient derrière vous, vous étiez priés de nettoyer, ne fût-ce que succinctement, les véhicules après utilisation. Je photographiai le dépotoir que c'était là-dedans et envoyai la photo à Matt et Mohamed en leur demandant de tirer les oreilles au fautif dont je ne souhaitais pas connaître l'identité, on se haïssait tous déjà bien assez. Je retournai à la salle des chauffeurs chercher un aspirateur. Je me tapai l'aspirateur, les vitres, les marchepieds, les cendriers, du gras sur les sièges, du chewing-gum sur les tapis de sol, le plein à aller refaire et le lavage aux rouleaux. Quand je revins de la station-service de la rue Saint-Honoré, il n'y avait devant le Palace aucune place de stationnement où me foutre. Les voituriers me firent instantanément comprendre que mon gros van gênait le passage. Je dus aller m'exiler au centre de la Place et surveiller de loin qu'un voiturier levât le bras pour m'avertir de la sortie des Bixler que j'avais la joie et l'honneur d'accompagner à une garden-party du côté de Gisors, Mohamed m'ayant texté plus d'infos sur ma mission, sa destination et mon client. Le mec, aussitôt que je sus son nom exact, je le googlai sur mon smartphone : sorti de Yale (comme Bush), s'était marié à la fille d'un sénateur républicain de la côte Est, faisait présentement partie des étoiles montantes de la City de Londres. Le genre qui suivait heure par heure et au dollar près les fluctuations de son patrimoine. Gaspard le voiturier leva le bras en me sifflant. Je traversai la Place à toute blinde et me rangeai devant les quatre arcades du Palace, irréprochablement, comprenez avec célérité mais sans brusquerie et bien parallèlement à la façade. Bixler monta dans mon van Mercedes avec sa bourgeoise sèche comme un coup de trique et leurs quatre mômes assez malpolis pour être baffés deux fois chacun avant de monter dans un van (je peux, je peux ?...). Je démarrai en ayant la sensation d'être dans un épisode de *Six Feet Under*, la série américaine qui se passe dans une famille de croque-morts, on a de ces sensations parfois... Ne parlons plus de sensation, mais de certitude maintenant : j'eus celles, d'une part, que ça indisposait Mme Bixler de respirer le même air que moi et, d'autre part, que cette journée ne m'aiderait en rien à payer ma prochaine mensualité de crédit, cet appartement rue de Cléry ne serait pas vraiment à moi avant six mois encore, malédiction ! Effectivement, je sus immédiatement à sa gueule de raie que mon Ricain avait peut-être déjà fait l'aumône le jour où un cul-de-jatte lépreux et bègue s'était jeté en travers de son chemin mais qu'il n'avait jamais donné un pourboire de sa triste vie. Au cours du voyage, sa plus jeune fille de quatre ans nous cassa les noix. Douée, la gamine. Elle nous fit des caprices pour tout et sa voix de crécelle m'empêcha de trouver la route à un moment où je l'avais perdue. Car faut aussi que je vous dise, l'ordinateur du van était dans les choux – problème de logiciel piraté par Matt, le radin... – et le concierge avait donc donné à mon client un itinéraire imprimé à partir d'un site dont je préfère taire le nom, du fait des imprécisions duquel on erra trente minutes au milieu des champs verdoyants, champs absolument magnifiques mais franchement j'étais pas d'humeur, l'aigreur des époux Bixler me gonflait indiciblement, je me voyais déjà finir avec un goitre d'ici la fin de la journée… Pourtant, ils avaient l'air si heureux sur la photo de leur mariage trouvée dans la rubrique gossip d'un journal bostonien. Sur une photo, on peut faire croire au bonheur ; or ça se voyait trop que c'étaient des êtres misérables. Je veux bien qu'on ne lise pas les gens à livre ouvert, « Personne ne lit personne à livre ouvert, c'est des balivernes », m'avait dit mon père en joignant les auriculaires pour faire comme s'il lisait ses mains, mon père parlant ce jour-là d'une cartomancienne qu'avait été voir ma mère. Mais, pour un observateur avisé, il était évident que les Bixler n'étaient pas heureux. Il s'agissait d'individus trop calculateurs, terre à terre dans le mauvais sens du terme. J'aurais même parié ma chemise qu'ils avaient signé un contrat de mariage boulonné à mort, qui leur avait coûté une petite fortune en frais d'avocats et comportant des clauses relatives aux pénalités en cas d'adultère, à la fréquence des rapports, à ce qui serait permis ou banni pendant l'acte, aux limites hautes et basses de prise et de perte de poids, à un calendrier de blanchiment des dents et d'épilations, à la répartition des corvées parentales, aux animaux de compagnie tolérés dans le cercle familial. Un pacte prénuptial, pourquoi pas ? Il aura au moins le mérite de clarifier la situation, d'établir des bases saines à des relations humaines qui ne le sont que rarement et de déminer le terrain conjugal en évitant des-petites-tensions-deviendront-grandes auxquelles, au bout du compte et inévitablement, il échoira à tous les couples de faire face. Pensez-vous ! Les cocontractants Bixler s'étaient quand même lancés dans une guerre d'usure qui faisait rage à quelques centimètres derrière moi. L'unique fois où je ne pus m'empêcher de les épier dans mon rétroviseur, je la vis lui dire une méchanceté. Je le vis lui répondre sur le même ton. Elle remit ça. Il lui rendit la pareille en s'offrant un rictus qui pouvait lui coûter cher. Elle répondit alors par une phrase qui, substantiellement, voulait dire : « Tu te tais ou je t'en colle une, tu vas faire trois fois le tour de ton slip sans toucher l'élastique. » Alors il se déballonna, comme d'habitude, et reprit sa lecture du *Wall Street Journal* sur son smartphone et, elle, comme d'habitude, elle se remit de la crème pour paraître quelques mois plus jeune. Lui était resté un petit garçon sournois à l'identifiable sourire gélatineux. Elle était restée une petite fille aseptisée par son éducation, traumatisée par son rang à tenir. Lui, c'était un caillou dans sa chaussure à elle. Elle, c'était une femme cancérigène, je veux dire, une de ces femmes qui peuvent provoquer un cancer chez leur compagnon comme le tabac ou l'alcool. Lui ne devait pas être un bon coup au lit, car une gonzesse qui finit tes phrases à ta place, ça donne un éjaculateur précoce. Elle devait aimer le cul comme une dinde aime Thanksgiving. Autre hypothèse sur quoi j'aurais parié ma chemise : elle le battait et il y avait des chances pour qu'une nuit, il la tue. Ou bien, pensant aux enfants au moment de la charcuter, préférerait-il la quitter pour une radasse de vingt-deux ans tout droit venue de mobile home America ? Une chose était sûre : le 28 de l'avenue Bugeaud ne désemplirait jamais avec des Mrs Bixler, Oksana pouvait les remercier. Une deuxième chose était sûre, c'est que les époux Bixler ne se doutaient pas que les chauffeurs de limousine pensent aussi… Nous finîmes par tomber à moitié par hasard sur le hameau en pleine cambrousse où se trouvait le château de leurs amis, qui vinrent nous accueillir à notre descente de van. Le château : un hélicoptère posé sur les pelouses du parc, pales docilement au repos, aurait été très à sa place. Leurs amis : un Anglais qui avait daigné descendre en dessous de la Loire pour se marier à une Espagnole à particule. Je passai six heures dans un parc dans un van. De treize heures trente à dix-neuf heures trente. J'étais nulle part et j'abandonnai très vite toute idée d'aller dénicher une supérette qui m'aurait permis de manger à m'en faire péter la panse pour dans les sept euros : une barquette de taboulé, une bûche de chèvre et, en dessert, une tablette de Crunch, des petits-beurre et du jus d'oranges sanguines de Sicile pressées. J'ai toujours une fourchette rétractable sur moi : c'est pas du professionnalisme, ça ?... À quatorze heures, j'avais faim et peu d'espoir d'y mettre un terme avant le soir, mon client, qui ne m'avait pas adressé la parole de tout le trajet, étant sorti du van sans s'inquiéter de ce que j'avais peut-être une vessie ou un estomac... Finalement, un majordome aimable comme mon cul me porta vers les quinze heures le plateau-repas que voici : une tranche de melon, une tranche de rosbif, une feuille de salade, des pâtes, du pain, un verre de rouge. La tranche de melon (13,67 grammes ?), celle de rosbif (4,83 centimètres carrés ?) valaient le détour. Le verre de rouge (3,24 centilitres ?) était pas mal aussi dans son style. Quant au nombre des pâtes, onze. Ça ou une gifle... J'étais censé tenir une journée avec ça. Je ne touchai à rien, on a sa fierté et, vers dix-sept heures, le plateau repartit aux cuisines tel qu'il m'avait été apporté dans mon van. Onze pâtes ! Sale pute de châtelaine espingouine ! Même pas une chaise et une table pour le petit personnel ! Ils traitaient mieux les chevaux dans les relais de poste du temps jadis. Et si je veux me laver les mains ou éventuellement chier, je fais comment ? J'espère qu'un jour prochain, tu seras vieille, moche et bigleuse ! Ibérique déchet, va ! Je comprends mieux maintenant pourquoi t'es l'amie de mon client, le Ricain marié à un coup de trique. Pour te punir, sache que j'ai été pisser deux fois sur tes fleurs, tu sais, le massif de roses entre la chapelle et le tennis et, quand tu les feras humer à la duchesse de Windsord ou d'ailleurs, mon pissat printanier vous emplira les poumons d'une langueur monotone… Pendant six heures dans un van, je dormis, écoutai la radio, lus un roman, surfai sur mon smartphone et me rinçai l'œil en regardant les femmes qui firent une promenade digestive dans le parc du château, m'amenant à me demander s'il y avait un congrès de boudins dans le coin, ou quoi ou qu'est-ce ?! tant le coup de trique et ses copines étaient toutes vilaines sauf une, une grande blonde. Elle portait des falbalas qui auraient pu passer sur des rideaux, pas sur une femme. Dans un sens, elle aurait été parfaite pour déambuler sur les Grands Boulevards de la Belle Époque avec, cousu à son chapeau, un de ces rubans qu'on appelait un suivez-moi-jeune-homme. Elle avait la taille resserrée et des hanches sur lesquelles on aurait pu s'asseoir de chaque côté, elle était débordante de plis et de lèvres et j'aurais aimé la prendre par la main, l'emmener derrière la chapelle, elle aurait accroché ses doigts bagués au grillage du tennis et je l'aurais bourrinée comme un petit animal sur un gros animal. Tout ça pour vous dire qu'au fond, j'aurais plutôt aimé être une fille et lire des blockbusters où des docteurs d'ONG harassés se seraient endormis dans les bras d'infirmières aux ongles vernis, des marquis se seraient épris d'insolentes pucelles des champs, des secrétaires qui ne seraient que secrétaires mais très intelligentes auraient fait chavirer le cœur d'hommes qui auraient eu des chevaux et deux yachts. Mais le porno avait tout pourri, il avait abîmé mon petit cœur. Dans le parc du château, les femmes s'éloignèrent de mon van et je m'endormis... Quand je me réveillai, de la brume empêchait le soleil de briller, vous permettant de le regarder aussi longtemps que la lune, et le soleil m'apparut comme la valve vue de l'intérieur d'un ballon prêt à exploser, je crus que notre planète allait exploser, je voulus que notre planète explosât car j'étais un larbin, qu'une miette sur la table, je m'étais donné deux ans pour ne plus vivre sous le seuil de la félicité, soit dix millions d'euros, mais Paula m'attendrait-elle deux ans ? Tant de belligérants et si peu de temps... Alors que je remettais en place un de mes testicules dont les poils s'étaient pris dans un pli de mon pantalon (j'en rajoute pas, c'est la pure vérité), mon Ricain revint avec son coup de trique, ses quatre mômes et, fermant la marche, les deux gros cons de châtelains pochés sous les yeux, pas fâchés de me refiler la famille peine-à-jouir. *Bis repetita placent*, nous repartîmes dans l'autre sens, direction Paris. Nous n'avions pas passé les douves du château que j'entendis à l'arrière du van le couple infernal débriefer dans la joie et la bonne humeur, eux qui pourtant se détestaient cordialement. Mr et Mrs Bixler balancèrent des réflexions vachardes pas piquées des vers sur le compte de leurs amphytrions qu'ils venaient de quitter les yeux humides de gratitude. Pour Mrs Bixler, la nourriture avait été « globalement inbouffable » et la châtelaine ne savait pas s'habiller, « un gâteau d'anniversaire aurait eu plus de discrétion ». Pour Mr Bixler, le châtelain était un bonnet de nuit et ses invités, des pedzouilles… En arrivant sur Paris, je réessayai de faire de la lèche à mon Ricain, « How about the temperature, Sir ? », « Would you like some music, Sir ? », les conneries d'usage pour qui veut un pourboire dans ce bas monde. Sir désirait pas non plus que je lui fisse le breakdance de Harlem en me démontant les épaules sur des scratchs de hip-hop ? Je savais déjà que, devant l'hôtel, il sortirait du van et ne me paierait que d'un « Thank you » qui lui arracherait la gueule. Ça se passa exactement comme je l'avais prévu. Zéro de pourboire. Peanuts. Nique ta mère. Sale Blanc ! Face de pisse ! Ouais, c'est ça, t'as été fini à la pisse ! Sous-race de Yankee fini à la pisse ! Je l'aurais bien passé au chalumeau, le Yalois. You live, you learn : telle devait être la devise de sa fraternity à Yale. La même que Bush ?… J'étais super vénère en reprenant la contre-allée faisant le tour de la Place. Combien de tours de place ferais-je encore dans ma vie ? À combien de tours de place avais-je été condamné ? Et par qui ? Et pour quel crime ? Au deuxième sous-sol du parking, je donnai des grands coups de latte dans les pneus du van… Dans la salle des chauffeurs, Sergei jouait aux échecs contre Valentin et Robert lisait son pavé sur l'*Épistémologie kantienne*. J'en ressortis au plus vite et remontai faire signer ma facture à la réception du Palace. Lorsque Tiburce me vit, il me fit signe d'attendre qu'il en finisse avec un client.

– Facture à signer ? me demanda-t-il.

– Oui.

– Ça a été avec les Bixler ?

– Des amours, les Bixler.

– Jules… me dit-il du bout des lèvres sitôt que son collègue fut occupé ailleurs. Je me suis arrangé pour que tu conduises Mr Dobbs, ce soir. Il veut être emmené à vingt et une heures trente au Plaza-Athénée où il rejoint des amis. Quand tu le récupéreras, tu lui proposeras les services d'Oksana.

– OK.

Voyant mon reflet dans les miroirs de la réception, je me trouvai une gueule de proxénète comme dans les polars et, à l'instant que je repassai la porte-tambour et descendis les escaliers du hall, j'eus l'intime conviction qu'avec ces mollets fantasmagoriques, ces hanches sculpturales et cette voix à l'accent délicieux qui maintenant turbinaient pour moi, j'allais devenir quelqu'un. Enfin. N'aie plus peur de poser tes conditions au destin, Jules ! Nous croyons que, dans un registre intitulé Karma, il est tenu une comptabilité très précise de nos écarts : conneries ! Nous croyons à la pesée des âmes aux portes du ciel : bullshit ! Nous nous donnons bien trop d'importance. Dieu – si Dieu il y a – a d'autres chats à fouetter que d'être notre garde-chiourme. Oui, mais moi, j'avale pas, je suce mais je recrache après, qu'ils te disent. Qu'ils donnent donc leur corps à la science, ceux qui te racontent ces galéjades. Oui, mais tout de même, Jules, maquereau, c'est pas ce que tes parents t'ont appris…

*
* *

Je commençais mon deuxième sandwich thon crudités en regardant la télé sur l'écran de la limo quand, vers minuit, Adrian Dobbs, un grand balèze aux chemises impeccablement repassées, ressortit de l'hôtel Plaza Athénée précédé par un voiturier. Ni une ni deux, je jetai mon sandwich dans le rangement logé sous l'accoudoir entre les sièges conducteur et passager, en craignant que mon client ne se crût plus à bord d'un chalutier thonier que d'une limousine.

– Sir, where would you like to go now ?

– Actually, the concierge told me that you knew somebody with whom I could spend some unforgettable times[1].

– I absolutely see what you mean, Sir. Her name is Oksana. She's an astounding person. She's drop dead gorgeous. She's got what it takes where it takes[2]. Above all, she's got mindblowing legs which never end and so bottomless a cleavage one could get lost in it. Icing on the cake, she's tactful, cuddly as a kitten and incredibly smart[3]. But, first, I need to phone her to see if she's free right now. Besides, the price to pay

1. En fait, le concierge m'a dit que vous connaîtriez quelqu'un avec qui je pourrais passer quelques heures inoubliables.

2. Elle est belle à tomber par terre. Elle a tout ce qu'il faut là où il faut.

3. Cerise sur le gâteau, elle est pleine de tact, câline comme un chaton et incroyablement intelligente.

to spend some time with Oksana is four thousand euros, Sir.

– The price isn't a problem.

J'appelai Oksana.

– Oksana ? C'est Jules.

– Bonsoir, Jules.

– Bonsoir. Me serait-il possible de vous amener un client maintenant ?

– Bien sûr.

– Nous serons là dans dix minutes.

– Je vous attends.

– Merci, Oksana.

Je m'arrêtai en double file devant le 28, avenue Bugeaud.

– Excuse me, Sir. Do you have my phone number ?

– Yes, the concierge gave it to me.

Quand il descendit de ma limo, je vis à son naturel et à sa décontraction qu'Adrian Dobbs n'en était pas à sa première escort girl. Je pianotai sur un digicode, une porte émit un bruit électrique, je la poussai pour mon client tout en m'écartant contre le chambranle en bois.

– Second floor. The door right in front of the lift, Sir.

– Thanks.

– You're welcome, Mr Dobbs.

Je retournai dans la limo, me garai. Mon smartphone m'apprit qu'à l'université, Dobbs avait été populaire en amphi, quarterback sur le terrain et tombeur dans les sauteries d'après cours. Aujourd'hui, à trente-six ans, il faisait la pluie et le beau temps sur le marché de la maison individuelle à San Diego, il sortait sa femme aux avant-premières d'Hollywood et il aimait beaucoup leurs trois enfants. « J'aime beaucoup mes trois enfants », déclarait-il dans un autoportrait consultable à l'onglet « Our Team » sur le site de sa boîte, Dobbs & Partners. J'allumai la télé de la limo et m'endormis. Lorsque mon smartphone me réveilla, son écran indiquait trois heures quarante-huit.

– I'm back, me dit Dobbs.

J'éteignis la télé, sortis, défroissai ma veste du plat de la main et allai devant chez Oksana accueillir Dobbs, qui me suivit jusqu'à la voiture, y monta, j'y montai, je démarrai. Je ne pus me défendre de regarder dans mon rétroviseur mon client qui sembla sourire sous un lampadaire à un feu rouge. De retour à l'hôtel, je lui ouvris sa portière et courus appeler le concierge de nuit d'un coup de sonnette. Le concierge arriva et ouvrit les lourdes grilles vitrées du hall du Palace.

– See you tomorrow, me dit Dobbs en me donnant deux cents euros qui me rassurèrent quelque peu.

– Thanks. Good night, Sir.

Je voulus téléphoner à Tiburce mais, vu l'heure, je lui textai que tout s'était bien passé. Je redémarrai et redescendis la limo au parking.

## Mercredi 7 juin

*– Ne pose pas trop de questions, Jules.*

*Tiburce.*

Ce matin, Mohamed, le dispatcheur, m'avait fait venir à neuf heures. À midi, je totalisais un nombre impressionnant de courses : une. Une dépose à la gare du Nord, payée douze euros, pas de pourboire du client. Ainsi, la matinée, la passai-je dans l'atmosphère improbablement cosy du Starbucks avenue de l'Opéra, à faire durer mon cappuccino (trois euros cinquante le cappuccino, s'emmerdent pas…) en lisant les journaux sur mon smartphone. La seule vraie nouvelle du jour tenait dans un entrefilet de *Libération* : « C'est officiel, les autorités chinoises viennent de l'annoncer : extinction du *Lipotes vexillifer*, le dauphin d'eau douce du Yangzi-Jiang. » Connards d'humains… Après le Starbucks, j'errai comme une âme en peine dans le quartier. Il pleuviotait. J'avais mon imperméable pardessus mon costume. Ma silhouette se reflétait dans des vitrines inabordables pour un chaouche de ma condition. Inabordables, alors je me mis à marcher à l'exact milieu de la rue, avançant avec ce que donne de confiance en soi à un mec d'aller col de l'imper relevé.

Petit plan Bogart entre moi et moi… J'achetai deux sandwichs et une pomme, les avalai en continuant d'errer. Je descendis à la salle des chauffeurs au deuxième sous-sol du parking. Robert y était quand j'entrai. Il lisait son *Épistémologie kantienne*. J'ouvris mon casier, y pris mon chocolat. Le téléphone de Robert sonna. C'était son père, quatre-vingt-douze ans, pensionnaire d'un hospice de vieillards à La Ferté-sous-Jouarre. Robert lui parla, raccrocha, se massa le front de la paume d'une main lente parce que terriblement lasse.

– Mon père perd la boule. Six mois qu'il perd la boule. Quelle tragédie de partir dans cet état…

– Il est bien traité dans cet hospice ?

– Depuis janvier, il a une chambre individuelle, ça coûte la peau du cul et, comme il a une retraite minable et que ma sœur vient d'adopter un troisième môme et tire le diable par la queue, je suis de la baise, encore à moi de raquer, encore et toujours à moi de raquer… Quand je pense que j'aurai une retraite de pas mille euros, j'ai refait mes calculs. Les enculés. J'aurais tant voulu me finir coolos en Floride dans un de ces villages fortifiés interdits aux moins de soixante ans, je me serais remis au tennis, j'aurais appris à jouer aux cartes. Ma vieille carcasse prend plutôt la direction de La Ferté-sous-Jouarre comme mon père, son lit sera encore chaud qu'on m'y allongera. Escarres et urinal au lieu de smash et bridge ! Oh, si ça se trouve, je serai bien là-bas, c'est calme la Seine-et-Marne, c'est boisé et les saisons y sont bien marquées. Moi à l'hospice avec les nécessiteux, tu te rends compte quand même…

– Oui, mais t'oublies que Mitterrand reviendra et nous sauvera, dis-je.

– Tu te fous de ma gueule ?

– Non. Les socialos au pouvoir, il n'y aura plus de nécessiteux, que des gens heureux de s'entraider.

– Tu n'es pas sérieux ?

– Non.

À cet instant, Robert sortit son portefeuille de l'intérieur de sa veste et, de son portefeuille, sortit un petit boîtier ultraplat. Il ouvrit le boîtier, renversa dans le creux de sa main trois capsules bleues, mais vertes sous les néons de la salle des chauffeurs au deuxième sous-sol d'un parking.

– Cyanure, dit-il. Comme les six enfants Goebbels. Foudroyant, presque autant qu'une balle dans le ciboulot mais plus clean pour ceux qui restent, pas de cervelle sur les murs. Je les garde toujours avec moi. Les matins chagrins et les soirs de désespoir, je leur fais prendre l'air. Ça m'aide à tenir de les savoir sur moi.

– Ô mon Dieu… s'échappa de ma bouche, la fatigue sans doute.

– Ô vieillir… s'échappa de celle de Robert qui me sourit en rangeant son cyanure dans son portefeuille.

Nos yeux se posèrent concomitamment sur le dernier numéro d'une gazette pipole traînant sur la table. Sur *Closer*, il y avait ces titres incroyables : « DIVORCÉS MAIS AMANTS ! », « SPÉCIAL CELLULITE : LES STARS EN ONT AUSSI », « DÉSHÉRITÉ PAR SON PÈRE, VIOLÉ PAR SA MÈRE : LE LIVRE VÉRITÉ DE STAN ». Notre collègue Günter, dit le Schmidt, dit DPVDLT, entra dans son pantalon en lama acheté deux euros sur un marché de La Paz. Il marchait sur la tranche extérieure des pieds, boitant comme un lobotomisé, raide comme un bâton, et agité, et se parlant à lui-même. Fallait voir le fêlé que c'était. Je ne savais pas ce qu'il avait fait avec ses cheveux. Le lendemain jeudi, Robert me dirait que Günter lui avait dit que c'était son voisin de palier qui les lui avait coupés, la même coupe au bol que les Beatles sur la couv de Rubber Soul. Le voisin de Günter était un Sri Lankais, cuisinier de son état mais dont le père fabriquait des articles pour coiffeur à Colombo. Ou un truc dans ce goût-là.

– Bonjour quand même, dis-je en lui tendant la main qu'il saisit rêveusement.

– Ah, oui, bonjour, ja, ja.

– Me pompe pas le bras, eh, je vais pas donner de l'eau.

Illico presto, Günter ressortit avec un aspirateur, monologuant, poulopant et clopinant.

– Ce que j'aime pas chez les Allemands, c'est leur côté allemand, me dit Robert.

– Mais il est pas allemand, Günter. Il est rien. Je sais même pas s'il est humain.

– Arrête, les animaux en voudraient pas.

– Toutes les pièces du haut sont pas éclairées.

– Ah, ça, il est au taquet, on peut pas aller plus loin dans la déjante.

Günter rapporta l'aspirateur.

– Bon, allez, les enfants, j'y vais, dit Robert.

– T'as quoi ? lui demandai-je.

– Dispo à quatorze heures. Avec il signore e la signora Infanti. Des Ritals.

Robert sortit.

– Dis, Günter, c'est quoi cette histoire de mise aux enchères en slip au Laos ? Tu me l'as jamais racontée, celle-là.

Günter ne répondit pas. Günter ne répondait jamais. Günter sortit, rentra, venant chercher des lingettes, sortit, rentra, ayant oublié de prendre des bouteilles d'eau, sortit, rentra, ayant aussi oublié de prendre les journaux. Monologuant, poulopant, clopinant. Quand je fus enfin seul, j'allumai la télé et c'est Paula qui apparut sur l'écran. Un jour, Paula et moi marchions dans la rue. Je proposai de jouer à comme si j'étais un inconnu qui la draguait. Elle partit devant, je la suivis à dix mètres, je devais accélérer l'allure et l'aborder. Mais, à deux reprises, je ne pus qu'éclater de rire en l'abordant. Paula me demanda de me concentrer, de jouer le jeu sinon nous l'arrêtions. Nous recommençâmes notre petite mise en scène et, une fois que je fus à sa hauteur, alors que j'allais lui dire : « Excusez-moi, mademoiselle, n'étiez-vous pas en vacances à Cancún en mai dernier ? », elle tourna la tête vers moi en faisant une grimace comme on en fait à l'école dans le dos du prof pour amuser les copains, louchant des yeux, gonflant les narines et tordant les lèvres en un sourire de malade mental. Nous éclatâmes de rire. Elle prit l'engagement de rester sérieuse. Elle partit devant, je la suivis et, une fois que je refus à sa hauteur, elle tourna très timidement la tête vers moi en ayant mis un doigt dans le nez. Nous éclatâmes de rire. Nous laissâmes tomber. « Hé, quelle heure est-il ?! » me demanda-t-elle. Elle avait peur d'être en retard à son rendez-vous chez le dermato où je l'accompagnais. « Qu'importe, avec toi, il est toujours maintenant », dis-je en la poussant contre un mur pour l'embrasser sur la bouche et fouir du groin dans ses cheveux… Sur la longue table au centre de la salle des chauffeurs, je déposai la barrette dérobée à Paula. Dans son fermoir était encore pris un cheveu noir. Je restai à la regarder. Un quart d'heure. Une demi-heure. Au bout d'une heure, je connaissais tout de ses motifs, son mécanisme, ses rayures, et je crois qu'on me l'aurait demandé, j'aurais répondu que je n'avais plus envie de me battre et qu'un petit boulot pépère où on fait du vent sans faire de vagues m'aurait suffi. Ça et Paula, quoi d'autre me fallait-il tant ?… Mon téléphone sonna. Mohamed.

– Jules. Adrian Dobbs. Seize heures. Départ CDG. Terminal 1. Je te texte le numéro de vol. Facture déjà passée. Magne-toi.

Je venais de reposer mon téléphone près de la barrette, il resonna.

– Jules, je peux te voir ?

– J'ai pas le temps, Tiburce ! Je dois accompagner Dobbs à l'aéroport à quatre heures et il est trente-cinq !

– Faut que je te voie pour Dobbs, justement. Dans deux minutes en haut des escaliers du self. Magne-toi.

– Mohamed, toi, vous faites chier à me stresser. Je suis pas votre… Vous faites tous chier !

J'éteignis la télé, remontai sur la Place, passai sous les quatre célèbres arcades du Palace pour fouler les tapis rouges du hall. Je poussai la porte blanche creusée dans la pierre de taille entre le bureau en marbre du dispatcheur et les escaliers montant à la porte-tambour. Dans le vestibule derrière la porte blanche, j'appelai l'ascenseur qui me descendit dans le ventre de l'hôtel. Dans les couloirs à peine plus larges que les coursives d'un sous-marin, je croisai Gaspard le voiturier, nous nous saluâmes d'un donne-m'en-cinq sans nous arrêter. Je retrouvai Tiburce. D'un mouvement sec du menton, il me fit le suivre par des escaliers que nous descendîmes, nous en remontâmes un autre, il referma une porte et nous nous retrouvâmes dans une lingerie au milieu de nappes et de draps mis en ballot.

– Sur le trajet de l'aéroport, tu montreras à Dobbs cette vidéo que je t'envoie.

Tiburce appuya sur une touche de son smartphone et mon smartphone sonna.

– Cette vidéo, quelle vidéo ?!

– Dobbs est au courant.

– T'as eu mon texto de cette nuit ?

– Oui. Tout s'est bien passé ?

– Quand je l'ai ramené au Palace, Dobbs paraissait très satisfait de la prestation d'Oksana. Son sourire et son pourboire en témoignèrent. T'as eu Oksana depuis ?

– Tu vas être en retard.

– Dis-moi au moins ce que t'a dit Oksana.

– Nous en reparlerons.

– Cette vidéo, c'est quoi ?

– Ne pose pas trop de questions, Jules.

– Pourquoi tu me laisses dans le flou ?

– Tu vas être en retard. Vas-y et n'oublie pas de montrer la vidéo à Dobbs, dit-il en rouvrant la porte de la lingerie dont il sortit.

Tiburce me maintenait dans une ignorance qui ne

me disait rien de bon. La promptitude avec laquelle je m'y étais résigné ne me disait rien de bon non plus... Je courus comme un perdu jusqu'au parking, en remontai avec la limo. Gaspard, le voiturier, bougea les bras comme, dans l'ancien temps, un placeur bougeait les siens pour aider le pilote de ligne à garer son avion devant le terminal de débarquement. Ses gants blancs m'indiquèrent un emplacement libre sur celle des deux aires de stationnement la moins devant l'hôtel. Sous les yeux des voituriers, des chauffeurs, des bagagistes, des clients, des flâneurs et d'un concierge qui traînait par là, qui tous ne demandaient pas mieux qu'un loupé pour venir mettre un peu d'animation dans une scénographie trop bien huilée à en devenir débilitante, je fis, malheureusement pour eux, un créneau comme à la parade. Ça me rappela mes débuts dans le métier quand j'allais en cachette m'entraîner à me garer dans un mouchoir de poche. En cachette, je bachotais aussi mon plan de Paris, tenais à jour un listing des meilleures boutiques, tables et attractions de la ville et apprenais son histoire et ses anecdotes : « Madame, monsieur, si vous voulez bien regarder sur votre gauche au centre de la Place, la colonne : 1810, quarante-quatre mètres de hauteur, le bronze du bas-relief qui la recouvre provient de canons pris à l'ennemi à Austerlitz, la statue au sommet représente Napoléon tourné en direction de sa Corse natale, la colonne fut mise à bas lors de la Commune de Paris en 1871 ; tenu à tort pour responsable, le peintre Courbet – *Un enterrement à Ornans*, *L'Origine du monde*, *Le Sommeil* – fut condamné à payer sa reconstruction, ce qui le ruinera et le contraindra à l'exil. » Je peux aussi vous la refaire en anglais. Pas mal pour un simple bac plus trois… Je sortis rejoindre Louis et Kamel, qui discutaient sur la gauche des arcades du Palace en attendant les ordres du dispatcheur. Mehdi arriva avec les bagages Vuitton d'Adrian Dobbs sur son chariot doré. Je retournai à mon véhicule lui ouvrir mon coffre.

– Yasma, Jules, mate ça, marmonna-t-il, et il me sortit son smartphone.

– Tu me soûles, Mehdi, avec tes vidéos salaces. J'ai pas le temps, là.

– Ouah, t'es pas club, Jules.

– C'est ça, je suis pas club.

Mehdi hissa les bagages dans le coffre.

– Dis, Mehdi, mon champagne, t'y as pensé ?

– Figure-toi que oui.

– Soixante euros ?

– Aboule le pognon.

– Tiens… Hé, mec, tu peux descendre mon champagne au parking ? Tu peux faire ça pour moi ?

Soupir.

– Je le mets où ?

– Derrière la grande poubelle rouge. Planque-le bien, qu'on me le chourave pas.

Soupir et regard excédé.

– T'es un chou.

– Hé, Jules, t'as vu la fille ?! Ça devrait pas être permis, ça.

Une fille sortant du Palace soulevait un bras pour dire bonjour ou au revoir à quelqu'un et elle avait une grosse touffe de poils aux aisselles.

– Celle qui a les écureuils qui sont remontés dans l'arbre ?

– Ils y ont même fait caca, dit-il en faisant mine de se pincer le nez. C'est une Brésilienne. Milliardaire mais cracra. Faut avoir vu sa piaule le matin. Une favela…

Mais déjà Gaspard conduisait jusqu'à ma voiture Adrian Dobbs, que j'accueillis avec mon sourire cheese n° 18 après avoir préalablement rectifié la position.

– Good afternoon, Sir. How are you today ?

– Fine, Jules, thank you, me dit-il en grimpant dans la limo sans vérifier ses bagages.

Je m'installai au volant, démarrai, m'engageai sur la contre-allée faisant le tour de la Place. Je posai au client les sempiternelles questions concernant la température et la musique qu'il souhaitait. Passant devant l'église de la Trinité, Dobbs téléphonait et je me souvins que j'étais présumé lui montrer une vidéo. Je ne savais comment procéder. Devais-je attendre qu'il eût raccroché ? Oui, mais s'il téléphonait jusqu'à l'aéroport, je ne pourrais pas m'acquitter de ce qui semblait être une mission de la plus haute importance. Rue Caulaincourt, il n'avait toujours pas raccroché, pourtant, boulevard Ney, je choisis de lui montrer la vidéo. Dès les premières images qui apparurent sur l'écran de mon tableau de bord, je sus que je m'étais laissé rouler dans la farine. Pour ma sidération, Oksana ouvrait une porte à Adrian Dobbs, qui entrait dans un appartement que je reconnus comme étant celui du 28, avenue Bugeaud.

– Sorry, Zach, I call you back… entendis-je Dobbs dire dans son téléphone car les mêmes images étaient apparues à l'arrière sur les deux écrans encastrés dans les appuie-tête.

Sur mon écran et celui de Dobbs, Oksana portait la théâtralité d'un cache-cœur décolleté dans la limite du déraisonnable. Elle portait aussi une jupe ni trop longue ni trop courte et la longueur de sa jupe était une litote pour cuisses. La topologie du visage d'Oksana réalisait une forme de perfection que symbolisait le grain de beauté qu'elle avait sur la joue droite comme une appoggiature à sa lèvre. Elle cassait des briques, la meuf, et j'aurais de sa cambrure magique fait le complément d'objet direct de bien des verbes qu'au besoin, j'aurais créés pour la circonstance.

– Praxiteles[1] ! dit Dobbs d'une voix monocorde en tournant de profil le visage d'Oksana qu'il avait délicatement saisi au menton.

Il approcha le nez et prit une profonde inspiration à travers les vêtements qui étaient du papier qui aurait pris l'odeur du cadeau. Puis il alla s'asseoir.

– My name is Adrian.

– Oksana, dit-elle. May I offer you a drink ?

– No thanks, Oksana.

Elle déroulait si bien ses phrases que, quand elle cédait la parole, on continuait de l'entendre. Moi, comme en transe. Moi, pris dans une stase temporelle. Moi, me désintégrant. Je me mis à rouler à trente à l'heure. Les mecs klaxonnaient. Il se produisit une première coupure et, l'image d'après, Oksana était assise aux côtés de Dobbs sur le canapé où, l'avant-veille, elle et moi avions parlé des modalités de notre collaboration, de son enfance de patineuse artistique vice-championne benjamine d'Ukraine, de sa

1. Praxitèle, sculpteur de l'Antiquité grecque.

découverte de Brel et Ferré qui l'avait bouleversée, puis j'étais vite reparti cuver mon chagrin d'amour dans un taxi qui m'avait ramené dans un lit sans Paula… L'éclairage diffusait sur Dobbs une lumière d'ambiance mordorée, Oksana mit une lugubre éloquence dans sa façon de tirer ses cheveux, elle sembla écarter un remords, remords d'être là. Il n'y avait pas que de l'énergie cinétique dans ses mouvements, mais autre chose encore. Elle rit. Elle avait sa manière de rire, yeux infinitésimalement révulsés derrière leurs paupières, un rire chargé d'un message qui vous faisait vous dire qu'elle n'était pas sans avoir beaucoup morflé. Mais je défiai l'existence de la briser jamais. D'abord, quand on a un tel cul, on retombe toujours sur ses pattes.

– La vie doit être belle à travers de si jolis yeux, lui dit Dobbs en anglais.

– Voir au travers eux n'est pas les voir, lui répondit en anglais Oksana.

Dobbs voulut ajouter quelque chose. Mais Oksana posa son index sur les lèvres de Dobbs, expression gestuelle du mot « chut », comme il est dit dans le Talmud que Dieu posa son doigt sur la bouche d'Adam pour le faire taire, d'ailleurs ne portons-nous pas tous l'empreinte de ce doigt entre la cloison nasale et la lèvre supérieure ? Il se produisit une deuxième coupure et, l'image d'après, Oksana fut nue sur un lit à baldaquin. Les yeux m'en tombaient, je roulais à vingt à l'heure, tous les automobilistes de Paris me klaxonnaient.

– Oh, my God, Mr Dobbs, I just don't get it… dis-je. Mr Dobbs, let me tell you, I don't know what this is all about, I swear[1].

– Shove it[2] !

– Do you want me to stop this video, Sir ?

– Hands off ! Just drive and shut the fuck up, you asshole[3] ! cria Dobbs lorsque nous entrâmes sur l'autoroute.

Un lambrequin de dais, bande d'étoffe rouge festonnée, masquait un jeu de miroirs au-dessus du lit. Sous les miroirs, Oksana était sur le ventre, passa sur le dos et montra aux caméras un sexe dont le pourpre avait une magnificence cardinalice. Nouvelle coupure et, l'image d'après, dans une clarté de fond d'abside, Dobbs s'allongea auprès de la blonde platine hitchcockienne aux pupilles vert-de-grisées. Ils imitèrent l'enlacement final d'une comédie à succès de l'époque qui était alors dans tous les esprits et restèrent ainsi filmés le temps de lamper un tonneau de baisers sans reprendre haleine. Ensuite, ce qu'ils firent aurait eu de quoi faire se lever quelques sourcils. Eh, quand ça nous arrange, ne trouve-t-on pas pornographique l'érotisme des autres ? Disons simplement que Dobbs commença par ramper sur le dos, passa sous Oksana et la lécha yeux fermés, exactement ce qu'aurait fait un journalier agricole buvant une outre à la régalade dans les champs, l'été, et je compris enfin cette parasitaire impression de déjà-vu que j'expérimentais depuis que,

1. J'y comprends rien, je vous jure.

2. La ferme !

3. Touche à rien ! Contente-toi de conduire et de la fermer, trouduc, va !

par vidéo interposée, j'étais entré dans cette chambre : l'éclairage était assuré par une lampe Tiffany bleue et ma grand-mère avait la même dans sa maison de Tralonca en Corse. Nouvelle coupure et, l'image d'après, Dobbs enchristait Oksana sur le lit en un enclouage centro-pelvien sans rémission. Nouvelle coupure et, l'image d'après, Oksana avait pour le sexe de Dobbs des gestes d'alcôve qui sont aussi ceux du prêtre à l'autel, et un sperme à la sérosité épaisse s'échappa de Dobbs qui se répandit en émettant des sonorités de gorge telles que je ne lui en avais encore jamais entendu, des notes très haut perchées dans la portée musicale. Nouvelle coupure et, l'image d'après, Dobbs ronflait dans son premier sommeil, Oksana dans un kimono était allongée sur un coude, semblant revenir de la douche, semblant aussi commencer à trouver le temps long. Par désœuvrement, elle prit une pince à épiler dans son sac sur la table de nuit, s'arracha un poil sur le mollet en grimaçant, remit la pince dans son sac, regarda Dobbs, se redressa d'un coup, reprit la pince à épiler, arracha un poil sur le nez de Dobbs, Dobbs ne bougea pas, Oksana remit la pince dans le sac, s'allongea de nouveau, de nouveau sur son coude, se redressa d'un coup, enfonça en douceur un ongle vernis dans la narine de Dobbs, puis la phalange, Dobbs ne bougeait toujours pas, sa moue boudeuse disparut d'Oksana qui sourit. Une voix hors champ (Tiburce…) se mit à parler :

– Mr Dobbs, we want one hundred thousand dollars. No more. We sent you an email containing instructions regarding the bank withdrawal we're expecting from you before monday at midnight PST.

Unless you pay us by next monday, your wife Julia, your kids Aidan, Ryan and Emma, your parents, your friends the Taylors or the McGills, your partners Zach and Kirsten, and your clients – for the most part church-going, hard-working and law-abiding citizens –, will all see this video. Pay us before monday and you'll never hear from us again. We're not stupid enough to blackmail you again. We do know blackmail works once, never twice. Sorry for the inconvenience and thank you for you cooperation[1].

Oyant ceci, mon client roula la tête d'avant en arrière et les yeux de haut en bas, il mordillait ses doigts et se retrouva bientôt à trembler au fond de la banquette. Totale angoisse… Je me garai devant le Terminal 1, beaucoup plus facile d'accès que les autres terminaux puisque les limousines y jouissaient des mêmes privilèges que les taxis. Je me retournai vers Adrian Dobbs. Un court instant, il me fixa, il avait l'air d'un homme des bois émergeant de son bayou, sa bouche ouverte était un cratère égueulé et ses yeux

---

1. Mr Dobbs, nous voulons cent mille dollars. Pas plus. Nous vous avons envoyé un courriel contenant les instructions concernant le virement bancaire que nous attendons de vous avant lundi minuit Pacific Standard Time. Si vous ne nous payez pas avant lundi, votre femme Julia, vos enfants Aidan, Ryan et Emma, vos parents, vos amis les Taylor ou les McGill, vos associés Zach et Kirsten et vos clients – pour la plupart, des gens qui vont à l'église, travaillent dur et obéissent aux lois – verront tous cette vidéo. Payez-nous avant lundi et vous n'entendrez plus parler de nous. Nous ne sommes pas assez stupides pour vous faire chanter à nouveau. Nous savons que le chantage marche une fois, jamais deux. Désolé pour le dérangement et merci de votre coopération.

m'envoyèrent des SOS avant qu'ils ne se fermassent lentement. Barré dans un super mauvais trip, Dobbs devait penser à la suite possible des événements, ses histoires de cul étalées dans la presse, le film de ses prouesses classé parmi les Most Viewed ou les Top Rated, être la fable de toute la ville, un cyclone passant sur son couple dont il ne resterait que des assignations à comparaître et des coups bas reçus et rendus. Il rouvrit les yeux, des yeux tristes et comateux, les yeux les plus tristes que j'aie jamais vus. Mon téléphone sonna. L'hôtesse au sol.

– Bonjour. Vous êtes Jules ?

– Oui, c'est moi.

– C'est vous qui faites le départ de Mr Dobbs ?

– Oui. Nous sommes là. Porte 2.

– J'arrive.

Je raccrochai.

– Mr Dobbs ?… Mr Dobbs, can you hear me ?

Il y avait un grand point d'interrogation dans l'air dont sa tête était le point. J'aurais payé cher pour un intermezzo musical chanté par des artistes de rue surgis du néant et qui eussent envahi la voiture…

– Mr Dobbs, I have nothing to do with this shit. I'm begging you to trust me. I've been tricked just like you. We're both victims of shameless, ignominious people[1].

– Give me my luggage, parla-t-il enfin.

Les épaules basses, les membres pesants, il ouvrit sa

1. Je vous en prie, croyez-moi. J'ai été trompé comme vous l'avez été. Nous sommes tous les deux victimes de gens sans scrupules, des gens ignobles.

portière. Je sortis, fis le tour du véhicule et me précipitai pour terminer de la lui ouvrir. J'enlevai ses bagages du coffre au moment où l'hôtesse au sol arriva avec un chariot. Je la saluai et plaçai les bagages sur le chariot. Dobbs me tendit un billet. Un vert. Cent euros.

– Oh, no, Mr Dobbs… I can't accept, Sir… I mean, under the circumstances, I can't accept anything from you today, Sir.

Comme je ne prenais pas son bifton, Dobbs me le fourra dans une des poches de ma veste. Il sourit pour sauver ce qui pouvait encore l'être.

– I'm right behind you, dit-il à l'hôtesse qui s'éloigna, poussant son chariot, Dobbs lui emboîtant le pas avec un aplomb précaire et après m'avoir dit au revoir d'une voix chevrotante.

Je fermai le coffre, remontai en voiture, démarrai.

– Dieu Tout-Puissant !… Petit naïf, va !… Naïf, petit Jules !… Ah mon sang bout, mon sang bout !… Pourquoi ?! Pourquoi avoir cru Tiburce ?!… Ah, cécité que c'était !… Ah, rivières, remontez votre cours !

J'appelai Tiburce. Répondeur de Tiburce.

– Je suppose que tu sais pourquoi j'appelle. Non, tu vois pas, mon poussin des îles ? Ben, pour te mettre la tête au carré. Et puis après, si tu peux encore ouvrir ton claque-merde, pour que tu t'expliques auprès de bibi. Rappelle ou je viens te faire bouffer la porte-tambour du Palace par le trou du cul. PS : fais gaffe, Tiburce, parce que, là, tu vois, t'écoutes un chauffeur qui tient de moins en moins à sa place de chauffeur, surtout après le coup de pute que tu viens de lui faire.

Tiburce rappela dans la minute.

– Jules ?

– Jardin des Tuileries dans une demi-heure. T'as intérêt à y être. Même si t'as la reine d'Angleterre en train de péter un câble à la réception, évanouis-toi s'il le faut, mais t'as intérêt à y être.

– À tout de suite.

Je me souviens qu'au beau milieu d'un nœud autoroutier porte de la Chapelle, sur des murs de derrière, des murs qui ne comptaient pour personne, la polychromie délirante d'un graffiteur m'attira l'œil et je compris ce qu'il avait essayé de dire avec des bombes de peinture, la volonté de vouloir qui se dégageait de ce fatras aux contours charbonneux sertissant des pullulements d'aplats auxquels çà et là un trait ébarbé, minimisé et stylisé à l'extrême donnait vie était une force qui fut avec moi longtemps encore dans cette vie où, cependant, je m'obstinais à chercher le bonheur où il n'était pas et les emmerdes là où elles étaient… Revenu au Palace, je descendis la voiture au parking. Je remontai sur la Place. Deux cents mètres à marcher et je traversai la rue de Rivoli. Fossette mentonnière et tenue de concierge, Tiburce m'attendait. Il avait opté pour un détachement d'archer zen à l'insécable sourire. Fallait pas qu'il la ramène trop, je me sentais une force de cabestan. Nous nous mîmes à marcher dans le jardin des Tuileries. J'allais parler, mais, contre toute attente, c'est lui qui parla :

– Écoute, bonhomme, voilà comment je vois le truc : je vais pas arriver devant toi en col Claudine avec des couettes et te raconter des charres, c'est pas le genre de la maison. Bon, c'est vrai que je t'ai envoyé au casse-pipe, t'étais en première ligne sur ce coup, tu m'excuseras. Tu l'as trouvée saumâtre ? Bien, je comprends. Tu penses que je t'ai menti ? Bien, mais tu as tort. Le deal, c'était on pose pas de questions. Tu pouvais le refuser. Tu l'as accepté. Tu l'as accepté parce qu'être le larbin des richards, t'en as plus que marre. Jules, ça te va, toi, de t'encroûter dans une bagnole pendant qu'eux se la coulent douce chez Dior, Vuitton, Hermès ? Ça te va, toi, de dîner au volant en écoutant Rire et Chansons pendant qu'eux font bombance dans un trois-étoiles ? Racler les fonds de tiroirs dès que tu veux te payer un petit voyage ou des nouvelles chaussures à ta souris, t'appelles ça une vie, toi ? Chasseur, chauffeur, voiturier, concierge, bagagiste, cuistot, on travaille pour la gloire et, à notre retraite, personne vissera sur la façade du Palace une plaque à notre nom… Mais peut-être aussi qu'il faudrait ramener les choses à leur proportion. Dobbs n'est qu'un gros constructeur californien, un bouseux en tongs dont la fortune, OK, est estimée, OK, à dix-neuf millions de dollars. Dix-neuf millions, c'est de l'argent, mais ça n'est pas non plus la puissance de feu d'un milliardaire. Il est peu probable qu'il nous cherche des noises. En plus, ce qui en fait tout l'intérêt, c'est que sa société Dobbs & Partners appartient à sa femme qui, l'année dernière, a failli le renvoyer chez maman pour infidélité. Elle lui avait mis un privé au train et Dobbs s'est fait prendre les culottes baissées en galante compagnie dans une cacteraie (ça s'invente pas…), paraît que ça a été la fête au village chez les Dobbs et, quand ils ont enterré la hache de guerre, Julia Dobbs a prévenu : « Le prochain coup que tu vas aux fraises avec une autre, tu gicles. » Tout porte à croire que, cent mille dollars, il les paiera, on l'a quand même bien ferré. Mais le zéro défaut n'est pas de ce monde et peut-être que le Dobbs n'est pas rançonnable comme on voudrait. À savoir il est peut-être déjà sur le point de se faire éjecter par madame. À savoir il aime peut-être pas ses gosses tant que ça et se ficherait éperdument qu'ils voient sa teube en gros plan. À savoir il en a peut-être mis à gauche et a prévu de refaire sa vie en Afrique, loin, très loin de la sale gueule de sa femme qu'il peut plus voir en peinture… Comment il a réagi, Dobbs ?

– Quel flip ! Il était au bord de l'apoplexie.

– Il a dit quoi ?

– Rien. Il a juste dit « Oh, shit… » quand il s'est revu à quatre pattes pendant qu'Oksana le doigtait. Comment tu sais ce que tu sais sur Dobbs ? Le prénom de ses enfants, le nom de ses amis, sa solvabilité, la cacteraie ?

– J'ai mes informateurs.

– Parle !

– OK, OK. Plus concrètement, on est quatre : toi, moi, Oksana et un ami à moi, un détective de San José, un ancien du FBI que divorce et cancer ont rendu assez enclin à de petits accommodements avec l'éthique. Son divorce l'a mis sur la paille et son cancer l'a privé du goût, on appelle ça l'agueusie. Je les lui demande et, en un rien de temps, il me fournit tous renseignements utiles sur les clients américains du Palace et me dit s'il y a une ouverture ou pas.

– Pourquoi as-tu commandé à ton détective une enquête express sur Dobbs sans savoir d'avance que Dobbs voudrait tringler Oksana ?

– Dobbs m'a déjà demandé une escort l'an dernier et une quand il est venu en janvier.

– Et s'il prenait à Dobbs la fantaisie d'alerter la direction sur nos agissements ?

– Les risques du métier.

– La fantaisie d'alerter la police ?

– Les risques du métier.

– Pourquoi cent mille dollars ? Pourquoi pas plus ?

– Parce que cent mille dollars, ça passe plus inaperçu et ça fait moins mal au cul qu'un million.

– Qu'est-ce qui lui prouve, à Dobbs, que cent mille dollars achèteront notre silence et sa tranquillité ?

– Encore une fois : cent mille dollars étant relativement inodores et indolores, c'est très tentant de les mettre sur la table pour voir le jeu des autres. Un million, ça fait déjà plus réfléchir, avant de les mettre sur la table, tu te tâtes.

– J'étais venu ici pour te crever les yeux. Je sais pas ce qui m'arrive mais… Je deviens chèvre, moi, à y penser tout le temps au fric. Ce que l'on fait est immonde. Mais j'ai besoin de ce fric, Tiburce. Je… Vingt mille pour moi ?

– Si Dobbs paie, il y a vingt mille pour toi, vingt mille pour le détective, trente mille pour Oksana, normal, vous mouillez la chemise, elle, c'est la culotte qu'elle doit mouiller, et, normal également, trente mille pour moi qui font cent mille… Jules, Dobbs vaut dix-neuf millions de dollars. Cent mille dollars, ça fait 0,5 % de dix-neuf millions. Ne te mets pas martel en tête pour si peu. La prochaine fois qu'il ira aux putes, il emmènera la meuf au motel, c'est tout.

– Prostitution et chantage, je suis dans de beaux draps.

– Trop tard pour reculer, Jules.

Et j'eus l'impression d'être l'enfant auquel le pédophile dit que ça doit rester notre petit secret…

– OK pour Dobbs. Mais, après Dobbs, je quitterai peut-être la table de jeu.

– À ta guise.

– Si Dobbs refuse de payer, tu le balances à sa femme ?

– Y a des limites à être une crevure. On fait que bluffer.

– Et si sa femme ou son comptable s'… ?

Mais le téléphone de Tiburce sonna.

– Excuse-moi, Jules… Oui, ils ont la chambre 232… Oui, j'arrive, tout de suite.

Il raccrocha.

– Le devoir m'appelle. Allez, va, tire pas cette gueule. Demain, ça sera plus qu'un mauvais souvenir… me dit-il en me donnant une tape sur l'épaule assortie d'un sourire, et il repartit dans sa tenue de concierge bleu nuit aux poignets gansés d'or.

*

* *

Je m'arrêtai aux W.-C. du premier sous-sol, me passai de l'eau sur le visage. Je descendis au deuxième sous-sol, posai mon doigt sur la plaque de verre de la serrure biométrique à reconnaissance d'empreintes digitales et la porte du parking céda sous la poussée de ma main. Derrière la grande poubelle rouge, je récupérai ma caisse de champagne achetée à Mehdi et entrai avec dans la salle des chauffeurs. Vide, la salle. Je déverrouillai mon casier, y glissai mon champagne. J'allumai la télé. Mon téléphone sonna.

– Jules, tu fais la permanence ce soir.

– Je l'ai faite avant-hier !

– Je sais, mais j'ai personne d'autre.

– Oh, merde, Mohamed. Tu charges la mule, là.

– Désolé. J'ai personne d'autre pour la perme.

Après les péripéties de l'après-midi, je n'étais plus de taille à lutter avec quiconque.

– Jules, demain, viens à huit heures. Tu reprendras la 756.

Louis entra. Il avait une tête de mec qui a des chaussures trop petites. Je coupai le son de la télé.

– Ta journée ? demanda-t-il.

– Un rêve, Louis, un rêve.

– T'as bien tourné ? Tu serais bien le seul…

– Une gare. Un aéroport. Et avec ça, j'ai des mensualités de crédit de mille six cent seize euros.

– Moi, deux aéroports. Deux fois vingt-trois euros. Plus trente euros de pourboire. Et avec ça j'ai un loyer de mille cent euros. Sans les charges.

– Robert ?

– Il vient de remonter avec sa voiture. Il fait la courtoisie.

– Le Schmidt ?

– Sais pas où il est.

Kamel entra.

– Et toi, Kamel ? demanda Louis.

– Moi, quoi ?

– T'as bien tourné ?

– Je suis en dispo depuis ce matin avec mon Coréen.

– Le fils du dictateur, là ?… Comment il s'appelle ?

– Kim-Jong Il.

– Il donne celui-là ? demandai-je à Kamel, demandai-je pour demander.

– S'il donne ?! Kamel se gave avec lui, tu veux dire !

– Ah, ça, tu vois, cette jalousie, je m'y attendais comme le dimanche s'attend au lundi, répondit Kamel en me prenant à témoin et un sourire glacé lui découvrit les dents, deux rangs de stalagmites et de stalactites jaunies par un brossage facultatif.

– Ben, quoi ? C'est la stricte vérité. Reconnais-le : les bons clients, c'est plus pour toi que pour les autres, rétorqua Louis.

– Hé, Louis, tu sais ce qu'on leur fait, aux pédés, dans mon pays ?

– On se calme, messieurs, m'interposai-je.

– Hé, Kamel, tu sais ce qu'ils te disent, les pédés, dans mon pays ?

Ils se tournèrent de concert vers moi.

– Je ne suis pas là. Merci de me laisser un message après le bip. Biiiiip, dis-je.

– Nardinoumouk ! dit Kamel en sortant, énervé.

– Jules, on me la fait pas à moi. C'est un secret de polichinelle, tout le monde sait que Kamel est outrageusement avantagé par le boss et le dispatcheur qui lui réservent les meilleurs clients. Robert parle même de « favoritisme racial » et, avec Sergei et Valentin, ils voudraient intenter une action en justice contre Matt et le Palace.

Et Louis de s'emberlificoter dans des explications sans fin sur l'inutilité de saisir les tribunaux. Ce qu'il y avait de pénible avec Louis, c'est qu'il serait parfois passé par toutes les lettres de l'alphabet pour aller de A à B. Louis finit par s'apercevoir de ce que j'avais un sourire de pianiste de bar, sourire qui aurait moins dû à la musique qu'au verre de whisky toujours là à gauche du clavier, côté graves…

– Tu m'écoutes pas, Jules.

– Si, je t'écoute.

– Ça va pas ?

– Si.

– Ça va pas ?

– Si. Non, admis-je.

– Je te connais.

– Je suis au fond du sac, mec. Et c'est un sac-poubelle.

Fort inopportunément, Sergei entra. En le voyant ce soir, ce fut la première fois que je relevai sa touche de provincial à Paris avec ses paluches, ses grosses godasses et ses pommettes boucanées à la limite de l'acajou.

– Vous avoir bien tourné ? demanda-t-il.

– Une gare, un aéroport et je fais la perme, dis-je.

– Que deux aéroports mais j'ai une dispo à… merde, à dix-neuf heures ! dit Louis en regardant l'horloge au mur. Faut que j'y aille, Jules, on en rediscute, me dit-il, il se leva et sortit.

La porte de Louis ne s'était pas refermée que Valentin la poussa en entrant. Il portait haut la poitrine comme un Anglais au stade. Je me dis qu'il venait sûrement de prendre du lourd.

– Cent euros ! Cent de pourboire pour une arrivée aéroport ! dit-il.

– T'es le meilleur, dis-je.

– Vous faites quoi ce soir ? demanda-t-il en se chargeant rapidement les bras de bouteilles d'eau.

– Je suis pris par des Russes, dit Sergei.

– Perme. Et toi ? dis-je pour dire.

– Dispo avec les mêmes clients : encore cent euros en vue, peut-être deux cents ! nous dit Valentin en ressortant.

– Tu les emmènes où ? lui cria Sergei par la porte maintenue entrouverte par l'amortisseur de son système de refermeture automatique.

– À La Closerie !

– Je vais à Closerie aussi ! Hé, attends-moi, Valentin ! Nous dînera ensemble à pizzeria en face ! dit Sergei qui sortit.

J'entendis des portes claquer et les limos de Valentin et de Sergei démarrer dans le parking et puis après plus rien. Je me demandai si j'allais m'acheter un kebab frites. Il allait être dix-neuf heures et je priai intérieurement pour qu'à vingt-deux heures, ni concierge ni voiturier ne m'aient appelé pour me dire : « Jules, monte avec ta voiture, t'as un client. » Je voulais une douche et mon lit et tant pis pour mon découvert bancaire. Je pris une bouteille d'eau, la bus d'un trait, la jetai dans la poubelle débordante qui me la rendit en l'envoyant valdinguer à terre. Je ne la ramassai pas. Je pris du chocolat dans mon casier, le reposai sans en manger. J'éteignis la télé. J'éteignis la lumière. Je mis quatre chaises en ligne, m'allongeai dessus. J'avais mal au dos. La toujours même lueur d'aquarium venait du parking par la baie vitrée sans tain. Je chantai du Brel, puis du Ferré et je m'arrêtai de chanter, venant d'être frôlé par les ailes d'une pensée dont je ne pus me défaire et je transpirai en me disant que cette dinguerie vaudevillesque de rançonner les gens allait m'envoyer en prison. La prison, Jules, la prison, tu réalises ?! Un coup, je voulais bouffer le monde quoi qu'il m'en coûtât, un coup, mon cimier était une flèche dans l'autre sens que celui du combat. Un coup, ce métier que je faisais avec un entrain de dame pipi me poussait à le fuir, un coup, le chômage avait encore augmenté. Oui, mais, merde, mon ascenseur social descendait, je commençais à m'exciter sur les boutons d'étage en filant des grands coups de poing dans les boutons du haut, mais que dalle, l'ascenseur continuait à descendre vers la mouise en sous-sol. Je devenais fou, j'étais fou. Et Tiburce l'était plus encore. Son idée de chantage à la pute était merdique, ça ne pouvait pas marcher, il y avait une grosse faille quelque part qui nous enverrait tous les quatre en taule. Même si je n'étais qu'un exécutant, qu'une « petite main », je risquais jusqu'à cinq ans de prison si le juge qualifiait mes actes de délit d'extorsion, sept s'il les qualifiait de délit de proxénétisme. Et si jamais ça marchait, que ferais-je d'un argent ainsi gagné, aurais-je assez de fortitude pour sombrer sans ciller dans l'amoralisme ? Oh, et puis, le diable m'emporte, si on ne s'enrichit pas toujours aux dépens de quelqu'un, tu gagnes un dollar, quelqu'un perd un dollar ! Oui, mais tout de même, Jules, maître chanteur, c'est pas ce que tes parents t'ont appris. Allez, en y regardant bien, on a tous notre petit côté monstrueux, n'est-ce pas ? Une farandole de chiffres dansa dans ma tête et je passai un marché avec moi-même : cinq fois, le faire cinq fois et après arrêter. Engranger vingt mille dollars fois cinq égale cent mille dollars et après arrêter. Mais comment rapatrier cent mille dollars offshore en France ? Le fisc est un fin limier, il te retrouvera, Jules, et t'enverra en prison. Matons, lits superposés, parloir et ta mère inconsolable, Jules.

– ¡ Qué jodido ! Tu te bâtis encore des châteaux de sable en Espagne !

– T'as de ces images, Paula...

Je pense que ce fut alors que je m'endormis. Je rêvai en trouillorama, me voyant encabané dans la même cellule que Tiburce, puis je me revis militaire quinze ans plus tôt, ce jour où de simples soldats et des gradés de mon régiment, tous ivres morts, avaient joué de l'argent à la roulette russe, se visant non pas la tête mais les mollets avec un vieux pistolet à barillet, il y avait eu un blessé grave, les sanctions prises par le commandement avaient été très lourdes ; dans mon rêve, je jouais à la roulette russe avec mes copains de régiment, mais c'est sur le mollet de mon père dormant sur le green d'un golf que je pointais le canon du pistolet et, quand j'allais appuyer, je me réveillai... Je saisis la télécommande sur la grande table, je rallumai la télé que je regardai dans la pénombre, allongé sur mes quatre chaises. Jusqu'à vingt-deux heures. Je me relevai, pris ma caisse de champagne dans mon casier, remontai sur la Place que je traversai pour remettre la clé de ma limo dans un des tiroirs du bureau en marbre du dispatcheur. Je serrai la main d'un des voituriers et rentrai à pied, mon appartement rue de Cléry n'étant qu'à quinze minutes du Palace. Il faisait vingt-trois degrés. Chez moi, j'allai me verser un grand verre d'eau dans la cuisine. Mon téléphone sonna. Louis.

– Je suis en dispo à deux rues de chez toi où j'ai trouvé une place de stationnement, mon client vient de rentrer chez des amis et j'ai besoin d'aller aux W.-C., je me disais que tu pourrais faire quelque chose pour moi.

– Monte.

– Café ? demandai-je à Louis quand, deux minutes plus tard, il poussa la porte de mon appartement.

– Avec du sucre, dit-il en s'enfermant dans la salle de bains.

Je lui fis un café, le lui apportai dans le séjour et m'assis dans le canapé.

– Y a pas de papier dans tes chiottes ?!… entendis-je Louis gueuler.

– Non, mais y a l'eau courante !

– Tu pourrais au moins avoir du papier !

– Non !

– Pourquoi ?!

– C'est pour que toutes les filles de la terre sentent le pipi !

Louis entra dans le séjour dans un bruit de chasse d'eau qui venait de la salle de bains.

– Tiens, lui dis-je en lui tendant sa tasse.

– Merci, dit-il en s'asseyant sur le canapé. Hum… fit-il en tirant sur ses lèvres.

– Trop sucré ?

– Non, infâme.

– Ils font un très bon café au bistrot en bas.

– Pas de papier aux W.-C., pas de bon café dans la tasse, pas de table basse dans le séjour, pas de déco sur les murs… Mais, bon, c'est chez toi, tu fais ce que tu veux, après tout.

– Putain, Louis, t'es trop sympa.

– Jules, ce soir, quand on a parlé dans la salle des chauffeurs, tu paraissais préoccupé, avoir des ennuis…

Son téléphone sonna.

– Allô ?… Bien, monsieur… À tout de suite, monsieur de la Bretèche… Merde, mon client ressort déjà.

Il se leva.

– Merci pour le caoua ! À demain, Jules !

– Ciao.

Je refermai la porte de mon appartement. Sur ma table, un livre. Je le pris, fis défiler le coin des pages sous mon pouce, m'amusant à me croire aussi agile qu'un prestidigitateur avec un jeu de cartes, et je tombai sur cette phrase : « Scarlett chérie, la lune à son périgée ne semble-t-elle pas touchable avec les doigts ? » Je reposai le livre. Je vins me mettre à la fenêtre, puis, ne me refusant plus à l'idée que la naissance est une cicatrice qu'une vie suffit rarement à refermer, je baissai les épaules comme si tout le poids du monde…

## Jeudi 8 juin

*– Hi !*

*Pete Doherty.*

Skaï vert criard des banquettes, formica rose tendre des tables, gilets noirs sur chemises blanches des garçons, ce bar me replongeait en enfance. J'étais au comptoir, accoudé à la cow-boy. Je prenais mon café et un croissant. Je venais de faire connaissance avec le patron et ses rouflaquettes moussant bas sur ses joues. Il devait écouter du Bécaud à la maison, ou au moins du Claude François. Je lui disais que j'avais emménagé dans un deux pièces à quelques numéros plus haut dans la rue. Mohamed, le dispatcheur, appela. Le matin à la première écoute, la voix de Mohamed au téléphone vous faisait penser à un jingle de pub ou d'émission de radio, toujours le même, toujours intrusif, toujours malvenu. Après, on s'y habituait pour la journée. Mais, le lendemain matin, on trouvait à nouveau cette voix intrusive et malvenue.

– Jules. Kate Moss. Arrivée Le Bourget. Neuf heures trente-cinq. Terminal Signature. Je te texte le numéro de vol en provenance de Miami. Je m'occupe de la facture.

– Ça marche.

Quinze minutes plus tard, je passai l'aspirateur dans la 756, une Mercedes Classe S. Je ramenai l'aspirateur à la salle des chauffeurs, en ressortis au petit trot les bras chargés de bouteilles d'eau. Je foutis deux bouteilles pour moi dans le rangement logé sous l'accoudoir entre les sièges conducteur et passager, deux autres bouteilles dans les vide-poches des portières arrière et quatre dans un rangement du coffre. Je montai la bagnole à la station-service rue Saint-Honoré pour la laver, lui filer de l'essence et je fonçai au Bourget. Grand soleil. Personne sur la route. Éviter les radars. Dans l'interphone, je donnai le numéro de vol au garde-barrière qui me laissa passer. Je me garai devant le terminal et allai m'annoncer aux hôtesses au sol. Des douaniers étaient là, mauvais signe. Tracasseries et retardements à venir... Le jet privé se posa peu après, roula jusqu'à nous sept, les trois douaniers, les deux hôtesses, un porteur qui bâillait et moi. Un garde du corps descendit de l'avion suivi du couple glam-rock de la décennie, Kate Moss et Pete Doherty. La gueule à l'envers, jetlagués et cocaïnés tous les deux. Elle, anorexique et androgyne, androgyne car anorexique, mais – et c'est pas le cas de toutes – aussi belle en vrai qu'en quatre par trois, compte non tenu néanmoins d'une indispensable retouche par ordinateur de sa peau ravagée. Lui, dans le cirage mais cultivant mine de rien sa grandeur cachée d'ange déchu. Elle, la white trash girl, malpropre et négligée, gouailleuse et médisante, comme si Britney Spears et Courtney Love s'étaient gouinées et que la moins feignasse des deux eût accouché de ma cliente. Lui, rock star à chapeau et jeans slim, qui sortait de cure de désintox et dont les photos anthropométriques de face et de profil avaient fait le tour de la blogosphère. Les douaniers emmenèrent tout ce joli monde dans un salon d'attente du terminal, le bagagiste et les bagages aussi, et s'y enfermèrent. Le bagagiste et les bagages ressortirent en premier, je l'aidai à tout rentrer dans mon coffre et il repartit en bâillant. Pete Doherty arriva ensuite.

– Hi !

J'allais quand même pas dire « Sir » à un rocker.

– Hi, me dit-il ou quelque chose qui devait avoir à voir avec bonjour.

– My name is Jules.

Il ne répondit rien, visiblement désappointé. Il s'attendait à quoi ? À ce que je me jette à ses pieds et lui dise : « Vous êtes mon Dieu, Pete, j'exagère pas » ? À ce que je traverse le parking en moonwalk en récitant la recette du pudding ? Nous nous tenions près de la limo, lui et moi à l'identique, sur une jambe et bras croisés. Il se remit sur deux jambes, repoussa de l'ongle son chapeau sur sa nuque, ouvrit la portière arrière droite, se pencha, zyeuta à l'intérieur. Il referma la portière. Il rouvrit la portière, hésita à la rouvrir complètement, se disposa à la refermer, se ravisa, l'ouvrit complètement, rezyeuta à l'intérieur, prit la bouteille d'eau dans le vide-poches, la regarda par en dessous, attentivement, il était comme une poule qui a trouvé un couteau, il redéposa la bouteille dans le vide-poches. Mince, elle lui faisait de l'effet, ma bouteille. Il avait jamais vu une Évian de cinquante centilitres ?! Il ne m'avait pas l'air que jetlagué, la star du rock, il m'avait aussi l'air bien atteint. Pete Doherty passa la main sur son visage de poupon mal rasé. Il sortit une flasque en argent de sa poche, la déboucha, voulut se rincer le gosier, mais le machin devait être vide car il tiqua en le rebouchant immédiatement et je me dis qu'un pigiste de *Libé* aurait été trop ravi de pouvoir caser la flasque dans un papier sur Pete Doherty, jeune homme en rupture de ban mais premier partout au lycée, un peu juif de naissance pour l'honorabilité, un peu fossoyeur à vingt ans pour la marginalité, un peu taulard à vingt-cinq ans pour la bio et socialiste new-look pour les ventes. Kate Moss arriva enfin avec le garde du corps et une hôtesse devant, une hôtesse derrière. Les hôtesses ouvrirent les portières à Kate et Pete qui entrèrent dans la limo. Le garde du corps vint à moi.

– My name is Jason.

Il me serra la main qu'il ne me lâcha plus. Je faillis mettre genou à terre. Je récupérai mes doigts dont je me retins de faire l'inventaire, mais en pensant déjà à prendre rendez-vous chez un kiné ostéopathe.

– Jules, dis-je.

– May I check the luggage ?

– Of course.

Je lui ouvris le coffre. Il recompta les bagages.

– Thanks, Jules. Nice weather today, uh ?

– The weather ?... Oh, yes, nice. The sun... I mean... Very nice sun, indeed.

– Jules.

– Yes ?

– Let's go.

Il monta à côté de moi. Je démarrai. Kate et Pete

échangèrent quelques mots, rirent, puis se turent, se rencognant chacun à une extrémité de la banquette, Kate le nez sur la vitre, Pete renversé sur l'appuie-tête, elle semblant encore hésiter entre coming out lesbien et épilation définitive, lui semblant encore hésiter entre nouveau chapeau et canne à pommeau. Entendis-je deux sniffements de coke à l'arrière ? J'avais lu qu'ils avaient rompu et que, maintenant, ils remettaient le couvert. Au début, les sponsors de Kate, grands couturiers et accessoiristes en tout genre, s'étaient frotté les mains de voir leur égérie fricoter avec ce drôle de loustic. C'est un fait : il fut un temps, les grandes marques du luxe furent en quête de street credibility, ça avait alors été très pop pour elles de s'encanailler, ça vous avait eu un côté contre-culture qui avait fait recette. Mais la contre-culture avait vécu, ou le white trash avait lassé les foules, ou la ficelle était devenue trop grosse, d'une façon ou d'une autre, on assistait à présent à un recentrage vers un élitisme revendiqué, et les sponsors de Miss Moss voyaient d'un sale œil la reprise de cette relation de leur protégée avec un punk au situationnisme téléchargeable, aux frasques d'un goût douteux et aux partouzes compromettantes. Nous roulâmes sans encombre jusqu'à Paris où deux paparazzi sur une moto nous attendaient. Je détestais d'avoir ces casse-cou aux fesses. Ils rendaient la conduite dangereuse et foutaient les clients en rogne. La moto et moi, on commença à se tirer la bourre sur le boulevard Malesherbes. Le mec derrière le motard prenait des tonnes de photos. Kate et Pete se blottirent l'un contre l'autre au centre de la banquette. Je pris le couloir de bus et fouette, cocher ! Le feu venait de passer au rouge au carrefour Malesherbes-Courcelles mais je le grillai en me dévissant la tête dans toutes les directions et en klaxonnant comme un taré, me faisant klaxonner également. Je roulai pleins gaz jusqu'à l'église de la Madeleine sur les pavés dont le bruit emplit l'habitacle, c'était insupportable. Mais la moto était trop rapide et maniable pour mon paquebot. Et puis il y avait ces cyclistes, quelle cagade !, un cycliste et encore un cycliste !, eh, l'écolo, achète-toi un vélo d'appartement et fais-nous plus chier ! place ! place ! hé, la mamie, toi aussi, reste chez toi ! une mamie dont le tassement vertébral lui mettait les yeux au niveau du tableau de bord et le nez sur le moyeu du volant. Couloir de bus jusqu'à la rue Daunou. J'appelai Mohamed pour le prévenir de notre arrivée. À l'abri d'un pan de veste que Pete lui tendit, Kate se remaquilla vaille que vaille, il n'y a pas de héros pour son valet de chambre. Le garde du corps, lui, se retenait de me demander de m'arrêter pour sortir arranger le portrait du motard et de son passager qui nous shootait. Je grillai au ralenti le feu rue Daunou, au ralenti aussi celui rue de la Paix. Je m'engageai dans la contre-allée qui faisait le tour de la Place. À soixante-dix à l'heure entre les deux alignements de bornes en aluminium anodisé sur lesquelles plus d'un chauffeur s'était viandé. Fans, curieux et paparazzi s'écartèrent comme, dans les étapes de montagne, les spectateurs devant les coureurs du Tour de France. Je rangeai la voiture bien parallèlement à la façade du Palace en rasant la rangée de poteaux qui matérialisaient la limite entre celle des deux aires de stationnement la plus devant l'hôtel et le tronçon de trottoir au pied des quatre célèbres arcades, faisant bien gaffe qu'aucun desdits poteaux ne gênât l'ouverture de la portière de Kate Moss. Décliper sa ceinture d'une main. Déverrouiller la condamnation centralisée des portières. S'arrêter sans brusquerie. Mettre la voiture en position parking. Couper les gaz. Courir ouvrir la portière aux clients si un voiturier ne la leur a pas déjà ouverte. Kate et Pete disparurent de ma vie. Le garde du corps et les gars de la sécurité du Palace les escortèrent jusqu'à la porte-tambour, faisant barrage de leurs bras tendus pour empêcher qu'on ne les filme. Le garde du corps revint superviser le déchargement des bagages par Mehdi.

– Good job, Jules ! dit-il en repartant à reculons, m'adressant le shaka sign des surfers, poing fermé, pouce et auriculaire levés au ciel.

« And, as for the tip, go fuck yourself », n'eut-il pas besoin d'ajouter que je l'ajoutai de moi-même. Question à Kate Moss : « Qu'y a-t-il de plus rock'n roll comme moyen de subsistance : jouer les résistants sur scène en tenant sa guitare comme un fusil ou faire chanter des pères de famille qui se sont un peu laissés aller avec une pute ? » Moi aussi, Pete, je suis né le doigt du milieu en premier. Qu'est-ce que tu t'imagines, Pete ? Moi aussi, je quitterai ce monde sur les mêmes cris de colère que je poussai à la minute de ma naissance.

*

*   *

Quelques instants plus tard, salle des chauffeurs, deuxième sous-sol du parking.

– Salut.

– Salut, me dit Sergei.

– Bonjour, me dit Günter, dit le Schmidt, dit DPVDLT.

– T'as fait quoi ce matin ? me dit Robert.

– Un aéroport.

– T'as pris combien ?

– Vingt, mentis-je, comme toujours.

– Vous savez pas y faire, les mecs… Moi, hier, j'ai encore pris huit cents de com' aux puces. Sur un tableau à huit mille euros. Un Veyrassat. École de Barbizon.

Tous les chauffeurs étaient en compte avec les grands magasins, Galeries Lafayette, Printemps, etc., qui les commissionnaient par rapport aux achats des clients qu'ils leur ramenaient. Mais, pour ce qui regardait le marché aux puces, c'était différent. Là-bas, c'était la loi de la jungle. La technique consistait pour le chauffeur à ne pas laisser ses clients y chiner seuls, à leur imposer coûte que coûte sa présence. Puis – seconde difficulté – dès que ses clients s'arrêtaient à un stand, le chauffeur s'approchait du vendeur et lui demandait à voix basse : « Combien vous me faites ? » « Dix pour cent », répondait généralement le vendeur. Si le vendeur refusait d'arroser le chauffeur, ou trop peu, ce dernier revenait dire pis que pendre du vendeur à ses clients qui, dans le doute, préféraient passer leur chemin et s'intéresser aux stands suivants. Le téléphone du Schmidt sonna.

– Terminal F ?… Ja, OK ! dit-il à ce qui devait être Mohamed.

Günter referma le cahier et le livre ouverts devant lui sur la table, les rangea dans sa sacoche, se leva et sortit, monologuant, poulopant et clopinant raide comme un bâton dans son falzar à revers en laine de lama.

– Qu'est-ce qu'il branle à noircir des pages dans un cahier ? C'est nouveau, ça, dis-je à Robert.

– Il recopie des bouquins d'histoire.

– Mais c'est un travail de bénédictin. Pourquoi il fait ça ?

– Il est persuadé que, comme ça, il les retiendra sans effort et qu'ensuite, il pourra faire des visites guidées au poil qui émouvront aux larmes ses clients et lui rapporteront de mirifiques pourboires.

– Le Schmidt, des visites guidées ?! Tu rigoles pas un peu ?

– Il est con, il est con. Cherche pas plus loin. Tu connais sa dernière ?

– Quoi, qu'est-ce qu'il a encore fait ?

– Hier après-midi, Mohamed l'envoie gare du Nord chercher un couple venant de Londres, un maharajah et son épouse. Mohamed lui dit : « Pour une fois, tu déconnes pas, Günter, s'il te plaît, c'est des amis du Pacha, me les chie pas, OK ? » « Ja, ja ! » lui dit le Schmidt. Gare du Nord, le Schmidt se plante avec son panneau en bout de quai. Le train arrive. Un couple d'hindous s'approche de lui la gueule enfarinée, ils lui font des grands sourires, et lui, ce grand con, au lieu de leur demander leur nom, la procédure classique, quoi, il leur demande s'ils sont bien Mme et M. Untel. « Yes, yes, of co'rse », ils répondent avec leur accent de merde. Le Schmidt a un doute quand même, alors il leur demande s'ils vont bien au Palace. « Yes, yes, of co'rse. » Le

Schmidt les amène au Palace, donc. Les voituriers ouvrent les portes de la limo pour en voir descendre deux vieux, un peu basanés mais propres et distingués. Sauf que, elle, elle porte un sari, j'en voudrais pas pour m'essuyer les pompes, et lui, il a aux pieds des écrase-merde avec des semelles en pneu recyclé, genre sandales qui laissent voir ses ongles longs de deux ans, tu vois ? Deux clodos, autant dire. Les voituriers leur sortent les bagages du coffre et, là, t'as les deux Indiens, ou des pakoches peut-être que c'était, enfin, t'as les deux qui disent merci à tout le monde en joignant les mains, tu sais comment ils font, ils joignent les mains et ils disent merci dans leur langue en secouant la tête, bref, ils disent merci au Schmidt, tout content de lui, merci aux voituriers, stupéfaits, même merci aux passants, encore plus stupéfaits, ils prennent leurs bagages, s'éloignent, hèlent un taxi, y montent et… se cassent ! C'était pas les bons !

– Non !

– Si, je te le dis.

– Et le maharajah ?

– Il est resté une demi-heure en carafe gare du Nord. Ils ont envoyé Sergei le chercher en urgence. T'avais les bougnoules du 9-3 qui commençaient à lui renifler le cul. Quand ils ont vu débarquer les cent quarante kilos de Sergei, les racailles se sont vite taillées. Hein, Sergei ?

– Гребаное дерьмо !

– Il devait être fumasse, le maharajah ? Il a pas pété un scandale ? demandai-je à Sergei.

– Non, ça allait.

– Après, t'avais Matt qui disait au Schmidt : « La prochaine fois, c'est la porte ! » Le Schmidt qui disait à Matt : « Nein, nein, pas ma faute, pas ma faute ! » Après, t'avais le…

Mais le téléphone de Robert sonna.

– OK, dit-il à ce que je supposai être Mohamed. J'ai une dispo. Salut, les gars ! ajouta-t-il en sortant.

Je n'aimais pas devoir me retrouver seul avec Sergei, son visage à la truelle, son tic de tirer sur son menton car sa cravate serrait son cou de taureau. Je n'avais rien à lui dire et, quand je me forçais à lui dire quelque chose, lui ne me disait rien. J'avais demandé aux autres si ça venait de moi, mais les autres aussi avaient un problème d'incommunicabilité avec Sergei le glacial qui n'était pas sibérien pour rien.

– Je vais faire un tour, dis-je.

Dans le parking, Robert passa au volant de sa limo. Je l'arrêtai. Il baissa sa vitre.

– Tu me remontes avec toi ? lui dis-je.

Robert put se garer juste devant le Palace. Nous descendîmes de bagnole et j'attendis avec lui que son client sorte de l'hôtel. Les voituriers s'approchèrent d'une autre limo qui arriva. En descendirent Kamel de même que ses clients, un couple dont je m'étais déjà occupé, des Français de Biarritz notés sept sur mon tipomètre gradué de zéro à dix.

– Et encore bon anniversaire ! dit la cliente à Kamel en lui faisant la bise.

– Bon anniversaire, lui dit le client en lui glissant du fric dans la main.

– T'as compris ? me dit Robert.

– Me dis pas que…

– Si. Je me demandais pourquoi les gens sortaient de sa limo en lui souhaitant bon anniversaire. Les voituriers m'ont expliqué que ça fait un mois que ce gredin de Kamel raconte à tous ses clients qu'« aujourd'hui, c'est mon anniversaire ! » et, avec ça, ça fait un mois que, tous les jours, il ramasse des pourboires comme c'est pas permis.

– Ah, le rat !... Je vais faire pareil.

– T'amuse pas trop à ça. Tout finit par se savoir. Je ne te donne pas une semaine avant que Kamel ne se fasse remonter les bretelles.

– OK. Dis-moi qui va le balancer.

– Ah, t'as deviné ?

– Tu me prends pour qui ?

– Valentin va le balancer.

– Ah, le bruit des bretelles qui claquent sur un torse ami... Tu vois, Robert, c'est ça que j'apprécie dans ce métier, cette solidarité entre collègues.

Mohamed s'approcha :

– Jules ! C'est tout chaud, ça vient de tomber : t'as une dispo dans dix minutes avec M. Borodyuk, chambre 115. Magne-toi !

*

* *

À midi, je quittai le Palace, deux Russes à bord. Des pédés. Un gros blond à grosses lunettes de soleil qui lui mangeaient la moitié du visage, il marchait du pas des pénitents sévillans, un « paso » chaloupé comme si ses épaules supportaient le poids d'une Vierge de procession pascale, il se mouvait lentement non sans m'évoquer également un otaku gras à force de pizzas livrées. Pénitent et otaku, quel mélange ! Il arborait un pantalon de survêtement bleu marine à pattes d'ef' et large bande blanche courant sur le côté façon racing team, sapristi, les années 1980 n'étaient-elles pas encore arrivées à Moscou ?! Il portait enfin un blouson en fourrure synthétique d'un indéfinissable violet introuvable sur aucun nuancier d'aucun fabricant de peinture, le blouson présentait des surpiqûres de lanières en similicuir du même violet que la fourrure. Un instant, ce pénitent otaku m'eut tout l'air de venir de l'espace et je crus qu'il allait faire des bruits, des « bidibidibidi ». Celui qu'il enculait était un petit maigre, blond aussi, jeune aussi, avec un pantalon rentré dans ses bottes – sans commentaire... – en plastique jaune poussin, j'avais les mêmes à dix ans pour aller ramasser les coquillages sur la plage, il gambadait dans un short de boxe en satin, moule-boules et très échancré de l'aine à la taille, et un débardeur côtelé à fronces latérales comprimées au moyen de bandelettes attachées l'une à l'autre par des agrafes métalliques – excusez-moi, je vais vomir et je reviens... –, ce type n'avait jamais dû regarder quelqu'un dans les yeux à part la sage-femme qui le récupéra au sortir de la matrice maternelle, puis il comprit très vite que pas un humain ne pourrait quelque chose à son problème. Ça va pas être triste encore... songeai-je en les faisant monter tous les deux dans ma limo. « Tu vois des pédés partout ! » me disait souvent Louis qui, d'ailleurs, était lui-même à voile et à vapeur, ce que j'avais appris, un soir il y avait longtemps, dans un McDo, alors que nous étions tous deux en mission pour une délégation diplomatique canadienne que nous trimballions dans Paris by night. Louis m'avait avoué être bi et qu'il se serait bien pacsé avec moi, ça avait été dit sur le ton de la plaisanterie, mais ça avait été dit. Pourtant, Louis, je te jure que si, ces deux Russes, c'en n'était pas, moi, je sais pas ce que j'étais.

– Is the temperature right for you, Sir ? demandai-je à l'enculeur qui suait à grosses gouttes dans son blouson.

– Hot ! répondit-il seulement.

Sans rire ? Il faisait vingt-huit dehors et il avait un blouson d'hiver sur le poil. Je réglai la climatisation.

– Would you like some music, Sir ?

– No.

– Where do you want me to drive you, Sir ?

– Dior, avenue Montaigne, me dit l'enculeur.

– Is there a Vuitton on avenue Montaigne ? me demanda l'enculé en regardant ailleurs.

– Yes, Sir. There is one.

Donc shopping avenue Montaigne. Je m'arrêtais devant une boutique, ils descendaient, j'allais les attendre en double file, ils me sonnaient, j'accourais, je mettais leurs achats dans le coffre, ils remontaient en voiture, je les redéposais devant la prochaine boutique et on recommençait. Après Dior, Vuitton, Chanel, Armani, Dolce & Gabbana, le coffre de la limo commençait à accuser le coup. Puis petite collation bien méritée dans le bar des gens qui ne voulaient pas se cacher, le spot où voir et être vu. De retour dans la limo, l'enculé se mit à me parler et à me dire dans son anglais de cuisine que la clime dans leur chambre était défectueuse, qu'ils n'avaient pas toujours de l'eau chaude et que tout cela était inadmissible quand on payait trois mille euros la nuit.

– You're right, Sir. That's a shame[1]. You definitely ought to tell the concierge about it.

– But I did ! I did ! And you know what ?… The concierge doesn't seem to care[2] ! Unbelievable !

Tout dans ses paroles, son comportement révélait l'individu préoccupé de sa petite personne. Je ne pense pas trop m'avancer en affirmant que ce vaurien n'eût même pas pissé sur vous si vous eussiez été en feu. Enhardi par mes approbations – stipendiées néanmoins… mais était-il à ça près ?… –, l'enculé me raconta sa life, les films qu'il aimait, les voyages qu'il avait faits. Même l'enculeur, ça avait l'air de le gaver de devoir réécouter le récit de ses pérégrinations à travers l'Afrique, de la Mauritanie au Ghana, à la recherche d'un marabout pour soigner une mystérieuse maladie de peau contractée aux Seychelles.

**Raptus évité de peu :**

**« Bordel à queue ! Tu vois pas que tu me fais braire, là ?! T'emmerdes tout le monde, dégage, saloperie, va ! »**

Je décidai de ne plus approuver sa logorrhée d'un bruit de gorge qu'une fois toutes les cinq minutes, manière de lui faire comprendre. Cataplasme sur une jambe de bois. Il continua quand même. Jouant mon va-tout, alors qu'il en postillonnait d'excitation en nous narrant par le menu son arrivée à Bamako, je me

1. C'est inadmissible.
2. Le concierge semble s'en foutre !

payai le luxe de le snober en plein milieu de phrase en demandant à l'enculeur :

– Sir, would you like me to bring you back to the hotel[1] ?

Ça passait ou ça cassait... Et c'est passé ! Comme une lettre à la poste.

– Yes. Thank you, Jules, me répondit l'autre, me souriant et m'appelant par mon prénom et tout.

L'enculé se retrouva le bec dans l'eau. Après s'être réassemblé morceau par morceau, il se détourna avec répugnance de cette démonstration de sympathie réciproque entre son compagnon et moi. À l'avenir, tu le sauras, dugland : quand taxi pas content, taxi méchant ! Reconnaissez que je l'avais bien baisé. Parce que j'avais tout de suite vu qui, dans leur couple, avait la bite, qui avait le fric et, manque de bol pour lui, c'était l'enculeur qui avait les deux. Nous arrivâmes au Palace. Décliper ma ceinture. Déverrouiller la condamnation centralisée des portières. S'arrêter sans brusquerie. Mettre la voiture en position parking. Couper les gaz. Courir ouvrir la portière à l'enculeur, un voiturier l'ouvrant à l'enculé. L'enculeur en blouson venu de l'espace me lâcha cinquante euros de pourboire et un petit sourire en forme d'hommage à mon beau costume. Ou était-ce l'heure venue de son clystère qui le mettait en joie ?... Je redescendis la limo au parking. Je remontai à l'air libre faire signer ma facture par le concierge. Tiburce était à la réception.

– Ça va, Jules ?

1. Monsieur, voulez-vous que je vous ramène à l'hôtel ?

– Et toi, Tiburce ? Facture à signer, s'il te plaît. M. Borodyuk. Chambre 115.

– Aucune nouvelle de Dobbs, me dit-il du bout des lèvres sitôt que ses deux collègues furent occupés à autre chose.

– Tu le sens comment ?

– Pas ici, Jules.

– Tiens-moi au courant dès qu'il y a du nouveau, OK ?

– Facture signée ! dit-il d'une voix normale. Bon courage, Jules.

– Tu me tiens au courant si Dobbs paye, OK ?

– OK, OK, mais pas ici, Jules ! me dit-il du bout des lèvres en s'éloignant de moi.

Quoi « pas ici » ?! Tiburce fait de moi un maître chanteur et il prend pas cinq minutes pour me parler ?! Quelle bonne poire je suis ! C'est moi ou on est en train de se payer ma tête ?!… Je repassai la porte-tambour en sentant la moutarde me monter au nez.

– Tu m'as mis sur quoi, ce soir ? demandai-je dans le hall à Mohamed debout devant son bureau en marbre.

– Attends que je regarde ça…

– Si tu m'as remis sur la permanence, je t'étrangle.

– Arrivée aéroport. Le Bourget. Dix-huit heures quarante. Terminal Dassault. Je te texte le numéro de vol. Mrs Rachel Mitchum-Amsellem. Chambre 325. Tu la ramènes ici. Tu la reprends à vingt heures pour l'amener à La Tour d'Argent. Si elle te fait des avances, tu regardes ailleurs.

– Hé, je mange pas de ce pain-là, moi.

– Non, je dis ça parce que c'est une croqueuse

d'hommes. L'année dernière à la même époque... Ou c'était en août ?... Ou en septembre ?

– OK, la suite, Mohamed.

– L'année dernière, elle est venue et Youssef... Youssef, mon frère, tu vois ?

– Vas-y, accouche !

Youssef travaillait avec nous à titre d'extra durant les week-ends très chargés. Mohamed était un type rangé, mais son frère, un acteur très beau mec, grand, athlétique, polyglotte et accrocheur, était un queutard fini.

– Il l'a eue comme cliente et, connaissant l'oiseau, je lui avais fait la morale : « Youssef, tu te tiens, pas d'écart, chacun à sa place, on mélange pas les torchons et les serviettes... » Ben, il l'a quand même sautée.

– T'inquiète donc pas, répondis-je, émoustillé par l'image d'une croqueuse d'hommes croisant et décroisant les jambes sur ma banquette arrière.

– Paraît que cette Rachel, le triolisme, elle crache pas dessus. Je sais pas comment mon frère a pu se la faire. Avec ce genre de filles faciles, quand elle a trente ans, tu touches déjà plus les bords, non ?

– T'as de ces questions...

– Paraît aussi qu'elle sort jamais sans son godeceinture. Qu'elle ramène un mec ou une nana dans ses filets, ça peut toujours servir.

– Pas possible !

– Traite-moi de menteur pendant que t'y es.

– La maison ne fait pas crédit.

Mohamed s'écarta de son bureau pour me scruter.

– Sûr que tu bandes déjà, me dit-il.

– Meuh, non. Et demain ?

– À mon avis, t'en as pour la nuit avec elle. Viens pas avant onze heures. À moins que tu tiennes à raccompagner Mrs Mitchum-Amsellem à l'aéroport demain matin.

– Quelle heure, l'aéroport ?

– Départ d'ici à sept heures trente.

– Entre santé et pourboire, je choisis santé. Onze heures, ça m'ira.

*

* *

Deux heures plus tard, je revins de l'aéroport avec une brune incendiaire, la quarantaine tirant sur la cinquantaine mais un de ces lots… Top niveau, rien à jeter ! Rachel Mitchum-Amsellem, lorsque cette Texane de San Antonio descendit de ma limousine, je vis les voituriers baver sur leur livrée à boutons dorés. Ces saligauds en oubliaient leur condition et, toutes ratiches dehors, souriaient à ma cliente comme s'ils étaient du même monde. La meuf, plus sexy, tu meurs. Un sublimé de femelle comme il y en a de métaux. Poitrine en calandre de Rolls, dure, pleine et certifiée d'origine. Chevelure aux reflets chromés. Dents qu'on aurait dites repeintes au pistolet de carrossier. Et, sous le capot, cylindrée pas banale puisque j'apprendrais qu'en plus d'être businesswoman de haute volée, madame passait à la télé, avait son émission de radio, écrivait des manuels de développement personnel en tête des ventes et donnait des cours à Harvard. Quelle que fût la matière qu'elle y enseignât, elle dut y susciter nombre de vocations d'étudiants. Et de branlettes d'étudiants. Et de voituriers. De retour de Francfort, elle avait une nuit devant elle pour night-clubber dans Paris avant de repartir pour son Texas. Une demi-heure après que je l'y eus déposée, elle ressortit de l'hôtel ainsi (dé)sapée : touffe apparente sous la ligne de flottaison, talons phalliques de pétroleuse et brillant à lèvres de décaloteuse chevronnée. En droit des affaires, cette vêture aurait pu être qualifiée d'« abus de position dominante » et tomber sous le coup de la loi antitrust. Oh ! man, t'avais qu'une envie, de la tamponner. Oh, man, et tu bandais plus dur que la raquette de Borg n'était tendue. Dans les tournants, mon érection se prenait dans les branches du volant, enfin, façon de parler. Je commençais à faire une fixation sur sa petite langue que j'aurais aimé entendre hurler sous la mienne. N'ayant aucun bras auquel se pendre dans Paris, elle m'invita au restaurant.

– Dear Ma'am, it's far too much of an honor for me[1].

– Oh, please, don't give me this garbage, will you ? Just say yes.

– Sorry, Ma'am. But I…

– Call me Rachel.

– Rachel, I can't accept. I mean…

– Accept, darling, or I kick your ass around your hand-cart[2].

– Ma'am, I…

1. C'est trop d'honneur que vous me faites.

2. Accepte, chéri, ou je te botte les fesses en te poursuivant autour de ta charrette à bras.

– Hey, get a life, Mr second banana ! Listen, you, soon-to-be burger flipper. Are you a man or one more of these poshy washy Europeans[1] ?

– For sure, I'm a man, Ma'am.

– With two balls and all ?

– Er… Let me check this out… Two, yes.

– Here's the deal : down in Texas, we have a name for people who talk big and puff themselves up but can't deliver, we say they're « All hat, no cattle ». Are you with me so far, hombre ? In a word, be kinda like a hellraiser, but always go to hell in style and, one fucking day, you'll make headlines and that undreamed-of centerfold gal you've the hots for will be yours and, better yet, you'll truly see what you're made of and, which is more, you'll be a man, my son, hooah ! That all being said and well said, as the world turns, I let you chew on that. Now, read my lips : you're accepting my invitation. End of discussion[2].

– With all due respect, Mrs Rachel, what are you high on[3] ?! répondis-je en pensant : « C'est quoi, cette folle encore ?! »

– Brand new stuff. Green capsules. Keith Richards gave them to me in Dubaï[4].

– Gosh, wanna try some[5] !

---

1. T'es un homme ou une de ces tarlouzes européennes ?

2. En gros, elle dit que, les mous du cul, c'est pas sa tasse de thé.

3. Sauf votre respect, madame Rachel, vous êtes shootée à quoi ?!

4. C'est tout nouveau. Des gélules vertes. C'est Keith Richards qui me les a données à Dubaï.

5. Boudiou, j'en veux aussi !

– Take it easy, sweetie, everything will be fine. Is La Tour d'Argent far away ?

Au resto, elle fut sage pendant les amuse-bouches. Mais, dès les entrées servies, elle mit le turbo, me faisant du pied par-dessous la table et des allusions graveleuses par-dessus la table. Ça, ajouté à Mohamed qui m'envoya un texto en plein repas :

*Tu bandes ?*

– Nothing important ?… demanda Rachel.

– No, just Mick Jagger, répondis-je en rangeant mon smartphone.

Depuis La Tour d'Argent, la vue sur Paris, le soir, l'été, c'est le nec plus ultra et la nourriture que l'on vous y sert est bonne à lécher l'assiette, les doigts et le plat. Mais je n'étais pas dans les meilleures dispositions pour les apprécier l'une comme l'autre. Je préférai faire du roller-coaster sur le décolleté balconnet de ma cliente qui s'ouvrait en corolle pour le plaisir des yeux et des dieux, rime facile, mais c'était tellement vrai. Un tentacule partait de chacun de ses seins, je ne pouvais plus m'en décoller et ils me procurèrent l'ivresse qui, de par ma profession, m'était formellement interdite. Rachel, par contre, buvait sec. Quelle descente ! J'aurais pas aimé la remonter à vélo.

**Raptus évité de peu :**

**« Vas-y, sommelier, fais donc couler de ton meilleur ouvre-cuisses à cette dame ! »**

Elle siffla la bouteille de vin à elle toute seule et demanda un armagnac avec l'addition. Après La Tour d'Argent, elle m'invita en boîte de nuit où elle reprit une margarita. Elle tenait l'alcool, la bougresse, telles ces gaillardes de sorority que quelques spring breaks à faire des triples kisses et des body shots à Cancún ou Acapulco ont amariné à vie. En boîte, elle eut le genou baladeur. Je lui expliquai que pas n'importe quelle fille venait s'asseoir sur ma bite. Pour toute réponse, elle m'adressa un regard de killeuse qui mettait pas deux heures pour défourailler et enfouit fougueusement son genou entre mes jambes, la chaudasse. Puis, le client étant roi et la cliente plus reine encore, elle s'assit sur mes cuisses, jupe relevée jusqu'au nombril. Dans sa bouche qui béait à l'approche de la mienne close, sa langue menaçait de déborder la barrière d'émail de ses dents et de me submerger. La langue se retira dans un affaissement de ressac. Je me crus sauvé. Je crus mal. La langue rejaillit entre les lèvres vernissées de gloss, Rachel me donna un baiser hardcore et velouté, me roulant la première pelle, la meilleure. Elle voulut se casser de boîte et fit demander au voiturier qu'il nous rapportât la limo. En longeant le palais de l'Élysée par l'avenue de Marigny, elle voulut savoir ce que c'était que ce bordel que nous longions.

– The French White House, répondis-je en passant d'une fesse sur l'autre afin d'éviter que mon érection ne m'empêchât de tourner dans la rue du Faubourg-Saint-Honoré et ne me fît continuer tout droit dans le portail du ministère de l'Intérieur, place Beauvau.

– Two hundred bucks for your ass if you stop right now and take a picture of me[1].

1. Deux cents dollars pour vous si vous vous arrêtez juste ici et prenez une photo de moi.

– Rachel, we just can't stop right now, right here.
– Three hundred.
– We can't stop, cops are all over the place !
– FIVE HUNDRED, BASTARD !!

Elle allongea le bras et me colla cinq cents euros dans le slibard. Tout en enlevant discrétos l'argent de mon slip pour le fourrer dans une poche de ma veste, je refis un tour du pâté de maisons, rue Royale, place de la Concorde, avenue Gabriel, re-avenue de Marigny, re-rue du Faubourg-Saint-Honoré.

– Stop, here ! gueula-t-elle.

J'arrêtai la bagnole. Rachel, la folle, bondit hors de la Mercedes, fonça jusqu'aux grilles de l'Élysée, souleva son chemisier et, alors qu'un policier courait vers elle pendant qu'elle sortait ses nibards de l'emballage et que je la photographiais en laissant échapper un « oh, non, pas ça… », elle brailla aux oreilles présidentielles :

– ¡¿ Y CÓMO LAS TETAS ?! COME ON, MR DRIVER, AM I NOT STACKED ENOUGH FOR YA, YOU, FUDGEPACKER[1] ?!

Deux autres flics rappliquèrent de nulle part, comme surgis d'une plaque d'égout ou descendus en rappel d'un toit. Je ne niai pas que ma cliente avait exhibé son anatomie en public. Je reconnus qu'il y avait bien eu attentat à la pudeur aggravé d'un outrage à magistrat. Mais, ajoutai-je, prenant ma voix la plus convaincante :

1. Et tu les trouves comment les nibards ? Vas-y, monsieur le chauffeur, je suis pas assez bonne pour toi, espèce de pousse-crottes ?!

– Écoutez, messieurs, ma cliente est la demi-sœur de la première dame des États-Unis. C'est vrai, elle a un peu bu, ce soir. Mais elle repart dès demain pour le Texas. Donc, je vous en conjure, soyez raisonnables, fermez les yeux pour cette fois. Il me semble que les relations diplomatiques entre l'Amérique et la France sont déjà suffisamment mal en point, non ?

Sans quitter les flics du sourire, je saisis Rachel au coude, la recollai dans la limo, repris le volant et m'arrachai. Les flics devaient cependant avoir le vague sentiment de s'être fait enfumer. J'ai toujours pas compris la raison pour laquelle ils ne nous ont pas coffrés pour la nuit ou au moins embarqués pour la forme. Finalement, Rachel et moi tombâmes dans les bras l'un de l'autre dans un petit trois-étoiles à un jet de sperme du Palace. Je la baisai, déclarerais-je le lendemain à Mohamed, « une fois vite et bien sur la moquette, une deuxième fois longtemps et tout en douceur avec… comment te dire ?… avec la même jubilation que quand je jouais une extraball au flipper quand je séchais les cours au lycée ». En arrivant dans la chambre, j'allai me passer de l'eau sur la figure et me rincer la bouche avec du savon. Quand je revins, elle était nue au milieu de coussins, trophée sur son plateau, Rachel sur son lit. Que de seins, n'en jetez plus ! Les loloches ! Il m'est difficile d'en rien dire de plus tant ils parlaient d'eux-mêmes. Je dirai seulement qu'ils avaient une ptose moins due à leur âge qu'à leur poids. Oui, la poitrine, le cou, les paupières, tout cela était plus pendu à Rachel que tendu sur elle. Bizarrement, c'était ça qui était beau. L'âge bonifie les femmes femmes. Les autres vieillissent… Je me déshabillai. Je collai les poils de mes cuisses à la peau d'orange de ses cuisses. Je me perdis dans ses ombres nucales jusqu'à ce qu'elle me repousse du front et de la tempe et qu'elle se laisse glisser du lit. Sur la moquette, je la poursuivis comme un petit chien vicelard. Devant la porte de la salle de bains, Rachel cessa de fuir ma langue qu'elle autorisa à lui nettoyer les aisselles et le reste. Elle me voua tous les plis de son corps. À la fin de ma circumnavigation entre ses chairs, nous nous mîmes tête-bêche. Je pus contempler la cyprine lui monter au con. Son con avait de grosses lèvres étonnamment grenues et la moustache taillée en Y, entendez un triangle devenant un rectangle vers le bas. C'étaient les grandes eaux dans les jardins à la française de Madame. Mon doigt effleura la crête de son désir. Elle expira et écarta les cuisses : mon plat préféré. La Tour d'Argent, à côté, elle pouvait aller se rhabiller. Nous nous interpénétrâmes en un soixante-neuf, oh, man, une véritable tuerie. Rachel me dit quelque chose mais, ses cuisses sur mes oreilles, je n'entendis pas, je pense que ça devait être : « Lèche, c'est du texan ! » Son clitoris fondait comme un Chamallow, ces confiseries de notre enfance, et sa chatte sentait bon. Sa chatte sentait l'écurie, une écurie propre, mais l'écurie. J'avais fait du cheval en colonie de vacances, je parle en connaissance de cause. Rachel me redit quelque chose mais, ses cuisses toujours sur mes oreilles, je n'entendis encore pas, je pense que ça devait être : « Finis-moi ! » Je me redressai, me replaçai à l'endroit sur elle et, hop ! je lui mis le petit Jésus dans la crèche, l'enconnant impétueusement en ayant une petite pensée pour Paula qui, je l'espérais, n'était pas en train de subir le même sort. Une petite pensée ? Une obnubilation ! Je voyais et revoyais Paula prise par un dos poilu et, moi sur Rachel, je me fis honte, horriblement honte… Mais je représentais mon pays, la France, hors de question de saloper le travail. Je limai Rachel, jouant de ses cordes vocales qui rendirent le son le plus troublant qui soit. Je voulais la limer tellement que ses oreilles lui en siffleraient pendant une semaine. Il me fallut lutter pour que la digue ne se rompît. En éjaculant, j'eus la vague sensation d'être à nouveau le gosse qui ne sait pas se retenir de pisser dans son froc, c'était bon… On parla après la baise. On rebaisa après la parlotte. Dire que je m'étais fâché avec un internaute de Sydney qui m'avait soutenu que l'anglais était plus riche que le français. Et il avait raison ! C'est qu'à la vérité, l'anglais a un mot pour tout. Même pour « péter du con ». To queef. Impressionnant. Merci à Rachel Mitchum-Amsellem de San Antonio pour cette précision lexicale.

– I adore your foreskin[1] ! me dit-elle en m'embrassant le prépuce.

Il n'y a qu'une fille de rabbin pour balancer ça après l'amour… Je l'avais satisfaite deux fois, elle me caressait les cheveux, ma tête reposait sur son mont de Vénus, j'écoutais fonctionner la tuyauterie de son ventre et je me disais que le sexe rend fou. J'eus alors conscience qu'à l'aveu de ce que j'avais fait aux femmes depuis vingt ans, le confessionnal en aurait tremblé et en serait tombé en poussière. Quand nous ressortîmes de la chambre, nos regards s'évitaient. Je

1. J'adore ton prépuce !

crois pourtant que c'est moi qui évitais son regard car, dans l'ascenseur, elle me fixa droit dans les yeux, releva le menton dans une attitude de défi et se retint de me cracher à la gueule : « Cher ange, du câble, j'en ai déroulé parce que je kiffe ça et parce que, pour une femme d'affaires, mieux vaut avoir les seins lourds que les dents longues, ça te pose un problème ? non ? alors arrête de me juger ! »... Une riche cliente qui se tape son chauffeur, pas de quoi alimenter les pages à potins. Après tout, combien de Lady Chatterley ne nous ont pas attendus pour s'envoyer leur garde-chasse ? Patience, le plus poilant reste à venir. Vous ne l'ignorez plus maintenant, l'arrivée à un palace est tout un cérémonial, même de nuit, et le moindre couac peut vous coûter votre place. Il était donc quatre heures trente-cinq du matin. Sur la Place, il n'y avait qu'un maître-chien et son molosse. J'arrêtai la limo le long de la rangée de poteaux qui matérialisaient la limite entre celle des deux aires de stationnement la plus devant l'hôtel et le tronçon de trottoir au pied des quatre célèbres arcades. Je me retournai vers Rachel.

– What time are you leaving ? demandai-je.

– In a couple of hours. At seven thirty... Holly cow ! I'm gonna have a ridiculously short night... Will you drive me to the airport ?

– I'd have liked to, Rachel. Unfortunately, my manager decided otherwise and that's one of my colleagues who will drive you to the airport [1].

– So, thank you for everything, Jules, me dit-elle en

1. J'aurais bien voulu [vous reconduire à l'aéroport], Rachel.

me tendant sept cents euros que je pris sans discuter mais en lui caressant la joue du revers de l'index pour que ça fasse plus histoire de cul que prostitution. My ranch in San Antonio will always be open to you. You can come knocking anytime, bubala[1].

– Thanks, Rachel.

– And don't forget to send me the picture we took.

– I will.

– Time to go now…

– Alas[2]…

Je sortis, lui ouvris la portière, puis passai devant elle pour aller appeler le concierge de nuit d'un coup de sonnette. Damien, concierge, arriva, ouvrit les lourdes grilles vitrées du hall à Mrs Mitchum-Amsellem qui, reconnaissante, se retourna une dernière fois vers moi. Elle m'envoya un baiser que, d'un souffle, elle fit décoller du plat de sa main comme d'un porte-avions. Elle s'avança dans le hall du Palace, soupira bruyamment et jeta en l'air ce qu'elle avait semblé tenir dans le poing depuis sa sortie de la chambre : sa petite culotte rouge. La culotte demeura en boule sur elle-même, ce qui lui donna un CX de roquette sol-sol et lui permit de monter droit jusqu'au plafond qu'elle toucha presque. Tout là-haut, la culotte fut en suspension pendant un dixième de seconde avant d'amorcer sa redescente. Mais l'air se prenant dans sa dentelle, elle se déploya en parachute et, présentant plus de surface qu'à la mon-

---

Malheureusement, mon boss en a décidé autrement et c'est un de mes collègues qui vous reconduira à l'aéroport.

1. Bébé en yiddish.

2. Hélas !

tée, s'accrocha aux pendeloques d'un des deux lustres monumentaux. Le concierge, Rachel, le maître-chien et moi restâmes sans voix. Rachel éclata finalement de rire, pas le moins du monde gênée.

– Pour le personnel ! dit-elle en français.

– Mouif ! fit le chien dans sa muselière.

Rachel monta les escaliers du hall et disparut par la porte-tambour, chancelante d'alcool, de sommeil, de toute-puissance et de rassasiement charnel.

– Ah, ben, putain, bravo, les mecs ! dit le concierge. Comment qu'on fait maintenant ?! Ah, là, là...

Il appela l'homme d'entretien de garde qui vint tout de suite, salopette bleue de bricolo sur le dos, une échelle télescopique dans les mains. Le type grimpa à l'échelle et, du bout de son tournevis, décrocha la culotte qu'il remit solennellement au concierge qui, du bout des ongles, me la remit solennellement :

– Votre pourboire, monsieur, me lança-t-il.

– On dit que l'argent n'a pas d'odeur... fis-je en prenant l'objet. T'en penses quoi de tout ça, toi, Damien ?

– Le sexe au bureau ? À déconseiller.

– Vous ? demandai-je au maître-chien.

– J'en pense que j'ai pas choisi le bon métier.

– Toi ? demandai-je au chien.

– Hronf, désapprouva la bête.

Je descendis la limo au parking, remontai à la réception faire signer ma facture par Damien et rentrai chez moi à pied en tapant « 139 » dans la colonne Salaire de mon tableur, « 1 200 » dans la colonne Pourboire et « 1 » dans la colonne Repas. Quel minus habens j'étais ! Je ne mettais pas dix jours à rouler par terre avec une autre fille que Paula. Quel triste sire d'avoir oublié ces larmes de cristal qu'il n'y avait pas dix jours, Paula avait versées sur nous ! Quel couillon aussi de n'avoir pas voulu me rendre aux arguments de Paula me disant : « Tu as le bonheur, là, devant toi, c'est moi, c'est l'enfant que je vais te donner, c'est des choses simples ! » Je revis Paula pleurer, je la revis m'implorer la nuit de notre séparation, je la revis y croire avec la volonté têtue d'un petit voilier lofant par gros temps contre un vent trop fort pour lui et je me fis honte, horriblement honte. Quand est-ce que les hommes deviendront adultes ?… Dans la laitance de l'aube, je desserrai ma cravate. À l'entrée d'une ruelle, je faillis buter dans des jambes de SDF que je n'avais pas vus. Deux SDF même, un jeune Black et une vieille blanche, qui dormaient l'un sur l'autre près des litrons de bibine qu'ils avaient sifflés jusqu'à la dernière goutte. J'envoyai un coup de tatane dans une des quatre semelles, qui s'avéra être celle du mec. Il grogna, il bougea, des miasmes pestilentiels me parvinrent quand ses nippes s'ouvrirent, ce Black puait et, croyez-moi, c'est rien de le dire. Les bons jours, je donnais la pièce aux SDF. Je mis la main à la poche, ma main rencontra la petite culotte rouge de Rachel et les euros qu'elle m'avait filés. J'hésitai, puis tendis cent euros au mec qui attrapa ces quinze jours d'ivresse qui lui tombaient du ciel. Je déposai la petite culotte sur la vieille. C'est vrai, quoi, qu'est-ce que j'allais foutre d'un shorty en dentelle ? Je n'avais pas fait vingt mètres que j'entendis gueuler derrière moi, je me retournai, le mec dansait en titubant, une main à plat sur le bassin, les doigts de l'autre main dépliés dans son dos en crête de coq comme s'il avait des plumes d'autruche de meneuse de revue gay, le mec s'éloigna vers le boulevard, une main devant, une main derrière, en dansant, en titubant et en s'égosillant, je ne sais pas où il allait à cette heure, Dieu seul le savait, et encore j'en suis pas sûr. Sa mitzvah accomplie, Jules, fornicateur et extorqueur, reprit sa route, s'en allant dormir du sommeil du juste après que, le croyait-il, sa munificence l'eut lavé du péché. Quand j'étais petit, il y avait cette bande dessinée qui se terminait toujours par cette bulle au-dessus de son héros, Lucky Luke, chevauchant son cheval dans le désert. La bulle disait : « I'm a poor lonesome cow-boy and a long way from home », et je n'avais aucune idée de ce qu'elle pouvait renfermer de souffrance.

## Vendredi 9 juin

*– Les hors-d'œuvre sont délectables.*

*Günter.*

– Dobbs a payé ! me dit Tiburce alors que je quittais mon appartement et montais dans l'ascenseur.

C'était pas le jour à m'annoncer de grandes nouvelles. Je n'étais pas en état de les recevoir. J'étais dans le coaltar, j'avais un vache de syndrome céphalo-rectal, j'avais la tête dans le cul, oui, non, mais, c'est pas vrai, je me suis cogné la tête ?!

– Jules, Dobbs a payé ses cent mille dollars, cette nuit, heure française. Je t'ai déjà versé les vingt mille dollars qui te reviennent sur un compte offshore dont je te courriellerai le numéro, les codes, etc. Allô, Jules, t'es toujours là ?

– Oui, oui.

– On dirait que t'es pas content.

– Si, si.

– Ben, alors ?

– L'émotion, sans doute…

– Toi, t'as peur.

– Y a de ça, lui dis-je en sortant de mon immeuble.

– Tu te dégonfles ?

– Pas de conclusions hâtives, Tiburce. Juste l'émotion, je te dis.

– Alors, ça baigne.

– Tu penses que c'est prudent de parler de tout ça au téléphone ?

– S'ils veulent nous coincer, ils nous coinceront.

– Pour ça, oui !

– Je ne te force pas la main. Si tu veux arrêter, tu arrêtes. Nous trouverons un autre rabatteur que toi.

– Le prends pas comme ça, Tiburce, lui répliquai-je en passant devant le bar où j'avais petit-déjeuné hier matin et dont le patron à rouflaquettes me salua derrière son comptoir.

– Je te le dis, c'est tout. Alors, stop ou encore ?

Mon smartphone m'indiqua que le dispatcheur tentait de me joindre.

– Je te donne ma réponse bientôt. J'ai un signal d'appel. Ciao, Tiburce !... Allô ?

– Pas trop fatigué ? me demanda Mohamed alors que je passais devant les SDF de cette nuit, ils étaient tous les deux échoués sur le dos, tous les deux déchirés au vin de table, une main du Black serrait le col d'une bouteille à peine entamée et la vieille avait enfilé le shorty de Rachel par-dessus ce qui semblait une jupe-culotte ou un bermuda trop grand.

– Quoi, fatigué ?

– Mrs Rachel Mitchum-Amsellem. Chambre 325.

– Ah, je l'avais oubliée, celle-là. Tant que j'y pense, elle passe le bonjour à ton frère.

– On dit que ta garde-robe se serait enrichie d'une petite culotte, cette nuit. Tu démens ?

– Ton frère avait eu le soutien-gorge. À nous deux,

on va bientôt pouvoir ouvrir une boutique de dessous chic. On cherche une vendeuse. Tu postules ?

– Blague à part, je sais pas ce que tu lui as fait à Rachel, elle est repartie pour le Texas avec la banane d'une oreille à l'autre, elle embrassait tout le monde, elle a tippé le bagagiste vingt euros, les voituriers cinquante euros et Sergei qui l'a reconduite à l'aéroport cent euros. La prochaine fois, on te la recolle. Commence à faire des réserves.

– Je prends quel tacot ? demandai-je en entrant au Starbucks pour m'acheter le cappuccino à emporter qui me revigorerait.

– Tu reprends la 756. À midi, t'as une dispo avec Radivojevic. Chambre 301.

– Il repart quand, Radivojevic ?… Cappuccino, s'il vous plaît, dis-je à la serveuse.

– Dimanche matin… Sacré Jules.

– À tout de suite.

*

* *

Quand j'entrai dans la salle des chauffeurs au deuxième sous-sol du parking, ce fut applaudissements et sifflets de la part de Louis, Kamel, Valentin et Robert. Pas d'erreur, j'étais l'homme du jour.

– Bon, OK, ça va, ça va… fis-je en levant les mains comme un soldat qui se rend à l'ennemi.

Robert, qui était sur le départ, sortit en me prenant le lobe de l'oreille.

– Fils, je suis fier de toi.

– Trop d'honneur.

– Alors ? me demanda Valentin.

– Oui ?

– Ben, raconte. C'était comment ?

Je savais qu'ils allaient plus me lâcher avec ça. Je savais que j'en aurais pour jusqu'à ma mort de cette histoire.

– Comment ça se fait que tu t'es tapé une cliente ? C'est vrai, ça, c'est interdit par le règlement, dit Louis en s'approchant des Dix commandements du chauffeur affichés au mur. Troisième commandement, je lis : « Dans la mesure du possible, le chauffeur devra satisfaire aux demandes de la clientèle si celles-ci ne présentent aucun caractère illégal ou ne sont pas d'ordre sexuel. »

– Elle m'a bourré le slip d'oseille, j'ai pas pu résister, tu me connais, hein ?

– Oh, très bien ! répondit Louis. Et si ça avait mal tourné, qu'elle s'était plainte à la direction ? Risquer ta carrière comme ça, tss, tss… Ah, cette jeunesse !

– T'es marrant, toi. J'aurais voulu t'y voir un peu.

– La culotte, tu l'as accrochée au-dessus de ton lit ? demanda Kamel.

– Hé, les mecs, ça vous ferait rien de m'oublier ?

– Elle est chaude, Rachel ? Elle est chaude comment ? demanda Valentin.

– Je crois que je vais aller chercher ma clé de bagnole, si ça vous fait rien.

Je remontai sur la Place. Poussé par les événements sur le devant de la scène, je n'étais jamais très à l'aise et, en règle générale, je ne trouvais rien d'autre pour me déstresser que de sourire niaisement. Quand j'arrivai dans le hall du Palace, je savais qu'on faisait des gorges chaudes de mes exploits. Même Matt, le boss, me fit la leçon à ce sujet.

– Oh, il n'y a pas de quoi pavoiser, Jules.

– Ben, non, dis-je en ravalant mon sourire niais.

– T'as pas marqué des points, cette nuit. La prochaine fois...

– La prochaine fois, c'est la porte ?

– Il est con, celui-là. Non, la prochaine fois, sois un peu plus discret. Qu'il soit quatre heures du matin, c'est pas une raison pour jeter sa culotte en l'air.

– Hé, c'était pas ma culotte ! En plus...

– Oui ? En plus ?...

– Oh, et puis peu importe.

– Ah, je te jure, y en a pas un pour racheter l'autre.

Mon sourire qui m'avait quitté était passé sur la bouche de Mohamed, qui était appuyé contre son bureau en marbre. Mohamed me coupa la parole avant que je ne la prisse.

– Ah, j'ai rien dit ! s'exclama-t-il en montrant les paumes et en reculant tout le torse.

– La clé de la 756, s'il te plaît, lui dis-je avant d'expirer par les narines, bouche fermée.

*

* *

Radivojevic, je l'avais souvent conduit. Non qu'il fût considéré comme mon client ou que je fusse son chauffeur attitré, mais le fait est que Mohamed, notre dispatcheur, me refilait souvent ce Serbe partageant son temps entre le Palace, la principauté de Monaco et le reste du monde.

– Good morning, Mr Radivojevic, lui dis-je quand il s'approcha de la limo.

– Good morning, Jules, me dit-il. Fouquet's ! ajouta-t-il.

Mention spéciale à Gaspard, le voiturier, qui donna un coup de porte dans le coude de Radivojevic qui, déjà, en temps normal, n'était pas à prendre avec des pincettes. Pas le genre à amener des coussins péteurs aux mariages, si vous voulez... Radivojevic avait cette réputation imagée : là où il passait, l'herbe ne repoussait pas. Je n'ai jamais été vérifier – en même temps, il n'y a pas beaucoup d'herbe à Paris –, mais, d'après ce qui se disait dans les journaux, il avait pas mal de sang sur les mains. Je me souviens d'un article sur lui qui commençait ainsi : « Le caniveau fut son baptistère. » Ça vous situe le personnage. Je connais pas toute l'histoire. Je sais seulement qu'il était né à Sombor, dans le nord du pays, de parents miséreux et qu'il était ressorti très riche de toutes les guerres fratricides et autres nettoyages ethniques qui avaient embrasé la région, tellement riche qu'il avait fait l'objet d'un mandat d'arrêt international, puis les choses s'étaient arrangées pour lui puisqu'il passait à présent pour la plus grosse fortune des Balkans. La légende rapporte que, sur sa route, il en aurait tué quatre ou cinq de ses propres mains, notamment par strangulation à l'aide de fil de fer barbelé, sa marque de fabrique. Paradoxalement, ça n'était pas de l'avoir lui derrière moi qui m'inquiétait le plus mais d'avoir son bodyguard Slobodan à mes côtés. Ce Slobodan faisait très exécuteur des basses œuvres. Il portait la violence d'une veste en cuir – par trente degrés de température, sans doute pour cacher quelque holster – et il avait une tête de mutant, tout en angles, qui gueulait même bouche fermée. C'était une brute microcéphale d'un mètre quatre-vingt-quinze, je dirais. Son visage couturé vous laissait une impression de cyclope car les sourcils se rejoignaient en leur milieu en une arche arc-boutée sur les tempes. Il avait aussi des naseaux de cheval et des grosses gencives qui lui faisaient une bouche de boxeur avec son protège-dents. Le profil était simiesque, un losange incliné vers l'arrière dont les quatre sommets étaient un menton prognathe, le front, le crâne et l'occiput. J'aurais pas été danser le menuet avec lui. Quand il marchait, une raideur de gaucher lui maintenait main, bras, épaule, buste et cou dans le même plan et, à l'arrêt, sa colonne vrillée, ses bras ballants et son regard dans le vague qui auraient pu m'évoquer une statue antique dans un effort de survie, me rappelaient plutôt le tennisman John McEnroe au moment de servir. Il marchait vite, la tête en avant et il ne manquait plus qu'il dît : « Coup de boule, coup de boule ?! » pour finir de vous faire peur. Mais rien ne vous flanquait autant la frousse que ses mains. Il avait des mains comme des pieds, des trucs de primate, poilues, que crevassaient des rides kératosées et qui n'avaient pas besoin de fil de fer barbelé pour vous envoyer ad patres. Robert, qui en connaissait un rayon sur Radivojevic et ses sbires, m'avait dit que, de la Serbie à la Bosnie en passant par la Macédoine, ces mains-là avaient servi dans plusieurs armées, y avaient fait quelques entorses au « Tu ne tueras point ». Understatement. Aujourd'hui, ce bon Slobodan sentait la frite et le vétiver. Il voulut reculer son fauteuil, mais ne trouva pas le bouton correspondant. Je lui dis que c'était le troisième bouton sur le panneau de portière, le lui disant en dressant pouce, index et majeur pour faire le chiffre trois avec les doigts. Mais il était dur à la comprenette. Il était même complètement con, il avait sept ans, ce mec. Son discours était aussi binaire qu'un langage machine : 1, 0, 0, 1, 0, 1, 1, 0.

– The third button, redis-je.

Il avança sa tête en une demande de clarification. Je crus qu'il voulait me donner un coup de boule. Je savais qu'il ne m'en donnerait pas, mais ça fait peur quand même. Je lui balançai mon sourire passe-partout, bien pratique. Lui me balança son sourire « T'es un petit marrant, toi, hein ? », bien effrayant.

– Zašto ?!

– The third button. One, two, three. Three, third.

Il actionna le deuxième bouton, son siège avança, ce qui le fit sursauter. Il actionna le premier bouton, son siège se leva, ce qui le fit grogner, sa tête heurtant le plafond, et cette cruche de Slobodan qui ne lâchait pas le bouton, il avait maintenant la tête qui glissait contre le plafond, son cerveau mit des lustres à établir une relation de cause à effet entre ledit bouton et l'élévation du siège. Il actionna à nouveau le deuxième bouton et, devinez quoi, le siège avança à nouveau, ça a pas changé depuis tout à l'heure, pauvre tache. Finalement, il actionna le troisième bouton et, là, miracle, le siège recula. Ce que je ne vous ai pas encore dit, c'est qu'on était quatre dans la limo. Il y avait aussi madame. Mais on s'en débarrassa rapidement au Fouquet's. Je l'aimais pas, Mirjana Radivojevic. Elle riait pas, elle parlait pas, on voyait jamais la couleur de ses dents. Je pense que, comme le bodyguard, elle n'était pas dépourvue d'une grande bêtise. Je risquai un regard dans le rétro. Radivojevic se tenait le plus loin possible d'elle, dont les coûts de maintenance, coiffeur, manucure, esthéticienne, plasticien, devaient lui pomper les comptes en banque mieux qu'elle ne lui pompait le dard.

**Raptus évité de peu :**

**« Hein, pas vrai, mon vieux Radivojevic ? C'est qu'on en a ramené au Palace, toi et moi, des pompeuses de dard et autrement moins tapées. C'est qu'elle commence à faire un peu tapée, ta Mirjana. Faudra penser à en changer. »**

– Flore ! dit mon client après qu'on eut jeté Mirjana au Fouquet's.

En redescendant les Champs-Élysées, une voiture de flics banalisée nous fila le train. Je les avais repérés au feu rouge qu'ils avaient grillé. J'avais l'habitude avec Radivojevic. Avec lui dans la limo, j'étais toujours sur le qui-vive, d'une part, en raison des flics qui surveillaient chacun de mes gestes, d'autre part, étant donné l'attentat auquel il venait d'échapper au Monténégro (deux morts et deux blessés, eh, quand même). Les Monténégrins avaient moyennement apprécié que mon client ait, disait-on, composé lui-même le nouveau gouvernement, qui était à sa botte et faisait ses quatre volontés immobilières quand il défigurait la côte adriatique en y coulant des kilomètres cubes de béton. Partant du principe qu'on abat toujours le chauffeur en premier car c'est le meilleur moyen de lui demander d'arrêter sa voiture, on comprendra que j'aie été dans mes petits souliers.

Devant le Café de Flore, je descendis ouvrir la portière à Radivojevic qui, je ne vous l'ai pas dit non plus, baragouinait le français.

– Je manger ici. Vous chercher moi dans heure et demie.

– Oui, monsieur. Vous avez mon numéro de téléphone ?

– Oui, moi appeler vous dans heure et demie.

– Bien, monsieur.

Une faim pressante commençait de me picoter l'estomac et, pour ne rien arranger, il fallait que je pisse. Aller pisser dans un café signifiait devoir trouver une place pour se garer, puis s'entendre dire par un serveur acariâtre : « Hé, m'sieur, faut consommer pour utiliser les W.-C. ! » Or trouver une place de stationnement libre dans un rayon de cent kilomètres autour du Flore était pour ainsi dire impossible et, par ailleurs, uriner debout, genoux légèrement fléchis, entre la caisse du véhicule et ma portière entrebâillée comme je le faisais parfois était également impossible sans encourir la disgrâce à mes propres yeux ou une amende. N'y tenant plus, je décidai donc de me fendre de trois euros, coût de la première heure dans un parking en sous-sol dont j'aurais utilisé les W.-C. Mais en dirigeant mes pneus vers le parking que j'avais en tête, je passai devant une benne à gravats en bas d'un échafaudage de ravalement dans une petite rue à sens unique. La benne avait été posée de telle façon qu'il y avait un angle mort entre elle, l'échafaudage et un mur. Warnings. Marche arrière. Parcage sur un bateau devant une entrée d'immeuble. Je courus me soulager entre benne et mur sous l'échafaudage. Ah, c'est un métier…

J'avais aussi en tête une supérette bon marché, un Leader Price rue de Rennes. Mais jouer le stationnement en double file rue de Rennes était périlleux. PV assuré s'il y avait la queue à la caisse. En face de la benne se trouvait un Arabe-du-coin. Il allait me sucer le sang mais je n'avais guère le choix, j'avais faim, j'aurais mangé un ogre. Ça, il pouvait me faire des sourires, l'Arabe, quand je lui donnai seize euros trente pour un litre de gaspacho, du pain complet en tranches, un édam caoutchouteux, des chips au vinaigre et une banane. Je revins sur zone et, sur le boulevard Saint-Germain, trois cents mètres avant le Flore, une place se libéra sous mes yeux incrédules. Je me garai. Je déjeunai au volant en regardant la télé. J'allai jeter les emballages dans une poubelle. Je retournai m'asseoir avec, dans les boyaux, à la place des picotements de précédemment, une sensation postprandiale très valvaire et très déplaisante. J'eus des flatulences. Je pétai et dû ouvrir mes fenêtres pour ne pas incommoder mon client à son retour. Dans le vide-poches, je pris un nouveau roman que m'avait prêté Gaspard le voiturier. Sans déconner, des fois tu te demandes si les écrivains n'ont pas besoin d'écrire des livres pour dire au monde qu'ils ont réussi à comprendre ce que des millions de gens ont compris depuis longtemps sans jamais avoir eu à écrire des livres. Ouais, tu te demandes… Mon téléphone sonna.

– Dans cinq minutes, me dit Radivojevic.

– Bien, monsieur.

Je m'avançai jusque devant le Café de Flore. Et qui ne vis-je pas en terrasse ? Lui que j'étais en train de lire ! La star montante des lettres françaises ! Je rejetai un coup d'œil à sa photo en quatrième de couverture du livre que je venais de ranger dans le vide-poches de ma portière. Oui, c'était bien lui, la coqueluche de Saint-Germain-des-Prés. Radivojevic sortit du Flore, Slobodan regardant de tous côtés.

– Place d'Iéna ! me dit-il en montant dans la limo.

– Ici, en face ! me dit-il une fois que nous fûmes place d'Iéna.

La limo roula jusqu'à un portail en bois surmonté d'une imposte sculptée. Le portail s'ouvrit. Nous étions attendus par deux bodyguards qui hochèrent la tête à mon adresse. La limo traversa un porche, crissa sur une cour gravillonnée, et je compris que je devrais l'arrêter devant un perron moussu sur les marches duquel se tenaient deux autres bodyguards dans des gilets pare-balles et armés de mitraillettes. Je sortis ouvrir la portière à mon client, Slobodan sortit aussi, ils montèrent les marches du perron et entrèrent dans un hôtel particulier. Dans ma limo, je remis l'air conditionné. Ce qu'il faisait chaud. J'avais les bonbons qui collaient au papier. Et j'avais encore envie de pisser. Le gaspacho. Vous auriez uriné devant deux types avec des mitraillettes, vous ? Un peu plus loin dans le parc bellement arboré, deux chauffeurs de limousine parlaient boutique devant leurs Mercedes. Je connaissais l'un d'eux, un Libanais pas très net qui faisait l'intermédiaire pour des Saoudiens. Intrigant et ondoyant, il aurait vendu des peignes à un chauve. Une infirmité psychomotrice l'obligeait à se frotter les mains constamment. Il s'approcha de ma limo en se frottant les mains. Je baissai ma vitre.

– Ça va ? dis-je.

– Salut.
– C'est qui ici ?
– La famille Hariri.
– Un ancien Premier ministre du Liban s'appelait pas Hariri ?
– Rafiq Hariri. Assassiné en 2005. Un carnage. J'ai un cousin paramédic à Beyrouth, il m'a dit qu'il y avait des bras jusqu'à un kilomètre du cratère de l'explosion. Et toi, tu chauffes pour qui ? Pour le Palace, right ? me demanda-t-il en se frottant les mains.
– Le Palace.
– Et t'es avec qui ?
– Courgettevojevic. Un Serbe.
– Jamais entendu parler.
– Rassure-toi, lui non plus, il a jamais entendu parler de toi.
– Je capte pas.
– Ah, c'est pas dans le manuel, c'est pour ça ?
– Je comprends toujours pas.
– Oh, je m'attends pas à ce que tu comprennes.
– C'est quoi, ton problème ?
– Les Saoudiens que tu nous piques. Au Palace, on n'aime pas qu'on nous prenne nos clients.
– فوكوف.
– Surveille ton langage.
– Hé, le roumi, on t'a jamais dit que t'as une tête de pédé ?
– Un ange passe…
– الخديعهمثلياالجنس.
– Moi aussi, quand je suis en colère, je dis n'importe quoi.
– Ah, le trouduc.

– Moi, un trouduc ? On vous aura mal informé.

– Vas-y, descends. Viens, on va s'expliquer là-bas derrière.

– C'est ça, va voir ta mère, elle t'a fait un flan.

Je remontai ma vitre en ne le quittant pas des yeux, un bras de fer avec les yeux. Ses lèvres bougèrent encore quand il rejoignit l'autre chauffeur, qui avait également une bonne tronche de Libanos. J'appelai Robert.

– Tu peux parler ?

– Hey, partner, comment va ?

– Tu te souviens du Libanais qui se frotte les mains, celui qui t'a piqué ton client saoudien ?

– Putain, si je m'en souviens…

– Je viens de l'envoyer chier.

– Ah, merci. Tu sauves ma journée, petit !

– Mauvaise journée ?

– Putain que oui. Trois aéroports, zéro de pourboire.

– Y a des jours comme ça où tout vous sourit.

– Quelle chaleur ! Ah, et puis j'ai envie de pisser et je suis coincé en double file rue François-I^er^.

– Moi aussi, faut trop que j'aille pisser et deux mecs avec des mitraillettes m'en empêchent.

– T'es où ?

– Je te raconterai.

– Tu fais qui ?

– Radivojevic.

– Slobodan ?

– Toujours aussi épais.

– Mes clients sortent de chez Dior, ciao ! Encore

merci pour l'autre peigne-cul de Libanais, ça lui fera les pieds.

Sur les pelouses, une pie allait clopin-clopant devant sa longue queue qui donnait l'impression qu'elle marchait les mains dans le dos comme un surveillant entre les tables des élèves penchés sur leur examen. Après, je ne me souviens plus bien sinon que j'attendis des heures, ou ce qui me sembla des heures. Les autres font et défont le monde, et toi, pendant ce temps, t'attends comme un con. Je dormis. De ces siestes, je me réveillais dans un sale état, je croyais mes yeux tirés de l'intérieur, dix kilos attachés à chaque nerf optique, des courbatures de deux cent vingt volts me cisaillaient les cuisses, ma mandibule était corrodée et toute l'huile de la Shell n'y aurait rien pu, une mare de salive devait croupir dans une dent creuse pour qu'il y eût un tel goût de mort dans cette bouche... Slobodan et Radivojevic réapparurent en haut des marches accompagnés par une fille très belle qui, je finirais par le savoir, était la plus jeune milliardaire sur cette terre. Pas facile pour elle de se marier. Aucun homme n'aura un palais plus grand que le sien et tous lui paraîtront intéressés par son argent. Paula avait raison, quel tue-l'amour, l'argent... Radivojevic descendit les marches. Je sortis lui ouvrir la portière, la refermai, me mis au volant, démarrai.

– Hermès !

– Bien, monsieur.

Je déposai Radivojevic et Slobodan devant Hermès. Car la rue du Faubourg-Saint-Honoré est à sens unique et qu'il est toujours hasardeux de tenter une marche arrière dans une rue à sens unique un vendredi quand la frénésie du week-end accapare Paris, je fis un tour du pâté de maisons, rue Royale, place de la Concorde, avenue Gabriel, avenue de Marigny, rue du Faubourg-Saint-Honoré, qui me rappela Rachel Mitchum-Amsellem. Je me garai en double file, deux cents mètres avant Hermès. Je repris le roman dans le vide-poches de ma portière, n'arrivai pas à le lire. Le besoin de l'auteur d'être en résonance avec l'époque finissait par le faire sonner creux « et finit même par faire sonner mon téléphone », aurait-il très certainement écrit.

– Nous sortons, me dit Radivojevic.

– Bien, monsieur.

Radivojevic et Slobodan étaient là, sur le trottoir. Slobodan avait des sacs Hermès au bout de ses mains comme des pieds. Quand Radivojevic fut derrière, Slobodan fut devant et les sacs furent dans le coffre, nous repartîmes.

– Palace ! dit Radivojevic.

Mais nous fûmes pris dans un embouteillage. Un embouteillage à n'en pas finir. Un truc de dingue. Je vis un passant s'arrêter sur le trottoir, il regardait dans la limo, la scrutation lui plissait les paupières, lui allongeait les lèvres, et son menton pointait vers nous. Il approcha de ma vitre. Tout alla très vite. Slobodan, si déférent envers son boss, ne lui demanda pourtant pas son avis pour passer son immense bras entre les fauteuils avant, le bras attrapa Radivojevic par le colback, l'arracha à la banquette, le renversa cul par-dessus tête et lui aplatit le nez sur les tapis de sol. De la main de l'autre bras, Slobodan sortit un flingue de sous sa veste en cuir.

– Hé, je suis Hector. Ton voisin, Hector… me disait le type dehors.

– Slobodan. It's nothing. It's a mistake. Keep quiet, dis-je au garde du corps.

Avec les vitres fumées, le type dehors ne voyait pas le flingue de Slobodan que, moi, je voyais très bien : je l'avais sous le nez. Mazette ! Et les flics dans leur voiture banalisée, ils sont où quand on a besoin d'eux ?!

– Hector. Hector Mercalo. Ton voisin. Tu me reconnais pas ?! disait le type dehors.

Hector était mon voisin du temps où j'habitais avec Paula. Il s'incrustait chez nous parce qu'il craquait pour Paula. Il lui envoyait des textos enflammés, le salopiaud. De son côté, Paula le trouvait lourdaud et envahissant comme la Castafiore d'Hergé. Mais elle s'en servait pour réparer la machine à laver ou monter un meuble en kit pendant que je faisais des journées de vingt heures au Palace. Hector était maçon. Il était en tenue de travail, des crottes de ciment sur ses avant-bras crayeux. Son chantier devait être à proximité et il avait été s'acheter une canette de soda qu'il tenait à la main.

– Tu m'en veux, c'est ça ?… OK, j'insiste pas. Juste pour que tu saches, j'ai envoyé des textos à Paula, mais j'ai rien tenté avec elle.

Hector Mercalo. Un sacré phénomène. Il était venu un jour sonner chez nous avec son ordinateur. Il voulait que je l'aide à brancher des filles par internet, pensant – je le supposai – que ça aiguiserait la jalousie de Paula. Il avait pris Bisounours comme pseudo et lui en survêtement debout sur son lit comme photo. Avec ce pseudo et cette photo, les nénettes auraient eu peur de se retrouver en morceaux dans une cave en moins de deux. C'est ce que j'avais tenté de lui expliquer en lui disant : « Sur ton profil, tu peux aussi écrire que t'aimes les combinaisons orange et les chaînes aux pieds, qu'est-ce que t'en penses ? » Je ne pus rien obtenir de mieux de lui qu'Hector Berlioz comme pseudo et, comme photo, lui assis sur son lit faisant le yo des rappeurs avec les doigts. Pourquoi Hector Mercalo tenait-il tant à ce qu'on voie son lit sur sa photo ? Cette énigme me hantera jusqu'au tombeau.

– Monsieur Radivojevic, dites à Slobodan que c'est rien ! C'est juste quelqu'un qui fait une erreur ! Qu'il range cette arme !

– Izvući napolje vaši pištolj ! dit Radivojevic en se rasseyant sur la banquette arrière.

Slobodan rengaina son flingue dans son holster.

– OK, j'insiste pas, dit le type dehors en abandonnant la partie. Allez, salut, Jules, à la revoyure !

J'avais pas l'air con maintenant qu'il avait prononcé mon prénom.

– Excusez-moi, monsieur Radivojevic. Hector est mon ancien voisin et je...

– Palace !

– Bien, monsieur.

Déjà que sourire, il avait un peu de mal, Radivojevic, là, c'en était fait de mes chances de lui détendre le string et de le mettre en condition pour le pourboire. Mon téléphone sonna. Mohamed.

– T'en es où ?

– On est là dans deux minutes.

– ¡ Bueno ! Ta voiture est propre ?

– Oui.

– Tu repars tout de suite. Mr Novacek. Chambre 510. Il veut une petite balade dans Paris. T'en as pour une heure et demie parce qu'il faut impérativement qu'il soit de retour à dix-huit heures trente et, toi, ça te permettra d'enchaîner direct sur la courtoisie à dix-neuf heures. Demain matin, tu prends encore la 756. T'as une arrivée à huit heures vingt à CDG avec Mr Gonzales, je t'ai tout texté, heure, provenance, numéro de vol, terminal. Mais, pour l'instant, Mr Novacek, chambre 510 !

Nous arrivâmes à l'hôtel.

– Merci, me dit Radivojevic en sortant de voiture devant le Palace.

– Bonne soirée, monsieur.

Je n'eus même pas le temps de contrôler l'état de propreté de la limo que Gaspard, le voiturier, m'amena les Novacek, un couple et leurs deux enfants, deux garçons. Lui avait mon âge ou un peu plus, elle avait trente ans à tout casser, le grand des deux mômes avait la huitaine et son petit frère, six, huit mois. Gaspard apporta avec lui un siège-bébé que nous installâmes à l'arrière avant que mes clients n'y prissent place. Gaspard ouvrit les portières d'une main en soulevant sa casquette de son autre main. C'était une indication à ne pas négliger car un soulever de casquette par un voiturier ou un voiturier qui tenait un parapluie au-dessus d'un client alors qu'il ne pleuvait que trois gouttes signifiait souvent que le client était « un bon », un bon tippeur.

– Hi, my name is Jules. How are you today, Sir ?

– Hi, Jules. My name is Brett. This is my wife, Jessica.

– Hi, Jules.

– Ma'am.

– And this is our sons : Connor and his little brother Colin.

– Hi, Connor ! Hi, Colin !… Sir, I've been told you'd like to go for a ride around town, a quick one cause you must be back at the hotel by 6.30 PM. Am I wrong, Sir ?

– Right on, Jules ! Thanks.

– You're welcome, Sir.

Je fis deux fois le tour de la place de la Concorde en leur expliquant tout bien, Louis XVI et Marie-Antoinette guillotinés, l'Obélisque. Ensuite, le Louvre, l'Opéra, la Madeleine. Les Champs-Élysées n'étant pas embouteillés, nous les remontâmes. Lui était chercheur dans les bionanotechnologies, elle, mère au foyer. Ils habitaient Atlanta et voulaient cinq enfants. Lui avait un appendice nasal comme un beaupré, oblique, long et pointu. Son ton et son attitude étaient très polis mais décontracts. Elle, n'étant pas dans le champ de vision de mon rétroviseur intérieur, je ne pus regarder son visage, seulement son bébé. Un paquet de cheveux rebiquait sur sa tête de diablotin, une tête ronde, tête au compas avec en son centre une attendrissante truffette, excroissance diaphane sur laquelle la plus petite paire de lunettes n'aurait pu tenir. Ses pieds et ses mains battaient l'air, il ne cherchait pas à s'envoler mais on sentait qu'il n'avait qu'une hâte : saisir la vie et la secouer pour voir ce qu'il y avait dedans. En verrait-il des horreurs dans cette vie ! Des horreurs comme les yeux tristes d'Adrian Dobbs ?… Parfois, sa mère se jetait sur lui, le mangeait de baisers, alors, Colin se figeait dans une position d'aguet, puis se remettait à battre l'air des pieds et des mains. Moi aussi, j'aurais aimé manger un bébé de baisers et mes pensées se perdirent du côté de la rue Berthe où, la semaine dernière encore, Paula et moi habitions et parlions d'enfants… Connor, l'aîné des moutards, demanda à grands cris à écouter la musique du dernier Disney. Je ne coupai pas à une heure de musique Disney, mais la mère m'évita le nettoyage du vomi qu'elle retira en se servant de lingettes et d'eau en s'excusant cinquante fois. Parce que Connor trouva le moyen de vomir ses macarons, un gloubi-boulga vert d'eau, la couleur des célèbres macarons Ladurée à la pistache qu'il boulottait depuis le départ. Aux feux rouges, on faisait pas très Palace avec Mickey et tous ses amis chantant dans la limo dont nous avions descendu les vitres à cause de l'odeur. Dans mon rétro, un épais liquide (morve ? dégueulis ?) s'écoula du nez de Connor qui l'aspira. Du producteur au consommateur. Faites des enfants…

– Behave ! lui dit sa mère en le secouant au moment où il aspira ses déjections nasales.

Nous arrivâmes place de l'Étoile.

– And this is the Arc de Triomphe, dis-je. It was commissionned by Emperor Napoleon The First in 1806. Then it took thirty years to…

– Oh, my !… Jules, we've got a problem. Another one, me dit Novacek.

– Sir ?

– Could you stop anywhere right now ?

– Of course, Sir.

– Colin has… I mean, we must change his diaper[1].
– Oh, I see. I perfectly understand.

Il me semblait bien. Cette nouvelle petite odeur qui rôdait dans l'habitacle depuis le Lido, recouvrant celle de vomi, fallait bien qu'elle vienne de quelque part. Avenue de Friedland, j'arrêtai la limo sur le côté. Colin avait la colique. Brett m'expliqua que le gosse n'avait pas chié depuis Atlanta, qu'ils avaient été inquiets, qu'ils étaient désormais rassurés. Dès qu'ils montent avec moi maintenant, les mômes chient ou vomissent, y a un truc là-dessous, me dis-je. Paula ou Adrian Dobbs auraient-ils maraboutés ma limo en faisant mettre des pattes de poulet dans les garde-boue ?… La mère ouvrit sa portière, descendit sur le trottoir, coucha Colin sur une couverture molletonnée qu'elle venait d'étendre sur la banquette arrière, elle essaya de changer le bébé mais ça n'était pas pratique pour elle, le trottoir étant trop haut.

– OK, I need to do this somewhere else.
– The trunk ? What say you ? suggérai-je.

Je descendis et nous nous retrouvâmes tous les trois debout devant le coffre ouvert où avait été allongé Colin, qui commença à en avoir marre d'être pris et posé, ici, puis là, et se mit à pleurer. Si j'ai entendu quelque chose de strident dans ma vie, ce fut Colin qui chiale. Sa luette jetait des éclairs en ressemblant à une poire de frappe qu'aucun champion du monde de boxe ne mettrait jamais HS. La mère ouvrit la couche. Ah, il faisait pas dans la nuance, le petit enfoiré. C'était liquide en plus. Comment tout cela avait pu sortir de

1. On doit changer sa couche.

cet homoncule ? L'affaire s'annonçait difficile. Surtout que la mère avait l'air godiche. C'était une fille qui parlait sans reprendre respiration pour ne dire que des inepties. Elle riait bêtement en voyant l'Obélisque et devait mettre des « LOL » partout dans ses courriels, « Oh, ben, LOL alors ! ». Elle était petite et baraquée, petite mais avec un de ces bassins de pionnière, large et confortable, qui pondent des garçons qui feront deux mètres. Elle avait les traits acérés d'une descendante des Vikings, qui arrêtaient la lumière brutalement, je voyais bien dans sa lignée une paisible paysanne des Midlands, inculte et boiteuse, se faire violer par un grand Viking sale et poilu qui avait été son arrière-arrière-arrière-etc.-grand-père. Finalement, pas si godiche que ça, la Jessica. En un tournemain, elle vous changea le Colin en lui faisant des risettes qui arrêtèrent ses pleurs, merci, Jessica, merci. On réinstalla le môme dans son siège-bébé et nous voilà repartis dans Paris. Cinq minutes que nous étions repartis et Colin repleura. L'heure de la tétée. La mère colla l'enfant à son sein dont, à mon grand regret, je ne pus décemment pas juger de la grosseur. Mais je pus entendre les suçotements gargantuesques de Colin. Ce bébé tétait comme un assoiffé et pétait comme un guerrier, il serait flic ou charpentier et, le week-end, rugbyman ou alcoolique. Je les ramenai tous les quatre à l'hôtel pour dix-huit heures trente, comme prévu. Dix-huit heures trente et aucun pourboire au compteur : à soixante-dix à l'heure entre les deux alignements de bornes de la contre-allée qui menait au Palace, j'étais assez cafardeux, très down. Je rasai la rangée de poteaux devant la façade de l'hôtel. Décliper sa ceinture d'une main.

Déverrouiller la condamnation centralisée des portières. S'arrêter sans brusquerie. Mettre la voiture en position parking. Couper les gaz. Courir ouvrir la portière aux clients.

– Sorry, again for our sons being sick. Five days since the baby had been constipated.

– Sir, my limo is known to be the best laxative in town[1].

– I saw that ! It was a real pleasure, Jules, me dit Brett en me collant dans la main ce que je vis être cent dollars.

J'avais trop envie de savoir combien c'était. Mais ça ne se fait pas de baisser les yeux sur un pourboire qu'on vous donne. Le pourboire est fait du prince, il n'est pas discutable. En contrôler le montant au vu et au su du prince équivaut à le discuter symboliquement.

– Thank you, Sir.

Jessica sortit Colin de son siège que je rendis à Gaspard.

– Say bye-bye to Jules, lui dit-elle.

Colin était d'une pureté fracassante et me regardait. Les bébés ont toujours la lèvre supérieure rattachée par le milieu à un fil de pêche qui pend au ciel. On pourrait croire qu'ils sont en position de tétée et on se sent tous une mère. Ainsi était ce bébé sur la poitrine de sa petite maman, bouche ouverte en bec de canard, ou peut-être qu'à cet âge, a-t-on tellement besoin d'oxygène pour se construire qu'on doit aussi respirer par la bouche et l'ouvrir, ou peut-être tout simplement que ses voies nasales étaient encombrées. Mais ce qui

1. Ma limo est connue pour être le meilleur laxatif de Paris.

est sûr, c'est que Paula aurait autant mérité que Jessica de l'avoir dans ses bras.

*

* *

– T'as fait quoi aujourd'hui ? me demanda Robert alors que j'entrais dans la salle des chauffeurs au deuxième sous-sol du parking du Palace.

– Dispo de cinq heures avec Radivojevic. Dispo d'une heure trente avec les Novacek, un couple d'Atlanta avec deux mômes.

– T'as pris combien ?

– Rien sur Radivojevic. Cent dollars sur Novacek.

– Radivojevic, c'est normal qu'il t'ait rien donné. Il donne à la fin de son séjour quand tu le reconduis à l'aéroport, me dit Valentin.

– Je sais. Mais, psychologiquement, ça te sape le moral quand tu ramènes un client et qu'il te file rien.

Je déverrouillai mon casier, y pris ma tablette de chocolat, en mangeai deux carrés.

– Jules, je t'avais dit que Valentin balancerait Kamel au boss au sujet du fait qu'il raconte tous les jours aux clients du Palace que c'est son anniversaire.

– Oui.

– C'est fait, me dit Valentin d'une voix désincarnée. Ça sera pour toutes les fois où il nous a mouchardés au patron ou aux concierges.

– Ça a donné quoi ?

– Rien. Matt m'a répondu qu'il s'en occupait. Mais il s'en occupera pas. Lui et Kamel sont cul et chemise.

Moi, j'accepte pas que cette enflure de Kamel s'en tire avec une tape sur le poignet.

– Ouais… fis-je.

– Pas toi ?

– Si, si.

– Également, je t'avais dit que Kamel reverserait une partie de ses pourboires au dispatcheur en échange de bons clients que le dispatcheur lui attribuerait ? poursuivit Robert.

– Oui.

– Je t'avais dit que Valentin en aurait bientôt la preuve.

– Oui.

J'aimais beaucoup Robert, mais il me tapait sur le système avec sa façon de me parler en regardant partout ailleurs, comme les gens qui médisent à l'oreille de quelqu'un pendant un cocktail. Merde, nous n'étions que nous trois dans cette pièce, pourquoi il faisait ça ?

– Hier, Mohamed a passé un bout de temps dans la salle des chauffeurs avec Kamel. Valentin avait placé un micro dans son casier. Il a enregistré leur discussion. Notamment ceci. Musique, maestro !

Valentin appuya sur des touches de son smartphone, duquel sortirent les voix de Kamel et de Mohamed :

– *… était dans ma limo. J'ai pris un pourliche de deux cents avec les sœurs Eldermann, j'ai pris trois cent vingt sur Nishiwaki et j'ai rien pris avec les Ortolani.*

– *Ah, bon ? Je pensais que c'étaient des bons, les Ortolani.*

– *Non, des gros rapiats. Donc, Mohamed, je te dois… Deux cents plus trois cent vingt que divisent quatre, soit… cent trente. Tiens, les voilà, recompte si tu veux.*

*– J'ai un autre client pour toi lundi, Kamel. Un Hollandais. Van Daelenbroek. J'en ai parlé à Tiburce et il m'a dit que c'était un bon.*

– C'était la blague du jour ou comment vous vous la laissez mettre profond sans vaseline et en disant merci en plus ! Chers auditeurs, restez à l'écoute, nous poursuivons nos programmes après une petite page de publicité, dit Robert.

Trop, c'est trop, me dis-je. Paula que j'avais quittée, Adrian Dobbs que j'avais fait chanter, mon découvert bancaire, mon crédit, ce métier d'esclave, pas dormi huit heures depuis deux semaines, mal déjeuné ce midi, mal au dos, mal à la tête, j'avais pas besoin d'une mutinerie en plus. Cette conjuration de chauffeurs de limousine était foireuse. Tout était foireux. Nos costards, nos cernes, notre rapacité, nos gourbis, nos loisirs, nos pleurnicheries, nos espoirs, foireux, tout.

– Vous voulez du chocolat ? Je vous en ai pas proposé, dis-je mais ne croyant pas un seul instant parvenir à dévier la conversation.

– Deux bougnoules qui t'empapaoutent, c'est tout ce que ça te fait ?!

– Sincèrement, Robert, je me serais passé de ça dans le décor. Mais, écoute, je m'en soucie comme de ma première chemise.

– Quoi ?! fit Robert en se levant d'un bond de sa chaise, ses genoux heurtant la table et la décollant de dix centimètres du sol.

C'était à se demander s'il n'y avait pas sous la table un atelier clandestin de nains qui fabriquaient des chaussures tant les siennes, brillantes, propres, paraissaient avoir été fabriquées il y avait une minute à peine.

– Robert, tu fais pas le poids. Tu n'y pourras rien changer. La vie, c'est pas de bras, pas de chocolat, la vie est injuste, injuste est la vie, mais laissez-la vivre. Tu joues, tu gagnes, tu perds. Kamel a joué, il a gagné. C'est de bonne guerre. Tu ferais pareil à sa place. Si tu prétendais le contraire, tu serais le voleur qui crie au voleur. Qu'est-ce que tu veux que je te dise ? Je vous suis pas, les mecs. C'est quoi, le but ? Qu'on fasse un pogrom ? Une reconquista ? Vous aimeriez que je vous dise que Kamel et Mohamed sont que des saletés de bougnoules ? C'est pas l'envie qui m'en manque, alors, OK, c'est des saletés de bougnoules. Ça change quoi, tu vas me dire ? Ils sont qui ils sont, prenons-les comme ils sont, ils ont pas que des défauts. Comme disait ma grand-mère corse : « Même une horloge arrêtée donne l'heure deux fois par jour. »

– S'il n'y avait que le favoritisme racial de Mohamed pour Kamel ! Il y a aussi le fait qu'on n'a pas été augmentés depuis trois ans ! Trois ans qu'on a la même grille tarifaire ! Et toutes les heures de stand-by que Matt nous paye pas ! Et les rayures sur les bagnoles qu'il nous fait payer parce qu'il magouille avec l'assureur ! Matt est un exploiteur !

– Tu mords pas la main qui te donne à manger.

– Un despote !

– Tu pousses pas un peu, non ?

– Sergei, Valentin et moi, on a décidé d'intenter une action en justice contre Matt et le Palace. T'es avec nous ?

– Mais arrête un peu ton cinoche. Ils vont t'écraser. T'auras pas le temps de dire ouf, tu seras déjà tout raplapla, faudra t'hélitreuiller pour te sortir de tes belles chaussures.

– Si tu n'y vois pas d'inconvénient, j'aime pouvoir encore me regarder en face dans la glace le matin.

– Mais c'est la vérité, Robert. Ils ont des avocats, des réseaux, des moyens en comparaison desquels tu n'es qu'une goutte d'eau dans l'océan. Conseil d'ami : cesse de te monter le bourrichon. Laisse couler, je te dis.

Il se mit un majeur et un index dans les narines, me signifiant qu'il gagnerait ce procès « les doigts dans le nez ».

– Ah, mais faut le vivre, hein ! dis-je en me retournant vers Valentin, impassible.

Je ne voulais pas me brouiller avec Robert. Alors je le laissai vider son sac. Il parla vingt minutes sans discontinuer, débagoulant sur un nombre inquantifiable de gens dont la liste non limitative serait : Kamel, Mohamed, Louis, Matt, le Pacha, le prince Charles, Sarkozy, Bush. Tout ceci dans de ces hurlements ! Il ouvrait grand la bouche et je crus qu'entre l'air et la bave qui en sortaient, il allait nous faire des bulles. À mon niveau, ça rentrait par une oreille, ça ressortait par l'autre. Mais ça lui faisait du bien, alors…

– Ah, ça, mon vieux, il a fallu le baisser le pantalon, et pas que pour chier ! conclut-il.

Il y eut un long silence.

– Messieurs, sur ces conneries… dit-il en rangeant sa chaise bien sous la table. Je vous salue bien. Je vais manger un morceau au Corsaire.

Il sortit. J'avais devant moi Valentin de Beauvoir, ancien GO au Club Med autobronzé, stérile et échangiste. À son funeste contact, une mélancolie me gagna par capillarité. Tout bien considéré, je n'avais pas beaucoup plus à lui dire à lui qu'à Sergei. Si je discutais fringues et voyages, ça pourrait le faire. Commençons par le chocolat, puis glissons habilement vers les fringues et les voyages, me dis-je.

– Tu veux pas de chocolat ? Parce que, sinon, je le range.

– Non, merci.

Je rangeai la tablette dans mon casier. Il se leva.

– Bon, moi aussi, je vais au Corsaire.

Soulagement. Il sortit. Je m'assis devant la longue table au centre de la salle des chauffeurs, y pris un magazine satirique, le feuilletai, il y avait un dessin du Christ avec un crucifix dans l'anus. Je pris un magazine pipole, le feuilletai, il y avait des trombinoscopes dans lesquels on a le champagne à la main et on est copain avec tout le monde. Louis entra.

– Alors, ça boume ? demandai-je.

– J'ai eu des jours meilleurs.

– Oh, toi, ça va pas. Qu'est-ce qui va pas ?

– Le dispatcheur ne m'attribue que des Classe E !

– Louis, Mohamed m'attribue des Classe S en ce moment, mais, cet hiver, t'as oublié, mais souviens-toi, cet hiver, il me filait que des Classe E. En plus, je veux pas dire, mais c'est pas parce que l'heure de Classe E coûte moins cher que le client qui la loue a moins d'argent et te lâchera un moins gros pourboire. C'est qu'à la réflexion, avec des Classe E, j'ai ramassé des gros pourliches, tout cet hiver.

Je mentais un peu, un peu beaucoup même, car tant que les autres avaient des Mercedes Classe E, j'avais plus de chances d'avoir des Classe S. Sur le plan des emmerdes, j'avais atteint ma masse critique.

– Y a pas que ça, Jules. J'ai eu un accrochage, cet après-midi.

– Zobi.

– J'ai des éraflures sur tout le côté droit. Matt m'a dit que ça me coûterait environ mille euros.

– Ah, là, là.

Je compatissais à son découragement puisque Louis était mon pote, un pote de quatre ans jours et nuits. Il n'en est pas moins vrai que m'apitoyer sur le sort de mon prochain me faisait m'oublier. Il n'en est pas moins vrai aussi que, cet accrochage somme toute de peu d'importance, sans rendre ma situation préférable, la rendait par moins catastrophique. C'est pas qu'on se réjouisse du malheur des autres, mais on se sent moins seul.

– Ces mille euros qu'il me réclame, c'est la goutte d'eau qui fait déborder le vase. Je vais me joindre à Robert, Sergei et Valentin dans leur procès contre le Palace et Matt. Tu te mets avec nous ?

– Mercredi, tu m'as dit que tu n'étais pas procédurier.

– Je t'ai dit, je t'ai dit… J'en ai ma dose, Jules, tu comprends ?

– Allez, Louis, on va y arriver, on y croit.

– Tu fais quoi, là ?

– La courtoisie. Dans quinze minutes. Toi ?

– Je fais la permanence. Avant, je vais m'acheter un panini. Tu viens ?

Je regardai sa peau. La dépression lui irritait le cou, lui crépissait les joues.

– Non, je vais regarder la télé.

Louis sortit. J'allumai la télé, zappai. Kamel et ses airs faux cul entrèrent. Il se tenait le ventre. Il grimaçait. Il s'assit en face de moi.

– Ça va pas, toi aussi ? dis-je.

– Je suis ballonné... Mec, si je pète, y a tout qui part avec.

Je ne sus quoi répondre à ça. Alors je me tournai vers Dieu qui, lui non plus, ne sut quoi répondre. Ainsi, le Tout-Puissant et moi, nous nous regardâmes longuement, plus vexés qu'interloqués de ce que le premier trou du cul venu pût nous couper le sifflet.

– T'as déjà remarqué qu'on peut pas péter sur ces chaises ? me demanda Kamel.

– Question d'angle.

Il souleva une fesse, ferma les yeux et la bouche.

– Ah, non ! dis-je, car c'était un redoutable pétomane dont les vapeurs méphitiques vous gâtaient l'appétit pour la journée.

Je l'avais surnommé « Zyklon K ». Il rouvrit la bouche, sa gorge émit un râle.

– Eh, Kamel, t'es pas au bled. Va faire ça dans le parking.

– Y a rien qui sort... Ça m'aiderait pourtant si ça sortait.

– Et moi, ça m'aiderait que t'ailles faire ça dans le parking.

– Qu'est-ce que je suis ballonné... Des nouvelles de Paula ?

– Non.

– C'est fini avec elle ?

– Tu le sais que c'est fini avec Paula. Pourquoi tu demandes ?

– T'es libre comme l'air ?

– Ne parlons pas d'air quand t'es là, ça pourrait t'inspirer.

– Tu devrais porter une alliance. Quand j'étais célibataire, j'en portais une. J'en ai baisé plein comme ça. Une alliance, ça attire les femmes. Elles se disent : « S'il est pris, c'est qu'il est bien. » Ou : « S'il est marié, il a pas la chtouille. » Ou elles trouvent ça excitant de détourner un homme du droit chemin, juste pour le sport. Enfin, tu vois.

Il péta à tout rompre en gémissant De profundis, gémissant plus fort que si on l'occissait avec une dague.

– Classieux, dis-je. Tu t'en serais bien sorti à la préhistoire, toi.

Ça sentit.

– T'as mangé un cimetière, ma parole !

– Je suis malade, Jules. Sois gentil, mon frère.

– À ce niveau-là, c'est plus malade qu'on est, c'est putrescent.

Je me levai pour bloquer la porte en position ouverte avec un aspirateur et ventiler la salle des chauffeurs. Je fis quelques pas dans le parking.

– T'es pris, ce soir ? me demanda Kamel.

Marchant entre les limos, je feignis de ne l'avoir pas entendu. Il roulait pour le patron, et plus si affinités. J'allais pas non plus lui servir la soupe, à cette balance. Et puis je ne supportais plus ses montres à dix mille dollars payées cinq cents. J'entendis un crissement de pneus et de la musique écoutée fortissimo que tamisaient les vitres remontées d'une voiture de luxe. Les grilles automatiques du parking du Palace s'ouvrirent et Günter, dit le Schmidt, dit DPVDLT, passa à fond la caisse au volant de sa limo qu'il gara à sa place. Günter descendit de véhicule. Je m'approchai.

– Le Schmidt. Ah, ça faisait longtemps ! Ça va ?

– Ja ! cria-t-il. J'ai pris deux...

– Bonjour quand même, dis-je en lui tendant la main qu'il saisit rêveusement.

– Ah, oui, bonjour, bonjour. J'ai pris deux cents de pourboire. Je suis content.

– Ah, ben, si t'es content, je suis content.

– Non, mais c'étaient des bons clients que j'avais aujourd'hui. M. et Mme Takahashi. Des Japonais, ja, ja. Je leur ai fait une excellente visite guidée de Paris. Je connais toute l'histoire de Paris maintenant. Les clients étaient très étonnés. Un Allemand qui connaît toute l'histoire de Paris, ils étaient étonnés et ils m'ont invité à déjeuner avec eux à midi.

Il riait comme un enfant.

– Où vous avez graillé ?

– Ja, ja, ils m'ont invité au restaurant.

– Oui, ça, tu viens de me le dire. Mais où ? Où ?

– Ah... À L'Ami Louis. T'as déjà mangé là ?

– Oui, des clients brésiliens m'ont invité un soir.

– C'est très bon. Les serveurs sont très gentils. Les hors-d'œuvre sont délectables. Je pense que mes clients étaient très contents de ma visite guidée de Paris, c'est pour ça qu'ils m'ont invité à L'Ami Louis.

– Et pour mettre l'ambiance aussi.

– Tu crois ?

– Complètement.

– Ach ! Je suis content. J'ai fait une excellente visite

guidée. J'ai gagné deux cents euros de pourboire. Je suis content, oui.

Robert revint avec un sandwich.

– Le Schmidt ! Comment il va, le Schmidt ? lui dit-il.

– Ah, bien. J'ai fait une visite guidée de Paris avec des Japonais, monsieur et…

– Non ! l'arrêta Robert en levant la main.

– Was ?!…

– Faut pas me parler quand je mange. C'est pas bon pour ma digestion.

– Ja, je vois, ja, ja, d'accord.

Günter se dirigea vers la salle des chauffeurs, monologuant, poulopant et clopinant raide comme un bâton dans son falzar à revers en laine de lama.

– Tu sais que Louis a bugné sa limo ? dis-je à Robert.

– Pauvre Louis. « Si c'est comme ça, moi, je reprends un Pépito », dit Robert en frétillant du croupion pour caricaturer l'homosexualité de Louis.

Il avait forcé le trait, cependant Louis frétillait effectivement du croupion lorsqu'il était à cran. Valentin nous rejoignit.

– Et toi, tu sais que les clients de Günter l'ont invité à déjeuner ce midi ? me demanda Robert.

– À L'Ami Louis, ouais, il vient de me l'apprendre.

– Je connais bien le patron, c'est un pote.

– Le petit chauve ?

– Ouais. Il m'appelle vers les trois heures. Il me dit : « C'est vraiment un mec de chez vous, ce chauffeur allemand ? » Je lui dis : « Günter ? » Il me dit : « Un grand blond avec une coupe de cheveux moyenâgeuse ? » Je lui dis : « Oui, pourquoi ? » Il me répond :

« J'ai tout eu dans ma carrière, mais, ça, jamais ! Robert, là, votre Allemand est assis à l'envers sur sa chaise, il s'est fait un guidon avec son couteau dans une main, sa fourchette dans l'autre et il fait le bruit d'une moto avec sa bouche. » « Quoi ?! », je lui dis. « Robert, là, il explique à ses clients qu'il était sur sa Harley au Salvador et il y avait des Maras qui le poursuivaient en lui tirant dessus pour lui voler sa moto. C'est quoi des Maras ? » « Et les clients, ils disent quoi, les clients ? », je demande. « Ils sont écroulés de rire. Un couple de vieux. Des Japonais. La quatre-vingtaine mais bon pied, bon œil. Bon coude aussi, qu'ils lèvent bien haut. Deux bouteilles de champagne à deux. L'autre soir, j'avais les Clinton à la table à côté, je l'ai échappé belle. Tu vois Hillary dînant à deux mètres de ce zigoto ? »

– Il nous les aura toutes faites, dis-je. Comme la fois où il a demandé : « Alors, comment il va, tonton Oussama ? », à la nièce de Ben Laden. Qui parlait français.

– Ou la fois où il a demandé à Jean-Claude Van Damme de lui faire un coup de pied circulaire ! me dit Valentin.

– Ah, ouais, j'aurais voulu voir ça : Van Damme apprenant au Schmidt le karaté sous hypnose sur la Place ! dis-je à Valentin.

– S'asseoir à califourchon sur une chaise en plein restaurant… dit Robert.

– Mais c'est pas ça, mais dans le resto où vont Madonna, Spielberg…, Johnny ! Quelle mouche l'a piqué ?! dis-je.

– Quel âne battu ! dit Valentin.

– Âne bâté, corrigeai-je.

– Ça veut rien dire.
– Mais, si.
– Mais, non.
– Mais, si. Le bât, c'est le truc qu'on mettait sur les bêtes de somme pour qu'elles portent… Pour qu'elles portent ce qu'elles avaient à porter.
– Ouais… Je vérifierai quand même.
– Donc, le Schmidt, dit Robert.
Mon téléphone sonna. Tiburce.
– La baraka ! On a la baraka, Jules ! Un nouveau pigeon à plumer qui nous tombe du ciel ! Mr Elijah Pinkas de Boston. Toujours partant ?
– Oui.
– T'as bien réfléchi ?
– Bien, je sais pas. Mais j'ai réfléchi.
– Je me démerde pour que Pinkas atterrisse dans ta limo demain soir et que tu puisses lui proposer les services d'Oksana. OK ?
– OK.
– Je te rappelle quand j'en sais plus.
– À plus.
Sur mon écran, il était presque dix-neuf heures.
– Ach ! C'est pas possible, il y a un rat crevé ! Ça pue, ça pue ! gueula le Schmidt en sortant à grands pas de la salle des chauffeurs.
« Za bue, za bue ! » répétait-il avec son inimitable accent teuton. Je sautai sur mon volant et montai faire la courtoisie.

*
* *

Faire la courtoisie, c'était faire le taxi entre dix-neuf et vingt-deux heures, service gratuit offert à la clientèle. Vous aviez donc devant vous trois heures, pas une minute de plus, pour rafler tout le pognon que vous pouviez, à savoir les pourboires qu'on vous laissait. Autant vous dire qu'il fallait pas lambiner. Les courses que vous donnaient les voituriers étant de courte distance, lors de chacune d'elles, vous ne bénéficiiez que de quelques minutes pour charmer vos clients avec une moitié de votre cerveau tout en conduisant plus vite que votre ombre avec l'autre moitié. Essayez un peu. S'agissait pas de cligner des yeux ou vous vous retrouviez avec un cycliste sur le capot, ce qui arriva un soir à Valentin. Mon pied sur l'accélérateur propulsa les deux tonnes cinq de ma Mercedes Classe S entre les deux alignements de bornes de la contre-allée qui faisait le tour de la Place. Je rasai la rangée de poteaux devant le Palace et m'arrêtai. Je courus ouvrir la portière arrière gauche à mon premier client, un beau garçon de pas dix-huit ans, pendant que Gaspard, le voiturier, ouvrait la portière arrière droite à sa mère.

– 11, rue de Lille, me dit Gaspard.

Je remontai en voiture.

– Good evening, Ma'am. My name is Jules, dis-je en démarrant en attachant ma ceinture.

– Bonsoir, me dit-elle.

– La température vous convient-elle, madame ?

– Oui, merci.

– Souhaitez-vous de la musique, madame ?

– Non, ça ira.

Elle ne m'aimait pas parce qu'elle avait la cinquantaine mauvaise. Elle avait, semblait-il, bataillé dur pour retenir les aiguilles du temps. En vain. Ah, l'éphémérité de la gloire et l'irréversibilité de la sénilité, madame ! Ah, le temps, grand péréquateur, madame ! Temps, notre maître à tous ! Et notre justicier à nous, chauffeurs ! Se flétrissant inexorablement, la mère du garçon que je transportais s'était raccrochée aux a priori que charrient les inconscients collectifs d'esprits nés et élevés dans le luxe, s'en était caparaçonnée et, aujourd'hui, elle me jetait des regards dépréciatifs, affichant un petit air supérieur à avoir des ancêtres qui entraient à cheval dans les églises. Fuck you, my dear ! Vieillesse, laideur et pauvreté, sans elles, le monde serait-il vivable ?

**Raptus évité de peu :**

**« Jules, vous n'y couperez pas non plus, alors, s'il vous plaît, montrez-moi de la miséricorde, que diantre ! Mes ravalements de façade successifs ayant échoué, je m'efforce maintenant de faire tenir le tout du mieux que je peux. Mais, à cinquante ans, je ne suis plus moi, je suis deux, je fais deux avec mon corps et, quand je ris ou que je produis un effort, à tous mes points commissuraux, je sens se rider la peau de « l'autre », la seconde, celle qui recouvre comme un linceul avant la lettre la jeune fille de vingt-cinq ans que je suis toujours dans ma tête. »**

Le gandin qu'elle avait engendré pour notre plus grand malheur à tous parlait comme un livre quoiqu'il eût encore l'âge bête où l'on sent ses pieds en rigolant avec les copains. Il se mit à me dire qu'il était en terminale à Henri-IV avec deux ans d'avance, qu'il se destinait à l'ENA ou à la magistrature, qu'il s'était distingué au dernier championnat de basket interlycées et que je sais plus quoi encore, excusez-moi mais, là, j'écoutais déjà plus. Je vis le visage de la mère dans mon rétro, puis celui du fils, ils paraissaient être nés tous les deux avec un pince-nez de nageur, la pomme n'était pas tombée loin de l'arbre... Je m'arrêtai devant le numéro 11 de la rue de Lille. Je fis le tour de la limo en courant, comptant ouvrir la portière à la mère d'abord. Mais elle me devança, ouvrit sa portière elle-même. Je rebroussai donc chemin, allai ouvrir celle de son fils. C'est le gamin qui me fila le pourboire.

– Et, pour le futur, vous ouvrez la porte à ma mère en premier, me dit-il dans des roulements d'épaules de crooner.

Et ni merci ni merde. Je remontai en voiture, regardai dans ma main ma gratification : cinq euros. C'est rien, Jules, ça va passer, calme-toi. Retour au Palace à fond de train. Bande-son : *Don't Deceive Me* de James Brown. Je poussai le volume au maximum. Mon esprit dériva sur la ligne de basse. Le meilleur de la vie tient tout entier dans le mensonge d'une chanson de quatre couplets, le mensonge d'un tableau d'un mètre cinquante, celui d'un film de deux heures, d'un livre de quatre cents pages, mais une fois la chanson finie, le tableau quitté, le film vu, le livre refermé, la vie reprend et, ça, c'est peut-être ce qu'il y a de plus dur dans la vie. J'ai toujours eu en horreur de devoir sortir d'une salle de cinéma en entendant tous ces pieds qui se remettent à marcher... Éteindre la radio. Décliper sa ceinture d'une main. Déverrouiller la condamnation centralisée des portières. S'arrêter sans brusquerie. Mettre la limo en position parking. Couper les gaz. Courir ouvrir la portière arrière gauche à mon deuxième client, un homme de soixante ans qui attendait sur le tronçon de trottoir au pied des quatre célèbres arcades du Palace avec sa femme, de soixante ans également, à qui Gaspard, le voiturier, ouvrit la portière arrière droite.

– Le Stresa, me dit Gaspard en me faisant un clin d'œil afin de m'indiquer que je pouvais y aller sur la lèche, mes passagers étaient des bons qui les lâchaient.

– Good evening, Sir. My name is Jules.

– Good evening.

– Is the temperature right for you, Sir ?

– What ?

– Is the temperature cool enough, Sir ?

– Perfect.

– Would you like some music, Sir ?

– Music ? No, thanks.

– May I ask you if you've already been to Stresa, Sir ?

– Excuse me ?

– Have you already been to Stresa, Sir ?

– To ?...

– Stresa. The restaurant I'm driving you to.

– Yes, Stresa, yes.

Ah, ouais, le mec sourd. Ou l'esprit ailleurs. N'était-ce pas son droit d'être sourd, d'avoir l'esprit ailleurs ? Ne payait-il pas assez cher pour cela ? Qui me disait qu'il n'était pas un self-made man et qu'il n'avait pas trimé pour devenir riche ? Je m'arrêtai devant Le Stresa. Je fis le tour de la limo, courant ouvrir la portière à la femme qui sortit en me remerciant. Et avec le sourire, s'il vous plaît. Je revins en courant tenir à son mari la portière qu'il avait ouverte lui-même.

– Merci, me dit-il en me donnant mon pourboire.

– Merci, monsieur. Have a wonderful evening. Bonsoir, madame.

Je remontai en voiture, redémarrai en regardant dans ma main : cinquante euros. Retour au Palace à fond de train. Bande-son : *Technologic* des Daft Punk. Volume de la radio au maximum. Éteindre la radio. Décliper sa ceinture d'une main. Déverrouiller la condamnation centralisée des portières. S'arrêter sans brusquerie. Mettre la limo en position parking. Couper les gaz. Courir ouvrir la portière arrière gauche à mon troisième client, un mec de soixante ans, pendant que Gaspard, le voiturier, ouvrait la portière arrière droite à sa femme, fille ou maîtresse de trente-cinq ans.

– Le Bas-Bréau, me dit Gaspard.

J'allais remonter en voiture, m'arrêtai. Le Bas-Bréau était à Barbizon, à cinquante kilomètres de Paris.

– Quand t'auras fini tes conneries… dis-je à Gaspard en me redressant.

– L'Ambroisie, me dit-il par-dessus le toit de la limo.

Je me remis au volant, démarrai.

– Good evening, Sir. My name is Jules.

– Good evening.

– Is the temperature right for you, Sir ?

– Yes, thank you.

– Would you like some music, Sir ?

– Music ?… Do you want some music, darling ?… demanda-t-il à sa femme, fille ou maîtresse. Yes, Jules.

– Jazz, classical, chanson française ?

– Darling ?…

– Jazz, please, dit-elle.

Sur du Keith Jarrett, nous descendîmes dans le tunnel De Niro qui passait sous les Halles, ainsi nommé parce que je l'avais pris une fois avec l'acteur Robert De Niro, deux dindes arkansaises et une bouteille de Jack Daniel's, je revois les deux Arkansaises dans les lumières stroboscopiques du tunnel gueulant « Libérez nos camarades ! », ni elles ni Robert ne savaient ce que ça voulait dire mais ça les pliait en deux de répéter ça à chaque cul sec, toute la nuit Robert et ses dindes avaient fait la tournée des grands-ducs avec un cinéaste afghan qui s'était rajouté à l'équipée, qui dura jusqu'à cinq heures le lendemain matin, ou six heures, ou sept, Jack Daniel's donne la pêche, pas l'heure… J'étais chanceux ce soir, la circulation était fluide. Place des Vosges, je m'arrêtai devant L'Ambroisie, fis le tour de la limo, courant ouvrir la portière à la femme pendant que le voiturier du restaurant l'ouvrait à son mari. Le mari revint vers moi, me donna mon pourboire.

– Many thanks, Sir. Have a wonderful evening.

Je remontai en voiture, regardai dans ma main : trente euros. Retour au Palace à fond de train. Volume au maximum. Éteindre la radio. Décliper sa ceinture d'une main. Déverrouiller la condamnation centralisée des portières. S'arrêter sans brusquerie. Mettre la limo en position parking. Couper les gaz. Courir ouvrir la portière arrière gauche à mon quatrième client, un Anglais de trente ans, pendant que Gaspard, le voiturier, ouvrait les portières arrière et avant droite aux deux types qui l'accompagnaient, anglais aussi, la trentaine aussi.

– Bateaux-mouches Alma, me dit Gaspard.

– Good evening, Sir. My name is Jules.

– Good evening.
– Is the temperature right for you, Sir ?
– Slightly cooler, is it possible ?
– Of course. Would you like some music, Sir ?
Il ne répondit jamais. Ils se marraient entre eux. Lawyers, traders, héritiers ? Frères, cousins, amis, collègues ? Mais des British, c'était sûr, à leur manière de parler non moins malaisément que si c'eût été avec une patate chaude dans la bouche. Je m'arrêtai sur un quai de Seine, descendis ouvrir la portière la plus à ma main, l'arrière gauche.
– Thank you.
– Thank you, Sir. Have a nice cruise.
Je remontai en voiture, regardai dans ma main : vingt euros. Retour à fond de train au Palace où je n'eus pas à descendre de véhicule, Gaspard ouvrant la portière à mon cinquième client, un homme en jean et polo sportswear, la cinquantaine, un New-Yorkais qu'habituellement Robert conduisait.
– George-V, me dit Gaspard.
– Good morning, Sir, dis-je.
Quel con !
– Er… Sorry. Good evening, Sir. My name is Jules.
– Good evening.
– Is the temperature right for you, Sir ?
– Yes.
– Would you like some music, Sir ?
– Yes, please.
– Jazz, classical, chanson française ?
– Chanson française, yes.
Son téléphone sonna. Je baissai le son de la radio

pour qu'il n'ait pas à se boucher le pavillon de son oreille libre.

– Hi, Bill… I'm in Paris… Cuban called you again ?!… Cuban is a pinhead. And pinhead doesn't even begin to cover it… Bill, do I have to remind you I'm wealthier than Cuban ? I don't need his billions… Ahahaha ! You, so funny !… OK, Bill… My best to Adrienne. Bye !

Mark Cuban était un milliardaire américain très en vue et cet homme dans ma voiture disait qu'il était plus riche que Cuban. J'ai vraiment su que j'avais pour cargaison les puissants de ce monde le jour où j'ai entendu deux Américains discuter sur ma banquette arrière, l'un disant à l'autre : « J'ai joué au tennis avec lui hier et Josh m'a dit qu'il serait OK pour un milliard et des poussières. » J'arrêtai la limo devant l'hôtel George-V. Un voiturier ouvrit la portière à mon client. Toutefois, par correction, je sortis du véhicule. Le téléphone de mon client resonna à ce moment. Bien ma veine ! Les gens profitaient souvent de cette diversion pour vous « oublier ». Mais le type revint vers moi et, tout en parlant avec son correspondant, me donna mon pourboire.

– Many thanks, Sir. Have a wonderful evening.

Je remontai en voiture, regardai dans ma main : cinquante euros. Retour au Palace à fond de train et volume au maximum. Éteindre la radio. Décliper sa ceinture d'une main. Déverrouiller la condamnation centralisée des portières. S'arrêter sans brusquerie. Mettre la limo en position parking. Couper les gaz. Gaspard ouvrit la portière à mon sixième client, une jeune femme, une beurette maquillée comme une voiture volée. Une occasionnelle. Hôtesse d'accueil ou vendeuse en parfumerie la journée et dont les passes la nuit serviraient à payer les études de son fils unique ou à lui trouver un bon père. Ces filles parlaient arabe, étaient musulmanes, elles étaient donc très prisées d'une partie de la clientèle moyen-orientale, l'autre partie ne voulant pas en entendre parler, leur préférant des dhimmi blondes, copies conformes des blondes dhimmi qui, du temps des colonies, faisaient suer le burnous.

– Palais de l'Élysée, me dit Gaspard en remontant les revers de sa livrée afin de m'indiquer que mademoiselle ne se mouchait pas du coude, ou bien que nos corps constitués ne se grattaient pas pour s'envoyer en l'air avec nos impôts.

– Bonsoir.

– Bonsoir.

Une pince tirait ses très longs cheveux noirs en chignon, posant sur sa personne des pleins et des déliés qui identifiaient très nettement les motifs décoratifs Art nouveau des bouches de métro de Guimard. Elle avait une beauté théorique en cela qu'elle en avait tous les attributs objectifs sans en avoir aucune d'aucune forme. Elle surprit mon regard dans le rétroviseur. Encore une qui prenait ses yeux pour des rayons laser. J'étais las, si las, je n'avais pas le cœur à échanger lieux communs et faux sourires. Elle non plus, d'ailleurs. Pas parce qu'elle était fatiguée. Mais parce que, chaouche, je lui étais transparent. Faites l'expérience de la transparence, c'est instructif. Plus que tous les livres de philosophie. Vous travaillez sur les chantiers ou vous ramassez les poubelles, les femmes ne vous voient pas, leur regard vous nie. Au reste, il est étrange que ce fût si longtemps les Noirs sur les chantiers ou derrière les bennes à ordures qui leur furent transparents, aux femmes, leur couleur, le noir, étant celle qui arrête le plus la lumière. Elle me demanda de la déposer avenue de Marigny. Je descendis lui ouvrir la portière. Elle sortit en dépliant ses jambes nues qui me rappelèrent l'appareil saltatoire de la sauterelle étudié à l'école en classe de biologie.

– Bonsoir.

– Bonsoir.

Nous étions tous les deux au turbin, donc pas de pourboire entre nous. Elle disparut par une porte dérobée que lui ouvrit un flic. Il était vingt-deux heures. Je rentrai la limo à son parking. Bande-son : *I Cover the Waterfront* de John Lee Hooker. Volume au maximum. J'avais gagné cent cinquante-cinq euros. Au black. Toujours ça que le fisc n'aurait pas. Hé, j'ai une gueule à payer des putes aux corps constitués ? Je rêvais d'un verre de grenadine dans mon canapé lorsque mon téléphone sonna. Matt.

– Jules, j'ai besoin de toi.

Enfer et damnation !

– Allô, Jules ?… T'as fini la courtoisie ?… Réponds, merde.

– Merde.

– Ah, s'il te plaît, fais pas ta mauvaise tête. Crois-moi, je me passerais de te demander ça à cette heure. Mais je t'appelle sur ordre de M. le directeur qui veut une voiture pour Mr Winterbottom. Et tout de suite.

– T'as « réellement » personne d'autre pour vroumevroumer ce Winterbottom ou c'est juste pour me torturer ?

– Réellement. Tes collègues sont tous couchés ou au volant. T'es où ?

– Je passe le Costes.

– Magne-toi. Winterbottom va sortir. Un détail : tu me le soignes, c'est un mignon du maire, il est dingo mais tu fais tout ce qu'il te dit.

– Qu'ois-je ?!

– Ordre de M. le directeur.

Je m'arrêtai devant le Palace. Les voituriers ouvrirent les portières. Un jeune homme s'engouffra dans ma limo avec une jeune fille. Il tenait une flûte vide à la main et elle, une bouteille de champagne qu'elle buvait au goulot. La loque humaine et la fashion victim. Winterbottom avait des yeux globuleux aux paupières goussues, des joues en lande piquée d'ajoncs et des maxillaires en ganache de cheval, longs et ronds. Elle, j'avais eu le temps de voir, en relief sous son jean vintage, son slip disparaissant entre ses fesses. Le slip dessinait la pointe d'un cœur planté dans un cul, slurp ! Winterbottom m'envoya dans le Marais. Rue de Rivoli, place de la Concorde, quai des Tuileries. Sur les voies sur berge, nous fûmes pris dans un embouteillage pare-chocs contre pare-chocs, dû à un accident entre une camionnette et un scooter. Ça n'avançait plus que par à-coups, on faisait deux mètres, on s'arrêtait, on refaisait deux mètres, on s'arrêtait. J'entendis des sirènes et m'écartai de côté pour laisser passer les secours et les flics qui remontaient l'embouteillage. Sans prévenir, Winterbottom sortit pieds nus de la voiture et, dans le rétro, je le vis aller plaquer un autocollant antinucléaire sur le pare-brise d'un taxi derrière. Puis il remonta dans la limo. Le chauffeur de taxi sortit décoller l'autocollant de son pare-brise et le plaqua sur le coffre de ma limo en nous insultant (les lèvres du chauffeur de taxi avaient bougé). Je dis à Winterbottom sur un ton assez ferme que c'était très dangereux de faire ça, qu'il pouvait se faire écraser. La fille lui servit une rasade de champagne.

– Bottoms up ! dit-il.

Il but sa flûte cul sec. J'avançai de deux mètres, m'arrêtai et Winterbottom ressortit, courut sur un carré d'herbe qu'il y avait en bordure de la route, grimpa dans un arbre qu'il y avait là, il enleva le foulard à son cou, l'accrocha en haut de l'arbre, en redescendit avec une branche et remonta en voiture avec sa branche.

– Qu'est-ce qu'il me fait, lui ?!... dis-je tout fort dans la limo.

La nana sortit une deuxième bouteille de champagne de je ne sais où, la déboucha, le bouchon ricocha sur le plafond, sur mon tableau de bord, et elle se mit à téter le goulot. Je ne savais plus quoi leur dire. Mon téléphone sonna.

– Bonsoir. Axel Villon, dircab[1] du maire de Paris. C'est vous qui conduisez Mr Winterbottom ?

– Il est avec moi.

– Tout se passe bien ?

– On gère.

– Merci de veiller sur lui. C'est un ami du maire,

1. Directeur de cabinet.

hein. Vous avez mon numéro s'il y a le moindre problème.

– OK.

– Bonsoir.

– Dites, tant que je vous tiens, je cherche un HLM bien placé dans Paris.

– Pardon ?!…

– Oubliez. Je dois vous laisser. Bonsoir.

L'embouteillage se résorba. Nous recommençâmes à rouler. Nous roulâmes dans le Marais, puis une heure dans Paris. Mes clients voulaient juste rouler et écouter de la musique.

– Back to the hotel ! me dit Winterbottom, à deux rues du Palace.

Et il exigea de faire le chauffeur. Il exigea de conduire à ma place et que je prisse sa place.

– We can't do that, Sir.

– I wanna be your chauffeur, beautiful Jules.

– Sir, it's against the law. And you're drunk !

– « Let me in ! » Like the song, you know.

Et il se mit à chanter *Mr Cab Driver*. « Tu fais tout ce qu'il te dit », m'avait ordonné mon boss ?

– You're something of a dick, Dan ! lui dit la meuf quand il passa devant et que je passai derrière.

Il démarra. Il se démerda très bien et, moi, je me démerdai pour mater un coup le bon gros cul assis à ma droite dans son jean vintage. Nous arrivâmes au Palace. Dan Winterbottom sortit de la limo, pieds nus, et vint ouvrir la portière à sa copine en soulevant une casquette imaginaire sur sa tête. Le voiturier ouvrit ma portière.

– Tenez, mon bon, dis-je en déposant cinquante centimes d'euro dans son gant blanc.

– Jules. Qu'est-ce tu… ?! dit-il en me voyant.

– Me demande pas.

– Bye-bye ! me dit mon client comme seuls les couturiers et les coiffeurs peuvent le dire, avec une voix de fifre et en rabattant plusieurs fois les doigts sur la paume.

Il repartit en titubant. Il avait pas mal éclusé ces deux dernières heures et je pense qu'il ne tournait pas qu'au champagne.

– Alors ? me dit Matt qui se trouvait là.

– Dingo, soûlaud, guédro, mais pas méchant.

– C'est quoi, cet autocollant sur ton coffre ? T'es pas bien, Jules ?!

– Ah, c'est un style… dit le voiturier.

– Jules, tu m'enlèves ça tout de suite.

– Merde.

Je remontai au volant, descendis au parking. Je virai la branche d'arbre, les bouteilles de champe, la flûte en cristal et les chaussures de l'arrière de la limo et les jetai dans la grande poubelle rouge tout en doigtant les caméras de surveillance et après m'être assuré que les chaussures ne m'allaient pas. La branche ne voulait pas rentrer dans la poubelle, je m'énervai dessus en l'invectivant, « branche de pute de merde de putain de salope, RÂÂÂAAAAAAH !! » et du bois cassé m'entailla le pouce qui saigna. Je pris le roman dans mon vide-poches, j'enlevai l'autocollant du coffre et vins dans la salle des chauffeurs le coller sur le casier de… de qui, d'ailleurs ?… Allez, collons-le sur celui de Valentin. Je jetai le roman dans mon casier. Je donnai un coup de latte dans un aspirateur. Je m'affalai sur une chaise qu'une de mes fesses faillit manquer, je m'affalai tête la première sur la table et, lorsque je fermai les yeux, je sus que je les avais rouges mais qu'ils ne pourraient pas pleurer.

*

* *

J'avais été remettre la clé de la limo dans un des tiroirs du bureau en marbre du dispatcheur et faire signer par le concierge de nuit mes factures aux noms de Radivojevic, Novacek et Winterbottom. Je rentrais chez moi à pied. Une moiteur sombre de sous la canopée s'était emparée de Paris. L'engouffrement d'un petit courant d'air sous ma veste exalta l'aquosité de mes aisselles et, pendant quelques mètres, ressuscita le mort vivant que j'étais. Je desserrais ma cravate quand, rue du Mail, je reçus un texto :

*Oublie Pinkas de Boston. Trop risqué selon mon pote détective. Je surveille le ciel et t'appelle qd 1 autre pigeon y passe...*

*À +,*

*Tiburce*

J'étais encore tellement sous le choc des yeux tristes et comateux d'Adrian Dobbs, yeux les plus tristes que j'aie jamais vus, que je n'eus aucun mal à oublier Mr Pinkas de Boston comme Tiburce me le demandait. J'allais éteindre l'écran de mon smartphone mais, juste par curiosité, je lançai cette recherche sur le Schmidt :

*[« Günter Schmickler » Maras]*

Et j'obtins :

*L'AMBASSADE D'ALLEMAGNE AU SALVADOR MITRAILLÉE*

*San Salvador (AFP) – Hier vers 20 heures, heure locale, l'ambassade d'Allemagne au Salvador a été mitraillée. Une centaine d'impacts de balles ont été relevés sur la façade de l'édifice. Il n'y a aucun blessé. Il semblerait que des Maras – gangs armés – circulant à bord de deux 4 × 4 poursuivaient un ressortissant allemand, Günter Schmickler, circulant sur une moto. Ce dernier aurait trouvé refuge à son ambassade. « J'ai vu un drapeau allemand, j'ai sonné à la porte en criant à l'aide en allemand et on m'a ouvert », aurait-il déclaré à la police salvadorienne. C'est ensuite que les malfaiteurs auraient mitraillé l'ambassade. Ce matin, Günter Schmickler était toujours entendu par un juge, mais devrait être relâché dans la soirée. Aucune charge ne devrait être retenue contre lui. L'ambassadeur du Salvador en Allemagne a été convoqué ce matin à Berlin par le ministre fédéral des Affaires étrangères qui, à l'issue de leur entrevue, a précisé dans un communiqué de presse que cette agression contre M. Schmickler n'aurait pas d'incidence diplomatique tout en rappelant la « nécessité de mieux coordonner entre elles les politiques des différents gouvernements afin de lutter plus efficacement contre le grand banditisme, fléau des temps modernes, véritable menace pour les démocraties émergentes ».*

J'allais vraiment l'éteindre, cette fois, l'écran de mon smartphone, mais je tombai sur la photo que j'avais prise de Rachel Mitchum-Amsellem devant les grilles de l'Élysée. Elle avait les seins à l'air et, en bas sur la gauche, on voyait la jambe du flic qui était accouru le premier. Je décidai d'envoyer à Rachel sa photo car je le lui avais promis et car aussi j'avais envie de découvrir le Texas gratos :

*Got milk ?*
*Jules*
Pièce(s) jointe(s) : *First Lady's half-sister.*

Mais où avais-je mis le numéro de téléphone de Rachel ? Finalement, me souvenant d'un outil logiciel bien pratique, je l'utilisai et retrouvai le numéro. Il apporte des solutions aux problèmes qu'il a créés : c'est l'imposture du progrès… En mon appartement, j'enlevai mes Weston, y glissai leurs embauchoirs articulés en cèdre. J'allai dans la cuisine me servir un verre de grenadine. L'endroit avait l'étrangeté d'Hiroshima après. Se battre contre la vaisselle sale, les miettes, les projections de liquide était une occupation que je jugeais déprimante à souhait. Ainsi, vous qui entrez dans ma cuisine, ne vous étonnez pas de son état de désordre et de saleté. Ne vous étonnez pas non plus du manque total de déco de mon logement, même si, je sais, les murs vides, ça fait huissier. Pour une femme, il faut que ça présente bien, pour un homme, il suffit que cela fonctionne. Je bus ma grenadine, assis sur mon canapé. J'avais acheté un canapé, mais y posais plus souvent mon regard que mes fesses. Je veux dire qu'il me reposait le regard, il était blanc, grand et beau et allait avec mon parquet en sapin. Je me levai, marchai jusque dans ma chambre, m'y déshabillai et m'observai dans les miroirs des portes de ma penderie. Mes muscles d'acier ne l'étaient plus. C'était à mon tour maintenant d'avoir ces muscles dinosauriens, creusés et racornis par la maturité, que j'avais vus sur les mollets de mon père, un quart de siècle plus tôt. Signe de tempérance, le minuscule filet de peau que j'avais avant, tendu en tambour sur mon nombril, avait disparu. Il aurait fallu que je perdisse un peu au milieu et que je me remplumasse du haut. Les chips au vinaigre ne me valaient rien, l'inaction au volant non plus. J'enfilai un short, un tee-shirt et retournai dans mon séjour pour, quarante-cinq minutes durant, soulever des haltères, faire des pompes, des répulsions entre deux chaises, des squats sur une jambe, des élévations sur la pointe des pieds, de la corde à sauter, quelques abdos et étirements. Tout ça en criant comme un putois à chaque effort et en engueulant les murs entre chaque série. Je pris une douche. Dans la douche, mon sexe ressembla à s'y méprendre à un chien sous la pluie. Une fois rhabillé, je retournai dans la cuisine. Dans un grand saladier, je mis de la mâche toute préparée, une pomme coupée en dés, des tomates cerises, des cubes de feta, des sardines en boîte, des olives dénoyautées, un piment émincé, des noix de cajou, des figues, ail, sel, poivre, huile d'olive, vinaigre, moutarde et mangeai ça dans mon canapé devant la télé. De la musique venant de l'appartement du dessus, je dus pousser le son de mon ordinateur pour entendre la télé. Je mis le saladier vide dans mon évier sans le laver. Je me brossai les dents entre lesquelles je passai ensuite une brossette. Je me rassis devant mon ordinateur, googlai Elijah Pinkas de Boston, c'était le patron d'une chaîne de restaurants. Je lançai une recherche sur le chantage et les peines encourues, une autre sur les accords d'extradition entre la France et les USA, ceux entre le Texas et le reste des États-Unis, j'obtins trop de réponses, beaucoup trop pour y voir clair, l'imposture du progrès… Je regardai des photos de vacances à Madagascar avec Paula. À l'hôtel où nous résidions, quand elle apparaissait en robe du soir, on se surprenait à vérifier la longueur de sa traîne. Mais il n'y avait pas de traîne ni de mariée ni de princesse. Il y avait la classe. Point barre. Dans mon ordi, j'avais aussi un petit film de Paula que j'avais pris un dimanche matin dans notre cuisine, rue Berthe, Paula était coiffée d'une éclaboussure de cheveux, elle mangeait ses yaourts préférés, « Orgasme ! », me disait-elle en léchant sa cuillère puis en jetant la tête de côté, ce qui faisait passer l'éclaboussure de cheveux de gauche à droite mais son regard restait toujours sur moi. « Je veux cette musique pour mon enterrement », lui disais-je en faisant référence au *Joan of Arc* de Leonard Cohen qu'il y avait en bruit de fond, « OK et, si c'est moi qui pars en premier, je veux *Tata yoyo* d'Annie Cordy, t'oublieras pas ? », me répondait-elle alors qu'elle pelletait son yaourt et léchait sa cuillère. J'avais un autre film d'elle pris une nuit que nous avions passée à baiser et rigoler, je crois qu'avant de nous coucher, nous avions pas mal bu chez des potes, Paula était nue, pour déconner elle avait mis sur la tête un bonnet péruvien, elle avait attaché la cordelette à pompons sous son menton, elle chantait de l'opéra en me faisant des gestes amples et saccadés de prima donna, elle s'approchait de moi qui la filmais, puis elle mettait ses ongles des pouces en avant comme pour pincer quelque chose, on entendait ma voix lui dire « Combien tu me l'achètes, ce bouton dans mon cou ?... C'est un bouton exceptionnel, je le vends trente euros... Je suis prêt à descendre jusqu'à vingt-cinq... Allez, vingt euros, marché conclu ?... Paula, tu me l'achètes, ce bouton, sinon tu n'y touches pas ! », ongles des pouces en avant et presque joints, chantant de l'opéra, elle s'approchait, elle était folle, elle était belle, elle était là.

## Samedi 10 juin

*– Hé, faut pas croire, les femmes, ils sont comme nous,*
*mon gars,*
*ils veulent baiser tout comme nous, pareil !*

*Anonyme, entendu dans une partouze à Neuilly.*

La première chose que je fis en me levant à six heures et quart fut d'avaler une aspirine et un comprimé de paracétamol. La deuxième fut de me dire que Tiburce devait vite nous trouver un nouveau pigeon, Pinkas ou autre, car, avant longtemps, j'aurais quitté ce métier de bagnard. La troisième fut de vérifier que le vol de Mr Gonzales n'était pas en avance. S'ils avaient le vent dans le dos ou que le pilote était amoureux, les avions atterrissaient plus tôt et vous étiez obligé de speeder pour cueillir à temps des businessmen vivant en flux tendu ou des milliardaires n'acceptant pas d'avoir failli attendre. Rasage, dents, douche, habillage, café, encore une aspirine, ascenseur, marche, prise de la clé de la Mercedes Classe S immatriculée AC 756 BL, descente au parking du Palace, prise du roman dans mon casier dans la salle des chauffeurs, prise aussi d'un aspirateur, passage de l'aspirateur dans la voiture, nettoyage des vitres de la voiture, remise de l'aspirateur à sa place, prise de bouteilles d'eau, de lingettes et des journaux du week-end déposés par un collègue plus matinal que moi, retour à la voiture. Tout ça en footing. Puis je montai la limo à la station-service rue Saint-Honoré, la lavai aux rouleaux, lui filai un coup de pompe à essence et fonçai à l'aéroport. Grand soleil, personne sur la route, mais moi, tout ramollo, je me sentais en salle de réveil après l'opération. L'hôtesse au sol serait Mélanie, m'avait texté Matt. Mélanie, une Malgache avec un cul de négresse, bien pare-choquée de la poitrine et avec des cuisses. La grosseur et la cellulite de ses cuisses et leur couleur marron faisaient penser à deux shawarmas rôtissant en vitrine. Miam-miam, Mélanie ! Elle m'avait dans le viseur, elle me l'avait dit, elle me disait beaucoup de choses, la Tananarivienne. Séparé de Paula, n'ayant plus de régulière, moi, j'aurais pas été contre. Mais j'avais déjà un chagrin d'amour à soigner, les peines de cœur infligées ou subies, ça allait comme ça. Plus important : la saillie à l'arrache au Formule 1 sis entre une déchetterie et une « cité sensible » ou le coït minute dans les toilettes de l'aéroport dont Sergei était coutumier[1], ça ne me branchait pas du tout. Mais alors, pas du tout. J'aimais prendre mon temps. Si je vous parle de Mélanie, c'est que, justement, au

1. Mais, d'après Kamel, c'étaient des conneries, Sergei n'avait jamais baisé personne dans les toilettes de l'aéroport Charles-de-Gaulle ; néanmoins, je dois verser cette pièce au dossier : Mélanie, hôtesse au sol, me déclara un jour qu'elle tenait de source sûre que Sergei aurait fait l'amour avec une de ses collègues dans les W.-C. du Terminal C ; qui croire ?

moment où je me garai devant le Terminal F, elle m'appela.

– Bonjour, Jules.

– Ça va, beauté ?

– Oui et toi ? C'est toi qui fais l'arrivée de Gonzales ?

– Ouais.

– L'atterrissage est pour dans dix minutes. On se retrouve où ?

– Je suis Porte 7.

– OK. Et on se prend un café quand ?

– Bientôt !

– Bises !

Par chance, les terminaux E et F ne comportaient pas de dépose-minute (relire à ce sujet le deuxième chapitre…). Si, pour le commun des mortels, il était interdit de stationner devant le E et le F – seuls les kiss-and-fly étaient autorisés –, il y avait une tolérance non écrite de la part des flics vis-à-vis des limousines à partir du moment où le véhicule était bien immatriculé en « grande remise » – macaron apposé sur la plaque d'immatriculation –, que le chauffeur restait au volant et qu'il était, le cas échéant, en mesure de produire un permis délivré par la préfecture de police de Paris l'habilitant à exercer la profession. J'attendis donc au volant de ma limo devant le Terminal F, garé entre un minibus et trois taxis sur le capot de l'un desquels trois Chinois jouaient de l'argent aux dés. Je m'assoupissais en regardant les joueurs de dés, mon téléphone resonna :

– Jules, nous sommes là.

– À tout de suite.

Mélanie arriva précédée du chariot à bagages qu'elle poussait et suivie par Mr and Mrs Gonzales.

– Good morning, ma'am. Good morning, Sir. My name is Jules. I'm driving you to the Palace.

– Good morning, Jules, me dit-il. Good morning, me dit-elle.

Les hôtesses tenaient à ouvrir elles-mêmes les portières aux clients, car c'est là qu'elles prenaient ou non un pourboire. Si c'était le chauffeur qui ouvrait les portières, le client souvent zappait l'hôtesse qui, alors, vous adressait des regards assassins, vous gardait un chien de sa chienne et vous foutait dans la cagade dès que l'opportunité se présentait. Ainsi me chargeai-je exclusivement des bagages. Mr Gonzales tippa Mélanie, ce qui pour moi était du meilleur augure. Clin d'œil à Mélanie et fouette, cocher !

– Is the temperature right for you, Sir ?

– Yes, thanks.

– Would you like some music, Sir ? Jazz, classical, chanson française, pop ?

– It would be great.

– Jazz, classical, chanson française, pop ?

– Oh, sorry… Er… Classical would be fantastic. Thanks.

– You're welcome, Sir.

Je mis la radio.

– It's gonna take around forty minutes to get to the hotel. The traffic is very smooth today, Sir.

– Fine.

Il avait un visage ouvert, j'engageai la conversation. Je lui demandai si son voyage s'était bien passé, s'il avait prévu de visiter Paris ou ses environs, où il habitait, quel était son métier. Son truc à lui, c'était la colle. Il transformait la colle en or. Toutes sortes de colles utilisées dans la construction, l'aéronautique, la dentisterie ou la vie quotidienne. Fils de wetback mexicain mais américanisé jusqu'aux liftings de sa femme, ingénieur de formation, puis joint-venturer et enfin capitaine d'industrie, assis sur ma banquette arrière, Gonzales était un poster pour le capitalisme, même s'il avait plus la tête d'un vendeur de hot dogs en triporteur que de l'actionnaire majoritaire d'une boîte employant neuf mille personnes dans le monde. Mais, m'avait dit une fois Robert, « t'aurais vu la tronche de cake de Bill Gates à vingt ans, t'aurais pas parié un kopeck sur lui ». Je demandai à Mr Gonzales quel était le secret de sa success story.

– No stone unturned[1] !

– I couldn't agree more, Sir. Americans, first, you do, then, you think whereas Frenchs, first, we think, then, we do… think, we do think a lot and, for the time being, we're still thinking[2].

Là, le chicanos, il commençait à m'adorer, et lui et sa femme parlaient de fonder mon fan-club. Encore une remarque dans ce genre et il se levait, passait la tête par le toit ouvrant, mettait la main droite sur le cœur et entonnait le *Star Spangled Banner* sur

1. Quelque chose d'intraduisible entre « Ne jamais baisser les bras ! » et « Rien au hasard ! ».

2. Américains, d'abord, vous faites, ensuite, vous réfléchissez, Français, d'abord, nous réfléchissons, ensuite, nous faisons… une réunion pour réfléchir, nous faisons une deuxième réunion pour réfléchir et, à l'heure qu'il est, nous préparons un congrès.

l'autoroute. Une fois dans Paris, je prévins de notre arrivée en appelant Matt qui, le week-end, s'occupait du dispatching en remplacement de Mohamed.

– Mr Gonzales, we're arriving at the hotel.

– Thank you.

Radio Classique se mit alors à diffuser la bande-son de *Star Wars* : Ta, tatata, taaa !, ta, tatata, taaa, ta !

– What an arrival, Sir ! plaisantai-je.

– Each time I come, they play this on the radio[1], poursuivit-il sur le même mode.

– That's because I call the radio before to tell them Mr Gonzales has landed. And you know what they tell me[2] ?

– No.

– We know.

Éclat de rire du client qui me vaut de voir luire dans le rétro les couronnes sur ses molaires. Je me dis que cet éclat de rire, ça mérite autant d'euros que de degrés sur lesquels se sont ouvertes les mâchoires. Gonzales me donnera cinquante euros. Je suis vraiment trop fort. J'allais redescendre la limo au parking, Matt vint vers moi :

– Tu repars. T'as une arrivée. Mrs Andersen. Dix-heures et quart. CDG. Terminal E. En provenance de New York.

*

* *

1. Chaque fois que je viens, ils passent ça à la radio.

2. C'est parce que j'appelle la radio avant pour leur dire que Mr Gonzales a atterri. Et vous savez ce qu'ils me répondent ?

Revenu à l'aéroport Charles-de-Gaulle, je rangeai ma limo devant le Terminal E. J'allumai l'écran de mon smartphone et remplis une facture au nom de Mr Gonzales, puis, dans un tableur, j'inscrivis « 23 » dans la colonne Salaire, « 50 » dans la colonne Pourboire. Je baissai mon siège pour piquer un roupillon dans l'attente de l'appel de l'hôtesse qui conduirait Mrs Andersen jusqu'à moi. Je m'endormis. Rachida, hôtesse au sol, me réveilla en me téléphonant, castastrophée : elle avait bien réceptionné Mrs « Anderson », mais l'avait entre-temps perdue. Elle était nouvelle, elle avait été prise deux mois à l'essai et craignait de se faire virer sans autre forme de procès.

– Andersen, pas Anderson. Vous êtes où, Rachida ?

– Je sais pas où je suis.

– Qu'est-ce que vous me racontez ?!

– C'est mon premier jour. Je connais rien à cet aéroport !

– Vous voyez quoi autour de vous ? Me dites pas des murs et des gens ou je raccroche.

– Ben… Les W.-C. ?

– C'est une question ou une affirmation ?

– Oui, des W.-C. Un bar aussi. Et des trottoirs roulants. Oui, des trottoirs roulants très longs qui…

– C'est bon. Bougez pas. J'arrive.

J'allai garer la limo en queue de station de taxi – autre tolérance des flics vis-à-vis des véhicules immatriculés en grande remise – et plaçai entre tableau de bord et pare-brise un papier sur lequel j'avais inscrit le nom de mon client et le numéro, l'heure et la provenance de son vol – condition sine qua non de cette tolérance. Je me rendis à l'endroit où je pensais qu'était l'hôtesse et, mauvaise pioche, elle n'était pas jolie du tout. Je me remis à avoir sommeil. Mais Rachida semblait si désemparée que je ne pus la planter là et la laisser dans sa merde. Après analyse de la situation, j'en conclus qu'il fallait nous séparer : elle irait regarder dans l'aérogare pendant que, moi, j'attendrais devant la sortie des passagers, goulet d'étranglement par où tous les voyageurs passaient après récupération des bagages et avant de retrouver les leurs ou ceux venus les chercher. Mais, d'abord, je fonçai à ma voiture, ouvris le coffre, y pris un panneau. Sur le cuir bleu nuit du panneau, « LE PALACE, PARIS » était marqué en lettres d'or dans un cadre dans le métal duquel l'ouvrier avait gravé des guillochures qui n'en finissaient pas de finir, se rapprochant et s'éloignant à l'infini. Je retournai devant la sortie des passagers et, tenant mon panneau devant moi, j'attendis une hypothétique Mrs Andersen. Les gens sortaient, certains battant des cils comme lorsque l'on quitte l'obscurité pour la lumière, ils regardaient mon panneau, le lisaient de gauche à droite, regardaient ensuite ma tête, souriaient et ça m'énervait ultimement. Une femme me dit même, dans un soupir :

– J'aimerais bien…

– Moi, aussi… lui répondis-je, et il ne s'en fallut pas de beaucoup que je ne lui demandasse plutôt si nous avions gardé les cochons ensemble pour qu'elle m'adressât la parole, connasse.

J'allai aux nouvelles auprès de Rachida, qui mit dix sonneries à répondre. Autre connasse.

– Toujours rien ?

– Ben, je vous aurais appelé sinon ! ronchonna-t-elle.

Elle aussi, il ne s'en fallut pas de beaucoup que…

– Vous me l'avez pas décrite, Andersen.

– Une vieille.

– Oui ?…

– Une vieille… Ah si, elle a un chapeau.

– OK, merci, Rachida.

Je raccrochai, les nerfs en pelote. Pendant un moment, plus aucun passager ne sortit. Pour tromper mon ennui, j'observai autour de moi. C'est fou comme les gens ont une vie. Ils sont profs ou couturières, chirurgiens ou guitaristes, bûcherons ou ministres, cinéastes ou VRP, P-DG ou laborantines, webmasters ou SDF, cambrioleurs ou coiffeurs, paralysées ou valides, bordelais ou zaïroise, karatékas ou pétanqueurs, chauves ou cancéreux, impuissants ou bisexuelles, shintoïstes ou scientologues, gros ou maigres, de droite ou de gauche, et passionnés de cinéma tchèque, et férus d'armes anciennes, et toqués d'astronomie, et experts en calembours, et amoureux de leur voiture, c'est fou. Ça me donna le vertige que pouvait me provoquer, dans une gare de triage, la vue de voies ferrées s'embranchant les unes aux autres. À trois mètres de moi, un couple se disputait. Lui, c'était un sourd-muet qui parlait avec un accent en bougeant la tête et les mains comme un Maghrébin et, elle, elle l'écoutait dans la posture du suricate, bras relâchés, poignets cassés sur le bas-ventre, cou étiré, dos droit. Entre ce couple et moi, il y avait deux hommes et un enfant qui revenaient sur les récentes menaces d'attentats dans les aéroports européens proférées par Al-

Qaida. L'enfant ne semblait avoir été convoqué qu'en qualité de consultant technique spécialisé en sécurité aéroportuaire mais qui, quand même, trépignait d'impatience de pouvoir venir mettre son grain de sel dans la discussion. Petit au milieu des grands, il n'en perdait pas une miette et ouvrait la bouche genre si j'avais un stylo et que je savais écrire, je prendrais des notes. Il tira un des deux hommes par la manche, mais l'homme ne fit que lui poser la main sur la tête tout en continuant sa conversation entre adultes. Je reçus un texto :

*Vais avoir du nouveau pour toi. Sois prêt.*
*Tiburce*

Je répondis :

*Quand tu veux ! Je suis en jambes !*
*Jules*

Ça se remit à sortir. Je brandis mon panneau bien devant moi.

– C'est combien ? me demandèrent deux teenagers gothiques aux lèvres noires qui tiraient leurs valoches.

Nous étions trois chauffeurs de limousine, chacun avec un panneau. Une femme se détacha finalement du flot humain, vint à trente centimètres du premier panneau, le lut, passa au panneau suivant, le lut, passa au panneau suivant, le mien. Son chapeau sur sa tête reproduisait les frontières du Texas. C'était une vieille gréée de tulle améthyste et d'organdi cuisse de nymphe que gonflait un parfum d'outre-siècle. Dans ces oripeaux solennels et vaporeux, elle paraissait faire voile pour une destination importante. Mais on apercevait ses mains veineuses, ses avant-bras tavelés, son gros nez couperosé, gros comme s'il était préhensile, ses bosquets de poils sur ses joues qui pointaient tels des radicelles sur une carotte terreuse, et on se disait que, quelque importante que fût sa destination, elle n'irait pas bien loin.

– Excuse me, may I ask you your name, ma'am ?

Elle me détailla pendant une éternité, aussi surprise que devant une bite surgissant d'un glory-hole.

– Well, I'm Mrs Andersen, young man !

– Hi, Mrs Andersen. My name is Jules. I'm your driver. May I help you with your cart ?

Mrs Andersen était une vieille conne qui insistait auprès de ses enfants pour voyager seule alors qu'elle était gaga et aurait dû être en maison de repos ou au moins accompagnée. La vieille conne me fit même m'engueuler avec un mec qu'elle accusa – à tort ou à raison, on s'en fout – de lui avoir roulé sur le pied avec son chariot. À cause du décalage horaire combiné avec l'évidente chianteur de sa meuf qui m'avait l'air pinailleuse sur le moindre détail comme elles peuvent l'être parfois, et même souvent, le mec se dressa sur ses ergots comme si ça faisait une semaine qu'il cherchait dans la foule quelqu'un pour se friter avec. Le ton monta vite entre nous. Insultes. Bras d'honneur du mec. Il mesurait dix centimètres de plus que moi, mais ça n'est pas ça qui m'empêcha d'en découdre, mais plutôt trois flics qui commençaient à s'approcher. Je mis ma fierté dans ma poche et mon mouchoir par-dessus. Je sortis du terminal en faisant tomber une valise du chariot. Je fourrai Mrs Andersen et ses bagages dans ma limo. Mon téléphone sonna alors que je remontais en voiture.

– Oh, là, là, je l'ai pas retrouvée, Mrs Anderson ! me dit Rachida.

– C'est bon. Je l'ai.

– Vous l'avez ?!... Ah... Vous êtes où ?

– C'est bon, elle est avec moi et on y va.

– Vous y allez ?... Et pour mon pourboire ?

Eh, pas folle, la guêpe...

– Cela ne pourrait m'être plus égal.

– Oh, non, mon pourboire !

– Rachida, je te signale que je fais ton boulot, là. OK ?

– Non, mais, eh, faut pas mal me parler !

– Bonne journée.

Rachida, oh ! le beau représentant de la connerie humaine... J'allais démarrer le moteur quand, soudain, Mrs Andersen eut un malaise, réaction à la chaleur à crever qu'il faisait ou contrecoup de l'engueulade musclée à laquelle elle venait d'assister.

– Mrs Andersen ? Are you OK ?

Elle avait fermé les yeux, elle se tenait le chapeau avec une main, le cœur avec l'autre. Oh, non, pitié, pas ça.

– Let's go, young man.

– Are you sure you...

– Let's go !

– Excuse me, Mrs Andersen. Could you, please, fasten your seat belt ?

J'étais pas sa demoiselle de compagnie, mais sa santé m'inquiétait tout d'un coup.

– No !

– May I take the liberty to inform you that, under french law, it's required that you fasten your seat belt ? Excuse me for bothering you, dear ma'am, but it's for your safety. You know, had princess Diana fastened her seat belt, she would have survived[1].

– I'm not a princess ! So move it, pal, or you can kiss your tip goodbye[2] !

Quel passe-temps que de traiter les gens pis qu'étron ! Je rêvais de lui river son clou, à la vioque. Mais je savais me montrer une anguille quand les circonstances l'exigeaient. Et zou ! je démarrai, décidé à faire le minimum syndical à présent qu'elle avait déjà divisé par deux mon pourboire. Je ne lui dis plus rien jusqu'au Palace, la conduisant d'un point a à un point b. Elle me fila dix euros. La peau de vache ! Bon c'est mieux qu'un coup de pied au cul, me dis-je. Plût à Dieu que nous ne nous revissions jamais ! Mrs Andersen n'était plus dans mon espace vital. Déjà ça !

*

* *

Au deuxième sous-sol du parking, je franchis les grilles automatiques qui se refermèrent derrière moi.

---

1. Puis-je me permettre de vous informer que, selon la loi française, vous devez attacher votre ceinture de sécurité ? Désolé de vous importuner, mais c'est pour votre bien. Vous savez, si la princesse Diana avait mis sa ceinture, elle aurait survécu.

2. Je ne suis pas une princesse ! Donc bouge de là ou tu peux faire ton deuil de ton pourboire.

Je garai ma Mercedes sur son emplacement. Une autre limo arriva, se gara, Robert en sortit en claquant sa portière d'un geste de goleador qui vient d'en planter un au fond des cages adverses.

– Et quatre cents dollars pour ma pomme ! gueula-t-il.

Il s'approcha de ma limo, j'étais encore au volant.

– Qui t'a filé ça ?

– Mes clients, les Snyder, des British. Ils m'ont donné quatre cents dollars pour aller les chercher à l'aéroport hier matin, une dispo shopping hier tout l'après-midi, une dispo Lutétia et Buddha Bar hier soir et les ramener à l'aéroport ce matin. Et toi, t'as pris ?

– Dix sur un aéroport.

– Ah, vous savez pas y faire, les mecs… Qui a osé te filer dix euros ?!

– Mrs Andersen. Une vieille new-yorkaise avec un chapeau.

– Je l'ai déjà eue. Elle file rien. Qu'elle crève…

– T'as le temps de déjeuner ?

– On va au self ?

– OK.

Nous remontâmes sur la Place, passâmes sous les quatre célèbres arcades, poussâmes la porte blanche creusée dans la pierre de taille entre le bureau en marbre du dispatcheur et les escaliers montant à la porte-tambour. Dans le vestibule derrière la porte blanche, un ascenseur nous descendit dans les cales de l'hôtel. Par plusieurs escaliers, nous descendîmes encore, d'entrepont en entrepont, jusqu'au self du personnel. Le cuisinier qui, aujourd'hui, faisait le service étant un pote – je lui achetais du vin qu'il achetait aux cavistes qui le volaient au Palace –, il omit sciemment de nous demander nos tickets-repas et nous pûmes manger gratuitement, économisant huit euros chacun. Pendant ses œufs mayo, Robert m'entretint du fait qu'en vertu d'une récente décision de justice rendue par la cour d'appel de Paris, la circulation dans les couloirs de bus serait de nouveau autorisée aux véhicules de grande remise.

– Hé, Jules, vise un peu la fille.

– Où ?

– Tu la connais ?

– Mais qui ?!

– Mais la rousse, là-bas. Je lui ferais bien son affaire.

– Ouais, je la connais. Elle est nouvelle. Elle est à la caisse.

– Je veux ça ! dit Robert en tendant le bras vers la fille, comme un enfant qui prend son courage à deux mains pour désigner le plus beau jouet de la boutique qu'en même temps, il sait être le plus cher.

– Elle s'agenouille que pour Jésus.

– Hein ?

– C'est une expression. De ma grand-mère corse.

– Bref, tu veux dire quoi ?

– Je veux dire qu'elle couche pas. Gaspard s'est cassé les dents dessus. Et Tiburce aussi.

– Ben, ma p'tite dame, c'est des rapides, eux deux !… Elle est fuckable, la gamine.

– Comment tu parles…

– C'est une expression de mon fils picard.

– Ouais, vue d'avion, elle doit pas être mal. Elle a les dents qui courent après le steak et les jambes en arceau, mais sinon…

– Quoi ?!

– Elle a des poignets sans os, des bras sans muscles, des fesses sans fesses.

– Ah, c'est vrai que tu les aimes grosses, toi.

– Je préfère les grosses, y a plus à aimer.

– T'es un grand malade.

– Et avoir une femme grosse, ça fait riche.

– Les grosses, c'est du temps perdu à pas baiser.

– Et puis, la grosse, ça doute et Jules arrive, rassure tout le monde et emballez, c'est pesé !

– Jules, pourquoi t'es comme ça ?

– Pourquoi ?... L'homme est un carré, il peut être tendre à l'occasion, mais il reste une entité fondamentalement cassante et coupante parce que l'homme est un carré. La femme est un rond et les grosses sont plus des femmes que les maigres parce qu'elles sont plus rondes. Les grosses, on a envie de s'y blottir au chaud, c'est doux partout, ça fond au premier contact, c'est goûtu sous la langue, ça sent le lait, le suin et la savonnette. Les grosses, c'est comme quand tu te glisses dans un bain brûlant après une journée de ski sans soleil, je peux pas mieux dire. Seules les grosses font battre mon cœur. Une veine bleue qui cherche son chemin sur un sein blanc qui pend et je me prosterne à leurs pieds.

– Qu'est-ce que tu parles bien... Tiens, Chateaubriand, passe-moi l'eau, s'il te plaît.

– Robert, je suis fou de leurs poignées d'amour sous-costales, surtout quand elles vont par deux et, si elles vont par trois, je commence à transpirer. Fou je suis de leurs bras de catcheuses où la bonté affleure. Fou de leurs bidons moelleux. Fou de leurs chevilles empâtées qu'elles dissimulent pourtant dans des pantalons ou des bottes. Fou du capiton adipeux de derrière leurs cuisses qu'elles ne montrent à personne, mais qu'elles me montrent à moi, rien qu'à moi. Quoi ?! Quoi, c'est elles la beauté et elles doivent vivre cachées ?! N'est-ce pas inouï ? Vive les rondes et aux chiottes les maigres ! Robert, je pense qu'à copuler.

– Mais moi aussi, moi aussi ! dit-il en s'arrêtant subitement de boire son verre d'eau.

– Ah, bon ? C'est normal, alors. Ah, ben, ça va mieux.

– Et sinon ?… T'as repensé à ce qu'on a dit hier ?… Sur le procès qu'on veut intenter à Matt et au Palace. Louis m'a appelé ce matin : il rejoint le mouvement.

– Il m'a dit ça.

– Sergei en est aussi. Au mépris de ses récriminations maintes et maintes fois réitérées, le dispatcheur lui colle des tocards par paquets de dix, il a plus rien à perdre. Six mois qu'il a pas fait mille euros de pourboire.

– Non !

– Sans mentir, Jules. Enfin, il a fait trois mille de pourboire en mars parce qu'il a eu son client, là, le maire de Moscou, mais, depuis, Sergei a pas fait mille euros par mois. Et, quant à Valentin, il en dort plus. Il est plus remonté que jamais contre le boss, et ne parlons pas du dispatcheur. Pour un peu, il leur rentrerait dans le lard.

– Soyons sérieux…

– Si, si. C'en est là, Jules, c'en est là. On n'a pas tous ta résistance, ou c'est que tu prends des médocs, ou alors c'est que t'es le plus grand philosophe depuis l'Antiquité. Mais, nous, nous taper des semaines de cent heures pour parfois pas ramasser trois mille euros avec les pourliches, c'est tout réfléchi : niet ! Non, mais, oh ! Ils se touchent au Palace ?! Ils croient qu'on va courber l'échine et marcher à l'ombre ?! Et qu'on ne vienne pas me dire, comme Matt, « vous êtes pas à plaindre, vous gagnez plus que le salaire moyen national qui est de deux mille euros nets par mois ». Nous, on fait pas trente-cinq heures. Nous, on doit les suer les dollars !

– Besoin d'aide ?... dit une voix au-dessus de nous.

C'était la rousse, celle dont nous avions parlé. Elle était debout devant notre table. Son déjeuner avalé, elle s'en allait déposer son plateau sur la desserte près de la sortie du self.

– Je vous ai entendus, messieurs, vous et vos remarques désobligeantes. Alors, soit vous êtes plus discret, soit vous êtes trois tables plus loin. Merci.

Et elle partit.

– Merde.

– T'as la voix qui porte vachement, Robert.

– On y go ? me dit-il en se levant et en prenant son plateau.

Nous remontâmes sur la Place.

– Tu payes ton café au Corsaire ? demandai-je.

Robert était pingre, pingre au-delà de toute expression, « tellement pingre », disait Paula en recroquevillant ses doigts des deux mains et en grimaçant telle une vieille sorcière, « que tu le jettes en l'air, il reste accroché au plafond ».

– Oh, non !

Ça avait été un cri du cœur.

– Tu viens de gagner un déjeuner à huit euros grâce à qui ?

– Bon, d'accord, accepta-t-il en renâclant.

Au Corsaire, Matt au comptoir regardait du sport à la télé.

– Ah, ben, ça tombe bien, c'est le boss qui va nous offrir le café ! lui dit Robert.

– Voyons donc ! Vous me coûtez déjà assez cher en salaires.

Marylou, la serveuse qui avait éconduit Robert malgré deux restaurants qu'il lui avait payés, s'arrêta me faire la bise en passant avec son plateau chargé de sandwichs et de bières. Elle ignora Robert.

– André, deux express, s'il te plaît ! dis-je au barman. Matt, exceptionnellement, je pourrais pas venir bosser demain dimanche ? Radivojevic repart demain et, si c'est pas moi qui le raccompagne à l'aéroport, j'aurai pas mon « petit quelque chose ».

– Tu sais bien que j'ai pas le droit de vous faire travailler plus de six jours d'affilée. T'as repris lundi, on est samedi, ça fait six jours. J'ai pas le droit, Jules.

– Aheuh, quand t'as pas le droit, tu prends le gauche. C'est l'inspection du travail qui va te payer ta bouffe et ton loyer ? Non. Ben, moi non plus.

– Bon, bon… Écoute, viens aussi lundi.

– Ben, là, ça fera plus sept, mais huit jours d'affilée !

– Quant à enfreindre la loi, autant l'enfreindre.

– T'as raison, un peu plus, un peu moins…

– Ouais, parce que, lundi, je suis super emmerdé, je suis en sous-effectif et, comme on n'a pas eu beaucoup de courses ces derniers temps et que lundi on en a plein qui sont déjà prévues, on peut pas se permettre d'en louper ou d'en sous-traiter. On est trop perdants quand on sous-traite, tu comprends ? Aussi bien vous que moi.

– OK pour lundi si tu me donnes une Classe S.

– Bon, bon, OK. Mais je compte vraiment sur toi lundi. Me plante pas, Jules.

– Ma vénalité répond de moi, sire... Bien sûr, si je viens demain et lundi, tu me mets off deux jours, mardi et mercredi.

– On fait comme ça.

Ensuite, Robert parla à Matt d'un problème qu'il avait avec un client qui donnait le pourboire du chauffeur à son secrétaire particulier, lequel s'en mettait les trois quarts dans les fouilles et ne donnait que la portion congrue au chauffeur. Matt lui répondit qu'il n'y pouvait rien, que le client était libre de donner ce qu'il voulait et, moi, je voyais le coup venir, ils allaient discuter de ça pendant des plombes. Ça me donna sommeil.

– Matt ? les interrompis-je. Je suis sur quoi cet après-midi ?

– Sur rien pour l'instant. Mais, ce soir, t'es sur Radivojevic et il a un programme chargé.

– OK. Je vais dormir au parking.

Je fis un crochet par la réception pour que les concierges signent mes factures. À la réception, Tiburce mit son pouce sur l'oreille et son auriculaire sur la bouche pour me prévenir qu'il allait me téléphoner. Au parking, je m'enfermai dans ma limo, reculai et baissai mon siège. Je fermais les yeux quand mon téléphone sonna. Tiburce.

– Jules, tu bosses demain ?

– Non… Euh, si, je bosse, si.
– La baraka ! On a la baraka, Jules !
– Quoi ? Qu'est-ce qu'il y a ?
– Il y a que, demain soir, j'ai un client pour toi.
– Raconte !
– Une cliente, même.
– Une cliente ?!
– Mrs Shepherd. Sans entrer dans le détail, elle m'a d'ores et déjà demandé une fille pour demain soir. Je fais en sorte qu'elle atterrisse dans ta limo pour que tu nous l'emmènes chez Oksana. La suite, eh, eh, tu la connais… T'es toujours OK ?

Pensant non, je répondis oui. Une traînée d'acide me parcourut l'œsophage. Je grimaçai, me massai le plexus, raccrochai et m'endormis.

*

* *

Matt me réveilla en me téléphonant vers quinze heures quarante-cinq, j'avais pioncé trois heures pleines.

– Jules. À seize heures trente, faut que tu sois au Troca pour prendre l'avocat de Radivojevic. Tu l'attends en bas de chez lui. Je t'ai texté son adresse et son téléphone. Tu ramènes l'avocat au Palace. Puis t'emmènes l'avocat, Radivojevic et… Comment il s'appelle, le bodyguard ?
– Slobodan.
– L'avocat, Radivojevic et Slobodan, tu les emmènes à l'aéroport. Vous devez être au Bourget à dix-huit heures quinze pour accueillir un ami de Radivojevic,

qui montera avec ses deux gardes du corps dans une limo qui l'attendra devant son avion et que conduira Robert. Après, vous revenez à deux voitures au Palace, mais, au Palace, personne ne descend, c'est juste pour prendre la femme de Radivojevic.

– Quelle chieuse, celle-là. Elle pouvait pas venir à l'aéroport avec nous, non ?

– Quand vous avez chargé la chieuse, vous filez, toujours à deux voitures, au Jules Verne. Faudra pas faire mumuse en chemin parce qu'ils y ont réservé une table pour dix-neuf heures. Après, faudra pas non plus faire mumuse en chemin parce que vous devez être à vingt et une heures au Moulin-Rouge. Je t'ai tout texté.

– Quel gymkhana…

– Demain, t'as une arrivée à sept heures trente. CDG. Là encore, je t'ai tout texté. M. Xiang. Un Pékinois mais son avion est en provenance de Caracas… Euh, non, New York, New York.

– Je prendrai quelle bagnole ?

– Tu prends la… Écoute, tu gardes la même. Allez, à plus !

Je revins de la salle des chauffeurs avec un aspirateur que je passai dans la limo et je me mis en route. Je m'arrêtai aux W.-C. du premier sous-sol, pissai, me mouillai le visage à l'eau froide, me recoiffai dans la glace au-dessus du lavabo, me trouvant une gueule de maître chanteur comme dans les téléfilms franchouillards des Eighties. Je respirai un grand coup. Puis je remontai en voiture et y allai. Ça circula sans anicroche jusqu'au seizième et je fus en dix minutes au Trocadéro. Rue Greuze, je me garai en double file devant le domicile de l'avocat de Radivojevic. Il sortit cinq minutes plus tard, Brummell de ces dames à qui ne manquait que le haut-de-forme, mais il avait le regard de celui qui peut marcher pieds nus sur des braises si au bout il y a du fric à prendre. Je ramenai l'avocat au Palace où il entra. J'attendis devant. Je discutais avec Louis qui lui aussi attendait un client quand je reçus un texto de Rachel Mitchum-Amsellem :

*Hi cutie !*
*Thanks for the photo. Wassup in Paris*[1] *?*
*Rachel in lust*

Louis se cassa avec son client. Je restai là à attendre. Chauffeur, attendre, toujours attendre. Que ne m'en foutais-je pas d'attendre ? Pendant ce temps, le compteur ne tournait-il pas, n'étais-je pas payé huit euros de l'heure avant vingt heures, douze euros après ?... À dix-sept heures vingt-cinq, Radivojevic, Slobodan et l'avocat sortirent du Palace. Deux voituriers, Gaspard et un autre, les rattrapèrent, les dépassèrent et leur ouvrirent les portières de ma limo.

– Good evening, Mr Radivojevic, dis-je en m'asseyant au volant.

– Good evening. Airport !

Ça circula pareillement sans anicroche jusqu'au Bourget. À dix-sept heures cinquante-six, je stoppai ma voiture, baissai ma vitre et, dans un interphone, annonçai le numéro de vol au garde-barrière qui me laissa me diriger vers une seconde barrière qui se leva également. Un employé de piste me fit signe d'avancer

1. Merci pour la photo. Quoi de neuf à Paris ?

sur le tarmac à l'endroit où la limo de Robert était déjà. Je sortis ouvrir la portière à Radivojevic, l'avocat sortit, Slobodan sortit, tout le monde fut sorti et tout le monde, Radivojevic, l'avocat, Slobodan, Robert, l'employé et moi, attendit dans le vent et le soleil. Attendre, toujours attendre... Un jet privé se posa. Était-ce pour nous ? Il s'arrêta en bout de piste, sembla s'éloigner, disparut derrière des hangars, puis réapparut, se rapprocha et roula jusqu'à nous, un beau joujou de quinze ou vingt millions de dollars, de la bimbeloterie de milliardaire, une multitude de G de toutes tailles peints sur la carlingue et jusqu'à la queue de l'appareil. La porte-escalier s'écarta magiquement du fuselage. Une hôtesse en uniforme, une Noire, descendit sur le sol de France. Suivirent deux bodyguards, deux Blacks, très grands, deux tours. L'un était un bodybuilder hypertrophié à en marcher les bras à l'horizontale, lèvres de bad boy et biceps de prisonnier. Il avait des yeux qui servaient à rien, moches, petits, qui roulaient en haut et sur les côtés à la recherche du cerveau qu'ils avaient du mal à trouver. Son cou maousse rapetissait son crâne rasé dont les bosselures donnaient l'impression de pouvoir résister à tout, même aux rayons du soleil qu'elles renvoyaient plus vite que ceux-ci ne les avaient frappées. Il devait être très inintelligent mais n'avoir peur de rien, ce qui est d'une grande utilité quand votre métier est de régler leur compte à des gens auxquels ça fait trois fois que vous demandez de se montrer plus coopératifs. Le deuxième bodyguard était une grande gigasse sans réactivité et sans signes distinctifs, à part qu'il avait une morphologie filiforme, une tronche de globule et qu'il était vilainement dégarni, ses golfes temporaux vastes et inégaux et ses dreadlocks de ploucard du ghetto me déplurent d'emblée. Souvent, quand ils sont deux, deux flics, deux amis ou deux associés, il y en a un moins con que l'autre. Mais, là, non, ils avaient l'air très cons tous les deux et je m'y connais. Le bodybuilder aurait pu être le fils caché d'une fajita roulée en cornet dans sa tortilla de maïs et la gigasse celui d'une asperge trop cuite et, pendant une demi-seconde, cette constatation me donna faim. Le vent et les réacteurs gonflaient nos vestes qui s'envolèrent quand descendit le satrape que nous étions venus accueillir, un Black du format de Prince, le chanteur, un mètre soixante sans les talonnettes. Son visage était d'une indiscutable beauté. Cela étant, son expression mitigée par un sourire serpentin, on ne savait trop comment la prendre, on pressentait qu'elle émanait d'un être fantasque qui avait des sautes d'humeur qu'on appréhende toujours chez ceux qui peuvent dessouder qui ils veulent, quand ils veulent, où ils veulent. Son nom commençait par G puisqu'il avait partout sur lui des grigris flashys et des talismans bling qui reprenaient pour motif la lettre G peinte sur l'avion. Il y avait sur ses épaules un singe tenu par une chaîne et qui était en fait un tarsier, m'apprendrait mon smartphone. Le tarsier était le seul de toute la bande à ne pas obéir au doigt et à l'œil à G, dont le cul devait être plus embrassé que la main du pape. Depuis cinquante millions d'années, m'apprendrait également mon smartphone, les yeux du tarsier sont grands ouverts, exorbités comme s'ils voyaient le montant de mes mensualités de crédit. Mais, pour l'heure, ils fixaient Robert. Robert se tourna vers moi, me regarda, un regard qui voulait dire « Je vais pas me taper le singe dans la limo, dis ? ». G, la fajita et l'asperge s'approchèrent de Radivojevic. G et Radivojevic se tombèrent dans les bras. L'employé de piste rangea dans le coffre de la limo de Robert les bagages qu'aidé par le pilote, il avait retirés des soutes de l'avion. Robert alla ouvrir la portière arrière de sa limo, où entra G pendant que je fis rentrer Radivojevic dans la mienne, où remontèrent aussi l'avocat et Slobodan. Blackamalecs et donne-m'en-cinq virils entre le pilote et la fajita, qui monta à l'avant de la limo de Robert, l'asperge s'étant assise à l'arrière avec son patron. Nous démarrâmes, Robert devant, moi derrière. Le tarsier s'était perché sur le dossier du siège de Robert et, accroché à l'appuie-tête, lui regardait le conduit de l'oreille. On fonça sur l'autoroute, vingt bons kilomètres-heure au-dessus de la vitesse autorisée, puis on traversa Paris tambour battant, empruntant les couloirs de bus désormais que nous avions la bénédiction de la cour d'appel de Paris. On fit un touch-and-go au Palace devant lequel attendait Mirjana Radivojevic qui grimpa dans ma limo en s'abstenant consciencieusement de nous saluer, au point que j'hésitai entre lui dire bonjour et ne pas la calculer et, comme ni son mari, ni Slobodan, ni l'avocat ne lui dirent ou redirent bonjour, je ne pris aucune initiative. Tambour battant jusqu'au pilier sud de la tour Eiffel où ils descendirent tous pour monter au restaurant Le Jules Verne. Ne restèrent en bas que moi, Robert et la fajita. Marche arrière et nous garâmes les deux voitures à cinquante mètres de la tour Eiffel, devant trois cars belges. Robert et la fajita sortirent sur le trottoir.

– Hi, me dit la fajita. My name is…

Il me dit son prénom mais, la vérité, c'est que je ne me le rappelle plus. Restons donc sur « la fajita ».

– Hi, my name is Jules.

Puis, s'adressant à Robert et à moi :

– Where is there a McDonald's ?

– Five minutes away, dis-je.

– Let's go. That's some hardcore munchies I have[1] !

Il ne me laissait pas vraiment le choix.

– Tu veux qu'on te rapporte quoi ? demandai-je à Robert.

– Oh, une salade, va.

La fajita monta à côté de moi dans ma limo. Sa sueur sentait fort, certainement à cause des produits dopants dont on se sert pour la gonflette. Nous fûmes en cinq minutes au McDo.

– What do you want, Jules ?

– Two salads. Choose'em for me. And I also want two French fries and a fruit and yogurt. And don't forget Robert wants a salad. So, to sum it all up, three salads, two French fries, one fruit and yogurt.

– Gotcha ! I'll be right back.

Il revint, sur les bras deux gros sacs en papier qui, eux aussi, puèrent dans la bagnole. On retourna se garer à la tour Eiffel. Sur le trottoir devant les deux limos, il y avait un banc sans fientes de pigeon, nous l'essuyâmes en utilisant des serviettes en papier mouillées et nous nous assîmes dessus tous les trois en rang d'oignons et dînâmes. Robert et moi n'osions parler, ce qui est incorrect devant quelqu'un qui ne

---

1. J'ai grave la dalle.

comprend pas votre langue. La salade avait un goût médicamenteux et les frites, un petit goût dégueu qui n'était pas mauvais.

– Il en a pris combien, des hamburgers ? me demanda Robert.

– D'après le dernier comptage de la Fédération française de bouffe, c'est le cinquième Big Mac qu'il mange.

La fajita avait une moustache de mayonnaise. Ses coudes calés sur son ventre, il mastiquait et je l'entendais d'ici. Il ne permettait pas à ses mâchoires de se reposer, il n'avait pas plus tôt dégluti qu'il remplissait encore sa bouche, jusqu'au moment où, ses muscles devenus trop durs à la détente, il devait s'aider de la tête pour mastiquer. Son Big Mac terminé, il aspira son verre de Coca avec une moue de baiser autour de sa paille. Enfin, sa mâchoire inférieure recula, un menton quadruple se forma qu'il libéra en lâchant un rot qui découvrit ses dents, où logeait un bout de viande rose et brun. Je vis le vent léger de ses renvois passer sur le tissu de sa veste.

– Un poème, ce mec… ne put s'empêcher Robert de me chuchoter à l'oreille.

– Oops, sorry ! dit la fajita.

– No offense, lui dis-je.

Il se lécha un à un les doigts, des doigts en spatule aux ongles en verre dépoli, et il les mit à sécher au bout de ses bras toujours calés sur son ventre pendant que sa langue, se démenant entre joues et gencives, finissait le travail. Il nous regarda d'un air de dire : « Elle est pas belle, la vie ?! » Il se leva, jeta ses ordures dans une poubelle, alla pisser derrière un arbre, revint vers nous, rota.

– Oops, sorry, guys !

Il sortit de sa poche son smartphone. Il voulut nous le montrer, nous l'expliquer, son smartphone qui contenait une débauche de nouvelles fonctions. Que ne ferions-nous pas pour obtenir un minimum de visibilité dans un monde sursaturé de sons, de lumières, de térabits et bientôt de yottabits par seconde, c'est-à-dire 1 000 000 000 000 000 000 000 000 d'unités élémentaires d'information par seconde ?! Je me dis que tout s'obsolisait si vite, ça me désespéra. Je me dis qu'ils inventeraient bientôt des trucs qui prédiraient l'avenir, ça me désespéra.

– Can I take a nap in your car, bro ?

– Il veut aller écraser dans ta limo, traduisis-je à Robert.

– Of course, lui dit Robert.

Dans une poche de sa veste, il prit une brosse à dents et un tube de dentifrice.

– I have periodontitis[1], nous dit-il.

Il se lava les chicots, se les rinça en recrachant dans le caniveau l'eau d'une bouteille prise dans un vide-poches de la limo de Robert, dans laquelle il rentra dormir. Robert et moi allâmes regarder un film dans ma limo. Une petite heure plus tard, mon téléphone sonnait.

– We're back ! me dit Radivojevic.

– OK, Sir.

La fajita sortait déjà de la limo de Robert pour

1. J'ai une parodontite.

s'étirer, il avait dû être réveillé par l'asperge avec qui il était en liaison radio via son oreillette. Nous avançâmes avec les voitures jusqu'au pilier sud de la tour Eiffel, nous rembarquâmes la fine équipe et, tambour battant, nous traversâmes Paris en sens inverse. Je vis que nous étions filés par un monospace, les flics sans doute. Vers la fin du trajet, ce fut assez le bordel, nous eûmes toutes les difficultés à atteindre la place Blanche et c'était la cohue pour entrer au Moulin-Rouge.

– May I ask you a small tip for the bouncer and a bigger one for the head waiter, Sir ? demandai-je à Radivojevic, qui me donna vingt euros pour le videur et quarante pour le maître d'hôtel.

La fine équipe sortit des deux limos et je pris la tête du détachement, tambour battant toujours.

– Je suis avec des clients du Palace, ils sont six, dis-je à un des videurs sans le quitter des yeux tout en lui glissant les vingt euros dans la main.

Le videur nous laissa passer avec tous les égards et nous doublâmes l'interminable queue de touristes qui attendaient pour entrer dans le temple du french cancan. Dans le hall du Moulin-Rouge, un des types derrière le comptoir ne m'était pas inconnu.

– Ah, bonsoir, ça va ? me dit-il en me voyant.

– Bonsoir.

– Vous, c'est le Palace, hein ?

– Bonne mémoire.

– C'est mon job.

– Réservation au nom de Radivojevic. Six personnes.

Le type consulta son écran.

– Je compte sur vous, lui dis-je en ne lui graissant

la patte qu'avec vingt euros des quarante que m'avait donnés mon client.

– Aucun problème… Good evening, ma'am !… Welcome, Sir !… Sir !… Sir !… Sir !… Sir ! leur dit-il à chacun. Please, would you like to follow me ?

– Have a wonderful evening, Sir, dis-je à Radivojevic en sortant du hall.

Galère ensuite pour garer nos deux limos. Nous nous mîmes en double, et même triple file sur la place Blanche, qui se désengorgea peu à peu, et nous pûmes enfin nous y parquer tant bien que mal. Robert discuta un long moment sur le trottoir avec un racoleur de ses connaissances, un des mecs qui font la retape pour les peep-shows de Pigalle. J'allai dans la limo de Robert avec la fajita et le tarsier. Chaleur à crever. J'envoyai la clime. La fajita n'était ni sympa ni pas sympa, il disait rien. Pendant qu'il mata la télé US, j'apprivoisai le tarsier en deux minutes et jouai avec. L'éclate, le tarsier. Puis l'animal s'endormit sur les genoux de la fajita, qui s'était lui-même endormi devant la télé. Je sortis de la limo et, comme Robert discutait toujours avec son racoleur, je retournai au Moulin-Rouge. Le videur me laissa passer. À mon grand pote au comptoir du hall, je demandai à jeter un œil sur le show. On m'installa dans un coin, on me servit une coupe de champagne. Ayant déjà vu le spectacle, mon esprit vagabonda. Je repensai à Mr Green qui, un soir, m'avait invité ici même avec sa femme et ses enfants, les petits-enfants étant restés au Palace sous la garde d'une baby-sitter, cette soirée avait été un moment un peu spécial, j'étais dans le coton, j'avais été sur le pont trente-cinq heures de rang, je n'avais pratiquement pas dormi de la nuit précédente que j'avais passée dans ma limo garée derrière des silos à blé à attendre le jeune frère de l'avant-centre de l'équipe de foot du Brésil, que j'avais amené à une rave party dans un champ de la Beauce, ambiance Mad Max, au petit matin, je n'avais eu le temps que de ramener le bourgeonneux Brésilien à l'hôtel, m'arrêter chez moi pour me doucher, me raser, changer de chemise, de sous-vêtements et me faire engueuler par Paula, « ¡ estoy mamada de ti y de tu trabajo de mierda ! », et, avec deux autres limos du Palace, j'étais reparti accompagner le vieux Green, sa femme, ses enfants et petits-enfants sur les plages du débarquement en Normandie, et on se serait cru dans l'introït d'*Il faut sauver le soldat Ryan* de Spielberg, Green, vétéran d'Omaha Beach, pleurant dans le cimetière parmi dix mille croix blanches, puis, le soir, Green rigolant au Moulin-Rouge où il m'avait invité. En un mot, Paula me manquait… Mon téléphone vibra. Tiburce. Je liquidai mon champagne, ressortis. Dehors, je rappelai Tiburce.

– T'as essayé de me joindre ?

– C'est OK pour Mrs Shepherd demain soir.

– Quelle heure ?

– Tu la prends au Palace à vingt et une heures.

– T'as vu ça avec Matt ?

– Oui.

– Oksana est prévenue ?

– Bien sûr… T'es où ?

– Moulin-Rouge. Radivojevic.

– Mirjana est avec vous ?

– En effet, oui.

– Ouille !

– Le corps, ça pourrait aller. C'est la tête qui suit pas. Elle est super con.

– Ah, mais elle est bête à manger du foin, je te le confirme.

– Bon… Et toi, Tiburce, t'es chez toi ou tu fais la nuit au Palace ?

– Je suis chez moi dans un transat sur mon balcon.

– Que je t'envie. Bon, eh, beh, bonne nuit.

– Bonne nuit, Jules. Et bon courage !

– Merci. Ciao, ciao.

Sur le trottoir, Robert discutait encore avec le racoleur de Pigalle, la fajita et le tarsier dormaient dans la limo et je regrettai de ne pas fumer, ça m'aurait aidé à passer le temps. Attendre, toujours attendre… Je vis la fajita sursauter et il sortit de la Mercedes de Robert en nous disant :

– Let's go !

Sur la place Blanche, c'était de nouveau le bordel, limousines, vans, taxis, banlieusards en voiture, touristes en bus. Depuis l'entrée du Moulin-Rouge, l'asperge nous vit et la fine équipe traversa la place à pied et remonta dans les limos. Mais l'asperge et la fajita durent en ressortir pour arrêter la circulation qui, de toute façon, était déjà plus arrêtée que fluide. Robert et moi pûmes ainsi nous faufiler entre les véhicules et les piétons, nous récupérâmes les deux gardes du corps et, moi devant, Robert derrière, nous repartîmes à toute berzingue par la rue Blanche.

– Excuse me, Sir. Where do you want me to drive you, now ?

– Wait ! me dit Radivojevic.

Lui et sa femme Mirjana avaient une explication en

serbo-croate. Je pigeai rien à ce qu'ils s'envoyaient à la figure, mais je compris qu'elle jurait comme un charretier, pas besoin de sous-titres avec Mirjana. Elle tempêtait contre son mari qui ne se départait pas de son calme et au sujet duquel « Rien ne le touche, tout glisse », me ferait remarquer Robert.

**Raptus évité de peu :**

**« Oh, la roulure, là, derrière, cou-couche-panier-les-pa-pattes-en-rond ! »**

– Palace ! me dit Radivojevic.

Mirjana hurlait maintenant. Nous arrivâmes au Palace, un voiturier ouvrit sa portière et la roulure sortit de la limo en insultant son mari.

**Raptus évité de peu :**

**« Ah, ça fait du bien, un peu d'air frais ! »**

– Hustler ! me dit Radivojevic.

**Raptus évité de peu :**

**« Tout ce que tu veux, mon pote, dès lors que c'est sans elle ! »**

Moi devant, Robert derrière et le monospace des flics encore derrière, nous pulsâmes jusqu'au Hustler, une boîte de strip-tease, où ils entrèrent tous. Ne restèrent dans les limos que moi, Robert, la fajita et le tarsier. À cent mètres du Hustler, on se gara sur un bateau devant une entrée d'immeuble de bureaux. Moi, je voulais rejouer avec le tarsier. Ça tomba bien puisque la fajita vint dans ma limo.

– Robert wants to sleep, me dit-il. Do you mind if I watch French TV ?

– My pleasure, répondis-je en tendant mon doigt au tarsier qui le saisit.

J'allumai la télé et la fajita fut fascinée par un écran

sur lequel des gens parlaient et chantaient en français. Il prit un tube dans une poche de sa veste, en fit tomber deux gélules vertes, m'en proposa une.

– Want some ?

– What is it ?

– Cool stuff.

– Well...

– It's mild anyway, Jules. Yes, mild, mild. And, most of all, undetectable[1]. Cop-proof, if you will, ajouta-t-il devant mon hésitation.

Je pris la gélule.

– Cheers, dit-il en avalant la sienne.

J'avalai la mienne et jouai avec le tarsier qui vint sur mes genoux. Mon téléphone sonna. Radivojevic.

– Jules, je veux mes cigares. Could you go back to the Palace and bring them to me ?

– Sir, yes, Sir !

– I must return to the hotel to bring his cigars to Radivojevic, dis-je à la fajita.

– Do you mind if I come ?

– No problem.

Je démarrai en appelant Robert, que je réveillai pour l'avertir de ce que j'avais à faire. À la réception du Palace, je demandai au concierge d'appeler Mirjana et la prévenir de ce que je venais chercher les cigares de son mari. Je montai chambre 301, la suite Coco Chanel, six mille euros la nuit. Mirjana me reçut en peignoir.

– Can't find'em ! Help me ! dit-elle en m'invitant à entrer d'un geste sec du poignet.

1. Indécelable.

Je compris que je devais l'aider à chercher les cigares. Merde, j'allais pas fouiller la piaule de celui qu'Interpol surnommait le Parrain des Balkans ! Elle les trouva finalement, les cigares, me les donna et je redescendis avec une grosse boîte en bois précieux. Dans la limo, la fajita regardait toujours sa télé française, toujours fascinée. Je redémarrai et je fus pas bien d'un coup. « Mild, mild », mes couilles ! Ces gélules vertes, c'était pas de la défonce de pédé qu'on m'avait refilée. Je me garai au même endroit derrière la limo de Robert, qui s'était rendormi. Je laissai la fajita et le tarsier et gagnai le Hustler à pied.

– Je suis du Palace. J'apporte ça pour mon client.

– Je vous en prie, allez-y, me dit une nana à l'accueil.

Il y avait des écroulades partout sur les banquettes et partout des nanas qui ondulaient sous des spotlights. C'était dur d'y voir dans la demi-obscurité et tant il y avait de bruit. Le saviez-vous : du bruit peut larséner vos sens et, notamment, la vue ? Puis, près d'une grappe de secrétouilles de ville nouvelle enterrant la vie de jeune fille de l'une d'elles, j'aperçus les golfes temporaux de l'asperge et les naseaux de cheval de Slobodan. Trois bitchs dansaient pour Radivojevic et son avocat, une autre se trémoussait pour G et, sur deux tables basses, trois bouteilles de champagne sortaient de trois seaux à glace.

– Excuse me, Sir… dis-je à Radivojevic en lui tendant ses cigares.

– Merci, chauffeur ! dit-il en prenant la boîte. Hey you, one more glass for my chauffeur ! lança-t-il à une serveuse qui passait et qui revint avec une flûte à champagne qu'elle me remplit.

– Thanks, Sir ! dis-je à mon client en levant mon verre à sa santé.

Mais il semblait trop dans le sexe et l'alcool pour me prêter la moindre attention. Je m'assis à côté de Slobodan, levai ma coupe à sa santé, Slobodan esquissa un sourire mais il dormait à moitié. Radivojevic quitta sa banquette, il avait son cigare au bec mais ne l'avait pas allumé, il allait s'éloigner avec une fille quand il fit demi-tour, revint vers moi.

– For my chauffeur ! gueula-t-il en me tendant un ticket de danse.

– Thanks, Sir !

Ce ticket, qu'en faire ? J'observai les danseuses alentour. Pas très emballant. Devant leurs poitrines refaites, leurs chignons postiches, leurs faux cils, les mecs avaient la langue au plancher et, lorsque l'une d'elles leur souriait, ils se regardaient entre eux comme pendant les solos de guitare aux concerts de blues que les connaisseurs applaudissent calmement en se cherchant dans la foule du coin de l'œil. Ils font chier avec leurs maigres, me dis-je. J'avais un réel problème avec ça. Dans ce monde de tibias saillants, de lèvres injectées, de seins charcutés, ça n'aurait été que moi, tous les mannequins actuels auraient été au chômage. Une danseuse en voulut à mon ticket, vint entre mes jambes se déhancher sur la musique. Comment m'en dépêtrer ? Et les mecs dans le Hustler qui me regardaient comme les connaisseurs se regardent entre eux dans les concerts de blues. Je vis une grande blonde qui me sembla avoir de vrais seins et de la cuisse, mais tout est relatif. Il me fallait utiliser mon ticket ou Radivojevic serait vexé et, quand client pas content, client méchant. Je me levai, abordai la grande blonde qui n'était pas si grande car elle trichait avec de très hauts talons, j'aurais dû le savoir, les filles montées sur phallus aiguilles sont souvent une tromperie sur la marchandise. Eh, Jules, à cheval donné, on ne regarde pas les dents. Je filai mon ticket à la meuf que je suivis dans un salon privé dont elle tira le rideau, tirant du même mouvement un trait sur un siècle d'acquis sociaux du féminisme. Simone de Beauvoir eût été là, elle eût eu une descente d'organes.

– Bonsoir. Je m'appelle Athénaïs, me dit-elle.

– Évariste.

Je fus encore pas bien d'un coup. « Mild, mild », mes couilles ! Quelle défonce je tenais ! Ah, ces gélules de la fajita ! Ah, le truc de pute ! J'avais plus ma tête. D'où il résulta que je me mis à ne plus la trouver pas mal, la strip-teaseuse, mais top canon. Elle portait une jupe très économe en tissu, qui s'arrêtait sous le pli inguinal, je me crus ses poils ratissant l'air. Elle était comme si, autour d'une enseigne « BOUCHERIE », un chevillard éclairait une à une des petites ampoules multicolores pour attirer le passant. Elle enleva la jupe et ses ondes sexuelles se propagèrent en cercles concentriques. À sa cuisse, une jarretière de mariée en dentelle, Velcro pour l'œil. Tout son corps lui répondait avec une docilité admirable. Son bassin onctueux onctuait et, après m'être miniaturisé, j'y aurais bien été faire quelques longueurs de brasse coulée.

**Raptus évité de peu :**

**« Merde, on est mieux ici qu'en prison ! »**

Elle enleva son soutien-gorge, des cache-tétons en étoile tenaient Dieu sait comment. Elle me souriait, oui, mais comme si elle tenait un flingue, un sourire qui viciait tout, qu'on aurait aimé lui faire passer d'un coup de bite. On avait envie de la désosser. Ah, Paula, amour de ma vie ! Ah, la périssabilité du sentiment amoureux ! À deux contre un, le cœur a perdu d'avance contre les couilles !

**Raptus évité de peu :**

**« Tu sais que t'es belle comme un Coca qui fait pschit par quarante degrés à l'ombre ? »**

Ah, mes aïeux, quelle défonce ! Ah, ma tête, ma tête, je n'avais plus ma tête et mes doigts s'accrochaient aux coussins ! La fille était à poil, son bassin onctueux onctuait et, oh non, je bandais !

**Raptus évité de peu :**

**« Méfie-toi, jolie môme, j'en ai embroché pour moins que ça ! »**

Avant de sortir du salon privé, elle me regarda bien, capitaine victorieux sur sa dunette qui regarde à la longue-vue couler le dernier mât ennemi. Ah, Paula, amour de ma vie, je coule ! Paula, Paula, Paula, la beauté est un pet des dieux, elle n'est qu'une illusion. Mais une belle illusion... J'avais les jambes qui flageolaient en revenant dans la salle principale. Je me rassis à côté de Slobodan qui somnolait et de l'asperge, la lymphatique asperge. Radivojevic n'était pas revenu. L'avocat et G étaient soûls, murgés au champagne. Je regardai les filles danser, une minute ou trente minutes, je ne saurais dire, ma persistance rétinienne triplement imputable à ma fatigue, à l'alcool et à la drogue dilatait le temps. J'allais retourner à la limo quand G, qui avait deux mains gauches à cause de la biture, fit tomber son fric, tout son fric, il y en avait partout à nos pieds. Des biftons de vingt euros ! De cinquante ! De cent ! Nous nous baissâmes tous les quatre, moi, Slobodan soudainement réveillé, l'asperge moins lymphatique tout à coup et l'avocat qui débourra en un claquement de doigts. Tous les quatre baissés, nous tâtonnions sur la moquette dans le noir. Je fourrais le fric dans mes chaussettes, Slobodan faisait pareil, l'asperge en mettait dans une poche de son pantalon. Ah, ça n'est pas perdu pour tout le monde ! Finissant par me demander si G était ivre ou s'il cachait son jeu pour nous prendre la main dans le sac, je flippai. Voici pourquoi je cessai de remplir mes chaussettes et, paré de l'auréole de la droiture, commençai à rendre son argent à G. Slobodan fit pareil, une auréole identique sur la tête. L'asperge et l'avocat aussi. Tous les quatre, nous rendions son argent à G qui ne nous remerciait même pas, il était rédhibitoirement soûl, murgé, bituré et c'était tant mieux. Je m'esquivai aux chiottes, sans doute suivi par Slobodan. Je m'enfermai dans une cabine, vidai mes chaussettes, comptai le pognon, il y avait huit cent soixante euros que je rangeai dans la poche intérieure de ma veste. Ce métier vous faisait parfois l'effet d'avoir en main un râteau de croupier et de ramasser tous les jetons qui pleuvaient sur la table. Je mis les bouts, caltant à toute vitesse entre les filles qui dansaient, fuyant ce cabaret à tire-d'aile !... Robert dormait dans sa limo et la fajita dormait dans la mienne. J'ouvris mon coffre. Dans un rangement du coffre, je pris quatre bouteilles d'eau que je bus d'un trait. Je jetai les bouteilles dans une poubelle. Robert sortit de sa limo.

– Bon, on lève l'ancre ? me dit-il en bâillant.

– Ils sont encore dans la boîte.

– T'as une gueule de déterré.

Lui aussi, je lui trouvais une gueule de déterré. Et la rue, aussi, je lui trouvais un air pas très catholique. Et la limo aussi, je trouvais qu'elle avait rallongé.

– Bon, on lève l'ancre ou pas ? redit Robert en rebâillant.

– C'est vrai. Ça serait bien qu'on rentre, là.

– T'as une gueule, Jules, va te la passer sous l'eau, fais quelque chose, va te voir dans la glace, t'as des yeux plus ouverts que le tarsier.

– Je suis crevé.

– C'est pas de la fatigue. C'est autre chose. T'es malade ?

– Je suis un peu barbouillé.

– Bon, on lève l'ancre ou quoi ?

Mon téléphone sonna.

– Cinq minutes ! me dit Radivojevic.

– OK, Sir... Suffit de demander, Robert !

On remonta dans les limos. Marche arrière. Pendant la marche arrière, la fajita se réveilla et, devant le Hustler, il sortit, le tarsier sur son épaule, s'étira (la tête du tarsier quand il s'étira...) et remonta avec Robert. Radivojevic, l'avocat, Slobodan, G, l'asperge arrivèrent et rembarquèrent.

– Neuilly ! Boulevard Maurice-Barrès ! I'll tell you where to stop, me dit Radivojevic.

– OK, Sir.

Radivojevic alluma son cigare.

– Cohibas que m'a donnés mon ami Fidel Castro pour services rendus à la « revolución », dit-il à l'avocat qui s'alluma aussi un barreau de chaise.

Nous fûmes à Neuilly en cinq minutes.

– Ici ! me dit Radivojevic.

J'arrêtai la limo devant le portail d'un petit immeuble de cinq étages. Un vigile vint à ma fenêtre. Je baissai ma vitre.

– Bonsoir, lui dis-je.

– Bonsoir.

– Mr Radivojevic. Nous sommes à deux voitures.

– Allez-y.

Le vigile nous ouvrit le portail et nous descendîmes dans un parking sous terre. Les mêmes restèrent dans les limos, les mêmes en sortirent et prirent un ascenseur. La fajita sortit aussi de la limo de Robert pour se dégourdir les jambes dans le parking. Robert me téléphona.

– Ils vont où ?

– J'ai l'impression qu'il y a une teuf ici.

– Putain, on n'est pas couchés.

– Desserre les dents. Pendant ce temps-là, le compteur tourne.

– Je sais, mais j'en ai par-dessus la tête. Je veux aller au lit.

– Rendors-toi.

– C'est ce que je vais faire. À plus.

Je raccrochai, sortis moi aussi de ma limo. Dans le parking, la fajita marchait en parlant dans son dispositif d'oreillette.

– No joke !… Fifth floor ?… Yeah, right, I'm coming, disait-il. I'll be back, me dit-il en se dirigeant vers l'ascenseur.

– Wait, please. I need to go the toilets.

– Come with me. You'll find toilets upstairs.

– Are you sure ? I mean, can I go upstairs ?

– Wow, wow, wow. Chill out[1], Jules. Come with me and the Beast.

« The Beast », la Bête, c'était le tarsier, toujours sur l'épaule de la fajita. Nous montâmes dans l'ascenseur. Ce mec faisait presque deux mètres et pétait la santé, j'avais l'air d'une fausse couche à côté. Lui aussi, je trouvais qu'il avait rallongé.

– So, how about the dope ? Awesome, uh ? me demanda-t-il.

– Far out, dude. Not so mild, though.

Se foutant de ma bonne gueule de déterré, la fajita se laissa glisser contre la paroi vers un des quatre coins de la cabine pour y glousser. Je vis qu'il était cassé par la drogue, qu'il n'y avait pas que moi à l'être. Les portes de l'ascenseur se rouvrirent. L'asperge nous attendait.

– Come with me, guys, nous dit-il.

Nous le suivîmes dans des couloirs. La déco était le contraire de sobre. Au sol, de la moquette bleue chinée de rouge. Aux murs, du tissu fraise écrasée et des appliques tarabiscotées aux abat-jour zinzolin. Sur des guéridons ou des athéniennes, des aiguières en cristal, en bronze, en étain ou en porcelaine. De l'eau ruisselant dans une vasque. Et des centaines de papillons. Il avait dû y avoir un lâcher de papillons plus tôt dans la soirée. L'asperge ouvrit une porte, une deuxième. Avec ces deux gardes du corps marchant les coudes en dehors, je vais te faire une de ces entrées… me dis-je. *Lasciate ogne speranza, voi ch'intrate.* Derrière la deuxième porte, le haut négoce de la luxure, le cartel

1. Du calme.

de la chair, beau monde inceste ! Sur une méridienne, une belle pépée en porte-jarretelles en latex suçait un vieux qui avait de la poitrine et des sourcils blancs broussailleux de docteur honoris causa. Sur un fauteuil à oreilles, deux filles se gamahuchaient l'une l'autre. Sur un canapé en L, un quintet donnait lieu à des positions où l'on ne sait plus quoi est à qui. À terre, une agnelle en bas résilles jouissait, son visage plus plissé qu'un trismus de tétanique, un papillon posé sur le genou, l'avocat de Radivojevic la machinant en lâchant la bride à ses penchants.

**Vu et entendu dans une partouze à Neuilly :**

**(Un homme, accent faubourien de chauffeur de taxi) – Hé, faut pas croire, les femmes, ils sont comme nous, mon gars, ils veulent baiser tout comme nous, pareil !**

**(Un homme chauve) – Titof, t'es trop conceptuel pour moi.**

Devant une fille prise en levrette par un culturiste, des types en file indienne attendaient leur tour, certains dansant sur place comme ces gosses qui ne trouvent pas les chiottes et certains au même rythme que le clapotement des fesses de la fille sur lesquelles cognaient les hanches du culturiste.

**Vu et entendu dans une partouze à Neuilly :**

**(Une fille) – Je sais même pas qui m'a baisée, Lucie, je serais incapable de le reconnaître si j'en croisais un maintenant.**

**(Une fille) – Dans le noir, tous les Noirs sont noirs.**

Deux éphèbes blonds avec des yeux de jusqu'au-boutistes s'élaguaient le bambou devant le double godage d'une femme d'âge mûr ressemblant à la

« Mme Barbe de Rimsky-Korsakov » du tableau de Winterhalter vu en février au musée d'Orsay avec des clients italiens.

**Vu et entendu dans une partouze à Neuilly :**

**(Un queer soûl tripotant l'entrejambe d'un homme soûl) – Tire-li-pimpon sur le chihuahua, tire-li-pimpon avec les mains, avec les doigts !**

**(Un homme soûl) – Arrête, t'es chiant.**

Une libertine, mouche au coin de la lèvre et coiffée d'une fontange pleines de mèches convolutées, donnait ses seins à traire à un bébé de cinquante ans qui avait trouvé un nouveau hochet et l'agitait bruyamment.

**Vu et entendu dans une partouze à Neuilly :**

**(Un homme en smoking noir) – Y a pas à dire, ils savent faire des femmes, ces Arabes.**

**(Un homme en smoking noir, nœud défait, col cassé ouvert) – Fais gaffe, Jean, ici, des fois, elles ont aussi une bite.**

**(Un homme en smoking blanc) – Oh, Jean, lui, plus y en a, plus il est content.**

Sur un pouf marocain, une truie apathique dans sa fange faisait frotti-frotta avec un jeune gringalet imberbe.

**Vu et entendu dans une partouze à Neuilly :**

**(Une femme entre deux âges) – Celle-là sur le pouf, t'as pas besoin d'un spéculum pour connaître le fond de ses pensées.**

**(Une autre femme entre deux âges) – Avec ses vingt ans, elle se prend pour la reine du monde, mais, ah, ah ! cancer et putréfaction la guettent, ah, ah, ah ! je ris !**

**(Une femme entre deux âges) – Chut, moins fort, Sophie !**

Les partouzes, vous en avez vu une, vous les avez toutes vues. Et pourtant. Cette atmosphère un peu folle d'entre-deux-guerres, ces filles en open bar passées entre plus de mains qu'un billet de banque, ça donne à réfléchir. À des tas de choses. Au fait, par exemple, que, depuis qu'ils ont des yeux, les humains scrutent le soleil, la lune et les étoiles en se disant que, s'il y a de la lumière, c'est qu'il y a forcément quelqu'un. Ouais… Et pourtant. Dans ce nexus de forces disruptives qu'est une partouze à Neuilly, je cherchais toute l'architecture qu'il y aurait eu derrière. L'architecture ? L'épiphanie ? Dieu ricanerait-il derrière tous ces culs ? Et pourtant. Je cherchais car je pensais, et encore aujourd'hui, que nous sommes écrits. Savons-nous nous lire ? Ceux qui le savent savent. Et pourtant. Un mafioso corse que, dans sa jeunesse, ma grand-mère avait failli épouser lui avait dit : « Petite, y a un proverbe chez nous : "Tous coupables, personne coupable." »

– I'm going to the toilets, dis-je à la fajita, les deux litres de flotte que j'avais bus une heure plus tôt demandaient à ressortir sur-le-champ.

Je passai de pièce en pièce, dans l'une d'elles une soirée mousse, dans l'autre un type nu grattant languissamment une mandoline pour deux femmes en soutien-gorge, des paréos noués à la taille. Je ne réussis à trouver des W.-C. que dans une troisième pièce où une vingtaine de personnes se livraient à une orgie. Je vous dis pas les entrechats que je dus faire pour passer inaperçu ! Aux toilettes, je pissai pendant une minute sans m'arrêter en regardant nager des poissons dans le réservoir transparent de la chasse d'eau. Des poissons exotiques dans une chasse, il y en a qui ne savent pas quoi foutre de leur argent. Quand je sortis des W.-C., je dus retraverser l'orgie et enjamber une blonde qu'une rousse flagellait. Le fouet comme exhausteur de goût, dire qu'on en est là ! Toujours pan-pan-cucul, quel progrès sur les Grecs et les Romains ! On n'a pas avancé d'un mètre ! La fajita qui me cherchait vint vers moi.

– Hey, Jules ! Was looking for you ! Could you keep an eye on the Beast for me[1] ? Thanks !

Il me donna le tarsier et disparut avec l'asperge et une fille, une saute-au-paf qui jette sa culotte par-dessus les moulins, aurait-on dit au siècle dernier, une femme à la sexualité décomplexée bien dans sa peau, dirait-on aujourd'hui. Mes jambes se remirent à flageoler. J'allai m'asseoir sur un divan dans un couloir à côté d'un type bourré à la vodka, ou ça y ressemblait.

– C'est quoi ? me demanda-t-il.

– Un tarsier.

– Tarsier…

Mais j'avais pas envie de discuter. J'étais recru de fatigue. Je m'adossai au mur, fermai les yeux deux minutes et, lorsque je les rouvris, le tarsier buvait la vodka du mec qui, lui aussi, s'était adossé au mur et ronflait.

– Eh !!…

Je tirai l'animal par la laisse pour lui sortir la tête du

1. Je te cherchais ! Pourrais-tu surveiller la Bête pour moi ?

verre, auquel il s'agrippait de tous ses doigts comme ceux d'E.T. Le mec se réveilla en sursaut.

– Hein, quoi ?!…

– Il a bu de la vodka ! lui dis-je.

– Qui a bu de la vodka ?

– Personne. Personne.

Revenu sur mes genoux, le tarsier me tournait le dos. Il ne bougeait plus. Je lui donnai une tape sur l'épaule pour voir comment il se sentait. Il tourna la tête sur cent quatre-vingts degrés et me fixa méchamment avec ses yeux exorbités depuis cinquante millions d'années.

**– Honte sur toi de devoir faire le maître chanteur, Jules ! Ah, elle est belle, la France !**

**– Euh, l'autre !… Non, mais tu t'es vu au bout de ta laisse ?!… Quand on a ces yeux en billes de Loto, on la ferme !**

**– Paula te l'avait pourtant bien dit, tu avais le bonheur, là, devant toi, c'était elle, c'était l'enfant qu'elle allait te donner, c'étaient des choses simples. Et lui, non, faut qu'il aille faire le maître chanteur !**

**– On voit bien que t'as pas de crédit à rembourser ou de retraite à préparer.**

**– Pas de ça avec moi, Jules. Tu t'es débiné pour pas avoir à devenir mari et père. T'as eu peur du bonheur.**

**– Oh, écrase avec ton bonheur. Je préfère vivre mal que survivre bien ! Respecte au moins ça !**

**– Tu peux pas arrêter de tirer sur ma laisse, s'te plaît ? Tu m'étrangles.**

**– Excuse, mec.**

**– Entre un escroc et tous ces débauchés, me v'là bien entouré…**

**– Mais t'es qui, toi, d'abord, pour nous donner des leçons ?!**

**– Hé, relax, Jules, qu'est-ce que ça peut foutre ? De toute façon, on va tous mourir.**

**– Très bonne remarque, le tarsier. Dis, toi qui sais tout, peut-être que tu pourras répondre à cette question : pourquoi y a-t-il chez l'homme une telle dissociation de l'amour et de l'érection ? Vous avez ça aussi chez les tarsiers ?**

**– Définitivement.**

**– Quoi, définitivement ?**

**– Je parle français, non ?**

**– T'es qu'un ivrogne.**

**– Et toi, t'es un drogué.**

**– On va arrêter là, tu veux bien ?**

**– Nous n'avons plus rien à nous dire.**

**– C'est ce que je pense aussi.**

**– Drogué.**

Puis le tarsier fit des bonds sur le divan. Des bonds de kangourou ! Bong, bong, bong ! Il émettait des couinements. *Groui, groui, groui !* Il va mourir ! Et s'il meurt, je meurs ! Calme-toi, me dis-je. Me calmer ?! Avec la défonce que m'a refilée la fajita ?! « Mild, mild », mes couilles ! Le tarsier bondissait sur le divan, sur moi, sur le mec. Le mec prit peur, se leva d'un coup et partit en courant, en gueulant et en renversant de la vodka sur moi et le tarsier. Merde. MEEEEERDE !! Je me précipitai aux W.-C., retraversant l'orgie. Dans le lavabo, je passai l'animal sous l'eau pour lui enlever l'odeur d'alcool. Je retraversai l'orgie pour la quatrième fois. « Oh, un zoophile… » me dit la flagelleuse rousse. Je revins sur mon divan. Merde, merde, merde, le tarsier avait le poil tout n'importe comment à présent. Dans quel guêpier je m'étais fourré ?! Bon, il revenait la fajita ?! Je m'adossai au mur et vis l'asperge. Je me levai.

– Please ! I need to go to the toilets again, I'm fucking sick, man, I have the runs ! lui dis-je en lui collant le tarsier dans les bras et en me sauvant à toutes jambes.

Je retrouvai l'ascenseur, redescendis au parking, remontai dans ma limo, le cœur battant. J'avais perdu un bouton à ma veste. Dans sa limo garée le long de la mienne, Robert dormait comme s'il était mort, bouche ouverte, tête déportée sur une épaule, un trait de blanc d'œil entre les paupières. Je pris dans le vide-poches de ma portière le roman que j'étais en train de lire, ne parvins pas à m'y plonger, j'allumai la télé et, miraculeusement, parvins à m'y intéresser. Dans la nuit, ils revinrent tous les six, remontèrent en voiture et nous repartîmes. J'eus un dernier regard pour l'immeuble que nous quittions. Ah, si ces murs pouvaient parler… Au bout du boulevard Maurice-Barrès, ce fut déjà Paris. La ville donnait une aubade en notre honneur. Quelle heure pouvait-il bien être ? Cinq heures ? Et demie, peut-être ? J'avais même plus la force de regarder l'horloge au tableau de bord. Je poussai une pointe à cent à l'heure pour me débarrasser de l'avenue de la Grande-Armée qui était vide et, sur ses un kilomètre de fenêtres, il n'y en avait pas une d'allumée. Votre fille, étudiante en droit à Assas, est en train de recevoir le fouet à Neuilly, mais dormez, dormez, bonnes gens.

L'avocat demanda à descendre avenue Kléber, il tenait à prendre le frais en rentrant chez lui à pied.

– Music ! me dit Radivojevic en mangeant la moitié de ses mots, car son menton reposait sur ses clavicules.

– What kind of music ?

– Music !

Je mis la radio sans me soucier de ce que c'était et, si c'était du hard rock, c'était du hard rock. Ce fut du classique. Sur le *Cantique de Jean Racine* de Fauré, je descendais les Champs-Élysées, les rougeoiements bluesy du soleil devant, Robert derrière et moi dedans, assis sur mon strapontin de chaouche. Vingt-trois heures dans la cravate aujourd'hui. J'étais claqué, rincé, putain de cassé en deux. Pitié, Seigneur, achève-moi et envoie-moi chez les soixante-douze vierges que tu promets aux martyrs de l'islam. À cent à l'heure, je fonçais sur mes quarante ans. Foncer à cent à l'heure, c'était bien tout ce dont j'étais capable. J'avais l'étoffe de rien. À mes débuts dans ce métier, j'avais pensé accrocher l'œil d'une célébrité pour qu'elle me mette le pied à l'étrier. S'il avait fallu coucher utile avec une vieille tire-jus pleine de pouvoir, je me serais abaissé à cet avilissant marchandage. Lécher les culs pour les mieux botter ensuite, c'était mon rêve d'il y avait quatre ans. Taxez-moi de superficialité, je m'en moque. Dites-moi que l'argent n'est que de la poudre aux yeux, le même nirvana holographique que Hollywood et ses stars qui ne sont pas si stars dans le privé, je m'en moque, je m'en moque. Moi aussi, je voulais jouir sans entraves, et que viennent me chercher de grosses belles bagnoles roulant sur un bruit de moquette, et que viennent découcher chez moi des étudiantes en droit à Assas. Mais quatre ans à faire des ronds de jambes n'avaient abouti qu'à un deux pièces que je finirais de payer dans quelques mois. Quelle réussite !

**« Cet homme possède un deux pièces rue de Cléry.**

**– Sérieusement ?!**

**– Oui !**

**– Non !**

**– Si ! »**

Je téléphonai au concierge de nuit pour lui annoncer notre arrivée et l'avertir qu'il faudrait un bagagiste. Claqué, rincé, cassé, à soixante-dix à l'heure entre les deux alignements de bornes de la contre-allée qui menait au Palace, j'étais bon pour une berceuse. Je rasai la rangée de poteaux devant la façade de l'hôtel. Décliper sa ceinture d'une main. Déverrouiller la condamnation centralisée des portières. S'arrêter sans brusquerie. Mettre la voiture en position parking. Couper les gaz. Courir ouvrir les portières aux clients.

– Good night, Sir, dis-je à Radivojevic.

– Good night.

– Good night, dis-je à Slobodan qui répondit par un grognement.

Le bagagiste mit les bagages de G et de ses deux bodyguards sur le chariot. G entra au Palace, le tarsier à la main, le tarsier qui suçait son pouce.

– I've never seen the Beast like this before, sucking its thumb, and stuff, disait l'asperge à la fajita.

– Me neither, me neither.

– Maybe that's because it's getting old[1].

---

1. Peut-être est-ce parce qu'il devient vieux.

– No way. Tarsier's life span is twelve years and our tarsier is only four[1] !

– You're making a good point here, nigga. I must confess, I'm clueless about the Beast's current weird behavior, to say the least[2].

– And me, exhausted I am… Good night, sleep well, Jules, me dit la fajita, en me filant une telle tape dans le dos que mes testicules me restèrent coincés entre les fesses.

– Sleep well, buddy, me dit l'asperge, qui me saisit la main pour me faire un blackamalec compliqué qui me désorienta.

– Have a good night, you too, guys, leur dis-je.

Robert et moi redescendîmes nos limos au parking.

– On n'est pas des motos, mais on va encore dormir sur la béquille, dis-je à Robert en claquant ma portière sans contrôler l'état de propreté de ma bagnole, après moi, le déluge !

– Ah, bon, pourquoi ?

Alors je me souvins que Robert n'avait pas vu et entendu à Neuilly ce que j'y avais vu et entendu.

– Laisse béton et va te coucher. Tu réattaques à quelle heure ?

– Dix heures. Une dispo. Et toi ?

– Arrivée aéroport à sept heures trente.

– C'est violent.

---

1. La durée de vie du tarsier est de douze ans et notre tarsier n'a que quatre ans !

2. Tu marques un bon point, là, négro. Je dois avouer que je suis perplexe au sujet du présent comportement de la Bête pour le moins singulier.

– Bon, allez, je vais au moins me doucher.

Je rentrai, gardant sur moi la clé de la limo, contrevenant ainsi à une des prescriptions des Dix commandements du chauffeur. À six heures dix, je fus en mes pénates. Dans une cavité derrière une plinthe aimantée, je mis en sûreté tout l'argent que j'avais dans mes poches. Je me déshabillai, m'allongeai cinq minutes sur ma paillasse Ikea. Un bruit de télé venait de l'appartement du dessus. Je me brossai les dents, me rasai, me douchai, me rhabillai, recousis le bouton à ma veste, mon autre costume étant au sale. Je mangeai des fruits, du fromage, du jambon et du pain complet en buvant mon impossible café soluble lyophilisé Leader Price avec un verre de grenadine, Leader Price aussi. Je regardai mes courriels tout en sachant d'avance que je n'en aurais aucun. Aucun courriel. Content ? Pas mécontent. Je mis assiette, mug et verre dans l'évier. J'enfilai ma veste et sortis. Dans mon ascenseur, je repris la décision de le faire cinq fois et après d'arrêter. J'avais déjà ramassé vingt mille dollars avec Adrian Dobbs. Je ferais encore chanter trois gogos après Mrs Shepherd. Cinq en tout. Cent mille dollars. Ensuite, je dirais à Tiburce que j'arrêtais de jouer avec le feu. Avec mes cent mille dollars et en hypothéquant mon deux pièces rue de Cléry, j'achèterais un studio dont les mensualités de crédit seraient payées par le locataire. Jules, écoute mon conseil : tu ramasses cent mille et après stop ! Dans le hall de mon immeuble, je me sentis glisser sur les tommettes descellées par le temps. Je tirai à moi la vieille porte d'entrée lourde comme de la pierre. Dehors, il faisait déjà beau et chaud.

## Dimanche 11 juin

*– Vous pourriez baisser la musique, s'il vous plaît ?*
*Je veux dormir.*

*Jules.*

Par quel prodige tenais-je debout ? Quels tours de force n'est-on pas obligé d'accomplir pour manger et se loger ? Ce job relevait des travaux d'Hercule. En proie à une déplétion sans précédent, j'entrai dans la salle des chauffeurs. J'y pris un aspirateur et des bouteilles d'eau. Je traversai le parking jusqu'à ma limo dont j'ouvris la portière qu'une heure plus tôt, j'avais claquée. Je passai l'aspirateur sur les cendres de cigare sur les tapis de sol, vidai les cendriers dans la grande poubelle rouge, y jetai deux cadavres d'Évian, je remis des bouteilles d'eau dans les vide-poches. Je rapportai l'aspirateur à la salle des chauffeurs, revins à la bagnole et cette musique classique qu'on entendait dans le parking, où qu'on allât, vingt-quatre heures sur vingt-quatre, sept jours sur sept, me filait la gerbe et me colla le bourdon. Un bourdon titanesque. Je voulus mourir. À la place, je grimpai dans ma limo, démarrai, franchis les grilles automatiques qui se refermèrent derrière moi, montai la rampe en colimaçon accroché à mon volant et m'arrêtai pisser au premier sous-sol. Chauffeur, pisser, toujours pisser et attendre, toujours attendre… J'étais complètement à la ramasse, donc ce matin, pas de lavage de la carrosserie aux rouleaux de la station-service rue Saint-Honoré. Le dimanche aux aurores, ça roulait si bien qu'en parcourant ces rues mortes mais claires comme en plein jour, je m'attendis à y voir surgir les Walkyries chevauchant les ruines du day after. Je conduisis comme je pus jusqu'à l'aéroport Charles-de-Gaulle, vérifiant sur mon smartphone que le vol de Mr Xiang n'était pas en avance. Non, il avait même une heure de retard. Matt m'avait texté que l'hôtesse au sol qui assurait l'accueil de Xiang serait Mélanie. La Malgache. Qui m'appela.

– Jules, tu vas bien ?

– Et toi, beauté ?

– Je suis en grève.

– En grève ?

– Oui, les hôtesses au sol et une partie du personnel de nettoyage, on fait grève. Donc, faudra que t'ailles réceptionner toi-même la marchandise à la sortie des passagers. Désolée.

– Pas grave.

– On prend un café quand ?

– Là, je peux pas.

– Vraiment ?

– Non.

– Tu peux jamais.

– Ben…

– OK, je t'embête plus.

– Mais tu m'embêtes pas.

– À peine !

Crac, elle raccrocha. Dans mon coffre, je pris le panneau bleu nuit marqué en lettres d'or « LE PALACE, PARIS », puis j'allai m'étendre sur la banquette arrière. J'avais une heure devant moi. Je réglai mon smartphone pour qu'il me réveillât. Par la fenêtre de la limo, mes yeux voyaient le dessous du toit du terminal et des effilochures de cirrus floconneux, crinière d'un ciel que traversa un avion sur lequel se refléta le soleil. Je m'endormis bienheureusement en pensant à Mélanie, la Malgache aux shawarmas, petite cochonne, viens voir là, je vais te malgacher, moi, tu vas voir… Un poing. Un poing cogne. Un poing cogne contre la vitre. Un poing cogne contre la vitre de la limo. UN POING COGNAIT CONTRE LA VITRE DE LA LIMO !!… Pourquoi mon smartphone n'avait-il pas sonné ?! À tous les coups, j'étais tellement crevé que je l'avais mal ou pas réglé. J'étais vautré sur le dos, une jambe tombée de la banquette, une jambe contre une portière.

– Palace ! Palace ! disait un Chinois derrière la vitre en montrant du doigt mon panneau que je tenais à deux mains contre ma poitrine.

Un Chinois. Mon client. Je voulus me redresser, mais tombai le cul le premier sur le sol entre la banquette arrière et les sièges avant. Je n'arrivais plus à m'enlever de ce trou. Appelez les pompiers, qu'ils me désincarcèrent ! Si je réussis à me décoincer de là, ce fut en sortant à quatre pattes de la voiture.

– Aïe ! gémis-je en me tenant le dos, qui me fit mal.

– Ah, Palace ! Palace ! dit le Chinois.

– Oh, sorry. I feel so bad, Mr… Mr ?

– Mr Xiang ! I am Mr Xiang ! And you're the Palace, aren't you ?

– Yes. Sorry again, Mr Xiang.

Mais le Chinois ne m'écoutait pas, il n'avait cure de mes excuses.

– Palace ! Palace ! répétait-il en riant avec deux autres Chinois qui lui répondaient « Palace ! Palace ! » aussi, en riant aussi.

J'ouvris toutes les portières de la limo et le coffre. Je commençai à ranger les bagages dans le coffre. Mais, merde, combien de valises ils avaient ?! Et combien ils étaient ?! On bouge plus, les enfants, que je vous compte ! Un, deux, trois, quatre, ils étaient quatre, un quatrième Chinois s'étant rajouté aux trois autres. Ça dura un quart d'heure pour faire tout rentrer, valises et Chinois. Je dus même mettre une partie des bagages dans l'habitacle sur les genoux de mes clients.

– It's gonna take around forty minutes to get to the Palace, dis-je à celui à côté de moi en quittant l'aéroport.

– Palace ! Palace ! me répondit-il en riant.

Il comprenait rien à ce que je lui racontais, mais riait dans des bêlements de chèvre. Il avait également des dents de chèvre, brunes à l'intérieur. Lui aussi, il devait pas emmerder son dentiste.

– Is the temperature right for you ? demandai-je en me tournant vers l'arrière puisque à l'avant, c'était pas la peine.

Les deux bridés à chacune des extrémités de la banquette ne comprenaient rien non plus à ce que je leur racontais. Ils se tournèrent en riant vers le bridé au milieu, Mr Xiang, mon client, le seul à parler anglais, le seul à ne pas être habillé comme un pécore. Les trois autres pue-des-pieds, il n'y aurait eu qu'un chapeau pointu en paille de riz pour aller avec leurs frusques. Ces mecs au Palace ?!... Pas de chance, Mr Xiang avait la plus grosse valise sur ses genoux, elle était tellement énorme qu'il ne pouvait pas me voir et pas m'entendre.

– IS THE TEMPERATURE RIGHT FOR YOU ? hurlai-je à l'intention de Xiang.

Ils arrêtèrent tous de rire. Tous regardèrent fixement la route dont ils s'étaient foutus jusqu'ici. J'avais cassé l'ambiance. Mais je savais précisément comment la remettre, l'ambiance.

– Palace ?... demandai-je à celui à côté de moi.

Une moindre réticence réorganisa ses traits.

– Palace ?... lui redemandai-je.

– Palace, me dit-il, semblant se ranimer.

– Yes, Palace ! confirmai-je.

– Ah, Palace ! Palace ! dit-il aux trois autres derrière, qui répondirent « Palace ! Palace ! » dans des bêlements de chèvre.

Hé, les chinetoques, c'est pas une bétaillère, ma limousine, oh ! Je mis la radio et le pécore à côté de moi bougea la tête en rythme sur la musique et nous entrâmes dans Paris. Quelle entrée dans Paris, mais quelle entrée ! Par comparaison, celle des Chleuhs du 14 juin 1940 aurait fait pâle figure. Je téléphonai au dispatcheur pour le prévenir de l'arrivée de Mr Xiang.

– We're arriving at the Palace, Sir, dis-je à Xiang qui, derrière sa valise sur ses genoux, ne m'entendit pas.

Ceinture. Condamnation centralisée. Arrêt. Position parking. Gaz. Ouverture des portières. Ouverture du coffre pour le bagagiste. Ils sortirent et tous les quatre vinrent me serrer chaleureusement la main avec bêlements en quantité et inclinaisons du buste qu'en Europe, on réserve à un haut personnage qui vous tient par les coucougnettes. Et le pourboire ?! Oh, les niakoués, le pourboire ! Vous oubliez le pourboire !... Je remontai dans ma limo, démarrai à donf entre les deux alignements de bornes en aluminium anodisé de la contre-allée qui faisait le tour de la Place, je descendis au parking, dévalai la rampe en colimaçon accroché à mon volant et, en franchissant les grilles automatiques, je déplorai de n'être pas japonais pour haïr encore plus les Chinois. Je garai ma voiture sur son emplacement, sortis. J'étais en furie. Je tiendrais pas le coup longtemps. Fallait que Shepherd fasse où on lui dit de faire, fallait que les Dobbs et Shepherd suivants fassent de même et fallait que Tiburce traîne pas des mois pour me les trouver. Fallait beaucoup de choses.

– T'en fais, un nez ! me dit Robert quand j'entrai dans la salle des chauffeurs.

– Je les ai là ! dis-je en m'attrapant la gorge à pleine main.

Je déverrouillai mon casier, ouvris une nouvelle tablette de chocolat.

– T'as pu dormir un peu ? demandai-je.

– Un peu.

– T'es pris ?

– Dispo à dix heures. Avec ce sale youpin de Pinkas. Il est infect, il fait pleurer ses secrétaires en les insultant au téléphone, et moi, dans la limo, je sais plus par quel bout le prendre.

– Quel philosémite tu fais !

– Ils sont pas comme nous, ces gens.

– Fariboles. On est tous pareils. Sauf les Chinois !

– Enlève ta barbe, Shylock, on t'a reconnu.

– J'ai jamais réclamé une livre de chair à personne !

– Ouvre les yeux. Tout est enjuivé.

– Justement, à propos de Shylock, faut-il que je te resserve sa tirade dans *Le Marchand de Venise* : « SI VOUS NOUS PIQUEZ, NE SAIGNONS-NOUS PAS ? » ! !

– Bon sang, qu'est-ce que t'as aujourd'hui ?! Hé, cool, Raoul...

– Bon. Chocolat ?

– Non.

– Pourquoi je l'ai ouverte cette tablette ?! J'en veux même pas.

Je balançai le chocolat dans mon casier et y pris sept comprimés effervescents, trois d'aspirine, deux de vitamine C, deux de paracétamol, que je mis dans une bouteille d'eau qui fit des bruits, de la mousse et de la fumée.

– Ta bouteille fume ! gueula Robert.

On était en plein Harry Potter, dans une chambre secrète où des tubes spiralés vont de colonnes de distillation en vases florentins en ballons bouillonnants jusqu'à un flacon d'où s'échappe une vapeur blanche comme la barbe du sorcier.

– Jules ! Mais qu'est-ce que tu fous avec cette bouteille ?!

Je bus le tout. Matt entra.

– Attention à Jules, il est explosif ! lui dit Robert. T'as l'air soucieux, patron...

– Ah, non, mais, bon, les voituriers n'ont plus de

lingettes pour les clients ! OK. Mais on n'a pas à leur donner les nôtres !

Sergei entra et nous salua. Matt posa sur une table son téléphone qu'il avait à la main, prit un sac en plastique, le remplit de lingettes et ressortit.

– Son téléphone ! Il l'a oublié ! dit Robert en se jetant dessus. Sergei, toi, tu surveilles son retour.

Robert commença à trifouiller dans le smartphone.

– Va voir sa banque, dis-je.

– Sa banque, y a un mot de passe, gros ballot.

– Va voir photos, dit Sergei.

– Très bonne idée.

On tomba sur des photos de famille prises dans le Limousin, d'où Matt était originaire. Des photos de lui et sa fille en vacances au ski. Des photos de chaussures d'homme sur les étalages d'un magasin. Des photos de Marylou, la serveuse du Corsaire qui avait éconduit Robert. Marylou sur le trottoir d'une rue bordée de maisons à colombages : la Normandie ? Puis Marylou sur une plage : Deauville ? Marylou était en bikini, cheveux comme ci, cheveux comme ça, tête penchée comme ci, tête penchée comme ça.

– Il se fait Marylou ! dit Sergei.

– Pas trop déçu ? dis-je à Robert.

– Rien à secouer.

– Marylou, belles jambes, hein ? lui dit Sergei.

– Umph… Des jambes de michetonneuse et, Matt, ça lui change pas des premières qu'il a vues en sortant : celles de sa mère !

– Il revient ! dit Sergei.

Robert reposa le téléphone à sa place.

– … et je pense que la pierre a un meilleur taux de

rendement qu'il y a dix ans, dit Robert à Sergei pendant que Matt entra.

– Mon téléphone, il est pas là ?!... Ah, si.

Matt prit son téléphone et ressortit.

– Merde, il va être moins le quart, j'y vais ! dit Robert en contrôlant l'horloge au mur. Ah, Jules : j'ai contacté un avocat.

– Avocat ?

– Ben, pour notre procès contre le boss et le Palace.

– Ah, oui, excuse-moi, j'y étais pas.

– Ça prend forme. Toujours pas décidé à rejoindre le mouvement ?

– Nous y songeons, nous y songeons.

Robert sortit en courant.

– T'es sur quoi ? demandai-je à Sergei en me massant le dos.

– Dispo à dix heures et demie.

Je pris cinq minutes pour, dans mon smartphone, remplir mes factures aux noms de Radivojevic et Xiang. J'appelai Matt.

– Tu m'as prévu sur quoi ? lui demandai-je.

– Sur rien. C'est calme, là. Mais t'auras le départ de Radivojevic à quinze heures trente. Facture déjà passée. Et, ce soir, t'as une dispo avec Mrs Shepherd à vingt et une heures.

– Bien. Je vais dormir au parking.

Dans ma limo, je reculai et descendis mon siège et m'endormis après avoir réglé mon smartphone pour qu'il me réveillât à quinze heures dix. Je me réveillai à quinze heures dix, la bouche pâteuse, et montai avec la limo. Aucune place libre sur aucune des deux aires de stationnement devant l'hôtel.

– Radivojevic, dis-je à un des voituriers par ma fenêtre ouverte.

Je dus aller m'exiler au centre de la Place et surveiller de loin qu'un voiturier levât le bras pour m'avertir de la sortie de mon client. Mais comment surveiller quoi que ce soit quand on se rendort ? Gaspard leva le bras en sifflant entre ses lèvres. Je traversai la Place à toute blinde, me rangeai – pas irréprochablement… – devant les quatre arcades du Palace. Je sortis ouvrir le coffre au bagagiste pendant que Gaspard et un autre voiturier ouvraient les portières de Ravidojevic et de sa femme.

– Good afternoon, Sir, dis-je en démarrant.

– Good afternoon, Jules.

– Good afternoon, ma'am, dis-je.

Elle ne répondit pas. Nous fûmes à l'aéroport du Bourget en moins de temps qu'il n'en faut à Mirjana Radivojevic pour sourire. Pas difficile, remarquez. Sur le tarmac, Radivojevic me donna mon pourboire, qui se révélerait être de cinq cents euros. Correct, très correct.

– Many thanks, Sir, dis-je au « Parrain des Balkans » qui s'était toujours montré réglo avec moi.

– Au revoir, Jules, me dit-il en me pressant l'épaule.

De ce qui précède, on déduit que conduire un milliardaire, c'est lui faire tacitement allégeance. Aussi, qu'il nous pressât l'épaule en fin de service, ça ne laissait aucun de nous sept indifférent. Aucun, même les vieux matous aigris comme Robert. Comme tout le monde, le chauffeur a un cœur, il a juste besoin d'un peu d'empathie déclarée. Merci d'y penser, cher lecteur, si jamais vous devenez riche et que vous vous mettez à fréquenter les palaces. Et, bien entendu, n'oubliez pas mon pourboire... Suivi par son garde du corps Slobodan, Radivojevic monta dans son jet rejoindre sa femme. Moi, je remontai dans ma limo me battre contre le sommeil sur l'autoroute. Mon téléphone sonna :

– T'as déposé Radivojevic ? me demanda Matt.

– Ouais. Je suis sur le retour.

– Demi-tour ! T'as une arrivée au F à dix-sept heures quarante. Mme Hänsel. De Düsseldorf. Je t'ai texté tous les détails.

J'allai me foutre devant le Terminal F et attendis la cliente d'après en me donnant des gifles pour ne pas sombrer. La cliente d'après, je la foirai tout seul comme un grand. Mme Hänsel, la soixantaine, approcha avec l'hôtesse. L'hôtesse paraissait patraque (grippée ? hypoglycémiée ? en règles ?) et particulièrement insatisfaite de sa photo sur son nouveau badge accroché au revers de sa veste, et elle avait la lèvre inférieure pincée entre les dents comme pour lâcher un bon gros « Fuck ! » à la face du monde. C'est vrai aussi qu'on était dimanche... Un porteur suivait avec un chariot sur lequel il y avait une malle Vuitton. Je saluai la cliente et le porteur me demanda de l'aider à soulever la malle. La malle pesait un âne mort, elle nous donna du fil à retordre pour la déposer dans le coffre sans l'abîmer et sans me niquer le dos. Je ne sais pas ce qui me prit, je m'autorisai une plaisanterie totalement déplacée :

– But you put your stepmother inside[1] ?!

1. Mais vous avez mis votre belle-mère, là-dedans ?!

La vieille gretchen me toisa comme d'un mirador au pied duquel je me serais baladé en pyjama rayé en fredonnant une comptine en poussant mon cerceau. J'installai la cliente dans la limo, je démarrai et, redoublant de prévenance, j'essayai de recoller les morceaux. On discuta un peu elle et moi, la météo, les expos à voir, La Tour d'Argent a-t-elle récupéré sa troisième étoile ? Puis Frau Hänsel regarda le Französische dans son rétro et lui annonça que, non, elle ne venait pas à Paris pour affaire, pas pour tourisme ni pour shopping, mais pour enterrer sa belle-mère française, morte la veille. La gaffe. Du Schmidt tout craché. J'écrirais cette histoire dans un roman, on ne me croirait pas[1]. Aucun pourboire une fois la ligne d'arrivée passée, mais j'avais évité le scandale de justesse. Les Malgaches, les Allemandes et les malles : aujourd'hui, tout l'univers m'en voulait.

– T'as pris ? me demanda Robert quand j'entrai dans la salle des chauffeurs.

– Zéro.

– Qui t'as fait ?

– Une grande nazie avec une grande malle.

– Ça me dit rien.

– Normal. C'est la première fois qu'elle descend au Palace.

Günter, dit le Schmidt, dit DPVDLT entra sans un bonjour.

– Quand on parle du loup… me dit Robert dont le téléphone sonna. OK, Matt !… J'ai une dispo. Ciao, les gars.

---

1. Vous me croyez pas, je sais que vous me croyez pas.

Robert sortit. Günter sortit. Moi aussi. J'allai manger un kebab frites rue Daunou, près du Harry's Bar, dans un boui-boui tenu par des Tunisiens, des potes de Kamel qui nous servaient bien en frites. Je n'en mangeai pas le quart. Puis je bus deux cafés au Corsaire, souriant à Marylou que je regardai d'un œil neuf. Je revins au parking et, sans passer par la salle des chauffeurs, j'allai direct dormir dans ma limo après avoir réglé mon smartphone pour qu'il me réveille à vingt heures quarante, ce qu'il fit très bien d'ailleurs. Je remontai avec ma limo devant le Palace, me garai sur celle des deux aires de stationnement la plus devant l'hôtel, descendis de voiture et, vous l'avez deviné, attendis. J'attendis en discutant avec Günter, dit le Schmidt, dit DPVDLT. Discuter est un bien grand mot quand c'était avec Günter…

– Jules, c'est toi qui fais Mrs Shepherd ? me demanda Gaspard.

– Ouais.

– Elle sort.

Elle sortit, en effet.

– Good evening, Mrs Shepherd. My name is Jules, dis-je en démarrant.

– Good evening, Jules.

Brenda Shepherd. Je l'avais googlée en mangeant mon kebab. Une Black américaine. Quarante-neuf ans. Venait du Sud profond. Frère dealer tué à vingt-deux ans lors d'une descente de flics qui était partie en couille. Deuxième frère mogul de l'industrie musicale, très controversé car produisait des artistes appelant à l'insurrection des Afro-Américains et à la restitution de leurs terres aux Indiens. Fortune acquise à la force du poignet dans l'hôtellerie low cost. Mariée à un télévangéliste noir. Avait trois enfants entourée desquels elle posait pour les magazines. Icône républicaine dont, tous les quatre ans lors des primaires, les candidats à l'investiture du Grand Old Party s'arrachaient le soutien, car elle détenait la clé du vote noir conservateur, et quand on sait qu'une élection est souvent un match au finish qui se gagne à quelques centaines de milliers de voix près…

– Jules, I guess you know where we're going.

– I do, ma'am. We'll be there within fifteen minutes or so. Is the temperature right for you, ma'am ?

– It is.

– Excuse me, ma'am. Do you have my phone number ? lui demandai-je lorsque, dix minutes plus tard, elle descendit de voiture.

– Yes, the concierge gave it to me.

Je pianotai sur le digicode de l'immeuble d'Oksana, pute de luxe. La porte émit un bruit électrique, je la poussai pour ma cliente tout en m'écartant contre le chambranle en bois.

– Second floor. The door right in front of the lift, ma'am.

– Thanks.

Je retournai dans ma limo, l'avançai pour la garer sur un passage piéton car, dans ce quartier résidentiel, passé une certaine heure, il n'y avait plus de piétons. J'allumai la télé, l'éteignis, baissai et reculai mon siège et m'endormis en prenant pour la je sais plus combientième fois la décision de faire chanter cinq personnes en tout, puis d'arrêter… Mrs Shepherd n'était pas une couche-tard, elle ne resta que trois heures chez Oksana, ce qui me permettrait d'être chez moi vers une heure du matin. En revenant au Palace, sous le même lampadaire du même feu rouge, elle sembla avoir le même sourire que Dobbs, cinq jours plus tôt. Pourboire ? Pourboire. Que vingt euros. Mais je m'en foutais bien.

*

* *

Une heure dix du mat. Je me déshabillai, me brossai les dents, mis mon huile de jojoba sur le visage, me couchai. Matt m'ayant texté de venir à huit heures le lendemain lundi, je pourrais donc dormir six heures. Correct, très correct… Certaines choses mériteraient d'être désinventées. Ainsi des pigeons ou de la migraine. Et ainsi du voisin de moins de trente ans. Depuis que j'avais emménagé, j'avais déjà entendu ce voisin du dessus, sa musique, ses films, ses noubas. Mais, ce soir, il envoyait la sauce. *Bome-tchiqué/bome, bome-tchiqué/bome, bome-tchiqué/bome, bome-tchiqué/bome.* J'essayai de m'endormir. Une demi-heure. Une heure. Sans succès. C'est parti d'un coup, je me suis levé, je me suis habillé, j'ai arraché un jean à la penderie, j'ai arraché un tee-shirt aux étagères, j'ai mis des baskets, j'ai pris ma clé, je suis sorti, je suis monté au cinquième étage par l'escalier, j'avais les couilles entre les dents, putain de putain de putain, je vais t'expliquer la vie, moi ! Je n'étais pas querelleur, pourtant je ne me laissais pas marcher sur les pieds. Lorsque, sur un trottoir, mon épaule allait à la rencontre d'une épaule masculine arrivant en face, je tournais la mienne pour éviter la collision, mais ne la tournais que de quarante-cinq degrés, jamais quarante-six. Je sonnai à la porte. Mon cœur battait la chamade. T'as peur qu'il pèse cent quarante kilos comme Sergei, hein, femmelette ! me dis-je. Je dus sonner six ou sept fois pour qu'à la faveur d'un blanc entre deux morceaux de musique, mon voisin entendît la sonnerie sur le bouton de laquelle mon doigt devenait aussi rouge que devait l'être ma tête. Il ouvrit. Sourire du petit malin qui se prenait pour le caïd de sa cage d'escalier. Un blondinet qui remplissait bien son tee-shirt. Un cou bombé, des biscoteaux, des abdos en carapace de tortue et, merde, encore un qui faisait dix centimètres de plus que moi. C'est pas tellement que j'étais petit, mais j'étais pas grand grand. Mon frère était grand, ce salaud. Il fallait toujours que j'en laisse pour les autres ! Dans le ventre de maman où j'étais passé deux ans avant mon frère, neuf ans avant ma sœur, je leur avais laissé des centimètres en rab puisqu'ils mesuraient respectivement un mètre quatre-vingt-treize et un mètre soixante-quatorze. Moi, mesuré à un mètre soixante-dix-neuf par l'armée française, à un mètre soixante-dix-huit par la médecine du travail, je m'étais senti lésé par rapport à eux deux et, à partir de là, j'avais développé un complexe tenace jusqu'à ce qu'il me devînt comme une deuxième peau et on m'enterrerait avec. J'avais compensé par de la musculation à outrance vers vingt ans, j'avais atteint les quatre-vingt-cinq kilos, m'y étais maintenu et j'avais pu continuer à flanquer de bonnes raclées à ce petit frère qui ne s'arrêtait plus de grandir (nous nous foutions sur la gueule dans le garage avec des gants de boxe et des protège-dents). Mon frangin se rattrapait au ping-pong en me mettant des piquettes ou en me demandant une partie de mon argent de poche contre des promesses qu'il ne tint jamais. En tout cas, j'aurais bien voulu trois ou quatre de ses cent quatre-vingt-treize centimètres en dédommagement de sa promesse qu'il ne tint jamais de m'apprendre le secret de ses transperçants revers au ping-pong.

– Bonsoir. Vous pourriez baisser la musique, s'il vous plaît ? Je veux dormir.

– Euh... Je sais pas... Je trouve pas que ce soit si fort.

– Vous pourriez baisser la musique, s'il vous plaît ? Je veux dormir.

– Là, vous trouvez que c'est fort ?

– Vous pourriez baisser la musique, s'il vous plaît ? Je veux dormir.

– OK, je vois... C'est une propriété privée ici, dit-il en montrant avec la main le seuil de sa porte. Je suis chez moi. Je peux écouter de la zik chez moi. Bonsoir.

Il referma la porte. Je sonnai. Je tambourinai contre la porte. La porte se rouvrit à toute volée.

– Non, mais ça va pas de taper comme ça ?!

– Vous pourriez baisser la musique, s'il vous plaît ? Je veux dormir.

– Vous voulez vraiment que je mette fort ?! Hein, c'est ça que tu veux ?! Que je mette plus fort ?!

– Vous pourriez baisser la musique, s'il vous plaît ? Je veux dormir.

– L'espoir fait vivre. Rends-moi un service, tu veux ? Barre-toi ! Fais ça pour moi, OK ?!

Il claqua sa porte. Je sonnai en tambourinant contre la porte. La porte se rouvrit.

– BARRE-TOI !!

Il claqua sa porte. Je sonnai en tambourinant contre la porte. La porte se rouvrit.

– C'est ton dernier mot, tête de nœud ?!

– Vous pourriez baisser la musique, s'il vous plaît ? Je veux dormir.

Ses lèvres se crispèrent, sa main partit, voulut-il juste me repousser ou me gifler ? Je pouvais éviter sa main mais je m'y pris comme un pied et elle me toucha en pleine poire. S'il pensait que j'allais rester à compter les étoiles, il se trompait. Il n'avait pas refermé sa porte tout de suite : dommage pour lui. Il était sur le palier de l'étage et non plus dans sa propriété privée : dommage pour lui. À l'armée, nous avions un colonel dont la marotte était le close-combat : dommage pour lui. J'aimais beaucoup mon colonel : dommage pour lui. Coup de pied là où ça fait mal, saisie du bras, luxation, coup de genou dans le ventre, balayage, vol plané et bome-tchiqué/bome ! Étendu au sol contre la cage de l'ascenseur, mon voisin tourna de l'œil. Je courus dans son appart, cherchai la cuisine, y trouvai une casserole, la remplis d'eau, revins lui balancer de la flotte fraîche sur la figure. Je l'aidai à se hisser sur ses jambes. Je l'aidai à rentrer dans son appartement.

– Vous pourriez baisser la musique, s'il vous plaît ? Je veux dormir.

– OK !... Merde, quel con, ce mec... disait-il, une main sur ses lèvres qui saignaient et marchant comme les hommes marcheront encore dans cinq mille ans quand ils se seront pris un coup dans les couilles.

Il referma sa porte. Je m'essuyai le nez pour voir si je saignais, non, je ne saignais pas. La porte d'en face s'ouvrit.

– Vous êtes blessé ? me dit une vieille en robe de chambre.

– Non.

– J'ai tout regardé par l'œilleton.

– Vous avez vu, madame, c'est lui qui a commencé.

– Moi, la petite jeune du sixième et la concierge, il nous rend folles avec sa musique. Alors, merci pour nous.

– Oh, vous savez, entre voisins…

– Si, si, merci. Pour la peine, je vous ferai une tarte aux quetsches. Vous viendrez la manger demain pour le thé.

– Je travaille demain.

– Je la déposerai sur votre paillasson.

– J'ai pas de paillasson, mais merci à vous, bonne nuit.

– Bonne nuit… Et la casserole ?

– Hein ?

– La casserole devant l'ascenseur.

– Oh, elle va pas s'envoler.

Je revins chez moi. Toute musique avait cessé et on pouvait entendre le pédalier voilé d'un vélo qui passa dans la rue. Je me déshabillai. J'allai chier. Effarant la merde qu'on rejette, me dis-je.

– J'en ai marre d'avoir un trou du cul, me dis-je ensuite, accroupi dans le bac de douche, le jet tiède dirigé entre mes fesses.

Je me recouchai. Demain, Mrs Shepherd aurait intérêt à filer doux.

## Lundi 12 juin

*– Maktoum Al Maktoum, le plus grand tippeur du monde !*

*Robert.*

– Ça va mieux qu'hier ? me demanda Robert quand j'entrai dans la salle des chauffeurs.

– Oh, non, c'est pas la big forme.

Après cette gifle que mon voisin m'avait donnée cette nuit, ma mâchoire était très douloureuse, j'y ressentais une laxité ligamentaire pas très sympa à ressentir. Toutefois, je n'étais plus fatigué ou, du moins, pas comme la veille. Dans la cavité derrière ma plinthe aimantée, j'avais gardé quelques gélules jaunes qu'avec Tiburce, nous avions dealées l'année d'avant. J'en avais avalé une ce matin avant de partir. Ça dégageait vraiment les bronches.

– Moi non plus. J'ai de plus en plus de mal à tenir la distance.

Homo erectus se revoûtant, Robert avait des yeux décavés.

– T'es pris sur quoi, ce matin ?

– Un départ aéroport à neuf heures. Je ramène les singes au Bourget.

– Les singes ?

– Le tarsier et les trois Noirs qui l'accompagnent.

Les trois Noirs, la fajita, l'asperge et G, le pote de Radivojevic. Matt ouvrit la porte sans entrer et sans nous regarder.

– Robert, je voudrais te parler, dit-il.

Robert sortit et Matt referma la porte derrière eux. À travers la baie vitrée sans tain donnant sur le parking, je les vis s'engueuler entre les limos garées. Puis Matt remonta au Palace et Robert revint dans la salle des chauffeurs.

– Il se passe quoi ? demandai-je.

– J'ignore qui a vendu la mèche, mais on a été trahis. Matt a été mis au courant du procès qu'on voudrait lui intenter.

– Kamel ?

Dans mon casier, je pris deux comprimés effervescents d'aspirine que je jetai dans l'eau d'une bouteille.

– Si c'est Kamel qui en a parlé à Matt, qui en a parlé à Kamel ? Nous n'étions que cinq à être dans la confidence : moi, toi, Sergei, Valentin, Louis.

– Robert, t'as vu qui fait dispatching aujourd'hui ?! dit Sergei en entrant.

– Non, je suis venu directement ici ce matin, sans passer par le Palace.

– Moi aussi, dis-je.

– Valentin ! dit Sergei.

Je bus mes aspirines dans de la flotte.

– Quoi ?! fit Robert.

– Matt a proposé poste dispatcheur à Valentin parce que Mohamed partir demain monter société de limousines à Rabat au Maroc « en association avec Matt qui y mettra des billes », m'a dit Gaspard.

– Tout s'explique, dit Robert. Valentin nous a trahis pour une place de dispatcheur. Le Judas ! Ah, j'en ai ras le cul, tiens, dit Robert en prenant une teinte... une teinte comment ?... je sais pas mais une teinte.

Il semblait un boxeur à moitié sonné qui, couché, se refait une santé en attendant que l'arbitre ait compté jusqu'à six, puis sept, puis huit, avant de se relever à neuf, juste à temps.

– Ça n'a rien pour m'étonner, dis-je.

– Oh si, moi, ça me la coupe quand même.

– Allez, prends la chose du bon côté, Robert. Comme disait ma grand-mère corse morte à cent deux ans l'année dernière, pour te dire un peu qu'elle en savait un bout sur l'existence bien que le plus loin qu'elle ait jamais été, c'est Marseille en ferry : « Le pire n'est jamais sûr ; et le meilleur pour les autres non plus. »

– Valentin, dispatcheur. Oh, ses qualités l'appellent à ce poste : c'est un fils de pute et un enculé. J'aimerais pas l'avoir avec moi à la guerre...

– *Status quo ante bellum* ! dis-je en me disant que, les gélules de Tiburce, elles dégageaient pas que les bronches, derrière les oreilles aussi, atteignais-je leur pic de concentration plasmatique ?

– Bon, j'y vais. Faut que je mette de l'essence dans la voiture et que je la lave.

– Moi aller avec toi à l'essence, dit Sergei à Robert.

– Je sors avec vous. Je vais chercher la clé de ma limo.

Je remontai sur la Place. Dans le hall du Palace, Mohamed était en train de former Valentin au métier de dispatcheur. Je les saluai.

– Mohamed, je prends quelle voiture aujourd'hui ?

– La 582.

– Tu m'as mis sur quoi ?

– Départ aéroport à onze heures. Mrs Shepherd. CDG. Terminal E. Facture déjà passée.

J'allais repartir avec ma clé. Valentin vint à moi.

– Jules, c'est Matt qui a voulu que je sois au dispatching. J'ai rien demandé, moi.

Il donnait l'impression de ne plus savoir sur quel pied danser avec nous, ses déjà anciens collègues.

– Valentin, tu confondrais pas excuse et explication ? Que tu sois chauffeur ou dispatcheur, je m'en fous. Tant que tu me fileras des bonnes voitures et des bons clients. Post-scriptum : ça serait bien que t'ailles parler à Robert. Ça, j'te préviens, y a plus de chances qu'il te saute à la gorge qu'au cou. Mais ça serait quand même bien que vous parliez.

En redescendant au parking, je reçus ce texto de Tiburce :

*Oublie pas que t'as une vidéo à montrer à Shepherd.*

*À + !*

Pièce(s) jointe(s) : *Vidéo Shepherd.*

Putain de mâchoire, qu'elle me faisait mal… Je passai l'aspirateur dans ma limo, y remis des bouteilles d'eau, puis je montai lui donner de l'essence et la laver aux rouleaux, puis je la redescendis au parking, baissai et reculai mon siège, réglai mon smartphone pour qu'il me réveillât, voulus dormir, n'y parvins pas, allumai la télé de la limo. À onze heures moins le quart, je me garai devant le Palace. Mehdi, le bagagiste, était là, les valises de ma cliente sur son chariot.

– So what, no fucking ziti, now ?! me dit ce gavroche en livrée à boutons dorés. Mate ça, marmonna-t-il en faisant le guet et en sortant son smartphone.

– Tu me soûles, Mehdi, avec tes vidéos salaces. Si c'est pour me montrer « À deux sur Pamela », c'est déjà fait.

– Mais, non.

– Et si c'est des snuff movies, c'est pas pour moi.

– Mais, non, je te dis. C'est du midget fight, du combat de nains. Mate ça !

– Mehdi.

– Bon, OK.

– Du combat de nains. T'as pas honte ?

– C'est pour rigoler.

– Quand on aura fini de se taper sur la gueule, peut-être qu'on pourra aller sur Mars. S'y taper sur la gueule.

D'enfer, ses gélules au Tiburce !

– Hein ?

– Hein ?

– Aide-moi plutôt à mettre… Cette valise dans… Han !… ce… Han !… coffre !

– Jules, t'as Mrs Shepherd qui sort, me dit Gaspard.

Mrs Shepherd arriva. Dans le coffre ouvert, elle contrôla que tous ses bagages y étaient. Elle donna un pourboire à Mehdi. Mehdi ferma le coffre. Elle donna un pourboire à Gaspard, qui la fit monter dans ma limo.

– Good morning, ma'am, lui dis-je en attachant ma ceinture en démarrant.

Et je revis les yeux tristes et comateux d'Adrian Dobbs, yeux les plus tristes que j'aie jamais vus. Je n'eus plus seulement mal à la mâchoire, aux tympans aussi.

– Good morning.

– It's gonna take around forty minutes to get to the airport. Is the temperature right for you, ma'am ?

– Cooler, is it possible ?

– Yes, ma'am. Would you like some music ? demandai-je pendant que je baissai la température dans l'habitacle.

– No, thanks.

Nous prîmes le même chemin que celui pris avec Adrian Dobbs. Nous passâmes devant l'église de la Trinité, place Clichy, rue Caulaincourt, boulevard Ney. C'est boulevard Ney que j'avais commencé à montrer à Dobbs le film de ses ébats avec Oksana. Une traînée d'acide me parcourut l'œsophage. Je me massai le plexus en grimaçant. Je sortis mon smartphone de la poche intérieure de ma veste. J'avais les tempes pulsatiles et de la sueur à la racine des cheveux. Matons, lits superposés, parloir et ta mère et Paula inconsolables ! Bougre d'imbécile, tu cherches une introuvable passerelle vers la richesse, tu ne prends qu'un raccourci vers le désastre ! Mais la promesse que tu t'es faite, hein, vas-tu la tenir ? Renégat ! Couard ! Jules, écoute-moi bien maintenant : après cette négresse, tu m'en fais chanter encore trois, tu ramasses tes cent mille dollars et tu te casses ! Je mis mon doigt sur une touche de mon smartphone, bien décidé à imposer à ma passagère le visionnage du film d'elle avec Oksana. Je regardai Mrs Shepherd dans le rétroviseur et, moi qui vous écris, j'en fus pétrifié.

– Yes, ma'am ?

– Excuse me ?

– Sorry, ma'am, I thought you were talking to me[1].

Mes yeux revinrent sur la route, attirés par quelque chose qui avait bougé en périphérie de mon champ visuel. Un type avait mis un premier pied sur un passage piéton à trente mètres de mon capot. Je freinai de tout mon poids. La limo s'arrêta si brusquement que nos dos se décollèrent des dossiers en cuir et que mon doigt pressa la touche fatidique sur laquelle il reposait. Sans l'enfoncer.

– Dreadfully sorry, dear ma'am.

– That's OK.

Le type traversa en s'excusant de la main. Je lui souris pour recouvrer mon calme et parce qu'en partie grâce à lui, je venais de comprendre que Brenda Shepherd, enfant des housing projects[2] des quartiers d'Atlanta où même la flicaille n'allait pas, on ne la pigeonnait pas. Je redémarrai. Je me dis que j'étais peut-être un renégat et un couard, que je manquais peut-être de constance et d'estomac, mais pas de lucidité. Quand nous arrivâmes à l'aéroport, Mrs Shepherd descendit. Cette grosse pute ne me donna pas de pourboire, qu'un « Thanks » et elle partit avec ses bagages et l'hôtesse. Va rendre service, toi ! May you rot in hell, baby ! Ces cent mille dollars que je devais extorquer à une cliente américaine du

1. Désolé, madame, j'ai cru que vous me parliez.

2. HLM.

Palace à Paris, ça finissait en queue de poisson et j'appelai Tiburce pour le lui annoncer.

– Tu peux parler ?

– Non, Jules. Attends une seconde…

J'entendis des bruits de pas et le souffle que fait la respiration de quelqu'un qui marche.

– Comment ça s'est passé avec Shepherd ?

– J'arrête, Tiburce.

– T'arrêtes ?…

– Ce chantage, là.

– Shepherd, tu lui as montré la vidéo que je t'ai transmise ?

– Non.

– Mais pourquoi, merde ?!

– Tiburce. Si j'avais montré à Shepherd une vidéo d'elle et d'Oksana en train de se gouiner, elle n'aurait fait qu'une boulette de nous.

– C'est quoi, ce délire ?!

– Ça se voyait dans ses yeux dans le rétro ! C'est une femme qui, premièrement, ne connaît pas la peur parce qu'elle n'a ni Dieu ni maître et qui, deuxièmement, a la rage parce que frère tué par balles, parce que père ayant abandonné le domicile conjugal, parce que premier mari condamné à la réclusion criminelle à perpétuité. Qu'une boulette, elle aurait fait de nous ! Si nous l'avions fait chanter, elle aurait envoyé des mecs qui massacrent à la tronçonneuse, ou elle aurait fait exciser Oksana, mais je peux te dire qu'on l'aurait senti passer.

– Moi qui croyais qu'on pouvait compter sur toi…

– Ce que je veux te dire, c'est que, cette femme,

quand tu la vois, elle a pas l'air d'un bébé dans son youpala. Désolé, Tiburce.

Crac, il raccrocha. J'éprouvai un bien-être prodigieux, une délivrance sans mélange. Je me laissai avaler par le cuir de mon siège qui avait été dessiné pour mon dos exactement. Je fermai les yeux et m'accordai quelques minutes pour savourer mon acquittement par la justice française, qui m'avait déclaré non coupable de proxénétisme et d'extorsion…

– On va au self ? Peut-être qu'il y aura la rousse de l'autre fois, me dit Robert quand, à mon retour de l'aéroport, j'entrai dans la salle des chauffeurs.

– OK.

Mon téléphone sonna. Le dispatcheur.

– Pas OK ! dis-je à Robert.

– Chaud devant ! me dit Mohamed. Tu remontes tout de suite ! Tu fais M. Mugny et sa fille, chambre 225. Ils sont déjà là, magne-toi ! Dis à Robert de remonter aussi.

Accroché à mon volant, je pris à donf la rampe en colimaçon, Robert dans mon sillage. Je m'arrêtai devant l'hôtel. Les voituriers ouvrirent mes portières. La fille de M. Mugny s'appelait Joyce. C'était une gamine rouquine, elle avait sept ans et ne voulait pas regarder la tour Eiffel.

– Je veux pas voir la tour Eiffel.

– Pourquoi ça, Joyce ?! s'étonna son père, M. Mugny, qui avait un accent traînant, il était suisse, de Lausanne.

– Je veux pas la voir, la tour Eiffel.

– Mais, hier dans l'avion, tu m'as bien dit que tu voulais la visiter…

– Je veux pas voir ta tour Eiffel, répéta Joyce, qui

avait de la suite dans les idées mais également le bel illogisme des enfants qui vivent dans leur monde.

– Mais qu'est-ce qu'elle t'a fait, la tour Eiffel, pour que tu ne veuilles plus d'elle ?!

– C'est les animaux du jardin du Luxembourg que je veux voir.

– Mais il n'y a pas d'animaux au jardin du Luxembourg, Joyce… Hé, Joyce, tu vas me répondre ?

Trop tard, l'enfant s'était fermée comme une huître. Elle ne quittait ni des yeux ni des mains sa console de jeux posée sur ses genoux. Joyce avait une bouille opaline aux joues bulliques pleines d'air de la montagne et de gruyère entre lesquelles s'encadraient des dents de lapin fichées dans une bouche d'un beau rouge saute-aux-yeux. C'était une fillette aussi sincère qu'un éternuement et, en l'apercevant, on avait un besoin irrépressible de l'étreindre, de l'embrasser. Continuant à jouer sur sa console, elle causait à présent toute seule sur la banquette arrière, récitant ses pensées comme on solfie une partition.

– Ma gosse est dingue de ce truc, me dit le père, qui voulait parler de la console de jeux. OK, Joyce, nous sommes maintenant devant la tour Eiffel. C'est promis, nous ne nous y arrêterons pas, mais peux-tu au moins la regarder, hein ?… Joyce, ton père t'a posé une question… Joyce, tu m'entends ?

En fait, elle avait très bien entendu, la môme, mais s'essayait à contrôler la situation. Future leader.

– Joyce, tu n'as qu'à lever la tête et tu verras la tour Eiffel. Lève ta tête, enfin, c'est stupide… Cesse de faire le bébé… Bébé, bébé, Joyce n'est qu'un bébé !

Elle lâcha sa console et se couvrit les yeux, les paumes plaquées sur les orbites.

– Il n'y a rien à faire… Jules, les désirs de mademoiselle étant des ordres, allons au Luxembourg. Joyce, tu veux bien au moins, s'il te plaît, dire merci à Jules de nous conduire au Luxembourg ?

– D'accord, dit-elle en se remettant à jouer.

Elle avait une petite façon de dire gentiment « D'accord » qui vous ravissait.

– Merci, Jules, dit-elle sans quitter sa console des yeux.

– De rien, Joyce, dis-je.

– Jules, vous savez où nous pourrions voir ensuite des animaux ?

– Il y a bien le zoo de Vincennes…

– C'est loin ?

– Non, monsieur Mugny. Vingt minutes tout au plus.

– Bien. Très bien.

En remontant le boulevard Saint-Germain, Mugny et moi échangeâmes quelques généralités sur la pollution et les énergies propres et renouvelables. Puis nous passâmes devant le Sénat.

– À votre droite, le Sénat, dis-je.

Il se pencha, regarda le bâtiment et dit :

– Nous avons le même problème.

Je ne pus me retenir d'éclater de rire.

– Ne riez pas, Jules, ça s'appelle pas Sénat, mais nous avons le même problème.

Je donnai mon numéro de téléphone à mon client, le déposai avec sa fille à l'entrée du Luxembourg et allai les attendre en double file rue d'Assas. Dix minutes plus tard, mon téléphone sonna.

– Jules, vous pouvez venir nous reprendre ?

– Bien sûr, monsieur.

Je les retrouvai là où je les avais laissés. Ils remontèrent en voiture.

– Le zoo de Vincennes, vingt minutes, avez-vous dit ?

En fait, nous y fûmes en moins de quinze minutes.

– Papounet ?

– Oui ?

– Je peux te dire une chose à l'oreille ?

– Vas-y, dit le père en se penchant. Ah… dit-il en se redressant après que sa fille lui eut parlé.

– Jules, puis-je vous demander un service ?

– Tout ce que vous voudrez, monsieur Mugny.

– Joyce souhaiterait que vous nous accompagniez au zoo. Cela vous serait-il possible ?

– Bien sûr, monsieur Mugny.

– Vraiment, ne vous sentez pas obligé. Je suis très embêté de vous demander cela.

– Non, non, monsieur Mugny, je vous en prie. J'ai déjà dû accompagner des clientes dans des endroits bien moins fréquentables que des zoos.

– Je vois, je vois, Jules… me dit-il, une étincelle grivoise au coin des paupières.

Nous nous garâmes, descendîmes de voiture et marchâmes jusqu'à l'entrée du zoo. Dans son pantacourt, Joyce avait un petit cul de matador, deux pommes à croquer. Naturellement, c'était une fille, par conséquent déjà une midinette qui s'enroulait les doigts dans ses cheveux et outrait ses attitudes, mais, surprenamment, elle paraissait beaucoup plus sage que son âge. Ce qui ne l'empêcha pas de devenir folle devant les lémuriens. Avec cette manière qu'ils ont de vous prendre dans leurs grands yeux fixes de junkie dont le voltage des iris vous traverse tout le corps, on pourrait penser que ce sont eux qui sont au zoo et nous, les bêtes curieuses. Ce qu'elle les applaudissait, les lémuriens ! Elle aurait applaudi des deux pieds comme un nourrisson si sa souplesse le lui eût permis. La fillette se retourna vers son père pour voir s'il riait, elle se retourna vers moi pour voir si je riais, son regard sauvageon de brigande en pantacourt croisa le mien pour la première fois, elle ne se sentit plus de joie de constater que nous riions avec elle et elle applaudit plus fort encore en sautillant dans ses baskets couleur sorbet.

– T'as faim ? lui demanda son père, car il était quatorze heures.

– Non.

– Nous avons petit-déjeuné tard, me dit-il. Tu veux même pas une barbe à papa ?... demanda M. Mugny en prenant un air de conspirateur très au fait des péchés mignons de sa gourmande de fille.

– Ouais !... Papounet ? Je peux te dire une chose à l'oreille ?

– Vas-y, dit le père en se penchant. Ah... dit-il en se redressant après que sa fille lui eut parlé. Jules, puis-je vous redemander un service ? Joyce voudrait vous offrir une barbe à papa.

– Merci, Joyce, lui dis-je.

La vendeuse me remit la friandise, qui ressemblait à un cocon de chenilles roses.

– Vous n'êtes pas obligé de la manger, faites un peu semblant et jetez-la dès que ma fille a le dos tourné, me dit discrètement son père.

– Elle est bonne, ta barbe à papa ? me demanda Joyce.

– Excellente. Et la tienne ?

– Trop bonne.

– Dis-moi, Joyce, je voudrais te poser une question. C'est quoi le jeu qu'il y a sur ta console ?

– Je fais un élevage de chiots. Je les vends. Je gagne de l'argent et, comme ça, je peux acheter encore plus de chiots, les nourrir et les vacciner.

– T'as combien de chiots ?

– Huit. Hier, j'en avais dix. Mais j'en ai vendu deux, hier, avant de me coucher.

– T'as un chiot préféré ?

– Oui.

– Il s'appelle comment ?

– Chachou. Sa devise est « Je suis content ».

– J'ignorais que les chiens avaient une devise.

– Ben, si, hein ! Celle de Chachou, c'est « Je suis content ».

Nous retournâmes à la voiture, mais, au moment d'y prendre place, son père regarda l'heure, baissa le pantalon et le slip de Joyce en un tour de main, sortit une seringue prête à l'emploi d'une des poches de sa veste saharienne et fit une piqûre à sa fille, qu'il aida à se rhabiller et à s'installer dans la limo dont il referma la portière.

– Joyce est malade. Une maladie orpheline qui lui détruit les poumons. Nous avons tout essayé avec ma femme, tous les spécialistes de tous les hôpitaux… Allons-y, Jules.

J'étais atterré. J'ouvris la portière à mon client, la lui refermai. Je remontai dans la limo et démarrai.

– Joyce, où veux-tu aller ?

– Je veux des jouets.

– Ah, oui, des jouets. Jules, où pourrions-nous en trouver ?

– Puis-je vous suggérer Au Nain Bleu ?

– Ça n'est pas trop loin ?

– Tout près du Palace.

– Allons-y.

Je m'arrêtai en double file devant Au Nain Bleu, mis les warnings et descendis ouvrir la portière à mon client et à sa fille. Je les attendis. Ils ressortirent une demi-heure après avec une grosse peluche que Joyce serrait contre son ventre. Je les ramenai à l'hôtel. C'est Gaspard, le voiturier, qui ouvrit la portière à M. Mugny, c'est moi qui l'ouvris à Joyce et sa peluche.

– Tu remercies Jules pour cette promenade dans Paris ? lui dit son père.

– Merci, me dit-elle.

Je me penchai et embrassai sur la joue sa tête de fripouille.

– Tu me promets que tu ne vendras pas Chachou ? lui dis-je.

– D'accord, dit-elle de la petite façon qu'elle avait de vous dire gentiment « D'accord ».

– Merci, Jules, me dit M. Mugny.

– Je serais heureux d'être à nouveau votre chauffeur. Combien de jours restez-vous au Palace ?

– Malheureusement, nous repartons dès aujourd'hui. Des amis français qui ont un château en Bretagne viennent nous chercher dans une heure.

– Dans ce cas, j'espère vous revoir un jour.

– Tenez, pour vous, me dit-il en me tendant un pourboire.

– Oh, vous me gênez, monsieur Mugny. Ça a été un tel plaisir pour moi…

– Le plaisir fut partagé. Pour vous, me redit-il en me tendant un argent qu'en aucune manière, je n'aurais pu refuser sans qu'il s'en formalisât.

Il posa sa main sur la tête de sa fille pour l'attirer à lui et rentrer à l'hôtel.

– Je me souhaite une fille comme la vôtre, lui dis-je, presque involontairement.

Il s'arrêta, se retourna.

– Ne dites pas n'importe quoi.

Il me fixait par-dessus son épaule. Il souriait liminairement.

– Allez, Jules, merci pour tout. Et bonne chance pour la suite.

– Au revoir, monsieur Mugny.

Je voulus remonter dans ma limo pour repartir, mais le passage était bloqué par la Rolls du Pacha qui allait sortir incessamment.

– Il se passe quoi ? me demanda une femme.

**Raptus évité de peu :**

**« Je suis de la vieille école, on dit bonjour en entrant dans une pièce ou en abordant quelqu'un dans la rue. »**

La nana, c'était Carla Bruni, top model devenue chanteuse. Avec ses chaussures je-vote-à-gauche et son écharpe palestinienne, elle prenait des airs de pas en avoir plein les poches. Au test du *Nouvel Observateur* « Êtes-vous bobo ? », elle avait toutes les bonnes réponses, de la marque de thé au lieu de vacances. Elle venait de sortir d'une Mini Cooper en bordel : le fin du fin en matière de parisianisme. J'avais lu sa dernière interview : antimondialiste entre deux vols intercontinentaux, antiraciste à cent mètres d'un commissariat et son nom figurait sur toutes les pétitions de soutien aux défavorisés de toute sorte, le nouveau bottin mondain.

– Le propriétaire du Palace va sortir, lui dis-je.

– Oui, mais, enfin, bon, je suis pressée, moi.

– Un peu de patience, mademoiselle. Il y en a pour une minute, dis-je, hypnotisé par ses pommettes bombées en ailes de Mini – Botox – et son nez en rampe de skate – burin.

– Je suis pressée ! J'ai une ITV[1] dans moins d'une heure !

Elle ne me regardait pas quand elle me parlait.

**Raptus évité de peu :**

**« Je pue de la gueule ? T'es plus polie dans tes interviews. La politesse, ça s'apprend pas. La politesse, se laver les dents avant d'aller chez le dentiste, ne pas frapper un homme à terre, ça s'apprend pas. »**

– Joyce va bientôt mourir, dis-je.

– Quoi ?! fit la Bruni qui me regarda enfin.

Il y avait un mec dans la Mini, qui sortit aussi et nous rejoignit. Je le reconnus, un jeune cacique du parti socialiste, ex-ministre de la Solidarité nationale et des Droits de l'homme ou une connerie comme ça. Lors de

1. Interview à la télévision.

ses passages télé, il se disait fier de son oncle qui n'était pas redescendu des barricades. Mais sa rébellion à lui se résumait à la poussière sur ses chaussures, à sa chemise sortie du pantalon et à sa veste en cuir. C'était un ancien ministre en veste en cuir en plein juin parce qu'il tenait à être un maire ou un député en veste en cuir. Il n'expulsait personne de ses HLM pour pouvoir encore écouter les Clash et il aimait Basquiat pour pouvoir prendre le métro avec des Noirs, mais il était né chez des gens riches et ça le faisait chier. Il y avait des ruines médiévales dans la famille, on se mariait en gants blancs et grand chapeau, mais il ne fallait pas le répéter. Gaspard s'approcha de moi.

– Tu l'as reconnue ? me demanda-t-il en parlant entre ses dents.

– Rien à foutre. Une radasse de plus.

– Merde, Jules, tu veux un mégaphone ?! Parle moins fort, elle est à deux mètres... Je viens de lui remonter sa Mini du parking. Pas de pourboire. Pas merci. Sa race !

– Qu'est-ce que je disais...

Le Pacha sortit de son hôtel. Gaspard courut lui ouvrir la portière de sa Rolls. La Rolls démarra. La voie redevenue libre, je pus remonter dans ma limo. Je mis les cent euros de M. Mugny dans une poche de mon pantalon, redémarrai, repris la contre-allée qui faisait le tour de la Place. Je descendis au deuxième sous-sol du parking, franchis des grilles automatiques qui se refermèrent derrière moi. Je garai la limo sur son emplacement. Je remplis ma facture au nom de M. Mugny, chambre 225. Je descendis de voiture, ouvris les portières arrière, en sortis les tapis de sol que je secouai contre un mur. En remettant les tapis de sol dans la Mercedes, je vis que, toute à sa nouvelle peluche, Joyce en avait oublié sa console de jeux sur la banquette. Je remontai sur la Place, passai sous les arcades du Palace, grimpai les escaliers du hall jusqu'à la porte-tambour que faisait tourner un groom à chapeau rond tout juste sorti de l'école hôtelière. Tiburce n'était pas à la réception. Je fis signer ma facture par un des autres concierges.

– La 225 a oublié ça, lui dis-je en lui remettant la console de jeux.

Je ressortis par la porte-tambour, traversai les tapis rouges du hall, traversai la Place jusqu'à cet édicule d'où des escaliers partaient sous terre.

– J'ai faim ! dis-je en entrant dans la salle des chauffeurs.

– Ben, va t'acheter un truc, me dit Louis qui, assis devant la table, dessinait une maison sur une feuille en mangeant des Pépito.

Je déverrouillai mon casier, y pris mon chocolat.

– Ta journée ? demandai-je.

– Ce matin, j'ai fait la fille de Khadafi. Sympa.

– Combien sympa ?

– Trente euros sympa. Trente euros pour trois heures. Après elle, j'ai été chercher des Japonais à l'aéroport. Pas de pourboire. Après, j'ai emmené notre cher directeur à une conférence au Hilton dans le quinzième. En sortant de sa conf, il a voulu passer au McDo et est revenu bouffer ses nuggets dans la limo. Le directeur du Palace qui mange des nuggets. Impensable !

Kamel entra, me salua.

– J'ai plusieurs choses à faire, dit-il en se parlant à lui-même. Primo, il faut que…

Il péta.

– Bon, ben, ça, au moins, c'est fait… dit-il. Secundo, il faut que je reprenne des bouteilles d'eau. Tertio, des lingettes. Ah, et aussi que je prenne un siège-bébé.

Il ressortit avec des bouteilles d'eau, des lingettes et un siège-bébé.

– Quel porc… dit Louis.

– Mozart était pétomane.

Mon téléphone sonna.

– Tu peux rentrer chez toi, me dit Mohamed.

– Je croyais que…

– Moi aussi, je croyais que, mais c'est le calme plat, ce soir.

– OK. À jeudi.

– Non, jeudi, je serai à Rabat. J'y pars demain pour deux semaines. Je dois… J'te laisse, j'ai un appel !

– Et le Schmidt ? me demanda Louis. Ça fait longtemps que je l'ai pas vu. Toujours vivant ?

– Toujours. Tu sais que nous avons un nouveau dispatcheur.

– Valentin. J'espère qu'il va pas me filer que des mauvais clients ou des mauvaises voitures. Le tableau de bord de la Mercedes Classe E, je commence à le connaître par cœur !

Louis dans son grand numéro de la persécutée. L'hypocondriaque qui a mal partout, un jour à la tête, un jour au cœur, un jour à l'estomac, et qui, surtout, a mal aux autres. Avec Louis, même quand ça allait, ça allait encore pas. Robert entra.

– Chocolat ? lui dis-je en lui tendant ma tablette.

– Ah, tu nous emmerdes avec ton chocolat !

– Comme disait ma grand-mère corse…

– Ah non, pas ça non plus !

– Paula prétend que je deviens gâteux, elle a raison… Ça va ? lui demandai-je.

– Kamel vient de me péter au nez dans le parking, mais tout va bien.

– Valentin t'a parlé ?

– On a parlé.

– Bon. C'est bien si vous avez parlé.

Sergei et Günter, dit le Schmidt, dit DPVDLT, entrèrent.

– Ah, Herr Schmidt ! Comment il va ? dit Robert.

– Ach, je m'appelle Schmickler, pas Schmidt !

– Hé, c'est quand même pas les Fritz qui vont faire la loi, oh.

– Je m'appelle pas le Schmidt, nein !

– Le Schmidt, à ta place, je baisserais d'un ton. C'est pas moi qui, dans le restaurant des Clinton, vais m'asseoir à califourchon sur les chaises en imitant le cri de la Harley.

Kamel entra.

– Non, laisse la porte ouverte, lui dit Robert.

– Non, ferme la porte, sinon l'air conditionné s'en va, dis-je. Mais tu pètes pas, merci.

– Hé, les gars. Regardez qui va là ! dit-il en fermant la porte.

Derrière la baie vitrée sans tain donnant sur le parking, nous vîmes Matt, Mohamed et Valentin venir se pencher sur les éraflures qu'avait faites Louis sur tout le côté droit d'une des limos.

– On était peinards et les patrons qui se pointent !

dit Robert. Ça, c'est de ta faute, Louis. Si t'avais pas eu cet accident, les patrons seraient pas descendus nous faire chier. Un gage pour Louis !

– Ouais, un gage ! dit Kamel.

– Ah, arrêtez, euh, de m'embêter, euh… dit Louis.

– Gage ! dit Sergei.

– Si c'est comme ça, moi, je reprends un Pépito… dit Louis qui reprit un gâteau.

– Un gage ! Un gage ! Un gage ! nous mîmes-nous tous à gueuler.

– Montre ton cul au patron ! dit Robert.

– Ouais, ton cul au patron ! dit Sergei.

– Louis, on t'aime ! dis-je.

Louis monta sur sa chaise, monta sur la longue table au centre de la pièce, défit sa ceinture et sa braguette, retint son froc d'une main, leva l'autre main, en tendit l'index et prit la pose de Travolta sur l'affiche de *Saturday Night Fever*. Nous nous mîmes tous à chanter en chœur, tous, même Günter qui ne connaissait pas les paroles :

– *Louis, pourquoi donc tu nous délaisses ! Ça fait longtemps qu'on les a pas vues ! Allez, Louis, montre-nous tes fesses ! Allez, Louis, montre-nous ton cul ! Même si elles ne sont pas d'une déesse ! Et même, tes miches, si elles sont poilues ! Allez, Louis, montre-nous tes fesses ! Allez, Louis, montre-nous ton cul !*

Louis dansait lascivement, remuant son gros derrière comme une almée orientale. À quelques mètres de nous, dans le parking, derrière la baie vitrée sans tain, Matt, Mohamed et Valentin avaient les mains dans les poches et discutaient de choses qui avaient l'air très importantes.

– Allez, montre ton cul au patron ! gueula Robert.
– Ton cul à ton nouveau dispatcheur, Valentin ! gueula Kamel.
– Ouais, vas-y, ton cul ! gueula Sergei.
– Le cul, le cul ! gueula le Schmidt.
– Louis, on t'aime ! gueulai-je.
Louis baissa son froc et nous accueillîmes son fessier par un tonnerre d'applaudissements, de sifflets et de cris.
– Ja, ja, c'est très rigolo, il est joufflu de partout, me dit le Schmidt.
– Ah, Günter, t'es comme du Wagner : t'as des moments sublimes, mais faut les attendre longtemps.
Applaudissements, sifflets, cris pour Louis.
– Mais y a de l'ambiance, ici, dit Matt en entrant. Ben, bravo, c'est du propre ! dit-il en voyant les fesses de Louis.
– Photo ! gueulai-je.
– Hein ?!…
– Photo ! Obligé ! C'est une des rares fois où on est tous réunis, alors mettez-vous au fond de la salle, je prends une photo. Même toi, Matt.
– Ah, non. Vous prenez vos photos sans moi.
– Allez, allez, Matt !… Comme ça, tu pourras nous accrocher dans ton salon.
– Dans mon salon, t'as raison !
Louis se reculotta, descendit de la table et ils se mirent tous les huit au fond de la salle.
– Je veux un peu plus de convivialité, dis-je. Décrispez-vous. Sans te commander, Robert, tu pourrais pas sourire ? Faut que je sorte les langues de bellemère pour que vous souriiez ?

– Manque plus que Marylou, dit Robert.

Quelle truffe d'avoir dit ça ! Matt allait comprendre que nous avions trifouillé dans son téléphone. Matt fusilla du regard Robert. Sergei éclata de rire. Matt fusilla du regard Sergei qui, en me voyant devenir rouge, éclata de rire à nouveau. Matt se retourna alors vers moi et je ne trouvai rien d'autre à faire que de hausser les sourcils deux fois rapidement en serrant très fort les lèvres pour les occuper à autre chose qu'à rire. Derrière la baie vitrée sans tain, Gaspard, le voiturier, traversait le parking. Sans doute remontait-il la voiture d'un client. J'ouvris la porte de la salle des chauffeurs.

– Viens là, toi ! lui dis-je.

Je lui donnai mon smartphone et me joignis aux autres, posant mes bras sur les épaules de Louis et de Matt.

– Prêts ?… demanda Gaspard.

– Non ! dit Günter.

Alors Günter, dit le Schmidt, dit DPVDLT, fit un truc incroyable. Il posa ses bras sur les épaules de Kamel et de Valentin.

– Prêts ? redemanda Gaspard.

– Oui ! répondîmes-nous tous en chœur.

– Attention ! Trois… Deux… Un…

*

* *

Robert et moi avions mangé un kebab frites chez les potes de Kamel, rue Daunou, près du Harry's Bar. J'en avais même mangé deux. Pendant que Robert alla aux W.-C., je sortis sur le trottoir téléphoner à Tiburce.

– Je t'ai pas vu à la réception quand je suis allé faire signer mes factures. T'es rentré tôt du Palace, aujourd'hui ?

– Oui, j'avais une course perso à faire.

– Je suis désolé pour ce qui s'est passé ou, plus exactement, « pas passé » avec Mrs Shepherd. Elle n'aurait fait qu'une boulette de nous. Ou elle aurait alerté la police… Tiburce, j'arrête. J'arrête tout.

– Je te laisse, ma femme m'attend.

– Et… et mes vingt mille dollars ? Tu me courrielleras le numéro et les codes du compte offshore ?

– Quels vingt mille dollars ?

– Ceux que j'ai gagnés avec Dobbs.

– Tu te fous de moi ?

– Ben, non.

– Tu vas faire quoi ? Aller aux flics ? Tu plongerais aussi. Et t'es trop trouillard. Estime-toi chanceux qu'en ce moment, j'aie plusieurs fers au feu, assez en tout cas pour pas avoir le temps de te chicoter pour cette entourloupe que tu viens de me faire. Message reçu ? demanda-t-il d'un ton sans réplique.

La répugnante glaucité de Tiburce était soudain remontée à la surface.

– OK.

– Trouillard, c'est bien ce que je disais. Oksana l'a tout de suite senti, que t'étais un pétochard, elle me l'a tout de suite dit.

– T'en connais beaucoup, toi, des pétochards qui te diraient qu'ils t'emmerdent ? Parce que je t'emmerde, Tiburce.

Crac, il raccrocha. Dans mon smartphone, je supprimai la vidéo des tête-à-queue de Mrs Shepherd et d'Oksana. J'étais groggy, mais libéré d'un tel poids. Au moins pourrais-je dormir sur mes deux oreilles. Vingt mille dollars divisés par les vingt mille nuits qu'il me faudrait peut-être encore dormir avant la mort, ça faisait un dollar la nuit et, dans un accès de sagesse, je trouvai que c'était un très bon prix… Robert sortit du boui-boui à kebabs, me rejoignit sur le trottoir.

– Ça va pas ? me dit-il.

– Si.

– T'as eu une mauvaise nouvelle ?

– Ce soir, c'est moi qui t'invite au Harry's !

– Pourquoi tu dis « ce soir, c'est moi qui t'invite » ? Je t'invite jamais.

– Je sais, t'es « tellement pingre », dit Paula de toi, qu'on te jette en l'air, tu restes accroché au plafond.

– C'est fort probable.

Au Harry's, il n'y avait pas foule.

– Maître, dit Gérard, le barman, en serrant la main de Robert. Jules, me dit-il. Des semaines qu'on vous a pas vus, on vous croyait tous morts au Palace.

– Vas-y, donne deux Jacks aux hommes qui ont soif, lui dis-je. On the rocks et avec deux verres d'eau.

On fut vite bourrés et, quand Robert était bourré, in vino veritas, il se confiait. À moi, il se confiait parce que j'avais de la compréhension pour sa pingrerie, ses costumes italiens et ses radotages sur la dureté du métier.

– Ah, ça il a fallu le baisser le pantalon et pas que pour chier !… Gérard, rhabille le p'tit, il a froid ! dit-il au barman quand son verre refut vide. La grande époque, t'as pas connu ça, Jules, hein, la grande époque, celle de l'émir de Dubaï, Maktoum Al Maktoum, le plus grand tippeur du monde ! il prenait six limousines, restait une semaine et nous laissait à chacun une enveloppe avec cinq mille dollars dedans ! et le roi Fahd d'Arabie Saoudite qui faisait l'amour à cinq femmes différentes chaque jour, Fahd, il avait ses dix maquereaux chargés de lui trouver de la chatte fraîche, dix maquereaux ? dix requins ! je les ai vus à l'œuvre à Marbella où j'ai bossé deux mois pour Fahd qui y avait un palais, réplique exacte de la Maison-Blanche, une fois, le roi Fahd avait affrété un Boeing pour faire venir deux cents putes de Moscou, les ramener en limousine au Meurice et les offrir à tous ses grands feudataires occidentaux dont un futur président de la République française, imagine cent limos devant le Meurice, deux cents blondes qui en descendent ! ça, fils, c'étaient des Arabes qui savaient vivre !, d'accord, notre balance commerciale penchait en leur faveur et, d'accord, ils faisaient la cuisine dans les tentes de Bédouin qu'ils installaient dans les suites des cinq-étoiles où ils séjournaient, mais ils savaient vivre, c'étaient pas les crouilles de Bougnoulie qu'on a récupérés, hein, Gérard ! Gérard, je crois que je vais demander l'asile politique au Harry's Bar avant qu'ils nous l'aient rebaptisé le Harrissa Bar, hein, Gérard, hein ! Maktoum Al Maktoum, Fahd, c'était des seigneurs, Jules, et, Al Fayed, c'en est un aussi, même si, depuis la mort de Dodi, c'est un fantôme, j'aimais bien Dodi, et Lady Di aussi, elle était un peu bébête mais gentille avec nous, Lady Di, j'étais là, je sais tout, et tout ce qu'ont pu dire les journaux sur cette affaire, c'est… je vais te dire, moi, ce qui s'est vraiment passé cette nuit-là, hé, Gérard ! rhabille le p'tit, il a froid ! et sers-le-nous en salle ! Viens, Jules, viens on va s'asseoir, viens, je vais tout te dire, faut que quelqu'un sache quand même, si je meurs demain, faut que quelqu'un sache pour Lady Di, me disait Robert, qui me raconta tout et il me sembla que Hemingway et Fitzgerald s'étaient assis à notre table en me poussant du coude pour mieux écouter l'écrabouillement d'une princesse contre un pilier de tunnel, Ernest et Francis brûlant de redescendre parmi nous pour en faire un roman, les auteurs de *Paris est une fête* et de *Gatsby* qu'ironie du sort, à un siècle près, j'aurais assurément fini par avoir dans ma limo. Ah, Jules, ah, il est une heure dix ! je me rentre ! j'ai une arrivée aéroport à sept heures vingt-cinq demain, allez, je me rentre, Jules, on y va, paye Gérard et on y va, chez moi je vais m'avaler une corbeille de fruits frais pour m'éviter la gueule de bois, une branlette et au dodo ! je baise pas assez, Jules, à force de pas baiser, je vais redevenir puceau, le roi Fahd avait tout compris, lui, cinq femmes par jour, mais, nous, on baise pas assez, une coupure de courant un soir dans une de nos métropoles et, neuf mois après, les maternités sont débordées, faut-il en déduire que, plus on gagne du temps, moins on a celui de baiser ?, salut Gérard ! dit Robert au barman en sortant du Harry's. Allez, Jules, repose-toi bien ces deux jours et à jeudi, petit ! dit Robert en montant sur un vélo. Où ils sont tous, Jules ?! gueula Robert en s'éloignant dans une ruelle vide et noire, en zigzaguant sur son vélo. Hein, Jules, où ils sont ? ne sont-ils pas que des figurants engagés à la journée par Dieu pour nous faire croire que la vie existe ? et Dieu, hein, il est où, fils ?

gueula Robert en disparaissant au bout de la ruelle en zigzaguant sur son vélo. Hein, ton Dieu, il est où, là ?! Jules, je sais que Dieu n'existe pas, mais je peux pas m'empêcher de lui parler !

## Mardi 13 juin

*– C'est qui, cette pute ?*

*Paula.*

Je me réveillai, me levai, tirai les stores vénitiens de ma chambre. J'allai dans la cuisine en traînant tellement les pieds que ça me ralentit et qu'à ce qu'il me sembla, je mis dix minutes pour parcourir les cinq mètres entre mon lit et la cuisine. Je me fis un café chicorée, le bus assis dans mon canapé devant la télé, la télé me donna l'heure, il était dans les une heure de l'après-midi. Je commandai par internet de la nourriture, des produits d'entretien et de toilette, je lançai une machine de linge sale, je me tapai la vaisselle (l'évier était plein et puait). J'enfilai un short, un tee-shirt et retournai dans mon séjour pour quarante-cinq minutes d'haltères, de corde à sauter et d'étirements. Je pris une douche, me brossai les dents, étendis mon linge sur le séchoir, me refis un café, le bus devant mon ordinateur, glandant doucereusement en regardant un docu sur les Mayas. On sonna, j'ouvris au livreur qui m'apportait mes courses, il y avait aussi sur le pas de la porte une tarte aux quetsches dans du papier alu. Je rangeai mes courses dans les placards, jetai la tarte à la poubelle, je ne mangeais que les tartes de ma mère. Je me mis à la fenêtre de mon séjour avec mon smartphone. Je regardai circuler une vingtaine de voitures, le double de piétons. Puis je regardai cette photo de moi et de mes collègues où, avec un tant soit peu de psychologie, on pouvait voir passer sur chaque visage cette tangence au bonheur qui touchera les hommes sans jamais les traverser. J'envoyai la photo à Paula :

*Je veux pas finir comme eux, reviens !*
Pièce(s) jointe(s) *: Chauffeurs.*

Je m'assis dans mon canapé. J'envoyai un deuxième texto à Paula :

*Paula, quand 1 milliardaire pose une question, le monde s'arrête et j'en ai marre de ça. Reviens !*

J'allai m'allonger sur mon lit, envoyai un troisième texto à Paula :

*OK, t'as gagné, suis prêt à quitter ce job, tout ce que tu veux, mais reviens-moi !*

Sonnerie de mon smartphone, texto de Paula :

*Je croyais qu'on s'était quittés, qu'on était séparés jusqu'en janvier, que fallait plus qu'on se parle ! C quoi, ce travail ?!?!?!*
*Tout ce que tu veux, Paula. Ton prix sera le mien.*

*« Tout » ce que je veux ?!*

*Tu voulais que je quitte mon job ? Je le quitte. Je vois avec Matt pour qu'il me licencie. T'as gagné, Paula. Je me rends sans condition.*

*Le job, c bien de le quitter, oui, OK, pas mal. Ensuite ?*

*?*

*Ensuite ?…*

*BON POUR UN BÉBÉ (utilisable sans limitation de durée)*

*On fait un bb ?!*

*Farpaitement !*

*A voté !*

*Tu peux te barrer du bureau + tôt ? On dit 18h au Marly ?*

*Comme vous y allez ! Suis prise tonight. RV avec un mec, sosie de Brando ds Apocalypse.*

*¡Qué jodida !*

*¡Qué celoso ! On se voit ce week-end ?*

*Paula, sois à 18 h au Marly ou je viens te chercher par la peau des fesses.*

*Des promesses, toujours des promesses…*

*18h.*

*J'm pas le Marly. Endroit branchouille, mes couilles.*

*Oui, mais le cadre !*

*¡De acuerdo, señor el celoso ! Annule RV avec sosie Brando.*

*Je t'aimeuhmeuhmeuh !*

*Pas moi.*

De chez moi, le Louvre, à pied, c'était dix minutes. En y allant, j'achetai des fleurs, un bouquet très court et très simple avec un petit côté rustique, puis je téléphonai au Marly, les types me connaissaient, je leur demandai une bonne table dehors. En attendant Paula, je me sentis con avec un bouquet que je pus quand même cacher derrière ma cuisse parce que, je l'ai dit, il était très court. Je me sentis beaucoup moins con avec un bouquet quand Paula surgit, ses formes pleines et ses cuisses concupiscibles prises dans une jupe verte. Elle me sourit, le rideau de ses pommettes s'ouvrit pour que s'avançassent sur la scène, à tout seigneur, tout honneur, ses dents qui comptaient pour beaucoup dans sa sexynesse. Comptaient aussi beaucoup ses jolies gambettes que j'aurais remontées avec la langue. Nous nous assîmes à la table que le Marly nous avait gardée, elle, son bouquet de mariée à la main, bras nus, de la peau d'ange à l'intérieur des biceps. Elle ressemblait à sa photo détourée tant rien d'autre n'existait qu'elle, mais son visage exact de ce jour-là, je ne l'ai plus en mémoire à cette réserve que la lumière s'y accrochait et n'en voulait plus partir. L'Everest plus un mètre. La nana, elle envoyait. Elle crachait le feu, ma Paula. Une fille belle à mettre sous clé. Comment avais-je pu la laisser deux semaines dans la nature ? Je commandai une demi-douzaine de plats différents à servir tous en même temps ainsi qu'une bouteille de champagne que nous bûmes en nous regardant. Il y avait des balles traçantes entre nos quatre yeux et une femme à notre droite n'arrêtait pas de se retourner pour les voir.

– Donc, le boulot, c'est vu, il le quitte. Le bébé, c'est vu, il me le fait. Qu'est-ce qu'il reste ?… Ah, le mariage. Alors, le mariage.

– T'as mangé un clown, ce matin ?

– C'est très nul comme trait d'esprit. C'est qui, cette pute ?

– Quelle pute ?!…

– Hein, c'est qui, cette pute ?

– Du calme, bijou. Tiens, goûte plutôt ce tartare de saumon à l'aneth.

J'eus peur qu'il ne se repassât ce qu'il s'était passé il y avait deux mois, lorsque notre couple commençait à battre de l'aile. Nous avions été au restaurant. Paula s'était mis dans la tête que la serveuse me faisait des appels de cils et elle lui avait écrasé le pied avec un de ses hauts talons. Nous n'avions pas pu finir de dîner, j'avais balancé une poignée de fric sur la table, j'avais pris Paula, son sac et son manteau et nous avions décampé de l'établissement juste avant le goudron et les plumes.

– Montre.

– Paula, rends-moi mon phone !

– Beaux nibards. Pas aussi beaux que les miens. Mais belle pièce, la salope.

Sur l'écran de mon smartphone, il y avait une vignette d'un centimètre sur un iconisant la photo de Rachel Mitchum-Amsellem qui montrait ses seins devant les grilles de l'Élysée. Il y a dix trucs sur l'écran de mon smartphone posé près du seau à champagne, mon répertoire, mon pense-bête, ma banque, météo, radio, télé, facturier, tableur, jeux, etc., mais, non, il faut qu'à un mètre de distance, Paula repère ce truc-là au milieu de tout le reste. « Elle voit tout, elle sait tout, c'est un radar à roulettes, ta meuf, c'est très chiant, c'est aussi pour ça que tu l'aimes », m'avait dit Louis le lendemain du jour où je la lui avais présentée.

– Mais c'est rien. C'est une cliente qui avait bu.

– Hin, hin, je comprends.

– Elle avait bu.

– Mais c'est l'Élysée, derrière ?

– Elle voulait que je prenne une photo d'elle devant l'Élysée.

– Vi, vi.

– Elle voulait envoyer la photo à son mec au Texas.

– Oh, ben, oui, tout à fait, oui.

– Y a rien eu entre elle et moi, si c'est ça que tu veux savoir. Là.

– Oh, ben, ça tombe sous le sens.

– Paula, je l'ai pas baisée.

– Non, tu l'as juste niquée.

– Paula, rends-moi mon phone.

– ¡ Ni lo pienses ! On se sépare et, toi, tu mets pas deux minutes à aller t'essuyer la queue sur une... sur une...

– Paula, je ne...

– Ah, ne me mens pas ! Ah, ne me mens plus, Jules ! Tu es menteur. Tu es menteur, tu es égoïste et un courant d'air te fait bander.

– On peut pas être bon partout.

– Mort de rire.

– J'ai eu une enfance difficile.

– Tu voulais me sauter, ce soir ? Eh, ben...

Elle termina sa phrase par le geste vulgaire de resserrer le poing et de frapper l'orifice ainsi formé par le plat de son autre main en faisant un bruit mat de peau contre peau. Important, le bruit. En chaque femme, il y a un volcan qui sommeille. Faut-il le réveiller ?

– Vivre avec toi, c'est du sport, Paula. Ça dure combien, une grossesse, déjà ?

– Ça peut ne pas commencer aussi.

– Je t'aime.

– Alors, si tu m'aimes, dis-le-moi : tu l'as baisée ou pas ?

– La question ne se pose pas : on était séparés.

Elle ne disait plus rien.

– Étions-nous séparés, Paula ?... Paula, étions-nous séparés ?...

Elle ne disait plus rien. Elle ne dirait plus rien.

– Merde, Paula, étions-nous séparés ?!

– Depuis deux minutes trente-cinq !

– Depuis neuf jours !

– As-tu couché avec cette cliente ?

– Je t'ai jamais trompée. Je regarde les filles dans la rue, je regarde les filles sur internet, mais je t'ai jamais trompée. Avec moi, pas de deuxième bureau, comme disent les Africains.

– Le premier t'occupe déjà assez, hein. T'as couché avec cette cliente sur la photo ?

– Oui !

– Il a couché avec elle...

– J'étais seul, j'étais désespéré, alors, oui, j'ai couché avec une cliente !

– Ce soir en venant, j'étais si heureuse d'être à nouveau ta femme...

– J'étais désespéré, j'étais au fond du trou...

– Pourquoi ?... se parla-t-elle à elle-même.

– Je pensais t'avoir perdue pour toujours.

– Pourquoi se comporter ainsi ? C'est pas le Jules que je connais…

– Je ne te laisserai plus partir… J'ai été fou de te laisser partir.

– T'as été fou de pas attendre ! Par amour. Par décence, merde ! T'aurais pu attendre un peu ! Au moins un mois avant de… Et si j'avais fait pareil ?!

– Je l'aurais très mal pris.

– Vraiment, c'est le comble !

– Je ne t'ai jamais trompée, c'est le principal. Tu es tellement tout pour moi. Je me sens si vacant sans toi. Je te tromperai jamais.

Je ne mentais pas. À cette nuance près que je savais que ça ne serait pas évident parce qu'une femme vous use un homme comme une mer affouille la falaise. Comment mon père avait-il pu ? Pourquoi n'était-il plus là pour me dire comment il avait fait pour supporter le train-train conjugal que, sous son humour tartignolle, il essayait de nous masquer à tous ? Devant moi dans le soleil de juin, je voyais Paula y croire, y croire, y croire avec la volonté têtue d'un petit voilier lofant par gros temps contre un vent trop fort pour lui.

– Je t'aime.

– Je te crois, Jules.

– Je t'aime, redis-je en repoussant une assiette pour lui prendre la main.

– Je te crois, mais j'ai peur.

– OK. Je te demande pardon.

– Tu me dégoûtes bien trop pour que je te pardonne !

Elle éclata en sanglots. Elle se leva de table et partit

marcher autour de la pyramide du Louvre en contrebas de la balustrade du Marly.

– Chère madame, vous n'êtes pas au spectacle, dis-je à la femme à notre droite qui s'était encore retournée.

Je me levai.

– Incident technique. Je reviens, dis-je à notre serveur.

Je rejoignis Paula qui tournait en rond autour de la pyramide en pleurant.

– Pardon, mon amour…

Rachel Mitchum-Amsellem avait quarante-huit ans mais je dis à Paula qu'elle en avait cinquante-quatre, que c'était une vieille peau avec des cuisses variqueuses, des fausses dents trop carrées et un pourtour labial plus ridé qu'un troufignon, que tout ça ne se voyait pas sur la photo, mais que ça se voyait tellement dans la réalité que, si effectivement je l'avais pénétrée, je n'avais jamais pu jouir parce qu'aussi, cette Rachel était une nullité au lit. Après une trentaine de minutes de montagnes russes où, tour à tour, Paula me pardonna et me répudia, elle me balança une volée de gifles, s'écroula dans mes bras en pleurant toutes ses larmes restantes et nous nous embrassâmes comme des enragés. Devais-je aussi lui avouer que, non content d'avoir agi en vil va-de-la-queue, j'avais joué les maîtres chanteurs ? À chaque jour suffit sa peine, je remis à plus tard l'aveu de mes activités de proxénète extorqueur à la manque. Plus tard ou jamais, nous verrions.

– Revenons finir le champagne. D'accord, amour de ma vie ?

– Oui, dit-elle en hoquetant.

Nous revînmes au Marly. Nous nous rassîmes à table.

– Tu veux rentrer chez toi ? demandai-je en remplissant sa coupe.

– Non.

– Tu veux que je t'appelle un taxi ?

– Non.

– Tu veux que je te ramène chez toi ?

– Non.

– Tu veux qu'on marche ?

– Non.

– Tu veux quoi ?

– Un bébé.

– Oh, oui, amour de ma vie…

– Je veux qu'on aille faire un bébé.

– Oh, oui, allons faire un beau bébé… Mais avant, tu vas m'acheter un cigare ?

Elle aimait aller m'acheter un cigare. C'était un rituel entre nous. M'avait-elle assez pardonné pour s'y plier aujourd'hui ? Je lui donnai de l'argent, Paula se leva, pénétra à l'intérieur du Marly et revint avec un cigare et une boîte d'allumettes.

– A cigar for my man and my man for me.

– Merci, poupée… Ce soir, tu veux que je te fasse un garçon ou une fille ?

– Un garçon !… Ou une fille. Je sais pas… Et toi ?

– J'en veux cinq.

– ¡ Qué jodido ! Mira : primero, uno o una. Y después, veremos.

Je fis tomber du fric sur la table sans le compter, en ne sachant pas combien il y avait, sachant seulement qu'il y avait bien plus que le compte car Paula trouvait ça érotique un mec qui paye à la louche. Elle se leva, je me levai, je posai une main sur son gros derrière, tirai sur mon cigare planté dans mon autre main et nous y allâmes, le plus beau couple de Paris.

– Et, donc, tu vas quitter ton boulot. Quand ? me dit-elle en sortant du Louvre.

– Accorde-moi un ou deux mois pour que je me remette à flot financièrement, ce crédit m'a flingué.

– T'as une date ? Je connais les hommes, « un ou deux mois », ça veut dire jamais.

– Mon petit chat, je ne suis pas « les hommes ».

– Excuse-moi, mon bébé tigre. Rhoâââ !

– On est en juin. Le 1$^{er}$ septembre, j'aurai quitté ce job.

– Vrai de vrai ?

– Le 1$^{er}$ septembre, j'aurai quitté ce job. Jeudi, j'en parle à Matt.

Mon téléphone vibra. Texto de Guillaume, flic au SPHP[1] rencontré lors d'un stage de pilotage sur circuit, il m'appelait de temps en temps pour des missions de chauffe très confidentielles, en solo ou en convoi, dont je ne savais rien sinon qu'à la fin, elles m'étaient payées de la main à la main.

*Tu vas bien ? T'es libre demain ?*

J'écrivis ma réponse, la montrai à Paula.

– Je t'aime, me dit-elle.

J'envoyai ma réponse :

1. Service de protection des hautes personnalités.

*Désolé Guillaume, ne bosse plus dans la chauffe. Bonne continuation, vieux !*

– OK. Et après, Jules ?

– Après avoir réemménagé chez toi dès demain…

– Ah bon ?

– … et mis en location mon appartement rue de Cléry, je cherche une studette dans Paris, la trouve, nous l'achetons, je la retape comme neuve, la meuble et la mets aussi en location. Les loyers du locataire nous paieront grosso merdo nos mensualités de crédit.

– Si le locataire paie. Tu sais qu'entre leurs nouvelles lois et leurs nouvelles chansons, les gens sont encore plus inexpulsables qu'avant.

– Leurs lois, je les fume. Ils peuvent toujours se gratter avec leur inexpulsabilité. Moi, mes locataires paieront. Avant de signer avec eux, je vais te les scanner de la tête aux pieds.

– Rhoâââ ! Après la studette, tu fais quoi ?

– Plusieurs possibilités me sont offertes : faire chanter des gens riches mais très dépravés, faire l'entremetteur pour escort girl, ou les deux.

– Pas drôle.

– Plus sérieusement, je pourrais m'installer comme peintre en bâtiment, ça me déplaît pas, t'es ton propre patron, tu bosses à la carte, t'as le bout du nez toujours blanc, mais, avec le black, tu gagnes bien ta vie. Autre possibilité : être peintre, mais pas ici.

– Pas ici ?

– J'achèterais bien quelques hectares quelque part pour une bouchée de pain. Robert m'a parlé de la Guyane.

– La Guyane ? Mais c'est le trou du cul du monde !

– C'est ça qui est bien. On n'est pas obligé d'y passer notre vie. On pourrait se faire une pause de six mois. Et c'est pas loin de la Colombie.

– Hostile, la Guyane. Ouh, là, faudra qu'on en reparle de ça.

– La Guyane ou l'Australie.

– Ah, il va pas recommencer avec l'Australie !

J'avais l'image mentale du bonheur immobilier : une élévation de rocailles pourvue de conifères très verts portant une maison ocre autour de laquelle le soir mettrait dans l'air des parfums exhalés par des fleurs à l'agonie butinées par des cétoines dorées. Je me faisais encore mon film. J'aurais dû écrire des soaps pour la télé. Nous arrivâmes à l'appartement.

– Hé, je l'avais pas vu fini, ton appart !... J'adore la cuisine... T'es un chef !... Mon chéri, je vais faire un petit pipi. Tout ce champagne que j'ai bu...

– Donne tes fleurs.

J'allai dans la cuisine mettre les fleurs dans l'évier, éteindre mon cigare et boire un verre de flotte.

– Y a pas de papier dans tes chiottes ?!... entendis-je Paula gueuler dans la salle de bains.

– Non, mais y a l'eau courante !

– Tu pourrais au moins avoir du papier !

– Non !

– Pourquoi ?!

– J'aime ton odeur, ma chérie !

– Il est fou !

Paula ressortit de la salle de bains. Dans la rue, des femmes vous changent en statue de sel si vous vous retournez sur elles. Des femmes ou Paula. J'étais dans l'entrée de l'appartement, mon verre d'eau à la main.

– Qu'est-ce t'as, p'tite bite ? T'as un problème ? dit-elle en s'approchant derrière le sourire de celles qui ne craignent pas la concurrence.

Elle me retira mon verre, en but une gorgée, le déposa sur l'étagère dans l'entrée, elle m'attrapa la main, me l'embrassa et commença à avoir l'œil lent, son sourire alla jusqu'à un rire perlé et, quand je parvins à ce qu'elle ne rie plus, elle se colla à moi, me caressa le cuir chevelu de ses ongles longs en se mettant à me parler comme une pagode japonaise sous la neige.

– Mon bébé tigre… Mon bébé tigre à moi…

– Belle enfant, passons au baisoir, si vous le voulez bien.

– Je suis en pleine ovulation, en plus.

– Toi, alors. Tu me donnes de ces chaleurs.

– Mon Seigneur et Maître…

– Tu nous fais chier à mettre des talons si hauts. T'es aussi grande que moi.

– Dans dix minutes, tu me les enlèveras. Ou tu me prends avec ?

– J'ai pas encore décidé.

Elle se détacha. Elle me prit dans son regard haute tension. Elle me fit une œillade putassière d'entraîneuse et gagna la chambre.

– Et ça, c'est de la gnognote ? dit-elle en pivotant vers moi.

Elle avait soulevé son bustier de la façon que Rachel Mitchum-Amsellem soulevait son chemisier sur une photo qu'il faudrait que je me résolve à détruire. Non seulement Paula était une chic fille qui avait du plomb dans la tête et un visage sans rival, mais aussi ses seins partaient vers moi comme deux joyeux pipelines suspendus à la dentelle tachycardisante d'un soutien-gorge. Je lui ôtai dextrement son soutien-gorge et nous fîmes l'amour. J'en voulais. J'avais trois semaines d'arriéré de sommeil, mais j'en voulais. J'avais, selon l'expression de Paula, « de la mine dans le crayon ». Elle aussi en voulait. En chaque femme, il y a un volcan qui sommeille. Faut-il le réveiller ? Oui. Nous discutâmes dans le lit après l'amour. Nous allions refaire l'amour quand mon smartphone sonna, bascula sur messagerie, resonna, rebascula sur messagerie.

– Si c'était ta mère qui avait un problème… Regarde ce que c'est, Jules, me dit Paula à la troisième fois que ça resonna.

Je tendis le bras vers mon jean, y pris mon smartphone. Matt.

– Excuse-moi de te déranger. Jules, j'ai besoin de toi.

– Ah, non. Ahahahahah, non. Pas ce soir.

– Sergei est en taule.

– Quoi ?!

Je branchai le mains-libres.

– Ça aurait rapport à un business qu'il aurait monté à Málaga, c'est tout ce que les flics qui sont venus le chercher ont pu me dire. J'ai aussi Kamel qui est malade, il est au lit, mal de bide, intoxication alimentaire d'après le médecin.

– Je plains sa femme. Déjà que quand il a pas mal au bide…

Paula leva les yeux au ciel.

– Et c’est pas tout. Robert. En fin d’après-midi, il est parti à La Ferté-sous-Jouarre, à l’hospice où est son père qui est mourant. Et c’est encore pas tout. Mohamed est à Rabat.

– Ça, tu le savais.

Paula sortit du lit, de la chambre et entra dans la cuisine.

– Ensuite. Ah, non, parce qu’attends, c’est pas fini. Valentin est à Bourges. À seize heures, il emmène des Mexicains à leur avion. À mi-chemin, les Mexicains lui demandent si c’est pas possible qu’il les descende deux jours dans un manoir à Vierzon au lieu d’aller à l’aéroport. Valentin vient de m’appeler : il a pu trouver une chambre au Formule 1 de Bourges.

– Ah, se faire une soirée télé au Formule 1 de Bourges et mourir… Et Louis ?

– Louis est là avec moi dans la limo, on est en dispo à Versailles, un dîner de gala au château de Versailles avec le Pacha et deux couples d’amis à lui. Or il y a un autre couple d’amis du Pacha qui a un avion à prendre ce soir et il faut que ce soit toi qui les emmènes.

– Eh, oh, tu sous-traites la course, merde !

– Le Pacha refuse que je la sous-traite ! Il veut que ce soit une limo du Palace conduite par un chauffeur du Palace qui emmène ses amis à l’aéroport. Et, crois-moi, il vérifiera ! Il vient de m’engueuler parce que j’avais même pas un chauffeur de permanence, ce soir. Il considère que c’est inacceptable qu’il n’y ait pas un chauffeur de permanence dans le plus grand hôtel du monde, ce que je peux comprendre, mais je…

– Hé, et le Schmidt ?!

– Attends, le plus beau pour la fin. Là…, là, tu vas

pas me croire. Günter avait cette semaine des clients Japonais. Il les ramène à l'aéroport cet après-midi, il gare la limo et les accompagne à l'enregistrement des bagages. Quand ils ont été pour monter dans l'avion pour Tokyo, ils ont voulu emmener Günter avec eux.

– De quoi tu me parles ?!

– Parce qu'ils veulent l'adopter ! M. Takahashi veut adopter Günter !

– Pincez-moi, je rêve.

Paula ressortit de la cuisine. Elle avait mis ses fleurs dans un verre d'eau, qu'elle déposa dans le séjour sur mon parquet en sapin.

– Günter voulait pas monter dans l'avion. Alors le vieux Takahashi s'est mis à pleurer et a refusé d'embarquer. Le commandant de bord est intervenu. Günter m'a appelé en pleurs juste avant le décollage pour me dire qu'il avait confié les clés de la limo à l'hôtesse au sol et qu'il serait de retour dans une semaine. Je veux bien qu'il lui reste des vacances à prendre, mais quand même ! « Depuis que je me suis retrouvé mis aux enchères publiques en slip au Laos, j'ai toujours mon passeport sur moi », il m'a dit aussi. Rien compris.

– L'adopter ? À trente-huit ans ?!

– S'ils l'adoptent, il rachète le Palace. Tu sais qui c'est, Takahashi ? Le plus grand promoteur immobilier du Japon. Milliardaire.

Paula revint dans la chambre, dans le lit.

– Ah, le Schmidt, moi, j'ai jamais dit du mal de lui. D'ailleurs, je sais même pas pourquoi vous l'appelez le Schmidt. C'est Günter qu'il faut l'appeler.

– Je t'en supplie, Jules. Conduis les amis du Pacha à l'aéroport.

– Matt. J'ai Paula à côté de moi. Je lui dis quoi ?

– Vous vous êtes remis ensemble ?!

– Justement ! On avait prévu une soirée en amoureux et, toi, tu fous tout en l'air. Je te la passe. Tu te démerdes avec elle.

– Tu m'excuses auprès d'elle.

– Qui c'est que je dois emmener ?

– Les Boutin.

– Les Boutin. Oh, le boulet, les Boutin.

– Oui, mais elle, c'est la meilleure amie de la femme du Pacha.

– Où ? Quand ? Comment ?

– CDG. Terminal E. Vol pour Hong Kong. Vingt-trois heures quinze.

– Mais il est… neuf heures vingt-sept !

Silence de Matt.

– Deux choses, Matt. Un, je te l'annonce, ça n'a rien à voir avec maintenant, mais je te l'annonce : j'arrête la chauffe le 1er septembre.

– Ah, bon ?! Pourquoi ?

– Deux, je pars une semaine en vacances avec Paula début juillet.

– Pas de problème.

– Je prends quelle limo ?

– La 192.

– Dans vingt minutes, je suis devant le Palace.

– Merci, Jules. Ciao.

Les Boutin, en plus. Les Boutin, des Français à la con de merde, de piètres tippeurs a priori, et même a posteriori puisqu'ils ne m'avaient rien donné les fois où je les avais eus comme clients.

– T'es contente, Paula ? Ça y est, je quitte ce travail dans deux mois.

– ¡ Cría cuervos y te sacarán los ojos[1] !

Je la serrai contre moi, mais, sous le joue contre joue, le dent pour dent... Dans ces moments, on avait du mal à l'imaginer avec un clitoris.

– Allez, ma chérie, on part en vacances dans quinze jours. Tu veux aller où ?... Je sais que t'aimerais aller voir ta grand-mère à Medellín... C'est un peu court, tu penses, une semaine pour la Colombie ?... Je peux demander à Matt de prendre dix jours, comme ça fait un an que j'ai pas pris de vacances.

– Ça, je m'en étais aperçue !

Elle aurait voulu pleurer, mais préféra mettre un sourire sur son visage comme on met des points d'exclamation enjoués ou des points de suspension moqueurs dans la réponse à un courriel de rupture. Elle s'était fait une raison. Je l'aimais. Je me levai.

– Y a la mer en Colombie ?

– Atlantique et Pacifique, je sais pas ce qu'il te faut !

Tu regardes Paula nue sur ton lit, alors, soudain, d'un seul coup, tu réalises que le boulot, ça passe après, mais tu vas quand même te raser en courant, tu reviens dans la chambre, tu mets ton costard, tes chaussures, t'embrasses Paula, tu lui dis que tu l'invites dans un super resto demain soir, tu es déjà sorti, tu noues ta cravate dans l'ascenseur et tu marches vers le Palace... Je pris la clé de la 192 en demandant aux voituriers de prévenir les clients que leur chauffeur serait là dans quelques minutes. Je descendis au

1. Élève des corbeaux et ils t'arracheront les yeux.

parking. La 192 était propre, avait de l'essence, je remontai avec. Les clients étaient là. Les voituriers les firent monter à bord.

– Bonsoir, madame. Bonsoir, monsieur. Je suis Jules.

– Bonsoir, Jules, me dit M. Boutin.

– Bonsoir, me dit Mme Boutin. C'est pas vous qui, cet hiver, nous aviez emmenés à une soirée à l'Élysée ?

– Si, madame.

– Vous le savez, nous sommes très en retard, notre avion pour Hong Kong est à vingt-trois heures quinze. Vous pensez pouvoir être au Terminal E à quelle heure ?

– Nous y serons à dix heures vingt, monsieur.

Les Boutin. Des gens pourris d'infatuation. Quand ils riaient, ça faisait rires enregistrés de sitcom. Ils rirent jusqu'à ce que la femme demandât au mari :

– J'ai pas l'air d'une bouse de vache dans cette robe ?

– Oh, non, t'es sévère avec toi. Je dirais plutôt une cucurbitacée.

Elle dut sentir que j'avais envie de pouffer car, même en ne la voyant que d'un œil dans mon rétro, je vis qu'elle adressa à son mari un sourire très on-réglera-ça-à-la-maison et on entendit son sphincter se refermer. Il devait pas rigoler tous les jours, Boutin. Et elle non plus avec lui. À l'entrée de l'aéroport, il y eut un gros ralentissement, des cantonniers regoudronnant la chaussée. Mme Boutin balança la tête de droite et de gauche en essayant de comprendre les causes de cet embouteillage. Elle commença à poser des questions, à me donner des ordres.

– Pourquoi ne prendriez-vous pas à droite ?... Jules, à droite, non ?... Prenez à droite.

**Raptus évité de peu :**

**« Hé, la bouse, fais pas chier le marin, la mer est mauvaise. »**

Son mari ouvrit la bouche, me vit dans le rétro, choisit de rien dire. Encore heureux, ou j'explosais. L'hôtesse appela.

– Bonsoir, c'est Rachida.

Oh, non, pas elle...

– Bonsoir.

– T'es avec les Boutin ?

– Oui.

– Vous êtes loin ?

– Non.

– Faut vraiment se dépêcher, Jules.

– Nous arrivons.

Nous fûmes à vingt-deux heures vingt-quatre devant le Terminal E. Je leur ouvris les portières, mis leurs bagages sur le chariot avec lequel Rachida était venue, Boutin me donna mon pourboire et ils partirent tous les trois au pas de course. Je regardai dans ma main : cinq euros. Crève, sale Français ! Gueule de furoncle ! Que ton zinc s'écrase ! Ça fait quoi une bouse qui tombe de dix mille mètres, hein ?!... J'allai garer la limo en queue de station de taxi, j'inscrivis le nom du client et son numéro de vol sur un papier que je plaçai entre tableau de bord et pare-brise et, mes cinq euros à la main, j'entrai dans le terminal. Je reçus un texto de Matt :

`Tout est OK ?`

Je répondis :

*Ces 2 enculés sont bien partis. Je prends 1 café et t'appelle.*

J'avais besoin d'un café, là, maintenant, tout de suite. J'en commandai un au comptoir d'une buvette. Mon téléphone resonna. Un autre texto :

*Jules,*

*Désolé pour hier soir. Retire ce que j'ai dit. Nouveau pigeon à plumer se pose à Paris lundi prochain. Toujours intéressé ?*

*Bonne soirée,*

*Tiburce*

*PS : peux monter jusqu'à 25 000 $ pour toi ;-)*

Aucune fierté, ce Tiburce. Je le supprimai, lui et toutes ses coordonnées, de mon répertoire. Si tout allait bien, dans quelques mois, je terminerais l'année en boulet de canon avec un nouveau crédit sur le dos, deux locataires dans mes murs, de la peinture dans les cheveux et une femme enceinte dans mon lit. Je sentis mes doigts qui sentaient encore Paula sous les ongles et je fus heureux. Pour combien de temps ? Le bonheur s'était si souvent foutu de ma gueule, et de bien des manières. « Si le bonheur vous ment, croyez-le ! » nous disait ma grand-mère corse… Le serveur déposa mon café sur le comptoir. Le serveur était petit, laid, métis, chauve, mais un truc chez lui m'atteignait, sa paupière droite pendante ? sa voix avec une fêlure à l'intérieur ?… J'ouvris le pense-bête dans mon smartphone. Sur mon pense-bête, il y avait une liste de choses à faire. Tout en bas de la liste, il y avait un paragraphe qu'en gras souligné, j'avais nommé « Pensées ». Dans ce paragraphe, il y avait une phrase que m'avait dite Robert une nuit dans la salle des chauffeurs, que j'avais retenue et notée : « Mon fils est un invertébré social, il est moche, chétif, maladroit, malchanceux, les études ne l'aiment pas et il est heureux de vivre : mon fils m'a tout appris. » Je fermai mon pense-bête et, sur mon écran, je vis que ma position sur la planète des fous était 49° 00' 49" de latitude nord et 2° 57' 69" de longitude est. Raison de plus pour être heureux. Pour ça, c'est bien, le progrès.

– Combien je vous dois ? demandai-je au serveur.

– Un euro cinquante, monsieur. S'il vous plaît.

Je mis les cinq euros des Boutin sur le comptoir.

– Merci. Bonne soirée, dis-je.

Je m'éloignai.

– Hé, monsieur, votre monnaie, vous oubliez votre monnaie ! cria le serveur.

Je me retournai vers lui.

– Pourboire ! gueulai-je dans la buvette de l'aéroport.

Demi-tour, droite. En avant, marche. Et je sortis.